大梦吟

上

月出云 著

重庆出版社

图书在版编目（CIP）数据

大梦吟 / 月出云著. -- 重庆：重庆出版社，2025.
7. -- ISBN 978-7-229-19299-0

Ⅰ. I247.5

中国国家版本馆CIP数据核字第202544C3V7号

大梦吟
DAMENG YIN
月出云 著

选题策划：李 子 李 梅
责任编辑：钟丽娟 刘 丽
责任校对：李小君
封面绘图：棠 诗
封面设计：冰糖珠子

▲ 重庆出版社 出版
重庆市南岸区南滨路162号1幢 邮政编码：400061 http://www.cqph.com
重庆市国丰印务有限责任公司印刷
重庆出版社有限责任公司发行
邮购电话：023-61520656
全国新华书店经销

开本：710 mm×1000 mm 1/16 印张：31 字数：640千
2025年7月第1版 2025年7月第1次印刷
ISBN 978-7-229-19299-0
定价：72.00元

如有印装质量问题，请向重庆出版社有限责任公司调换：023-61520678

版权所有　侵权必究

目录

上

【第一卷】复活

第一章 ❀ 桃花皆失色 ……003

第二章 ❀ 伶妓夜逢妖 ……014

第三章 ❀ 恰是玉人来 ……029

第四章 ❀ 天枢司都监 ……043

第五章 ❀ 品花会夺魁 ……057

第六章 ❀ 联手伏妖邪 ……070

【第二卷】归巢

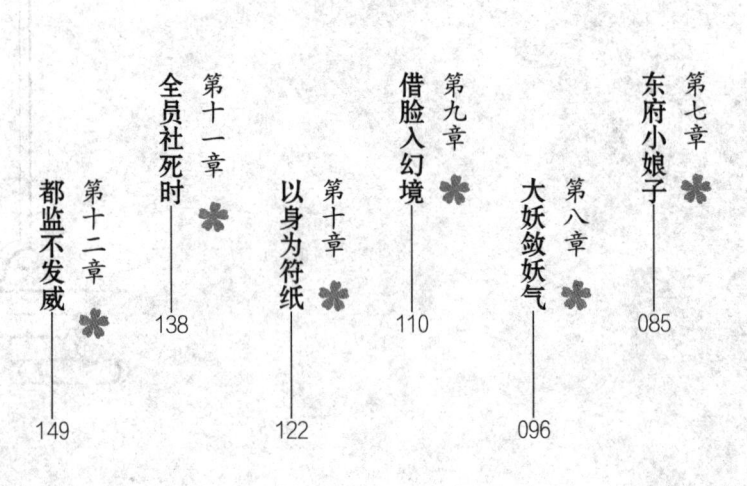

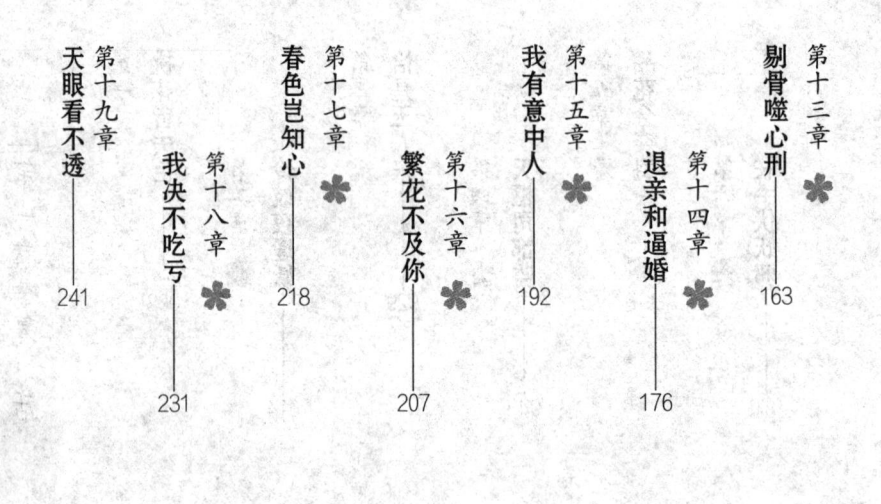

第七章 ❀ 东府小娘子 085
第八章 ❀ 大妖敛妖气 096
第九章 ❀ 借脸入幻境 110
第十章 ❀ 以身为符纸 122
第十一章 ❀ 全员社死时 138
第十二章 ❀ 都监不发威 149
第十三章 ❀ 剔骨噬心刑 163
第十四章 ❀ 退亲和逼婚 176
第十五章 ❀ 我有意中人 192
第十六章 ❀ 繁花不及你 207
第十七章 ❀ 春色岂知心 218
第十八章 ❀ 我决不吃亏 231
第十九章 ❀ 天眼看不透 241

第一卷

复活

第一章 桃花皆失色

张二花不过是弯下腰采了株草药,再起身时,天光已暗,朔风卷着鹅毛大雪,铺天盖地而下。自煦暖的春日至隆冬,不过一俯仰间。手中刚采下的龙胆草肉眼可见地冻结,寒意自四面八方袭来,适才还嫌厚重的春衫,这会儿裹紧了也不足以抵御寒冷。明明是晌午,天色却诡谲如夜。

张二花脑中忽然浮起阿娘常说的那句话:天色有异,妖物出没。

她慌忙提起药篓,向山坳外跑去。雪花癫狂地飞舞着,犹如迷路的白蝶儿,扑到脸上,冷意沁人。

忽然,"咣"一声巨响,什么东西自山崖上跌下,砸落在她身前不远处。张二花猛地顿住脚步。山坳里雪落无声,一片死寂,唯有她的心跳声,急促而慌乱。

那是一辆马车,镶金饰玉,可惜已经散架了。车夫和一名仆妇摔落在地,生死不明。

九绵山距京城阑安城不远,一些京城贵胄都会在山中建别苑,闲时来此游玩。听闻,静安公主近日要在山中别苑开桃花宴,想来,这辆马车的主人便是前来赴桃花宴的。

张二花着实不懂世家贵女的浪漫，只道桃花固然好看，可也不能当饭吃，驱车数里前来赏花，大可不必。如今车翻人亡，图什么呢？

她这般想着，正欲绕过去，忽见倾翻的马车车帘一动，一名华服女子自车中钻了出来。形容虽有些狼狈，张二花还是看傻了眼。这便是阆安城的大家闺秀？那张脸毫无疑问是美的，但吸引张二花的，却是织锦华丽的服饰、精雕细琢的簪环，还有鞋面上的珍珠，闪耀着晃瞎眼的光芒。不过，为何她竟毫发无伤？

女子看到了张二花，惊得花容失色，颤声问道："你……你是谁？"

张二花正不知如何答话，不远处有一点灯光亮起。那亮光犹如鬼火，穿透雾气摇曳而来，让张二花心头平添惧意，忙避到车厢后。

亮光渐近，张二花看清了，那是一盏风灯，银红色细纱面，映出的光也是淡红色的。提灯的是一个红衣女子，她的脸隐在暗影里，看不甚清眉眼，但灯后的身段风流袅娜。

"可要我相助？"提灯女子问。极美的嗓音，慵懒中带一丝清寒。风灯摇曳，光影流转，映出女子半边脸庞，美得不似凡尘女子。她像是话本中的狐女，又如屈子笔下的山鬼，天生三分妖气三分鬼气，余下四分，大约就是清气了。至清至妖，在她身上融合得如此丝滑。

荒郊野岭，幽魂般出现的女子，又不是山里人，张二花不敢再想下去。

提灯女子向前伸了伸灯杆，朦胧的光晕映在华服女子的手上。

玉指纤纤，宛若白瓷雕琢般细腻，这样一双手，张二花看了不免羡慕。只是，葱白的中指上，却有一道若隐若现的红线。

提灯女子吃惊地蹙眉，伸指欲要抚上红线。

"你……你要做什么？"华服女子吓得不轻，以袖掩住手指，后退两步靠住车厢，稳住一直在打战的身子。

"你这张脸已被妖物看中，马车跌落山坳，他们都受伤，偏你无事，便是妖物所为。"提灯女子瞥了眼昏迷不醒的车夫和仆妇。

"你……你浑说，怎……怎会有妖？"华服女子颤声说道。

提灯女子淡淡的目光瞥过去，嗓音微带寒意："若无妖，你手上的红线又是谁牵的？"

红线？华服女子低头看到红线，用力去扯，却发现红线似是粘在了她中指上："这是什么？为何取不下来。"

提灯女子不语，只上前一步，抚上女子手指，一道白光闪过，那道红线竟挪到了提灯女子手指上。她低语："你这张脸，我暂借一用，你可愿意？"

张二花只觉一股寒意自脊梁骨升了上来。脸……脸也能借吗？她长于山林，儿时最爱到山里疯跑。阿娘为了让她不到山里去，常给她说一些故事，什么狐妖魅人、小鬼抬轿、妖怪画皮……她因从未见过，对阿娘的话半信半疑。可今日，她怎么觉得提灯女子就是画皮妖，是在骗华服女子的脸？

张二花躬腰缩肩，悄然后退，忽听得华服女子一声惊呼，张二花吓得脚下一崴，整个人扑倒在雪地里。一角绣着雅丽花纹的绯红裙裾飘然而至，提灯女子已然站在她面前。

张二花吓得埋首在雪中，不敢吭声。提灯女子的声音飘来，问了一句让张二花越发胆寒的话："小丫头，这山里，可有模样俊俏的郎君？就是那种模样极好，与那位小娘子一看就很般配的。"

啥？还要找模样俊俏的郎君？张二花拼命摇头："没……没有……"这也是实话，山间村落皆是粗汉。

提灯女子失望地"哦"了声："小丫头，既是都看到了，还不去唤人来救他们，自是少不了你的好处。倘若不救……"她俯身，伸出纤细的手指，挑起张二花的下巴，眼波轻转，"你这张脸，我瞧着也不错。"

张二花吓得一迭声答应："我救，我救，我这便回村让阿爹阿叔们过来救人。"

提灯女子这才满意一笑，放开张二花，转身离去。雪地上留下两行脚印，许是女子鞋底上有花的绣纹，踩在雪地上仿佛步步生花，比过年时张二花阿娘剪的窗花还要好看。

张二花却无暇欣赏，跳起身来向村中奔去，仓皇间掉了一只鞋，刺骨的冷意透过布袜钻入脚心。除了害怕还是害怕。

其实，她只晓得提灯女子很美，模样却没看太清，但华服女子的脸，她却看得清楚明白。

方才，提灯女子挑起她下巴那一瞬，她看到，她的脸已然换成了华服女子的脸，清丽温婉。然而，那双好看的眼眸深处，却好似藏了一个晦暗不明的世界。

风停雪住，尚在半空不及落下的雪花也凭空消失。天光大亮，日头明晃晃挂在中天，扑面而来的和风里，有着清甜的桃花香。若非地面上尚有残雪，几乎让人怀疑方才的隆冬飞雪是一场梦。

姜画角熄了风灯，走出山坳。这场雪来得诡异，但绝非梦境亦非幻境。更让她惊异的是，山坳外连残雪都没有，显然方才这里并未落雪。若说是倒春寒，没听说倒春寒只有一炷香的工夫，且只在山坳内。虽有些疑惑，但眼下有妖要诛，尚无暇探究。

她抚了抚借来的脸，不适地扬了扬眉。

借脸是禁术，极耗法力，且倘若被借者不情愿，她是无法施展此术的。所幸那女子还是拎得清的，知晓自己已被妖物缠上，心甘情愿借给了她。

借脸术只能维持半个时辰，其后脸便会自行还回去，她必须在此之前将妖物擒住。她低头看了眼中指上的红线，适才借脸时，她顺便将那女子指上的红线渡到了自己手上。

姜画角沿着蜿蜒的山路下行，路旁山花繁盛，景色冶艳。峰回路转处，是一大片桃林。胭脂色的花，重重叠叠凑拢在枝头，在眼前绵延成海，一时看不到尽头。也怪不得静安公主要在九绵山开桃花宴，时令已是四月，阆安城的桃花早已开败，山间春来晚，也唯有此处的桃花开得正艳。

画角自林中漫步而行，层叠的衣袂拖曳过满地落花，发出"簌簌"的微响。林中无风，静得可怕，宛若一潭随时会掀起滔天巨浪的死水。

一声若有似无的低吟传来："桃花深处，春风冶荡，吹落白衣裳。"

什么鬼诗？画角的手指蓦然一紧，那道红线若隐若现地闪着微光。牵红线的妖物遇渊来了！

她没有看到妖的踪迹，因遇渊是一种擅长隐身的妖，唯有引他现身，方能诛杀。

她不动声色地前行，于林深花繁处，看到一个少年倚坐在桃花下。他不过十八九岁，身着一袭纯白广袖袍服，衣上无任何纹绣，置身于花开冶艳的桃林中，整个人如轻烟一般素淡。他似是身子不适，头微垂，身子蜷缩，因着抬手抚胸，宽袖流云般垂下，露出了修长的手，中指上一道红线微光一闪。

"你可是身子不适？"画角问道。

少年闻言，抬眸瞥了她一眼。一双美到了极处的眼睛，大约因强忍着痛苦，似是潋滟着泪光。他容貌昳丽，只这轻轻一瞥，满山桃花皆失色。她着实没想到，在九绵山会看到如此俊丽清绝之人。她忍不住惊叹，遇渊虽说诗才不行，但看男人的眼光却绝了。

"我无事。"他俯身轻咳，唇角溢出一丝血痕。几缕乌发沾染了额上细汗，半遮住眉眼。他蹙紧了眉头，湛清的眼波自发丝间凝向她。原本刺目的日光，透过盛开的桃花映到他身上，变得朦胧而旖旎，越发衬得他有一种惊心动魄的破碎感。我见犹怜！西子捧心也不过如此。

"我瞧你不大好，倘若公子信得过我，我或可为你暂缓病痛。"画角并不懂岐黄之术，然缓解疼痛的法子还是略通一些。

他低语："不用了，没有用的……"

话音未落，他却是一愣。画角已经将手抚在他胸前，冰蓝色的法力自掌中涌出。片刻后，他依然眉尖深蹙，可见并未有效。

画角松开手，尴尬一笑："你的病，的确怪异。我瞧你不像山野之人，为何孤身在此？不知家居何处，不如我送你回去。"这般精致的人，一看就是世家贵公子，绝非山野之人。

画角说着，扶他起身。方才他蜷缩在地，这会儿站直后，画角发现他身量颇高，挺拔秀直。他敛眸看她："我暂居山中别苑，护卫稍后便到。"

画角"哦"了声，正欲说话。林中一股若有似无的气流涌动，惹得花香浮动。是遇渊！画角心中一凛，一见此人，她竟然忘记自己是来擒妖的。不知是美色惑人，还是被遇渊的红线迷了心神？无论哪种，这对一个伏妖师而言，都是大忌。

遇渊是一种以情欲为食的妖物。此妖致力于为人牵线搭桥，但他牵的线可不是月老的红线，而是让男女苟合的红线。遇渊平日里会物色合适的男女，在他们中指上缚红线。被牵线的男女一旦邂逅，便会不自觉地相互吸引，继而发生露水之缘。遇渊便隐在暗处，吸收两人的情欲增长自身的妖力，直至两人身死。最残忍的是，两人死后还会背上淫邪的骂名，累及族人。

白衣少年和跌落山谷的华服女子，便是遇渊此次的猎物。所幸画角替了华服女子，让她免于如此残忍的横死。

画角定了定神，察觉到周围的气流涌动又缓了下来。看来，遇渊甚是警觉，不做点什么，只怕不会轻易上钩。画角的手原本揽在少年臂弯，这时移到他胸前，用力一推。他被迫后退，直到背抵在桃花树干上，引得桃树摇曳，花瓣如雨般扑簌簌落下，覆了两人一身。他惊愕地望向她。一片桃花恰落在他额上，绯红轻软的一片。画角伸手拈起花瓣，模仿着折子戏里艳妓的模样，舔了下花瓣，长睫轻挑，眼波流转，带着姣花照水般的温柔望向他，语气绵软地问："公子，我美吗？"

这情形显然是他未曾料到的，大约是被吓住了，只怔怔地望着她，眸中有一种难以言说的情绪，似是不可置信。

然，这句话问出，林中气流徐徐流淌，好似有看不到的风绕着两人旋转，卷起了地上的落花。

果然有用。画角静静等待着，可飞卷的落花却忽然凝住不动。难道遇渊察觉到了什么？画角犹豫，此番若是让遇渊逃了，又不知会害多少人。可若要擒拿他，她和眼前之人便要再行一步。罢了，说到底，今日自己也算救了他一命。倘若不是她，他和华服女子定是会被遇渊折辱至死。

画角不想前功尽弃，慢慢凑上前，伸手抚上他的脸，温柔地滑过他的眼角眉梢，最后移到他的领襟，用力一扯，领口散开，露出一侧精致的锁骨。

他目光乍冷，望着她的眼神好似含冰淬雪，低声斥问："你做什么？"他伸手欲要推开画角，然画角哪容得他动手，伸手一把擒住他的双手，禁锢到背后。

林中气流蓦然癫狂，落花飞卷，离两人越来越近。画角蓦然踮起脚，仰头朝他吻了下去。

这种变故就好像在看折子戏，原以为要花好月圆大结局了，突然，男的死了女的殉情了。或者是，两个仇敌兵戎相见，原以为不是你死便是我亡，却突然两人你侬我侬好上了。意想不到的转折。就，挺突然的！

她方才还在对白衣少年嘘寒问暖，突然就对他动手动脚还下了嘴。就连下嘴的画角前一瞬都未曾料到，自己会主动去亲吻一个陌生人，纵然他看上去秀色可餐。可想而知，白衣少年有多震惊！她这种行为，无疑就是"登徒子"。可眼下，除此之外没有旁的法子。

妖毕竟不是人，纵然修成人身，多多少少都会带有妖气。虽说普通人无法感知，但似她这样修道的伏妖师却能察觉到。可是，明明遇渊越来越近，她却没有感受到一丝妖气。这，就很离谱。她决不能任由此妖逃逸，只有诱他近身，方能一招得手。

柔软的唇轻轻碰触。少年被画角禁锢的手微微轻颤，显然是气急不已，但他却根本无力反抗。画角抬眸和少年四目相对。他蹙着眉头，秋水般的眼波中闪过一抹荫翳，睫毛微颤，好似蝶翼轻轻扇动一般。画角有一瞬间的失神。那应当是遇渊红线的魅惑。

风起，漫天花瓣飘飞，耳垂上的坠子蓦然晃动不休，惊醒了画角。她目光一凝，一把推开白衣少年。

他猝不及防，若非背靠桃树，只怕已跌倒在地。惊怒之下，他抬眸望去，只见姜画角广袖飞舞，纤纤玉手自袖底探出，凌空一抓。

只听一声惨叫，身侧气流疯狂涌动。画角另一只手随手一晃，指间多了一张黄色符纸。她默念咒语，向下一拍。一个服饰艳丽的男子骤然现身，因被画角掐住了脖子，脸涨得通红。

"你……你竟是伏妖师？"他瞪着画角，拼命挣扎着问。

画角冷笑："中了我的现形符，一时半刻再无法隐身。说吧，你的妖气呢？"

遇渊突然一笑，一张脸忽然平添几分魅惑之气："天生有妖气，去时无踪迹。"

画角哭笑不得，都快没命了，居然还有闲情念诗。画角用力一甩，将他抛在地上，冷声斥道："好生说话。"

遇渊被摔了个倒仰，挣扎着起身，一脸魅色地望着画角："就，机缘巧合，自然而然没有了。"言罢，双手十指变幻，指尖迸出数道红线，丝丝缕缕，网一般缠向画角。

画角冷笑着退后两步，抬手一推，一团白光自掌心逸出，正要袭向遇渊，忽觉手指被箍紧，低眸一看，一道道红线不知何时与自己指上的红线连在了一起。

遇渊使力一拽，锥心的疼痛自画角的指尖传到心口。他得意一笑："云鬓花颜金步摇，芙蓉帐暖度春宵。伏妖师又如何？一样有七情六欲，莫要错过良辰美景。"

他手指灵活地拨动红线，不时翻转缠绕，仿佛有一支看不见的梭子在红线间穿梭游走，很快，千丝万缕的红线在他手底下经纬交错，渐成大红锦缎。朵朵桃花坠落在红线上，也被顺势织就，形成天然的花纹。

他手腕一转，轻软细滑的红色锦缎犹如雾气一般弥漫，朝着画角兜头涌了过来。

一根红线便能让人迷了心神，千万根红线织就的锦缎，用来对付她，倒也是看得起她。画角不敢大意，忙闭目敛神。

再次睁眼时，遇渊已不见，只有白衣少年孤零零靠在桃花树下。他换上了红衣，原本清淡如烟，此时却宛若上了色的水墨画，容色慑人。她受了蛊惑般朝他走去。满林红锦随风翩飞飘曳。

遇渊盘膝坐在树下，心疼地咧嘴："十里红妆，浪费了我这许多红线，望你们的情欲炽烈些，不然我可就亏本了。"淡淡的烟气一般的情欲之气袅袅而来，遇渊满意而笑，仰首贪婪地吸纳。

蓦然，一道红影旋转着自红妆锦帷中冲天而起，伸掌一推，一道白光朝着遇渊袭去。遇渊一惊，差点吸呛了。他匆忙扯动红线，避过画角的凌厉一击。

画角面色含春，眉目间却满是凛冽的杀气。

"狐妖的魅术都不曾撩动姑奶奶，就凭你这几根破烂红线……"画角冷冷咬牙，"也妄想让我动情！"遇渊惊诧地望着画角，只见她左掌被刺破了，正在淋漓淌血。画角自裙角撕下一块布帛，慢条斯理地缠绕在手掌上。

遇渊双手扯动红线，趁势袭来。阴风转瞬而至。画角就地滚了一圈，堪堪避过遇渊的袭击，眼角余光却见遇渊向白衣少年扑去。

少年靠在桃花树干上，身形摇摇欲坠，显见无法躲闪。

画角忍着疼痛，伸手在地上一撑，纵身跃起。人尚在半空，她伸手抚上发髻，猛然一拽，将束发的发簪抽出。

这是一好像很普通的玉簪，簪头雕琢成琵琶的形状，看上去黯淡无光、古朴无华。只是，当她执管在手，迎风一晃，玉管忽然华光流转，转瞬化为一柄琵琶，曲颈梨身，华美炫丽。

她伸指轻轻一拨，清澈的乐音响起。悠扬、动听，却犹如一道道风刃，搅动林中的气流，带着纵横的杀意，向遇渊袭去。枝上桃花承受不住气流波动，整朵整朵坠落，转瞬铺了一地。

遇渊窜至白衣少年面前，双手呈爪，红线丝丝缕缕绕上了他的脖子、手腕，正欲使力，听到乐音，如遭雷击，再不能近前一步。

画角竖抱琵琶，左手按弦，眉眼间满是酷烈的杀气，右手一抡，只听几声轻微的响动，遇渊指尖的红线已被风刃斩断。

画角手指未停，铮铮乐音声中，遇渊裸露在外的肌肤被风刃划了数道，再无一丝完好。

他惨叫着滚倒在地，无形的妖气铺天盖地逸出。

玉指轻挑，一道柔和的尾音袅袅消散。她收了琵琶，漫步上前，冷冷凝视着遇渊："据我所知，纵是千年大妖，也无法将妖气隐得一丝不剩，你是如何做到的？又是谁指点你的？"

遇渊虽是遍体鳞伤，但眉梢间魅气不变，妖里妖气道："你们这些伏妖师，几千年来，亦不知诛杀了我们多少妖，你们且等着吧，自此往后，你们的日子不会再好过。"

遇渊得意地笑了起来，突然张口吐出妖丹，一把捏碎。画角一惊，却已来不及。遇渊的身子疾速缩小，顷刻间化为一卷册子。画角俯身拾起，再没想到遇渊的真身竟是书籍，也怪不得他出口就是诗，莫非是诗集？她随手翻开一页，扫了一眼，顿时蒙住。的确有诗，却不是诗集，而是配了诗句的香艳图册，也怪不得他热衷于为人牵红线了。

画角见图册的画风华美浓艳，人物也丰神宛然，忍不住多看了两眼，正欲再翻一页，一眼瞥见了白衣少年。

他白衣委地半倚于树下，双手被密密麻麻的红线缚得紧紧的，反绑在背后，脖颈上也缠满了红线，形容很是狼狈，似是案上鱼肉。只是，这鱼肉明明楚楚可怜，但却以一种无法形容的目光盯着她。

画角眼前蓦然浮现出被遇渊蛊惑时，身着锦绣红衣的他。画角心口一滞，尴尬地合上册子，轻咳一声，递了过去。"一本诗集，你要吗？"她云淡风轻地说道，不待他开口，又收了回来，"不过，虽说现了原形，毕竟曾经修成妖物，万一哪天他又修成了妖，你岂不是危险了，还是由我保存为好。"

他定定凝视着她，一字一句，波澜不惊地说道："遇渊，原身香艳图册，以男女情欲为食。擅隐身，行走世间，择男女以牵红线。"

　　画角正欲将册子收入囊中，闻言僵立当场，顿时收也不是，不收也不是。她万万没想到，他居然对遇渊了解得如此透彻。谎话被戳穿，画角多少有些尴尬，好在她脸皮够厚，轻轻一笑："原来你想要啊，我只是觉得你拿着会有危险，原想带走销毁。"

　　"此图册唯有跟着淫邪之人，日日被情欲滋养，才会开灵窍。我瞧你对此极感兴趣，方才又对我动手动脚，这册子留在你身边，更易开灵窍，日后成妖机会也更大。"

　　画角愣愣望向他。这些年她也算走遍了大晋，似他这般一身秀骨，出尘脱俗之人极少见到，确切地说，从未见过。可这样的人，说出的话，却是针针见血，一丝情面也不留，着实令她意外。

　　动手动脚？淫邪？如此，他显然对方才那个吻耿耿于怀，把她当成猥琐之徒了。她也知自己行为不端，有"登徒子"的嫌疑，遂解释道："方才的确是我冒犯了，不过为了擒妖也是不得已，还望你不要放在心上。"

　　"不得已？"少年冷冷一笑，"明明是见色起意，倘若我不是生得如此俊美，而是貌寝体短，你也会亲？你如此行为，与遇渊又有何异？"

　　画角认真想了想，自觉倘若不是眼前之人，她应当下不了嘴。她一时竟无法反驳，小心翼翼地问："是我不对，那……你待如何？"倘若要她负责，倒也不是不可。"还有，你方才……"少年忽然顿住话头，似是难以启齿。

　　画角心中咯噔了一下，方才她虽然被迷了心神，但清醒后衣衫还算齐整，应是并未做出格之事。画角试探着问："我方才……又亲你了？"

　　少年冷冷瞥向她，目光冷得好似三九寒天的冰刀。

　　画角抿了抿唇，两个吻和一个吻似乎差不多。

　　桃林中寂然无声，漫天桃花癫狂飞舞。两人互看良久。画角试探着说道："要不然，我俩成亲？"

　　岂料他面无表情地望向她，漠然说道："调戏非礼，按律当杖二十拘十日，倘若不思悔改，徒一载。又妄以成亲为由，再行非礼，狱两载！"

　　画角捏诀，正欲将捆缚他的红线解去，闻言手一僵。怎么她想负责，反倒成非礼了？如此说来，无论如何，他都会让她蹲大狱？画角敛眉正色道："我的确不对，但蹲大狱却有些过了。你也晓得我是为伏妖不得已而为之，对你实无亵渎之心，且我还救了你一命，如此抵消可好？"

画角不得已搬出救命之恩，可他却不为所动："此乃两码事。救命之恩自当回报，但非礼之罪亦当惩戒。再者，我并未向你求救。"

画角一时气结，不知为何，忽然有了调戏他的念头，而且，这种念头一旦滋生，竟不可遏制。

她不由得俯身，指尖徐徐抚过他白瓷般细滑的脸庞。她的手指纤长，却并不光洁，因着长期习武施法，指尖肌肤有些粗糙。或许是用力大了些，他白净的脸庞竟微微泛了红。最后，她伸指挑开他脸颊边的发丝，在自己手指上绕了绕，眼波流溢："我如此做，可算是不思悔改？可要蹲大狱？不过，纵然是蹲大狱，我也想……"说着，目光下掠，瞥了眼他的唇，抬手勾起他的下巴，"这样。要蹲几年大狱啊？两年？抑或三年？"

他仰起脸，目光凉凉地凝视她，眼底荫翳重重。

虽然，他的外表看上去，依然那么无害；虽然，他似乎还遭受着怪病的侵袭，面色苍白，额渗冷汗，可画角还是隐隐感受到，他怒了。他身上散发出一种无形的气势，极有压迫感，令人心头无端升起一种惧意，再不敢放肆。

他果然不是一般人。其实，自方才他一语道破遇渊真身，她就晓得他不简单。纵然是她，在尚未翻开那本册子前，也不知其为何物。

画角倾身又敛近了些。"你是何人？遇渊的真身，不是寻常人能知晓的，还有……"画角顿了下，视线掠过缠缚他手腕的红线，"据说，遇渊的红线能迷惑心神，对你似乎无效。"连她一个伏妖师都被惑了心神，若非刺破手掌，只怕会酿下大错，他却无事。她一字一句说完，勾着他下颔的手指缓慢下移，抵至脖颈，冷声问道："你究竟是何人？"

他丝毫不为所动，眼睫轻挑，冷然望着她，一字一句地说道："凡人，心思纯净且意志坚定者，不会为情欲所惑。心思不纯、意志不坚，伏妖师也无用。"

又在拿言语挤对她。

日光透过花枝，千回百转映在林中，笼着纷落如雨的花瓣和咫尺相对的两人。此情此景，自远处看，任谁都会以为两人正在卿卿我我、情意正浓。一声惊呼，便在此时响彻林间。背后人声喧闹，画角回首望去，只见桃花掩映处，彩裳婆娑，数道人影透迤而来。其间伴随着隐隐约约的话语声。

"这是怎么回事？这些桃花，为何都秃了？"气急败坏的女声传来。

"公主殿下莫急，您慢一点……"

画角晓得是在山间开桃花宴的静安公主与京城一众贵女来此赏花了。"静安公主来了，你可识得她？"画角挑了挑缠缚在他身上密密麻麻的红线，"可要我帮你解开？"

"三年！"他颦眉说道。

画角一时有些蒙："什么三年？"随即反应过来，他是在回自己方才的问话，她如此待他，需蹲大狱三年。眼瞧着静安公主来了，他浑身被红线缠缚衣衫不整，倒也不怕失仪，竟还惦记着擒她入狱。

画角气笑了："如此，三年也好，五年也罢，想让本姑娘蹲大狱，你得先抓到我，我倒要看看，你可有这个本事。"

画角说完，侧眸瞥了一眼身后，只见走在最前面的女子似是遥遥看到了他们，惊呼出声："啊……有劫匪……"

画角慵懒一笑，温柔地拍了拍他的脸，径自离去。

身后的桃林却是一石激起千层浪，喧闹声惊天动地。

画角很快出了九绵山，途经一处溪水，原想掬水洗脸，却看着水中的倒影呆住了。水中那张脸，明眸皓齿，清秀绝美，然而，却不是她的脸。好在恰好到了半个时辰，脸又换了回来。可她方才居然忘了自己借了别人的脸。如此说来，适才，她是顶着别人的脸，做了"登徒子"的事。画角顿时有些懊恼，那人若是因此擒拿了华服女子，可如何是好？

她特意返回去，到附近的村中转悠了一圈，自一位村妇口中，得知村头的张二花自山坳救了一名蒙面女郎，如今，已被家人接走了。画角这才放下心来，只可惜没打探出华服女子是何人家的小娘子。此事只有作罢，或许白衣少年不会那么执着。

第二章 伶妓夜逢妖

阑安城是大晋都城,亦是一座千年古城。姜画角平日除了修行,便是行遍天下伏妖。她已经好几年未曾回到阑安了,但阑安城依然如她记忆中那般繁华,让她忍不住惊叹。

倘若用美人来形容阑安城,大约就是一位端庄优雅的美人。你若以为美人已经迟暮,纵是繁华也不过如此,那便错了。琼楼玉宇是她发间的钗环,满城花树是她衣上的纹绣,川流不息的人群是她的勃勃朝气,她依然风华正茂。

姜画角头戴幂篱,站在西市熙熙攘攘的人群中,默默说了一句:阑安城,我姜画角回来了。

她在西市上走走停停,最后在一间店铺门前驻足。这是一间书画铺,门楣上雕了三个大字——品墨轩。这里除了售卖字画书卷,逢年过节还代写对联。不过,这只是摆在明面上的生意,品墨轩私底下真正做的,其实是驱邪伏妖。

画角一进门,便有店小二上前招呼:"这位小娘子,不知您要看什么字画?"

画角摇头:"我不看字画,想让你家掌柜的代写一副对联。"

店小二满脸堆笑:"哎哟,这不年不节的,您要写什么对联啊?"

画角淡笑道:"保命护身,祈福求安。"

这是品墨轩接活的暗语,倘若你如此说,意思就是你要找掌柜的驱邪祟。

店小二正色道:"如此,贵客稍候,待我禀告章掌柜。"

片刻后,画角随着店小二上了二楼。品墨轩的掌柜章回正坐在案前翻阅书卷,看到画角上了楼,他放下书卷,轻笑着问道:"不知小娘子所求何事?"

姜画角取下幂篱,笑望着章回:"章掌柜,不知可伏妖否?"

章回盯着画角的脸,目瞪口呆,显是吃惊至极。他起身施礼,一脸惊喜地问道:"盟主,怎么是你?你何时回阆安的?"

大晋有两大伏妖门派,分别是云沧派和团华谷。

因大晋开国曾得云沧派相助,其后朝廷设天枢司,由云沧派弟子掌事,专事缉拿大晋境内的妖邪。近年来,天枢司势力逐渐膨胀,已不单专事伏妖。

团华谷弟子一向避世而居,因着云沧派势大,如今更是行踪难觅。只苦了民间的伏妖世家和一些散修伏妖师,他们都不曾入道派,只是靠祖上传下的法术和法宝伏妖。多年来遭受天枢司打压,多半都已改行。

四年前,画角寻遍大晋,凭一人之力,收复民间散修伏妖师和伏妖世家,创立了伴月盟。章回是她挑战天罗山庄时结识的,他与天罗山庄的庄主罗堂是挚友,彼时正在山庄做客。天罗山庄是大晋数一数二的伏妖世家,画角便挑了天罗山庄打头战。

天罗山庄自是没将她一个名不见经传的小姑娘瞧在眼里,听闻她是上门比试,便派了庄中最不济的人去应战。原以为很快便会将她打发走,却不料派一个输一个,连败数场。最终,罗堂和章回只得亲自上阵,也依然败在画角手下。

那时,庄主罗堂说了一句话,章回至今仍记忆犹深。他说:"她让我想起很多年前,让我几欲丧命的孤狼。明明是群居动物,明明是昼伏夜出,可它却孤身徘徊在朗朗晴空下。"

章回望向笑靥如花的小姑娘,怎么也和孤狼联想不到一起。

罗堂轻笑:"眼神!势在必得的眼神。所以,我们注定打不过的。"

最终,天罗山庄一败涂地。众人皆担忧画角杀得兴起,会将整个天罗山庄屠了。可巧的是,山庄附近有妖邪作祟。画角竟扔下他们,率先去伏妖。

那一次的伏妖经历凶险异常。原本世间的妖,伏妖师们多半都识得,纵然不识,过上数招,一般也能瞧出底细。但那一日的妖,在场的伏妖师都毫无头绪,险些齐齐丧命。最终还是画角舍身拖住了妖物,才让罗堂和章回联手将其诛杀。

那时,章回不解地问画角:"你为何这么做?"

画角嫣然一笑:"服从!我要你们日后服从我!绝对地服从!"

彼时,她不过十五六岁,脸上还有婴儿肥,说出的话却是斩钉截铁,由不得人不从。

此时,姜画角笑望着章回:"今日初到阆安,还未曾回府,先来你这里瞧瞧。这几年章兄在阆安打理品墨轩,辛苦了。"

少女已经出落成女郎,依然笑靥如花。但那双眼眸,却沉淀了更多的东西,是风霜,是阅历,抑或是苦难,那是久居深闺、一生顺遂的女子永远也不会有的。

"我既已入了伴月盟,自当为盟主效力。只是……"章回有些惭愧地说道,"盟主交代的任务,这两年毫无进展,甚是惭愧。"他不到而立之年,一身青衫,模样清隽,近年来操劳过度,眉毛总有意无意地轻皱。

静室内两面墙都是木制的书柜,上面摆满了各色字画卷轴和书卷。画角仰头望着满柜书,问道:"你可是觉得我得到的消息有误,让你寻找的人根本不存在?"

章回直言不讳道:"不止阆安城,盟主派到其他州府的弟子也毫无进展吧,我的确曾怀疑盟主消息有误。不过,现今却不会了。"

画角扬眉:"哦,这么说来,最近有了眉目?"

章回自书柜上层抽出一本古卷,翻找了片刻,递给画角:"这是我新得的一本古卷,上面有我们四年前在天罗山庄诛杀的妖物。"

画角接过古卷,只见翻开的那页旧得泛黄的纸张上,绘有一只妖。它身躯庞大,人面虎足,还有一口獠牙,果然是那日诛杀的恶妖。旁侧有两个小小的篆字:梼杌。画角凝了眉头:"居然是梼杌?"

章回忧心忡忡:"梼杌是上古恶妖,早已在上古时期便自人间绝迹,既然,它能重现世间,那么,盟主命我寻找的豢养上古恶妖化蛇之人,想必也是有的。"

画角点头:"四年前,梼杌出现前,我记得天色晴朗,随后暴风雨突至。"

"天时有异,妖物出没。妖物的出现,往往会伴随天气异变。"

画角若有所思:"妖物现身时天气异变,应当是因为它们妖力强大,能呼风唤雨,可是,今日我在九绵山诛杀了一只遇渊,它出现时忽降暴雪,但以遇渊的道行,明明左右不了天气。"

章回引着画角在案前落座,斟了杯茶推至画角面前,问道:"盟主可是觉得,九绵山的大雪,不是遇渊造成的?"

画角点头,又道:"这只遇渊,我起初完全察觉不到它的妖气。"

章回原本端起茶盏正欲饮茶,闻言顿时愣住了,问:"妖就是妖,修行再是高深,妖气也不能完全敛去。怎会没有妖气?倘若当真如此……"

章回似乎意识到什么，惊愕地望向画角。画角望着他轻轻颔首。两人面色忽而沉重。"那，当真是棘手了。"章回低喃。

两人沉默了片刻，忽听楼外街道上一阵喧闹。画角透过临街的支摘窗向外瞧去，只见十几匹马自街上掠过，马上之人玄衣黑甲，腰悬长剑，身披墨氅，随着疾驰而行，墨氅在风中猎猎飘展。行至品墨轩附近，为首之人忽然勒马，自怀中掏出一件什么物事扫了眼，随后翻身下马，向街边铺面的商贾打听着什么。

"这些人，看装束，莫非是天枢司的伏妖师？"画角眯眼问道。

章回探头看了眼："看样子是在缉拿罪犯，也不知哪个倒霉蛋得罪了天枢司。你莫小瞧他手中的物什，那是定踪珠，显然已吸纳了罪犯的气息，一旦接近，定踪珠便会闪烁。这下怕是免不了入狱，天枢司的烈狱堪比地府，一旦进去，绝无活着出来的道理。"画角心头忽然升起一股不祥的预感。别是白衣少年派的人吧。方才她过来时，特意留意过，并未有人追踪。可倘若对方用了定踪珠，不必追踪也能寻到这里。

这时，为首的伏妖师在路人指点下，侧首望向品墨轩，一挥手，一行人径直向品墨轩而来。倒霉蛋画角望向章回，说道："他们，似乎是来抓我的。"

章回震惊地看向画角，一脸的不可思议："盟主，你初到京城，这么快便得罪了天枢司？"

说话间，开路的枢卫打开店门，一行人长驱而入。天枢司办事，谁人敢拦？又如何拦得住？

章回匆忙下了楼，满脸堆笑迎上前，朝为首之人鞠了一礼，招呼道："这不是楚校尉吗？不知您光临敝店，有何贵干？"来人是天枢司校尉楚宪，二十多岁年纪，眉目周正。他并不接章回的话头，面无表情地说明来意。

"天枢司缉拿罪犯，还望掌柜的海涵。"楚宪一挥手，身后几名枢卫便在一楼搜寻起来。

"楚校尉，小店本本分分做买卖，怎会有罪犯？"章回试图阻拦。

楚宪取出定踪珠，只见鸽子蛋大的珠子熠熠发光。他冷笑了声："掌柜的，你窝藏天枢司重犯，只怕你这店开不成了。"

章回强笑道："您这话我却听不懂了，小店何时窝藏重犯了？"

一众人在楼下搜寻一番无果后，便径直上了二楼。

"掌柜的，方才有人说店里来了一位红衣小娘子，如今人在何处？"楚宪说着，环顾一周，目光锁定了窗畔。只见后面的窗子半开着，一阵风来，吹得卷帘随风摆动。

章回解释道："方才是来了一位红衣小娘子，您说的罪犯莫非就是她？她原是过来买字画的，我听到动静后便下了楼，留她一人在楼上，这会儿，咦，人呢？莫非，是跳窗子走了？"

楚宪瞥了眼手中的定踪珠，脸色一沉，只见方才还熠熠闪烁的光芒不知何时竟逐渐微弱下来，似闪非闪。楚宪原以为十拿九稳能抓到人，却不想功亏一篑。眼看定踪珠光芒微弱，想来要寻之人的确不在此处。他不甘心地收起定踪珠，一挥手，带着枢卫们径自下楼而去。

待天枢司一众人离开后，章回行至书架前，抬手一推上层的一卷画轴，巨大的书架便自中间移开，露出隐在书架后的一间静室。画角自里面走出，方才她故意推开了窗子，实则并未逃走，只是躲了起来并布了结界，不让自己的气息透出。如此，楚宪手中的定踪珠也便失了效用。

"盟主到底是如何得罪天枢司的？"章回不解地问道。如此一番折腾，画角几乎忘记了桃林中的白衣少年，经章回一提点，顿时想起此事的罪魁祸首来。她怎么也不曾料到，他居然还留了一手，用定踪珠吸取了自己的气息。看来，他是执意要擒住她了。更糟的是，他居然能调遣天枢司的校尉。

"天枢司的指挥使不是雷言吗？他掌管天枢司有许多年了吧，年纪应该不小了吧？生得可俊？"画角这些年虽说未曾到阆安，但天枢司的事却没少听说。怎么想，白衣少年也不像是传言中的雷言，然而，他能对天枢司的校尉发号施令，究竟是何身份？

"雷言已是不惑之年，不过他是修道之人，自有驻颜之术，看上去也不过而立之年。模样嘛，与俊不沾边，说丑不至于，就是一个寻常汉子。盟主问他作甚？"

不是雷言啊，那便好。总不能一到阆安就得罪了天枢司的指挥使。

画角又问："那，天枢司可有一位得了怪病的年轻郎君？"

"怪病？"章回摇头，"这个，属下倒未曾听说过，盟主何以有此一问？"

画角原想将白衣少年之事说出，鉴于自己的"登徒子"行为，终究是没说出口。这时，楼下传来了说话声，店小二上来禀告，说是原先约好的客人到了。章回双目一亮，放下手中茶盏，抬手一招，原本挂在衣架上的雪色蝉衣凌空飞来。他伸臂穿上，正襟危坐，摆出一副世外高人的样子。

画角扬眉："这是来活儿了？"章回颔首。

片刻后，店小二引着一位美貌胡姬上了二楼。她肤色白腻，高鼻深目，梳着高高的凌云髻，额头上垂着一串红色珠串。身上的襦裙宽袖窄腰，行走间摇曳多姿。

胡姬一见到章回便弯腰行礼，说道："奴家是绕梁阁的左儿奴，见过章掌柜。"

绕梁阁是位于平康坊的一家妓馆,在阆安很有几分名气。章回淡淡颔首,抬手示意左儿奴坐下。左儿奴上下打量了章回和画角一番,在两人对面落座,一脸犹疑地问道:"你们品墨轩当真可以驱邪?不会是骗人的吧?"

章回轻咳一声,抬起眼皮扫了左儿奴一眼,慢悠悠说道:"我瞧你印堂发黑,似是沾染了邪气,这几日可是夜夜噩梦,不得安眠?"他刻意压低了嗓音,听上去神神道道的,活脱脱一个神棍。

左儿奴闻言,连连点头:"对,对。章掌柜您说得太对了。"

画角瞄了左儿奴一眼。她不过十六七岁,正是如花的年纪,但却眼圈发黑,脸色憔悴,夜里没睡好的人都这样儿。

品墨轩在天枢司的夹缝中生存,平日里活儿并不多。一个月中有个四五单算是多的,还多是求生子符、夫妻和睦符、静心咒等。如今好不容易来活儿了,章回自然要费心留住,要不然,这个月的租金就交不起了。

别看阆安城繁华,但位于阆安的伴月盟分舵品墨轩,却是最穷的。当然,章回瞥了眼画角的荆钗布裙,其他分舵应当也不怎么样,盟主都穿这么破了。他一脸淡定,打量了左儿奴片刻,伸出手指闭目开始掐算,片刻后说道:"左儿奴姑娘琴技高超,怎么说也算得上是绕梁阁的头牌,按说最近正春风得意,如此心神不安,想是受到了惊吓?"

左儿奴一脸震惊,先前的犹疑瞬间消失无踪:"仙长真乃神人也。我的确是绕梁阁的琴妓,这月又有幸夺得了花魁。"

画角打量着左儿奴,她的衣裙乃是上等的烟罗纱,一般的伶妓只怕上不了身。由此可见,她在绕梁阁纵然不是头牌,也是极受欢迎的。而她的手指,指尖有茧,显是长期拨弦所致。

章回颔首,一脸正色道:"我观小娘子面相,好运加身却又有邪气缠身,若任由下去,只怕好运便要消磨殆尽,说不定还有性命之忧,还须尽快驱邪啊。"

画角附和道:"章掌柜是真正的高人,你有事但说无妨,他是画符、解咒、驱邪、伏妖,一条龙服务。这世上没有他驱不了的邪祟伏不了的妖,天枢司指挥使雷言,你晓得吧,他亲自邀我们章掌柜加入天枢司,可我们章掌柜嫌天枢司管束太紧,拒了。"画角挑了挑眉,将章回吹嘘得天上有地上无。

左儿奴闻言,一脸崇拜地望着章回,自袖中掏出一张帕子,将里面包着的几枚珠钗和几锭银两放在案上。"仙长,求您帮帮我。这是我平日里攒的银钱,不知够不够驱邪?"

章回不动声色扫了一眼桌上的银两,轻咳一声,颔首道:"好说,好说。"

"仙长，如果你真的伏过妖，这么说，这么说……"左儿奴惶恐地瞪大眼，"我遇到的真是妖？"

画角和章回对视一眼，原以为只是驱驱邪，没想到还是一个大活儿。章回正色问道："你遇到的？"

左儿奴点点头："绕梁阁每月都会选一次花魁，这个月我因一曲《陌上花》夺了魁首。阁里平日要好的几位姐妹便嚷着要我请客吃酒。"

那一夜，左儿奴向鸨母告了假。她近日身价倍增，为阁中赚了不少银两，鸨母便没阻拦。她在绕梁阁后园花亭中置办了一桌席面，与阁中要好的三个姐妹飞玉、若香和抱影一道对月饮酒。几人平日里都是陪着恩客饮酒，从不曾如此自在消遣，你敬我一杯我敬你一盏，不知不觉，夜色已深，后园一片静寂。

酒壶中的佳酿见了底儿，左儿奴吩咐婢女再上一壶佳酿。婢女蓉儿很快将一壶佳酿并几份饭后果子端了上来。左儿奴为姐妹们每人斟了一杯，几人正欲干杯。

"可是……"左儿奴说到这里，一双妙目中染上了惊恐之色，胆战心惊说道，"飞玉忽然嚷了起来，说她的杯中无酒，我并未给她斟酒。可是我记得很清楚，明明是斟了四杯。我当时有了几分醉意，我还以为漏了她，便再为她斟了一杯。待我们坐下用果子时，抱影又说为何她没有果子。我还当蓉儿疏漏，少上了一份果子，便将自己那份给了她，也没将此事放在心上。可是后来，我的杯盏掉落在桌案下，滚落在一人足旁，我俯身去捡时，看到……看到……"

左儿奴说到这里，说话的声音都抖了起来："那只脚未着鞋袜，黝黑怪异，不似人的脚。我吓得一激灵，酒早已醒了，瞪大眼再看时，那脚已缩入裙摆之下。我以为自己眼花看错了，可是，这时却发现，桌案下算上我，有五条裙摆。多……多了一个人。"

当时月色晦暗，花亭廊下挂着的灯笼被风吹动，光影摇曳，树影婆娑。左儿奴只觉自己的汗毛都竖了起来。

画角蹙眉："你们只有四人，花亭中多了一人，居然都没有察觉？"

"我后来瞧了，桌面上还是四人。"左儿奴摇了摇头，打了个寒战，"那个……那个半身人就坐……坐在我身旁，她面前摆着一碟果子，虽看不到上身，但那果子一直在变少。"

这是隐了半身。

"后来呢？"章回问道。

"我惊惧交加，又怕那东西被惊动后袭击我们。我也不敢声张，只和姐妹们说天色不早了，散了吧。我起身正欲离开，裙摆却被什么东西踩住了，扯不动。我晓得是它，再也忍不住，尖声叫了起来，一面喊着有鬼，一面扯破裙摆，与姐妹们一道自花亭逃了出来。"

四人手牵手奔出了花亭。左儿奴大着胆子回头望了一眼，只见花亭桌案前果然还坐着一个人，不待她看清那人的模样，花亭四角挂着的灯笼忽然灭了。园子里刹那间一片漆黑死寂。几人手牵手沿着园内小径跌跌撞撞奔逃。

飞玉一直问出什么事了，左儿奴便将事情和几人说了，只盼着那东西不要追来。可是，跑着跑着，左儿奴便觉得不太对劲。她回头数了数，再次吓得魂飞魄散。还是五个人。

左儿奴一脸惊恐地说道："婢女蓉儿明明早就离开了。我晓得是那东西追了过来，又混入了我们中间。园子里一片黑暗，我们看不清彼此的模样，都觉得身旁的人就是那东西。"

"这时，我觉得我牵着的那只手触感有……有毛，那人也转头看向我，朝着我诡异一笑。"

"我只觉头皮一麻，甩开那只手，一路尖叫着跑回了房中。从这夜后，我便夜夜噩梦。"

章回沉吟着问道："此事，你可和绕梁阁的主家说过？"

左儿奴垂头："我们平日是见不到主家的，绕梁阁一向是秋娘掌事，我当夜便与她说了，可她并不信我。还让我莫乱说话，坏了妓馆的名声。我也不敢去天枢司，听闻你们会驱除邪祟，我便过来了。"

"如此，这个活儿我们接下了。"章回拿起朱笔，蘸就朱砂，临时画就一道符咒交给左儿奴，"此符务必随身携带，暂保你夜里安眠。"

左儿奴显然是吓坏了，起身离开前，还在问："烦请你们一定要把那个……那个东西抓住。"

待到左儿奴去远了，章回对画角道："听上去绕梁阁的确不干净。"

画角淡淡一笑："绕梁阁乃人烟云集之处，人多且杂，最易妖物藏身，明日你先派人过去探查一番，若当真有妖，定要诛杀。我今日先回府了，有事你派人传信给我。"

日暮时分，姜画角来到了崇仁坊槐落巷的郑宅。紧闭的朱漆大门在夕阳余晖的映衬下，略显肃穆陈旧。画角上前叩动生了锈的铜环，过了好久，大门才"吱呀"一声打开一条缝，探出一张惊惶的脸。上了岁数的老仆陈伯眯着眼凝视了画角好久，方不可置信地揉了揉眼，惊喜地喊道："小娘子，是小娘子。小娘子你可回来了，你回来得正是时候啊！"

画角进了门，听这话里有话，又见陈伯走起路来一瘸一拐，问道："府里出事了？"

陈伯压低声音，一脸愤懑地禀告道："西府来人了，说是……说是要把我们这宅子放到牙行，典卖出去。"

画角顿住脚步，疑心自己听错了。阿爹过世不过才三年，西府就惦记上她这处宅子了？可她这阿爹唯一的子嗣还活着呢。

"你这腿是谁伤的？"画角问道。

陈伯叹息一声："小娘子，老奴无碍，您可莫惹事。"

画角冷冷一笑，拾级而上，走向府内会客的厅堂。

西府派来的是管事的徐嬷嬷，四十来岁年纪，生得精明利落，尤其一张嘴皮子好使，是老夫人跟前的红人。府中无主人，招待她的是画角的奶娘林姑。画角平日不在府中，府中事务皆由林姑打理，外面庄子的事则由韩叔操持。

"你们小娘子三年不归家了，阖府十几个仆人守着这一座空宅算什么事。老夫人说了，你们把房契交出来，宅子典卖出去后，少不得你们的好处。届时你们到东市租间铺面，总比在空宅里熬这一个月几十文的月钱强。"徐嬷嬷端坐在厅堂内，正在谆谆诱导。

林姑不为所动，婉言拒绝道："这宅院是郎主置办的，要典卖也是我们小娘子，老夫人只怕无权插手。"

徐嬷嬷呵呵一笑："瞧你这话说的，老夫人是你们郎主的亲娘，是你们小娘子的亲祖母，怎就不能插手了？"

林姑面色微沉，说道："徐嬷嬷记性似乎不大好。你莫非忘了，当年，老夫人不满我们郎主的亲事，早在郎主成亲前，就将郎主逐出了家门。如今这处宅院，可是我们郎主生前自个儿凭功名挣来的，与西府那边无一丝干系。"

徐嬷嬷"哎哟"一声，端起茶盏品了口，皮笑肉不笑："林姑啊，你这是误会了。你们这宅院老夫人还瞧不上，她也是为了你们小娘子着想，一个姑娘家，早晚是要嫁人的，这宅院留着也无用，不若早日典卖。你们放心，这得了银两，自然都是留着给你们小娘子做嫁妆的，老夫人是分文不取的。"

林姑笑了笑，客气地说道："我代我家小娘子谢过老夫人的好意了。我还是那句话，房契不在我手中，纵然在，没有小娘子发话，这宅院绝不能典卖。"

"你们小娘子好几年没回府了吧？"徐嬷嬷吹了吹茶盏中漂浮的茶叶，意有所指地说道，"往后回不回还不好说呢。"

林姑蓦然一惊，问道："徐嬷嬷，你这话什么意思？"

"你们小娘子也只在郎主过世时回过一次，其后就没再回来。我听说啊，小娘子的外祖家姜家早前遭了难，想必是有仇家，你们小娘子偏偏姓了姜，说不定啊，也是凶多吉少。"

林姑纵是涵养好，也被这话气得变了脸："徐嬷嬷，我敬你是西府管事，可你竟然咒我们小娘子。恕我不客气了，送客！"

徐嬷嬷脸色一沉，放下茶盏，冷哼一声道："敬酒不吃吃罚酒，来人，给我搜！"她一声令下，侍立在身后的几名西府护卫迅速散开，便要在屋内搜房契。

"徐嬷嬷，这是做什么呢？"画角提裙迈进了门槛，笑吟吟问道。

夕阳慢慢沉下去，最后一抹余晖透过菱花窗自画角背后映入，她整张面孔隐在暗影中看不甚清。然而，那慵懒的嗓音一入耳，徐嬷嬷便晓得是谁来了。她慌忙自座椅上起身，快步行至画角面前，哈腰施礼道："小娘子，您何时回的阆安？"

林姑看到画角，惊喜交加，眼圈顿时红了。画角朝着林姑点点头，调转视线，轻轻瞥了徐嬷嬷一眼，又扫了一眼那几名护卫，唇畔扬起一抹笑意，看上去带着一丝邪气。

"听说，徐嬷嬷是来要房契的是吧？林姑，你去我房里将房契取过来给徐嬷嬷。"画角慢悠悠吩咐道。

徐嬷嬷望着画角唇角的笑意慌了神，暗叫不妙，过往的记忆忽然浮上心头。

姜画角虽是郑家子嗣，但却随母姓，只因其父郑原恋上了一位山野村女姜氏。郑家出自荥阳郑氏，乃名门望族，向来只与世家大族联姻，便是阆安的新贵都瞧不上。姜氏出身平民也就罢了，偏她的家族还有个风俗，生了女娃后，要随母姓，还要自小在姜家教养。一个隐居山中的家族，难不成族中还有爵位继承？

这门亲事，老夫人自是不愿，但郑原铁了心要娶，老夫人一气之下便将郑原逐出了门庭。

郑原不依赖家族庇护，自个儿考取了功名，官拜中书令。姜氏进门后，倒是温柔端庄，没两年，就添了一个女娃，便是姜画角。她自小在姜氏家族长大，但每年姜氏都会带她回阆安住上两个月。姜氏大约不愿因自己而破坏老夫人和郑原的母子之情，常带着姜画角到西府走动。

老夫人见木已成舟，原本有意认回郑原，便也默许了两家的来往。然而，也就是每年这两个月，这小丫头将西府那边闹得鸡犬不宁。

起先不知是何缘故，郑家大郎郑山的小娘子郑敏和姜画角打在了一起。彼时姜画角不过七八岁，郑敏指挥着府中十多名护卫都没能打过她，末了，还被她打破了头。西府中从未见过如此跋扈嚣张的孩子，还是个女娃。老夫人自是护着养在身边的孙女郑敏，命人将姜画角打了一顿板子，好生管教了一番。她被打得好几日下不来床，还被逼着向郑敏道歉认错。自此以后，阖府都认为她不会再来西府了。但谁也不曾料到，她照来不误。粉妆玉琢的小脸上总是挂着笑意，嘴又甜，老夫人还道她不记仇。

过了两日，老夫人最珍爱的花缠枝莲花瓶自桌案上掉下来，摔了个稀巴烂。还是众目睽睽之下，花瓶自己掉落在地的。那花瓶价值连城，还是圣人亲赐。老夫人心疼得直跺脚。

又过了两日，郑敏在晌午歇息时，被剃了个光头。郑敏自小爱美，丢了一头乌发，便似天塌了般，哭天抢地。姜画角却在一旁拊掌笑曰："姐姐这是想要出家做尼姑吗？"阖府都晓得是她干的，却谁也没看到是她，这回老夫人想罚都没得罚。

郑敏吃了哑巴亏，自然不肯放过她。每日里都派护卫擒拿她，不想这些护卫反而成了姜画角的陪练，让这丫头的轻功日益见长。总之，其后不论是谁，只要得罪了姜画角，你心坎儿上的物件就会倒霉。西府里的一众仆妇都道姜画角一肚子坏水，是个惯会背地里使坏的小煞星。

然而，有一日晚间，徐嬷嬷下值晚了些。在回家的路上，亲眼看到姜画角斩杀了一个怪物。当时，她随手一招，一把刀便凭空出现在手中，不过几招便将怪物斩于刀下。徐嬷嬷一直疑心自己在做梦。可是，自此之后，她对姜画角便莫名有些惧怕。她可不仅能剃你光头，还是能斩你头颅的煞星。如此一想，剃头倒是手下留情了。

倘若早晓得她在阆安城，打死她也不敢领这个差事。都怪府里的奴婢私下揣测，说这丫头几年未回阆安，说不定人早没了，让她信以为真。她抹了下额角的冷汗，赔着笑脸道："哪里，不敢不敢，老奴岂敢来跟小娘子要房契？老奴无事，这便告退了。"徐嬷嬷朝着身后的护卫们使了个眼色，灰溜溜退去。

画角忽然想起什么，问道："陈伯的腿是谁伤的？"

众护卫面面相觑，大多都惶然不敢吭声。

两名新当差的护卫觉得丢脸，其中一位护卫不怕死地说道："小娘子，某不过推了他一把，是他年老站不稳，跌倒了而已，与我无干。"

画角牵唇一笑，和气地说道："原来如此，我晓得了，你们可以走了。"

她说话的声音格外温柔，带着几分缠绵的味道。

护卫得意一笑，施礼退去。只是，不知何故，他在迈向门槛时，膝上麻筋似乎被人弹了一下，腿忽然一软，整个人跌倒在地。

一众人同情地望着他。

护卫还当是自己不小心，不在意地笑笑，起身走了两步，再次跌倒在地。这次摔得有点狠，膝盖恰好磕在石阶上，疼得他一时站不起身来。依着他这些年做护卫受伤的经验，骨头只怕是摔裂了。他这才觉出不对劲，疑心有人作祟。他疑惑地望向画角。

画角眯眼一笑："年纪轻轻的，怎就站不稳了？可要小心行走，莫再摔了。"说完，画角再无暇理会他，笑眯眯地对徐嬷嬷说道："烦请你回府给祖母带个话，就说我谢谢祖母好意。今日天晚，我就不去府内叨扰了，待改日得空，我定会去拜见祖母。"

徐嬷嬷一脸惊惶地说道："小娘子只管歇息，您几年没回阆安，多出去逛逛。拜见老夫人之事，不忙不忙。"最好是别去，万万别去。徐嬷嬷虔诚祈祷。

小主人回来了，府里登时热闹起来，笑语声不断，堪比过年。韩叔指挥着仆从将院内廊下的风灯全部点亮，晕黄的灯光一点点驱散了夜幕，整个郑宅都笼罩在了一团温暖的光里。林姑少不得抱着画角抹泪，心疼她一人在外免不了受苦，又念叨她风餐露宿，不晓得照顾自己，人都饿瘦了，在阆安城这些日子定要将她养胖，絮絮叨叨没完没了。画角听了觉得暖心，听多了又有些受不住。

府中仆从皆是画角阿爹郑原生前身边的忠仆，林姑却是阿娘姜氏的婢女，她原也是大户人家的小娘子，一家人遭了难，幸得姜氏出手，才让她不致死于非命，自此她便追随在姜氏身边。因着自小的礼仪教养，虽跟了画角多年，看到她做出格之事，总免不了念叨几句。她嘱咐画角在阆安这些日子定要循规蹈矩，万不要和西府那边撕破脸。

画角一面点头应了，一面左耳朵进右耳朵出。

用罢暮食，她便逃也似的回了自己所居的小院。她虽多年不回，小院闲置日久，但林姑每日里都着人打扫。屋内洁净雅致，院里花木修剪齐整，便好似她昨日刚出门，今日便回了一般。

婢女雪袖服侍着画角沐浴更衣，铺好了被褥，问画角："小娘子此番回阆安，再不走了吧？还是，只住两个月？"她常年住在外祖姜家，府内下人已习惯了她每年只在阆安待两个月。

画角换了一身轻软的素裙，趴在松软的床榻上，只想睡个天昏地暗。听到雪袖的话，睫毛颤了颤，说道："也许更久。"

雪袖抿唇笑了："那可太好了。"

"瞧这丫头欢喜的，这次啊，你家小娘子再不走了呢。"林姑推门而入，手中抱着一条新做的锦被。画角生怕再被林姑念叨，埋头装睡。

林姑将锦被覆在她身上，说道："不晓得你今日回，被褥也都没晒，这条是新做的。方才我差点将正事忘了，郎主过世前，为你定了门亲事，嘱托我待你回来，便留你在阆安安心待嫁，再不要出门了。"

画角迷迷糊糊"嗯"了声，蓦然反应过来，只觉头顶上宛若一个炸雷滚过，惊得她霎时睡意全消。她一骨碌坐起身，带起的风差点将灯树上的烛火熄灭。

雪袖惊喜地嚷道："林姑，这可是真的？那可太好了，这回小娘子便能长久待在阆安了。"

画角盯着林姑的脸看了半晌，摇头道："绝不可能，林姑你莫哄我了。"

林姑一脸端凝："小娘子，我怎会拿亲事哄你？自从五年前你外祖家遭了难，郎主便一直挂心此事。"姜画角的一身伏妖术法皆传自外祖姜家，府中也唯有林姑知晓画角乃伏妖师。"他不愿你再涉险，想让你如阆安的普通小娘子一般，安稳度日。"

画角摇了摇头。她这一生，只怕永不会如普通小娘子那般了。"阿爹为何未曾与我提起此事？"

林姑轻叹一声："亲事是在三年前议定的，不久郎主便过世了，他是想与你说，可也寻不到你啊。"

"林姑，小娘子的夫婿是哪家的小郎君？"雪袖好奇地问。

林姑欣喜地说道："是光禄大夫裴宁家的三郎君，裴三郎还未到弱冠之年，便官至从三品的云麾将军，日后必是大有作为的。听闻他生得俊逸不凡，为人正直，从不到烟花之地流连，是一个端正知礼的小郎君。"

画角挑了挑眉，觉得不可思议。"这么好的小郎君，那不得被阆安的小娘子们抢疯了，怎就轮到我了？"

林姑看向她，一脸的恨铁不成钢："郑家是世家，你阿爹官拜中书令，你是他的独女，怎就轮不到你了？"

画角蹙了眉头："可我姓姜啊，成亲后倘若生女娃也要姓姜，这样裴家也愿意？"她一直觉得，似她这般女子，只有遇到心悦于她的郎君，便如阿爹待阿娘那般，才会甘愿嫁他。而她与裴家三郎，还未曾谋过面。

林姑叹息一声，沉默了一瞬，说道："其实，那裴三郎原是庶子，裴家主母过世后，其母才被扶为正。听闻他阿娘出身不太好，不过，这裴三郎倒是争气得很，比他上头两个兄长都出息。"

画角了然，并非她贬低自己，而是阆安城这些大户人家联姻本就是如此。他阿娘原是妾室，虽说扶了正，但在出身上，他到底还是比上头两个兄长低了一头。或许是因为这个，才不介意她跟外祖家姓吧。不过，听闻他比兄长们还出息，画角倒是对他有了几分兴趣。"林姑，裴三郎的大名是什么？"

林姑笑道："名字也好听，裴如寄。"

裴如寄。画角牵唇笑了笑，想着改日寻机去瞧一瞧这人。

林姑看到她唇畔笑意，晓得她又有了鬼主意，心中一咯噔，犹疑着问道："娘子，我与你说，你和他如今只是定亲，还要保持礼仪，万不可私下在一处。阆安城不比外面，闺阁小娘子名声要紧，你可不要胡来。"画角乖巧点头。

林姑还是不放心，又嘱咐道："男女授受不亲，你可晓得？"

画角忽然想起九绵山桃花林中被她轻薄的白衣少年，有些心虚地垂下眼。男女授受不亲，那要是亲了呢？亲了后再亲呢？她伸手抚了抚唇，小心翼翼地问道："林姑，我且问你，阆安城的律法中，可有关于非礼之罪的，倘若犯了，会如何罚？"林姑神色古怪地望向画角，眉头慢慢蹙了起来。

"非礼之罪啊，这个奴婢晓得。"雪袖拨了拨灯花，室内顿时亮了几分，"前些日子，听闻东市上有小娘子被当众非礼了，后来非礼之人便被禁军抓走了。不过，奴婢觉得啊，这个非礼之罪也要看被调戏之人的意思，倘若人家不介意，那就无碍。可人家若是介意，听闻是要徒一年的，也有狱一年的。"画角脸色微变，原来当真会入狱。

雪袖忽然明白了什么，担忧地问道："小娘子，莫非你……你被人非礼了？是谁如此大胆？"

林姑盯着画角看了会儿，横了雪袖一眼，说道："只怕恰恰相反吧？"

画角慌忙摆手："哪里哪里，只是随口问问。明日我还要去西府，先歇了。"说着，生怕林姑再盘问，躺在床榻上，翻身盖上锦被。林姑起身为她掖了掖被角，无奈地摇了摇头，与雪袖一道退了出去。

翌日，画角并未去西府，章回那边派人送了消息过来，说是绕梁阁的事情有些棘手，让她过去拿个主意。画角用了朝食，便乘马车去了品墨轩。

章回昨夜里亲自乔装去了趟绕梁阁，并未发现妖的踪迹，也未曾察觉到妖气。他还特意去了左儿奴的房内，也未曾看出房内沾染邪气。

"不过，昨夜里机缘巧合，我在绕梁阁外面遇到了以前认识的一个伏妖师，从他口中打探出一件事。"章回压低声音说道。

画角凝眉："何事？"

章回低声说道：“他前些日子伏了一只豹妖，原本是要诛杀的。不过，有人私下里寻到他求妖，出的价位很高，他便出了手。但到底是觉得不妥，便暗中跟踪了买家，发现买妖的正是绕梁阁的人。”

　　画角吃惊地扬眉："你的意思是，绕梁阁的主家买妖？"

　　章回起身在室内走了几步，皱眉问道："盟主，你说绕梁阁买妖做什么？他们不怕吗？左儿奴遇到的妖莫非就是他们买的，难道是专门为了吓唬自家阁里的伶妓？"

　　普通人没有不怕妖的。可是，倘若妖能给他们带来利益，便是怕也要铤而走险了。

　　画角沉吟道："绕梁阁的主家开妓馆，自是为了赚钱。如今买妖，恐怕也是为了赚钱。到底是做什么，我们不妨去查一查。"

　　"倘若真是绕梁阁主家买的妖，我们如昨晚那般扮成嫖客，很难查出什么。左儿奴这个活儿只怕做不成了。"

　　画角笑了笑，说道："让我去，我自有法子混进绕梁阁。"

第三章 恰是玉人来

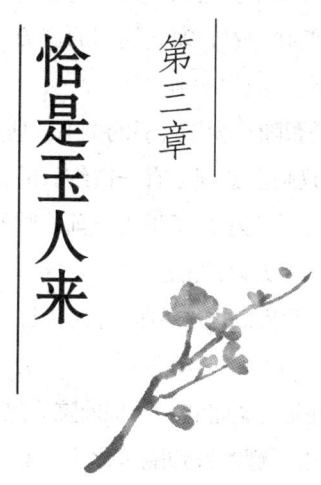

  入夜时分,正是绕梁阁最热闹之时。绕梁阁不愧是阑安有名的乐坊,门庭宽大,只门前廊下挂的灯笼便有数十个,橘红霜白、深红浅黄,各色亮光在夜色中缤纷闪耀,一派奢靡的气象。几名盛装打扮的烟花女子站在门前招揽客人,空气里弥漫着浓浓的香粉味。

  "这不是周家二郎吗?您可有日子没来了。"一见有人过来,几人一窝蜂上前,将人团团围住。

  周二郎周升笑着揽住一位小娘子的腰肢,笑着说道:"我这不是来了吗?这些日子可想煞某了。"

  "咦,周郎,这位郎君是与您一道来的?"一位身着鹅黄衣裙的小娘子探头望向周升身后的年轻郎君。他头上戴着帷帽,帽檐前垂下的轻纱遮住了面容。不过,只看身形,也能瞧出是一位秀骨天成的公子。他身着素色织锦襕袍,因着衣衫宽大,人便显得有些单薄,有一种弱质纤纤的楚楚风致。

  伶妓们的心瞬间便被勾了起来,争先恐后朝着他缠了过去。那小郎君似是不习惯如此,伸袖将她们一一拂开。周升有些慌,赶忙上前拦住她们,说道:"这位是我带来的贵客，他是初次来，你们可莫要吓到他。"

周升是礼部郎中家的郎君，与他一道前来的，自然也是阆安的世家公子。伶妓们听他如此说，越发笑得花枝乱颤，更不肯放过他。身着鹅黄衣裙的小娘子扭着身子，几乎要钻到少年的怀里了。这时，只听"噌啷"一声，利剑出鞘的声音。黄衫小娘子只觉颈间一凉，低眸一看，寒光闪闪的剑刃已抵在颈间。她吓得尖叫一声，慌忙退开。

只见执剑的人是跟随在少年身后的护卫。他身着黑衣，看样子不及弱冠，身材颀长，模样虽清俊，只是左脸颊上有一道细长的伤疤，稍稍破坏了他的样貌，看上去有几分狰狞。护卫见黄衣小娘子不再上前，默然退后两步，长剑归鞘。其他伶妓见状，皆讪讪地后退，无人再敢上前。

周升转头笑了："我们这位爷眼光高得很，可要找一个好姑娘伺候他。"

绕梁阁的后门处是一条暗巷。不似前院的热闹繁华，这里寂静如死。偶尔有丝竹欢语声随风飘到这里，缥缈好似隔世之音。巷子很狭窄，两侧是高高的院墙，白日里也鲜少有日光映入，更莫说夜里。这样幽深逼仄的小巷，极少有人经过。

此时，巷子里停着一辆板车，上面放着几个半人高的大木桶。赶车的人跳下板车，上前敲了敲绕梁阁的后门。很快便有人打开门，将车上的木桶抬了进去。后院内，一个青衫男子上前查看了一番，指着其中一个贴着符咒的木桶吩咐道："抬到后园小屋。"

两名护卫应了声，抬着木桶沿着小径向前行去。越向西北角行走，夜里的雾霭越浓重。青衫男子挑着羊角灯在前引路，幽淡的灯光映亮了他的脸，一双漆黑的眼睛深幽如潭。

几人很快到了西北角的木屋前，这是绕梁阁的一间杂物间，平日里鲜少有人来。羊角灯散发着朦胧的白光，映出楼前一汪池塘，水面上雾气浓重，漂浮着几片有缺口的圆叶，那是荷的叶子。青衫男子挥手示意抬桶的护卫们离去，亲自提着木桶走入小屋。

小屋内堆满了杂物，他抬袖一挥，默念咒语，小屋的角落便现出一道隐秘的台阶，逐级而下，是一间暗室。因是地面之下，又临着池塘，暗室内阴暗潮湿。墙上挂着几盏壁灯，晕黄的灯光映亮了墙壁上密密麻麻的咒文。

绕梁阁的掌事秋娘已事先候在暗室。她四十多岁年纪，脸上薄施粉黛，看得出年轻时也是如花美人，只是毕竟不再是韶龄，一笑时就能看出眼角的鱼尾纹。

"货来了，请秋娘验货。"青衫男子将木桶置于地上。秋娘起身抱胸而立，垂眼望向木桶，目光中透着冷酷之意。青衫男子默念咒语，抬手将木桶上的符咒揭了下来。一股无形的妖气自木桶中逸出，暗室墙壁上的咒文似是感应到妖气，也随之闪亮。

木桶中似有声响，片刻后，木桶的盖子被推开，一只纤细的手露了出来。又过了片刻，半个脑袋怯生生地探了出来，似是看到外面有人，脑袋又飞快地缩了回去。秋娘有些不耐烦，眉头蹙了起来："刘奎，这是什么妖，怎生如此胆小？"

刘奎上前解释道："秋娘，这是一只胐胐妖，天性胆小懦弱，乖巧听话。你不是嫌豹妖不好降伏吗，这只胐胐妖恰恰相反，绝不会惹事。"

秋娘绕着木桶转了一圈，说道："可是太胆小也不行，你瞧她缩在桶里都不敢出来，如何出去见客？"

"秋娘放心，您不晓得胐胐的习性。此妖须依赖男子身上的阳气而活，未曾成妖时，它们便喜欢赖在主人的怀中，撒娇卖萌，最会讨人喜欢，成了妖亦然。"

秋娘挑眉，点头吩咐道："既如此，让她出来吧，我瞧瞧她的脸，再是会撒娇，倘若貌丑也枉然。"

刘奎上前，揭开盖子，提起木桶将里面的"人"倒了出来。一个十八九岁的少女抱头滚倒在地上，她好似受到了极大的惊吓，身子微微颤抖着蜷缩在地。她以手掩面，只露出两只清眸，惶恐不安地问："你……你们要做什么？为何抓我来这里？"

她梳着双螺髻，发髻两侧冒出两只胐胐的耳朵，毛茸茸白团团，看上去分外娇憨。露在外面的那双眼，清澈明净，目光流转时，带着海棠般的华艳。

秋娘眯眼笑道："倒是有一双好眼。放下你的手，让我瞧瞧你的脸。"

少女踌躇片刻，慢慢将捂脸的手挪开。她的脸有些脏污，脸颊上还带着血，身上的衣衫似乎也是打斗时被撕破了，整个人瞧上去有些狼狈不堪。但纵是如此，也不能掩去她的绝丽。

秋娘看清她的容貌，愣了一瞬，绕着画角转了几圈，拊掌笑道："甚好，留下她吧！刘奎，莫亏待了她。"秋娘说完，一脸喜色地离开了暗室。

刘奎提起画角，将她扔入暗室的牢笼中，眯眼望着她说道："想活命，就要听话，以后，人间的繁华，任你享受。"刘奎言罢，转身离去。

少女正是姜画角。她身上有一件宝物，是自外祖家的藏宝阁中寻到的，那是一颗红色的珠子。这珠子光华流转，很是美丽，最奇的是，这珠子里面，居然吸纳了一只胐胐妖数百年的妖气。人一旦将珠子吞入腹中，便能散发妖气，还能随心生出一双胐胐的耳朵。是以，画角和章回商议后，决定扮作胐胐妖，混入绕梁阁。

为了不引起怀疑，章回特意找到前些日子卖豹妖给绕梁阁的那位伏妖师，通过他放出了风声，说自己手中有一只美貌的胐胐妖。绕梁阁果然通过中间人联络到了那位伏妖师，由此，画角便被卖了进来。

此刻，画角坐在巨大的贴满了符咒的牢笼里，感叹自己这一步棋终究是走对了。倘若不扮作妖，恐怕很难能查到这么隐秘的暗室。方才在外面时，她便察觉到了这暗室周围包括池塘，是布了阵法的，妖一旦入了这里，妖气是透不出去的。怪不得章回那日来绕梁阁，没有感应到丝毫妖气。而暗室墙壁上的咒文，却是困妖的符咒，妖一旦进入，没有伏妖师引领，根本无法逃出去。刘奎显然是绕梁阁雇用的伏妖师，专门看管这些妖。

画角在牢笼内四处走动，隐约察觉到暗室中除了她，还有旁的妖。她望向旁边的牢笼，却见里面空无一物。然而，凭借作为伏妖师的警觉和敏感，她察觉到有什么东西在暗处盯着她。

画角目光流转，四处环顾，忽然，一个毛茸茸的大脑袋自对面牢笼的上面探下来，和她四目相对。那双眼在昏暗的室内散发着绿幽幽的光，显然是一双兽目。画角本能地伸指捏诀，想要召唤出雁翅刀。又想起自己是在绕梁阁，此时扮的是胐胐妖，便及时止住了。

"新来的，你是一只胐胐？"倒挂的脑袋咧嘴一笑，龇着牙阴森森地问道。

画角定了定神，抬头望去，认出这是一只修行成妖的黑豹。不过，它此时却是原身，尾巴挂在笼子上，身子倒吊在她的面前。

画角忍不住在心中暗骂一句脏话，随后想起自己此刻是胐胐妖，天生胆小如鼠，对方又是豹，一瞬间抱头尖叫连连："啊……啊……你是豹？"

黑豹翻身自上面跃下，隔着贴着符咒的精铁栏杆望向她，说道："你怕什么？你那点肉还不够我塞牙缝。只要你不惹我，我是不会吃你的。方才只是跟你打个招呼，并非有意吓你。"

豹妖说的话，画角一个字也不信。弱肉强食，这是兽的天性。她伏过妖，晓得这些兽虽说化成了人身，但兽性未消。画角捂着脸，自指缝中看着黑豹，见它目光贪婪地盯着自己，似乎随时都会凶相毕露，将她一口吞噬。她着实想不通，绕梁阁要一只兽性未敛的豹妖做什么？

画角放下手，佯装欢喜："那太好了。"黑豹身形变幻，转瞬化作一名女郎，肤色略黑，如果忽略双眼中透着的一丝戾气，倒是一个妖娆多姿的美人儿。她一抬下巴，问道："你，可信那狗屁刘奎说的话？"

画角瞥了眼豹妖的丰臀蜂腰，小心翼翼说道："你可否先穿个衣衫？"

既然都变幻成人了，还和原身一样光着是怎么回事？她都按捺不住想伏妖了。

豹妖随手将地上的衣袍捡起来，极其敷衍地裹在身上，说道："我跟你说，一旦入了绕梁阁，就别想逃出去。你瞧见墙上那些咒文了吗，就是那个封住了我们的妖力和妖气。"

画角如今也没想逃出去，试探着问道："绕梁阁抓你来，是做什么的？"

"还能做什么，接客呗！"豹妖懒懒地说道，"一伙儿贪婪至极的人。"

画角不解，秋娘瞧着精明能干，怎会做如此傻事。这豹妖瞧着是能出去接客的样子吗？兽性未敛，一副随时要将人拆吃入腹的样子，谁敢点她陪客？

"那你去陪过客吗？"

豹妖伸了个懒腰，舔了舔唇，得意地说道："听闻是有个不怕死的人，出了重金，点了什么貌美如花、凶悍如豹的妖，所以刘奎才抓我。不过，自从我来了后，那人不知为何，却突然不来绕梁阁消遣了，那刘奎昨日还嘀咕这件事呢，要我说，那人想必是当初说了大话，如今却怕了，算他识趣。旁的人又不敢点我，我自从来到这里，还不曾出过这间暗室。"

画角着实未曾想到，居然当真有人敢要妖陪客。也怪不得绕梁阁铤而走险，暗中豢养妖妓。"那这阁中，现有几个妖？你可晓得？"

豹妖歪头想了想，指着画角道："你，我，还有外面池子里的荷，听刘奎说过，似乎还有一个，不过，我从未见过。"

画角有些吃惊，没想到居然有三个。也不知左儿奴遇到的，是哪一只。黑豹一直被关在这里，自然不是她。听左儿奴的描述，那只妖显然也妖性极凶。

"外面池子里的粉荷快不行了，刘奎这才巴巴地又弄了你过来。打量你性子软，多半是想让你顶了她。"

画角垂下眼思量。她原本以为只有一只妖，想着进来查明真相，便将妖降伏后离开。如今看来却不行。那只连黑豹也不晓得的妖，想必就是左儿奴遇到的，在未曾弄清它是什么妖，又在哪里之前，画角还不能妄动。

"那你没见过的那只妖，她住在何处？你晓得她是什么妖吗？"

牢笼的地面上，铺着一层毡毯，豹妖席地而坐，摇摇头说道："这个我却不知。"

"你不怕吗？"豹妖忽然反应过来，疑惑地望向画角，"你与我认识的朒朒妖有点不一样。"

画角挑眉，问道："你认识的朒朒是什么样的？"

豹妖想了想，说道："她修成人身后，容貌楚楚动人，我见犹怜。而且，天性胆子小，动不动就哭，我瞧你似乎不像。"

起初，当她说要扮成朏朏妖时，章回就说她的脸和朏朏不贴，性子也和朏朏妖不同。

她的确不像。她这样的人，只会让旁人哭，哪会自个儿流泪，要她扮成哭包，还不如杀了她。可是她，最终还是扮了。只是，似乎扮得不像，连这只豹妖都瞧出来了。

"我只是觉得和你很有缘，所以就不觉得怕了。我们也算同是天涯沦落妖，好不容易修成人身，却又被抓了起来，都是苦命的。你虽然是豹，但看得出，你是好妖。你也说了，不会吃我的，我为何还要怕你。"画角说完，朝着黑豹怯怯一笑。

豹妖闻言一愣，随后龇牙一笑："说得是。"

画角问："你认识的那只朏朏后来怎么样了？"

"她啊，还挺好吃的。"豹妖说完，惊觉失言，忙道，"啊，不是，我是说我们一起吃过好多好吃的。"

画角眸中滑过一丝冷意，不过，她依然笑着道："我信你。"说完，画角忽然嘘了声："有人来了。"她蜷缩到牢笼一侧的毯子上，闭目假寐。

片刻后，只听得一阵脚步声，是刘奎又下了暗室。他快步行至牢笼前，隔着栏杆望着画角。"今晚有客，秋娘命我来带你出去。"刘奎打开牢笼的锁链，阴沉沉地说道。

画角吃了一惊。这是要让她去陪客？今晚刚来就让她去陪客？秋娘难道不怕她把客人给弄死？这是认准了朏朏妖胆小啊。

画角被带出了暗室。秋娘吩咐两个婢女为她沐浴梳妆。她们手指灵活，为画角绾了高高的灵蛇髻，额间点了花钿。又在髻上簪了一枚扇状步摇，一举一动间，步摇上的串珠摇曳生辉。

秋娘又特意挑了件色彩潋滟的芙蓉御风裙让她穿上。衣衫是素底的轻纱，芙蓉花是彩线绣的，很是艳丽。上身后，彩绣辉煌，行走间，裙裾飘飞，翩翩若仙。

她们还给她描眉敷粉点唇。绕梁阁的婢女不愧是干惯了妆容，手艺不错。待到妆罢，铜镜中映出画角妆后的面容，华妆盛颜，容色慑人。

秋娘看着她满意地笑了："今日来的可是贵客，你要好生服侍。若你做得好，日后就不用再去暗室了。我会给你安排专门的屋子，添置你喜欢的物件，吃穿用度，皆可满足。倘若你有异心，伏妖师刘奎就在门外，当场便能要你的小命，你可晓得？"威逼利诱，倒是用得驾轻就熟。画角惶恐地瞥了秋娘一眼，垂下眼，低声说道："可是，我不晓得如何伺候人，倘若惹怒了贵客，可如何是好？你们不会杀了我吧？"

秋娘蹙了眉头："原本是要命人教习你，只是今夜却来不及了，端茶倒水你总会的吧？你去了，只管依着贵客，莫违逆他便是。如此，我就不怪你。"

画角抬眸，有些担忧地问："秋娘，我还是有些怕。听闻阑安有天枢司，是专事伏妖的，您不怕贵客将我交给天枢司吗？"

秋娘闻言一愣，随即笑道："你这个胆胆，果然是胆子小。你放心，贵客是不会说的。他们皆是我这里多年的常客，起初啊，也是因着他们有人提议，想要见识你们这些妖，我才会豢养你们。今日来的倒有一位新客，不过却是常客引荐的，不会出事。"

有买才有卖。阑安城的纨绔平日里穿金戴银，吃的是美味珍馐，最后可能全化为腹中一团败絮了。这些人除了会投胎，大约就是会变着法地作死了。画角抬眸，收起唇角的讥诮之色，惶恐地点头："我晓得了。"秋娘很满意，她要的便是这样没有攻击性的妖。

刘奎挑灯引路，秋娘和两个婢女押后，引着画角向后园的枕星楼行去。夜色已深，天地间弥漫着浓重的雾气，借着风灯微弱的光芒，画角看清了楼阁周围布着的阵法，和暗室周围一样，也是敛妖阵法。看来此楼是专门招待点了妖妓的客人。几人沿着走廊，行至一间雅室门前。门口站着一名黑衣护卫，秋娘上前行礼道："人来了。"

护卫面无表情地看了画角一眼，说道："主人适才还问起，怎么这么久还没来，请稍候，我进去通传一声。"

片刻后，护卫出来，低声道："主人有请。"

画角看了秋娘一眼，提裙走入屋内。她倒是很想见识一下，这个不要命的人，究竟是何人！

枕星楼，是绕梁阁最贵的地方，招待的是出价阔绰的常客，其中不乏达官贵人。这里，不允许有绕梁阁婢女出入，便是秋娘也尊重贵客的隐私，不会随意进入。进门后迎面是一条窄细的步道，地面上铺着锦绣毡毯，踩上去寂然无声。步道的尽头是一架四扇屏风，屏面是透明的鲛纱，其上绣着仕女图。室内寂然无声，既没有推杯换盏的声音，也没有说话声。

画角觉得有些奇怪，在屏风前立定，透过屏风，看到室内有两道影影绰绰的身影。她定了定神，微笑着绕过屏风。

室内装饰得华贵奢靡，就连墙上的字画看上去也是真品。明亮的琉璃灯下，坐着两个年轻的郎君。他们面前摆着一张红木桌案，上面摆满了美味珍馐，不过，两人似是都没有动箸子。看到她进来，两人皆抬头朝她望来。

坐在主位上的人一袭素色织锦襕袍，领襟和袖口处俱精心镶以深色纹绣，一看就是贵族公子的装扮。只是，他头上却戴着帷帽，帽檐前垂着轻纱，瞧着与女子所戴的幂篱有些相似，轻纱在脸前是分作两半的，方便用饭时撩开。

画角一时有些纳罕。都来妓馆狎妓了，还这样藏头露尾、遮遮掩掩，这是还想要脸？

当真是不要脸！

她强忍住心头的厌恶和讥嘲，缓步上前，行礼道："奴家是绕梁阁新来的花椒，见过两位郎君。"她还没有花名，秋娘问她，她便随口起了一个。

另一位年轻郎君身着烟灰色襕袍，生得倒也俊气，只是脸色蜡黄，一看就是经常出入勾栏的纨绔。此时，他拍了拍身旁的座位，对画角道："花椒，好名字，你过来，坐这里吧。"

来之前，秋娘说过，这次来的常客名周升，是礼部郎中家的二郎君，平日里常与礼部侍郎家的四郎君来阁里捧场。他有些日子没来了，这次带了一位贵客，虽不知身份，但出手极阔绰，秋娘要她好生服侍。毫无疑问，这位着烟灰色襕袍的男子便是周升了。

画角垂了头，清声说道："秋娘吩咐，要我……要奴家好生服侍两位，奴家不敢坐。"

周升也没有强求，看了眼主位上的人，问道："你们阁中，除了你，还有几个妖妓？"

画角有些疑惑，心说我今日刚来，还不及你来得多。有几个妖，你不比我清楚？

周升见她没说话，笑了笑说道："我有日子没来了，以前没见过你，想是新来的？这次与你一道来的，有几个？"

画角轻轻一笑，说道："这次来的只我一个，阁里原先还有三个，是豹妖和荷妖，还有一个，我还未曾见过。"

"你是什么妖？"坐在主位上的人忽然开口问道。

他的嗓音很动听，清冽而温雅。只是，画角莫名觉得有些耳熟，似在哪里听过。画角抬眸瞥了他一眼，雅室的窗子是半开的，夜风透窗而入，荡起了他面前的轻纱。不过，风似乎不够大，她只能自轻纱翩飞间窥见他脖颈上玲珑的喉结。

画角略有些失落。她倒是真的很想看清这来勾栏唤妖陪客的作死之人，生得什么模样。是不是左脸写着"金玉其外"，右脸写着"败絮其中"，额头上横批："作死"。

"奴家是朏朏妖。"画角望着他嫣然一笑。隔着轻纱，她感受到他的目光在她的脸上逡巡、游移。画角顿时有些不舒服。她不怕旁人看她，但是，这种你看我却不让我看你的感觉，实在不太好。

她垂下眼睫，看到桌案上的酒壶，心中顿时有了主意。她行至桌前，伸手提起酒壶，笑吟吟说道："奴家初来乍到，服侍有些不周，还望贵客海涵，奴家这就为两位斟酒。"画角先给周升斟满了酒，又迈着碎步行至戴着帷帽的人面前为他斟酒。可恨此时风停，轻纱又合上了。

深红色的酒液入盏，酒香扑鼻，是葡萄酒。画角抬手慢慢将酒盏推至他面前，嫣然笑道："请用。"

他却不用，一手牵起广袖，一手推盏，又将酒盏推至她面前，淡淡问道："你不会陪酒吗？"

周升也笑道："来之前，秋娘没有教习你吗？你是不是该先敬我们一杯？"

画角的确没陪过酒，不过，敬酒她却会。她提起酒壶，抬手斟酒。

恰巧此时风起，扬起了他帽檐上的面纱。画角的心神顿时系在了轻纱上，目光随着轻纱起起伏伏，隐约看到了他线条流畅的下颌，如菱角般的唇，还有唇角边那一抹淡淡的冷笑。虽未曾窥见全貌，但感觉人生得还不错。画角有些遗憾，这年头，当真是人不可貌相。

耳听得周升低呼一声："溢了，酒溢了。"画角一惊，垂眼看去，杯盏中的酒液不仅满了，还溢在了桌案上。她忙放下酒壶，取了巾帕擦拭干净。这会儿，画角也不再想看他什么模样了。俊美也好，粗鄙也好，左右不过是阆安城的纨绔，不会是好人。

她执起酒盏，举起来朝着两人说道："方才是我不慎，我这就敬两位……"

画角忽然愣住了。或许是为了方便饮酒，那人居然抬手摘下了帷帽。画角费尽心机想看清的容颜，就这么随着轻纱揭开，展露在她面前。

或许是猝不及防，或许是太过震惊，画角只觉得脑子"嗡"了一声，有些眩晕，手中的杯盏脱手坠落在地。是他！九绵山桃花林中的白衣少年。此刻，他身着锦绣华服，长发高束，固发的玉冠镶珠掐金，别有一番贵气。那张脸在华服的衬托下，愈发俊美得惊心动魄。他的脸色瞧着倒不似那日那般苍白，在灯光的映照下，散发着淡淡的如玉光华。

自从那日逃跑后，画角也曾想过，两人或许还会谋面。但是她无论如何也想不到，会在绕梁阁遇上他。而此时，他是嫖客，她是妖妓。太令人震惊了。画角生怕自己脸上的神色泄露了心中所想，慌忙俯身去捡酒盏。玉色的琉璃盏，早已碎成了好几块，静静地散落在地面上。

画角伸指捡起一块，放在手中的巾帕中。脑子却没闲着，各种想法纷沓而来。他这会儿看上去，好像是没有病，或许是怪病好了。这才病好了没几日，就急不可待地来妓馆寻欢，他的怪病不会是花柳病吧？也不知她亲了他一下，会不会传染到自己身上。真是晦气！最让画角惊心的是，他别认出她来。又忽然想起当初自己是借了别人的脸，如今是妖，且脸又是自己的，这才放下心来。

她磨磨蹭蹭捡着琉璃碎片，只见最后一块正在桌案旁，画角俯身去捡。却见他起身走了过来，素色提花锦的衣角飘落在她面前，停了一会儿，他蓦然俯身，伸手捏住了画角的下巴。画角被迫仰脸，直视着他。

他静静打量着她，从眉到眼，自鼻至唇，细细端详。画角的眼很美，黑如点漆，顾盼动人。只是，那双灵动的双目犹如浩浩烟波，似乎承载了许多不为人知的秘密。她若不笑，人看上去孤标清绝。嫣然一笑时，却自有一种令人心折的风致，寒中生媚，清中有艳。他的目光肆无忌惮，画角被他看得有些心虚，不自觉向后缩了缩，生怕身上有破绽被他瞧出。

"奴家实是从未见过贵人这般俊美的容貌，太过惊艳了，以至于忘了手中还有杯盏，您大人有大量，还请恕奴家失礼之罪。"画角被捏着下巴，说话有些费劲，但还是将能想到的好话都说了出来。

但是，马屁好像拍错了。他的脸色不知为何竟然暗了下来，那双敛尽了世间美好的双眸，眼波原本如春水细流，这会儿却暗影重重。一个十八九岁的少年郎，心思竟如此复杂，时而沉静深稳，时而温润如玉，时而刀锋暗藏，时而又戾气凛人，当真是令人难以捉摸。一旁的周升小心翼翼说道："我瞧她确是无心之过。"

他眯眼瞧着她，一双星眸在屋顶琉璃灯的映照下，闪过一丝荫翳。他的手微凉，织锦镶边的广袖在画角面前垂落，带着隐隐的冷香，冰凉的触感和淡香汇合在一起，不知为何让她心头有些慌乱。她想起桃花林中她也曾这般待他，不得不感叹风水轮流转。日后，坏事还是莫要做。

他垂眼瞧着她，眉梢微微挑了挑，唇角浮起一抹冷笑，捏着画角下巴的手微微一松。就在画角以为他要放手时，他却一手捏着她的下巴，另一手在她下颌处挠了挠。一种痒麻的感觉蓦然袭来，画角忍不住"咯咯"笑了两声。

他依然没有放开她，伸手自桌案上取了一根羽毛，再次在她下颌处挠了挠。画角不想笑的，但实在太痒了，着实忍不住，这次笑得更欢。她一面笑，一面在心中将白衣少年的八辈祖宗都问候了一遍。

他面无表情地看着她笑。画角触及他的目光，顿时有一种被调戏亵玩的感觉。太屈辱了！屈辱至极！

他却牵唇一笑，松手放开了她，拂了拂衣袖，波澜不兴地坐在椅子上。画角松了口气，将包满了琉璃盏碎片的巾帕放好，朝着他欠身笑了笑。心中却在想，也不知亵玩妖妓依据当朝疏律，是要如何惩治，会不会比她非礼他罚得重。最好是流放三千里，再不要在她眼前出现。原本，因着桃花林之事，她对他还有一丝歉疚之情，这会儿却都烟消云散了。

"朏朏，天性胆小，然却古灵精怪，极擅讨人欢心。"他抬眸瞥了她一眼，伸指在桌面上敲了敲，慢悠悠说道，"挠其颔下两指处，会发出舒服的呼噜声，很快入眠。"

画角瞬间有些傻眼。她怎么忘了，当初他对遇渊的习性也是如数家珍。如此看来，他倒是个懂妖之人。虽说，她早在扮朏朏前，曾将其习性好生研读，力求扮得像一些。但这个摸了下颔会打呼噜睡觉的习性，她还真不晓得。她心思疾转，微微一笑说道："奴家方才是有些睡意，不过，因着要服侍两位，哪里敢自个儿歇下？奴家是强忍着睡意逗您一乐，若是贵人允许，奴家这会儿倒是甚想睡一觉。"

少年清冽的眼波飘了过来，望着她的脸说道："既如此，你过来。"他拍了拍身旁的机凳。

因着方才之事，画角生怕自己再露马脚，忙俯首帖耳过去，小心翼翼坐在了他身旁的机凳上，朝着他甜甜一笑："贵人是允奴家歇着了吗？"她说着，打了个哈欠，便要伏在桌案上装睡，实是不想再敷衍他了。

少年把玩着手中酒盏，忽然伸手拍了拍自己的膝头。画角一愣，抬眼看他一眼，又垂眼看着他的膝头，顿时有些明白他要让她做什么了。她是朏朏，最喜欢赖在主人怀里撒娇了。但凡她要是能扮豹妖，打死她也绝不会扮朏朏。她皱了皱眉头，权衡了一下当前形势，觉得自己还不宜暴露身份。只好不情不愿地俯身，将脸贴在了他的膝头上，报复性地在他膝头蹭了蹭，将脸上的粉蹭了他一身。

周升端起酒盏饮了一口，笑道："这只朏朏妖还真是我见犹怜，甚是招人喜欢。"少年淡淡瞥了周升一眼。周升慌忙缄口不语。少年望着画角发髻上的珠翠蹙了眉头，抬手便将她发髻上管的扇状步摇摘了下来，又将她固发的簪子撤下，将她梳得好好的灵蛇髻也给拆了。

画角有些可惜。绕梁阁那两名婢女给她绾的发髻还挺好看的，她自己都不会绾，这才多大会儿就给拆了。一头乌发瞬间披垂而下，好似山间流瀑倾泻。画角对自己的头发一向很满意，她的发又黑又密，方才沐浴后，绕梁阁的婢女还给她用了发油，这会儿一披散开，淡淡的清香扑鼻，很是好闻。

她隐约感觉到他伸指抚了抚她的头，又五指分开梳理着她的长发。很舒服，不过，也很危险。被一个陌生人摸头，是一件要命的事。画角表面装作享受的同时，也做好了随时暴起迎击的准备。

他在她头上抚了几下，慢悠悠说道："胐胐其实最不喜被人摸头，倘若你抚摸它的头，它必会暴起伤人。"

画角闻言，愣了一瞬，很快坐直了身子，望向他，傲然一笑道："不知贵人自何处听来的这些关于胐胐的事，您说的并不太对呢。"

她学精了，既然这会儿她扮的是胐胐，那么最熟悉胐胐的自然是她。那么她说什么都是对的。"不知您是养过胐胐，还是见过胐胐呢？我虽不喜被人摸头，但只要对方没有恶意，我自然不会伤人。今夜，我一见贵客您就很喜欢，不惧您摸头。"

他挑眉"哦"了声，抬手接过周升递来的帕子擦了擦手，望着她乌黑油亮的头发，说道："这头发如此浓密，想必你化作原身，身上的绒毛也很浓密吧。不如，现个原身瞧瞧，如何？"

画角咬了咬牙，心说：兄弟，你确定你是来绕梁阁消遣的，而不是来这里打假的？

画角随手捞起长及腰间的乌发，故作镇定道："我若化作原身，便不能为贵客端茶倒水了。"

少年微微一笑："我之所以召妖，就是来瞧她在人和妖之间变换，觉得很有趣味，倘若为陪酒，我何须花重金来枕星楼？府里婢女便能陪酒。"

这倒说得也是，画角一时竟无法反驳。但要她化作原身自然不能，她又不是真的胐胐。不过，珠子里的妖气暂时能将耳朵变幻出来。如此想着，画角驱动身上那颗红珠里面的妖气，想着把耳朵露出来让他瞧瞧。片刻后，珠子开始发热，散发的妖气在四肢百骸中游走。头顶上蓦然一热，两只尖尖的耳朵便冒了出来。

画角松了口气，说道："其实，不瞒两位，我修成人形日子尚短，还不太会灵活变幻。偶尔会出岔子，这次便先将耳朵长出来，下次说不定就可以幻出原身。还望……"

画角未曾说完，忽听得亵裤撕裂的声音传来，一条毛茸茸的白色大尾巴自身后伸了出来。画角惊呆了。她原想让自己长个耳朵，岂料连尾巴都出来了。

蓬松的白毛大尾巴自襦裙裙底倔强地伸出，将画角的裙摆掀了起来，还左右晃了晃。这凭空生出来的玩意儿，本来就不是自己的，画角根本不会掌控。一通儿胡乱摇摆，裙底便掠过一阵凉飕飕的风。

凉快是凉快，可是，她是人，不是妖。豹妖能裸着身子在屋中走动却满不在乎，她却不行。虽说这些年她觉得自己脸皮够厚，但涉及诸如撩裙露臀，还是在众目睽睽之下，哪个姑娘家受得了，便是铁脸皮这会儿也该烧红了。画角顿时有一种被人看光了的羞耻的感觉。

周升愣了一瞬，意识到发生了什么，忽然一口酒喷了出来。他扶桌大笑，原本一副肾亏的样儿，没想到笑起来嗓门挺大。画角都生怕他将头顶上的琉璃灯给笑塌了。就这么好笑吗？

这一瞬，画角脑中闪过无数个念头。宰了周升？貌似太残忍，她决不能滥杀无辜。掩臀狂奔？那不行，脸还露着呢，跑哪儿都丢脸。此时，她只愿屋中这两人，一辈子都不要知晓她是人。就当她是妖吧，妖这样不算什么。

周升笑得上气不接下气："不是，我还真没见过你这样现原身现一半的，笑死我了。"

画角这辈子就没这么丢人过。她挪了挪身子，调转眼眸瞥了眼素服少年，见他那清澈的眼波中隐约露出了一丝笑意来。他没有大笑，至少比周升强一点，晓得给人，哦，给妖留点面子。

岂料，这个念头刚起，就见他执起酒盏，慢悠悠品了一口，淡淡说道："她这能叫现原身吗？这叫现眼。"这句话瞬间将画角拉回到九绵山桃花林中。"香艳图册唯有跟着淫邪之人，日日被情欲滋养，才会开灵窍……这册子留在你身边，日后成妖机会更大。"

她乜斜向他，在华灯恍惚的光晕映照下，他看上去皎皎如月，可惜的是，好好的小郎君，嘴上偏生抹了砒霜。画角将铺在杌凳上的锦绣团垫拿起，挡在身后，故作不解地问道："现眼是何意？奴家不懂。"

他左手支着下颌，瞥了眼她身后疯狂摇摆的尾巴，说道："你这条尾巴不错，果然是绒毛丰厚，挺好看的。"

画角并不信他是真心夸她，但还是礼貌地回道："多谢贵人夸赞。"

好看吗？但就是不给你摸。

"你可晓得巴儿狗摇尾巴的意思？"他抬起骨节玲珑的手，轻轻摇晃着杯盏，清声问道。

画角未曾养过巴儿狗，但西府堂姐郑敏养过。因此，她晓得那狗唯有欢喜兴奋时才会摇尾巴。但他不会不晓得吧，为何要问她这个？画角心中警觉，但还是不得不答道："自然是见到主人时，又欢喜又兴奋，才会摇尾巴。"

他微微颔首，说道："听闻你们胐胐摇尾巴和巴儿狗不一样，倒是和孔雀开屏一样，但我还是奉劝你别摇了，我们两个都对你无意。"

孔雀开屏，乃为示爱求欢。这句话点燃了画角方才强行压下去的怒火。她望着他如花瓣般的唇，很是疑惑当初自己是怎么亲下去的。也许因为太过愤怒，蓬松的大尾巴摇得愈发欢快。画角从来都是凭着手中的刀说话，一言不合就是干，何时受过这样的窝囊气。

她伸手强行摁住身后狂摇的尾巴，轻轻叹息一声，清眸中闪过一丝惆怅，遗憾地说道："我晓得两位芝兰玉树、俊美无双，定是极受阆安小娘子们的喜爱。可我还是有自知之明的。我是妖啊，妖与人类小娘子不一样的，她们看脸，我看的却是……身板。贵人对我们胐胐这般熟悉，想必晓得，我们须依赖郎君们的阳气而活，可是我瞧着你们两位……"

画角顿住话头，瞥了眼周升蜡黄的脸色，摇了摇头："您想必是在绕梁阁逛得多，阳气似乎不太足。"

周升气恨地望着画角："你……你说我什么？"

画角又乜了眼素服少年青竹般单薄的身形，颇为同情地说道："而贵人您，瞧上去弱柳扶风，您不会是身子不适吧，可是有病？幸而您对我无意，要不然我待在您身边，可就没有活路了。"这句话显然戳到了他的痛处，只见他脸上那抹似有若无的笑意凝住了。

画角慌忙捂住嘴，惊惶地问道："我是说错什么了吗？您也晓得，我是妖，不会拐弯抹角说话，若有得罪，万望您海涵。奴家先去换个衣衫，稍后再过来服侍。"她以锦绣团垫挡在身后，倒退着向门边溜去。

"且慢！"少年放下手中的杯盏，坐正了身子。

画角顿住脚步，躬身施礼，唇角扯出一抹笑："您还有何吩咐？"

他盯了画角半响，缓缓说道："你去与秋娘说，让别的妖过来换你，不是还有个豹妖吗？不必装扮，速速带她过来便是。"

第四章 天枢司都监

秋娘听闻要召豹妖，一刻不停，让刘奎去暗室带了豹妖过来。既然贵客特意说了不用装扮，只要快便行，秋娘便没给豹妖上妆，只换了一袭玉色留仙裙。

豹妖显然成妖日子不短了，走起路来人模人样。她迈着袅娜的步子，在雅室门前看到画角衣衫凌乱、乌发披垂的狼狈样子，得意地瞥了她一眼，低声说道："你怎么这副样子，发髻是怎么了，可是没得了贵人欢心？白瞎了这张脸，你瞧我的。"

画角一脸木然："你有鹤顶红吗？"

"你说什么？"豹妖一脸疑惑地推门进去了。

秋娘唯恐那两人再召画角，便没有送她回暗室，而是在枕星楼上指了间雅室让她先歇息。

画角疑心这两位是想将阁里所有的妖都召上一遍。那日白衣少年曾调动天枢司的人，她原本怀疑他与天枢司有关。不过，如今想想也不尽然，他若是朝中贵胄，也能请得动天枢司的人。

画角在婢女和刘奎的引领下，住在了二楼最东侧的房间，待她进去，刘奎在门上贴了一张禁制妖物出门的符咒。屋内倒是宽敞，摆设简洁，一张雕花的大床、一衣柜、一妆台。比暗室强了不知多少倍。

听见外面人声远了，画角瘫倒在床榻上，身心俱疲，只觉陪一次客，比伏十只妖还要累。她歇了会儿，缓过劲儿来，起身将珠子吐了出来。刹那间，耳朵尾巴皆收了回去。

画角把玩着手心处嫣红透亮的珠子，很是疑惑。这小小的一颗珠子，竟然如此神奇。今日她方才明白，她吞下珠子，可不仅有了妖气，貌似已是成了半妖。吐出珠子，便又恢复为人。

这别是朏朏的妖丹吧，可是瞧着又不像。她曾不止一次见过妖物的妖丹，虽说颜色不同，但摸上去却软而实。这颗珠子却是硬的，通体透明，且是红色的。

画角百思不得其解，便将珠子收了起来。她晓得秋娘一时半会儿不会再让她去陪客，便伸手捏诀，召出一对联络符咒。一张贴在门后，一张带在身上。一旦有人叩门，她便能察觉。

画角又打开衣柜，换了条亵裤，特意挑了件夜里不显眼的深色罗裙换上，随意绾了一个单螺髻。因她收了妖珠，再无妖气，即使出门，也不会惊动刘奎贴在门上的符咒。画角打开后面的窗子，跃了出去。

夜色已深，一弯新月已升至中天，幽淡的月色并不能将后园朗照。前院临街的楼上丝竹声也淡了下来。后园更是一片死寂，画角沿着小径，悄然向西北角行去。

她记得豹妖说过，小屋前的池塘里也有妖。只是，当画角望向水面时，只见水面上除了浓重的雾气，空无一物。她晓得刘奎为了掩藏妖气设了阵法。画角抬眼观望，很快寻到阵眼，走了进去。这回再看，只见水面上有几株出水的荷叶，叶子中间，点缀着几朵粉荷。眼下并非粉荷盛放的季节，事有反常必有妖。画角取出妖珠吞下，悄无声息地潜入水中。

虽是春暖花开，但夜里的池水依然凉得彻骨。画角事先在身上佩了避水珠，稍微驱散了水的寒意，倒也不觉得无法承受。入水后，她一动不动任由身子向水底慢慢潜下去。水面下是深幽的黑，什么都看不清。画角原想召出指尖火，还未曾施法，眼前却有了若有似无的亮光，是自池底散发出来的。

借着微弱的亮光，她发现池水被分成了两层，上暗下明。上层弥漫着浓浓的黑雾，好像有人在水中滴了墨，一团团的墨汁氤氲开来，形成浓稠的黑雾，将池底的亮光严严实实地遮住。下层因着池底的亮光映照，呈现出一片柔和的绿色。

此时，她已经沉到了池水明暗交界之处。画角伸臂划水，向亮光处潜游而去，想要看清这光是什么东西发出来的。她一游动，弥漫在上层的黑雾似乎受惊般，倏然向水底聚拢而去。池底的亮光也乍然熄灭，水底一瞬间归于幽暗。

画角施法，指尖一点亮光乍现，她轻轻一弹，亮光化作点点萤火散入水中。只见乌云般的黑雾凝成一张人脸，口中正含了一颗鸽卵大的珠子。雾脸吞吐气息，珠子便随着气息起伏跳落。被黑雾笼罩的珠子，便如被蜘蛛网粘住的昆虫，不论如何挣扎，都无法逃脱黑雾的桎梏。萤火亮起的一瞬，雾脸转向画角，大嘴一张，将珠子吐了出来，转瞬聚成球状，风驰电掣般朝画角扑了过来。

画角隐藏起来的伏妖刀感受到妖物的袭击，发出一声震颤的低吟。她今日只是来打探妖物底细的，并且，画角察觉到这团黑雾并非妖物的实体，因此没有祭出伏妖刀雁翅，而是闪身避过。

雾团擦着画角身边掠了过去，大约也察觉到了她身上的妖气，以为她是同类，未曾再攻击她，而是漫出水面，转瞬消失不见。那颗被黑雾吐出的珠子在水中漂浮着，光泽比方才略黯淡了些，却是一颗妖丹。雾团的实体既然不在这里，这妖丹想必也不会是它的。

这时，水波荡开，一个粉衣女子出现在水中，伸手将妖丹一捞，吞入口中。她转过身，抬眼凝视着画角，问道："你是新来的？"

画角分开碧绿的水波，转瞬已到了她面前，盈盈浅笑："你便是这池中的荷妖？"眼前的女子一袭粉色衫裙，手臂上一条薄绡披帛在水中拖曳着翩跹飘扬。高髻上簪着一朵粉荷，花瓣蔫答答地垂落，似乎无力绽放。她的脸瘦得皮包骨头，唇色惨白，唯有一双眼流转间波光莹然，有着残存的风韵。她伸手时长袖垂落，露出她瘦骨伶仃的手腕，细得好似一使力便能折断。豹妖曾说这池子里的荷妖快要不行了，看来不是妄言。

荷妖有些受惊，惶惶不安地说道："我是这池中的粉荷，你唤我映荷便是。可是，你怎会来池底，是……是刘奎打发你来的吗？可是要我去陪客？"

画角摇头说："不是，是我自己要过来拜访你的，方才那团黑雾，是什么妖，为何你的妖丹会被它把玩？"

映荷听闻不是让她去陪客，明显松了口气。然而，画角问起黑雾，她却摇头说不知。"我也不晓得是什么妖……"映荷幽幽说着，轻轻喘了口气，羸弱得似乎连说话的力气都快没有了。

"它每夜都来吗？"

映荷点头，又摇摇头："不是，今……今夜第一次来，倘若不是你来，我可能……可能就活不成了。"她似乎想起什么，望着画角哀求："你莫要将今夜之事告诉刘奎，他……他会打死我的。"

映荷修行多年的妖力皆在妖丹上，方才那黑雾显然是在吸取她妖丹上的妖力。她瞧映荷这风中残烛的模样，只怕多年的修行也毁得差不多了。豹妖说绕梁阁中只有三个妖，想来黑雾便是那只妖驱使的，果然是凶悍至极的妖。

"绕梁阁中除了你和豹妖，另外一个是什么妖，你可知晓？"

映荷低声说道："是一个白鹤妖。"

"白鹤妖？你这妖力已被它吸取大半，恐怕命不久矣。"

画角毕竟是伏妖师，对于妖的死活并不关心。绕梁阁这三个妖早晚她都会一并降伏，只是，白鹤妖既然吸取了荷妖的妖力，那么它的妖力便会暴涨，只怕不易擒拿。

映荷微微一愣，眼神闪烁，片刻后摇着头，有气无力地说道："我原本并非生长在此处，被刘奎挖了灵根移植而来，这几年灵根受损，原本也是快要不行了。"

画角蹙眉："你说的灵根……"她垂眼瞥了眼池底，只见淤泥翻开，几节原本该埋在泥底的莲藕放在池底一块宽大的青石上。这便是荷妖的灵根了。可是，莲藕是九十月份方可成熟采摘，这莲藕春季便成熟了？

"阁里但凡来了贵客，绕梁阁就会献上藕片软排汤，我的莲藕与寻常莲藕不同，更加鲜嫩甜脆。是以，便是冬季有客要尝，刘奎也会命我冬季开花结藕。"映荷见画角的目光落在了莲藕上，又解释道，"这是刘奎要的，我事先挖了出来，只待他来取。"

画角瞥了眼池底，又看了眼映荷。只见水中莲茎不过只余十几根，想来她如此孱弱，与刘奎不分节令让她开花结藕也有关。画角伸手一招，将散落在池底的萤火收回到指尖。这时，只觉池水似被什么搅动，池水打着漩涡开始翻腾。随后，刘奎的声音自上面传来："荷妖，有贵客召你，速速上来。"

映荷面色惨白，身子抖得像风中的残叶。她惊恐地望了画角一眼，说道："我……我如今这样子，已多日不曾陪客，为何今夜又让我去？你可晓得，那贵客是谁，可是梁骜？"

画角摇摇头："我不认识梁骜，不晓得是不是他。他可是你以前的常客？"

"梁骜是礼部侍郎家的四郎君。"映荷说道，"他以前常来。"

"我只晓得一个是周升，另一位连秋娘都不曾晓得是谁。"

映荷听闻是和周升一道来的，身子抖得愈发厉害，待到听说秋娘也不认识，神色稍缓。这时，水面上又是一番搅动，显然刘奎已是等不及了。映荷潜到水底，抱了几根莲藕，向水面浮去。

画角蓦然拽住荷妖的衣袖，说道："今夜我来此见你之事，还请不要告诉刘奎，不然……"

"我晓得，他也会打你，我不会说的。"映荷说完，浮了上去。

画角方才猜得没错，周升和白衣少年果然是要将绕梁阁的妖召个遍，荷妖都这样了，他们也不肯放过。也不晓得成了妖的荷花的莲藕会不会吃死人。还味道鲜美，妖气入了腹只怕会有日子不好受。

画角腹议了几句，直到上面再无动静，这才游到水面上。只见因着映荷的离去，水面上漂浮的荷叶打了卷，几朵粉荷也蔫了。

画角趁着刘奎不在，去了一趟暗室，并未发现鹤妖。很显然鹤妖并不住在暗室，但却能将灵识化作黑雾，绕过刘奎的阵法，潜入池底。虽说刘奎摆的阵有些稀松平常，但能破掉此阵的妖还是不可小觑。

三更的鼓响过，前院楼阁上的灯火此时也已次第熄灭。夜黑露重，整个园子越发幽冷。

画角摸黑到了枕星楼。夜色漆黑，唯有枕星楼前檐间的灯笼发出幽淡的亮光。只见一行人自楼中走了出来，为首的便是白衣少年和周升，后面跟着两人的护卫。这两人出来得倒是快，莫非是被荷妖的样子吓到了？

画角吐出那颗散发妖气的红珠，将其收好，敛气屏息躲在一座假山后。过了一会儿，只见一盏灯火缓缓而来。画角探头望去，只见走在前面的是那名黑衣护卫，手中提着一盏宫灯。九绵山上那位白衣少年此时又戴上了帷帽，长长的披纱遮住了面容。跟在他身后的周升小声问道："虞都监，明晚还用某带您过来吗？"

"不用了，今夜已由你引荐，明晚我自己来便是。"说话间，几人绕过假山沿着花径而去。

这是今夜没尽兴，明晚还要来吗？虞都监？都监是个什么官？画角以前从未听闻，但看周升对他毕恭毕敬的态度，显然官职不小。姓虞，她掰着手指数了下闽安的世家，未曾听说过姓虞的，莫非是朝中新贵？不过，既然知道了"虞都监"这三个字，再打探他的身份便容易多了。

画角缩在假山后，正在胡思乱想，忽然随身携带的联络符咒燃了起来。有人正在叩她房间的门。姜画角隐在暗处，静静望着自己所住的房间。门前无人，雕花的红木门上，刘奎贴的符咒还在。只是，门上多了一个手印，血淋淋的，好像是谁用沾血的手扶了一下印上去的。

她暗中比画了一下，觉得那手的大小和她的差不多，像是女子的手。是谁干的？故意为之还是无意为之？倘若是故意，为的什么，吓唬她？她要真是胆胆妖，此时说不定吓得要死。画角笑了笑，推门入了屋，简单收拾了一下，便躺下歇息了。绕梁阁虽神秘可怕，但对她而言却不算什么。这两年她四处奔走，有时风餐露宿，困了随地打盹儿，连坟头都睡过。

夜半时下起了雨。窗子被风吹开，淅淅沥沥的雨声中，隐约能听见春雷滚滚。半梦半醒间，画角感觉自己又回到了槐隐山那条蜿蜒的山路上。

她遥遥看到一座土丘，心中极是诧异，不知村前何时多了这样一座土丘。行得近了，方看清那不是什么土丘，那是一座尸山。一具又一具尸体以怪异的姿势，交叠着，挨挤着。画角认出了外祖母和外祖父，看到了阿娘，找到了姨母，一个又一个，都是她熟悉的姜氏族人。他们脸上有血，断指残臂，再不复生前的模样。巨大的震惊和悲痛袭来，她一时分不清是真是幻。

在她心中，他们都是厉害的伏妖师，他们怎么可能一夕之间尽数被杀？她觉得荒谬！她宁愿相信这是幻觉，是噩梦！可是，悲痛炽烈如焰，疯狂灼烧着燃遍她的四肢百骸，似乎在提醒她，这是真的。是真的！一种窒息的感觉袭来。她不知何时沉入了水中，冰冷刺骨的河水包围着她。她不断下沉……下沉。

突然，一道黑影朝她游来，那黑影如此巨大，好似有千钧重，搅得河水一片浑浊。黑影渐行渐近，眼前蓦然一片黑暗。画角一个激灵，忽然醒了过来。她重重喘息着，拂袖拭去额头的冷汗，刚松了一口气，忽然察觉到窗畔站着一道人影。

"你是谁？"画角冷声问道。那人转过身，洁白的衣衫在夜风吹拂下翩跹舞动，像在暗夜绽放的优昙花。画角看清了他的脸，吃了一惊。他居然是桃花林中的白衣少年，那个被周升称为"虞都监"的人。

画角不知他为何出现在她房中，明明看到他和周升早已离开了绕梁阁，怎么又夜半潜入了她房中？"你来做什么？"画角冷声问道，浑身已绷紧，只待随时出击。

他的目光落在她脸上，眼神忽然柔和起来。"我一直在想你，所以就过来了，你不喜欢吗？"他说着，朝她床榻走来，一俯身，伸手抚上她额头。

"怎么出了一头汗，是不是做噩梦魇住了？别怕，有我在。"他垂眸看着她，原本冷冽的凤目竟柔情脉脉，说话的声音也温和至极，似乎生怕吓到她。画角觉得自己被蛊惑了，竟没有动，任由他拿起巾帕拭去她额头的汗水，又伸臂抱住了她，在她额头上印下了一吻。

"轰隆"一声春雷，将画角惊醒了。她猛然坐起身来，这才发现自己竟然做了个梦中梦。而且，让她觉得可笑的是，居然梦见了他。或许，是她太孤独了。她独来独往久了，原以为自己早已习惯了，其实并没有。这两年，但凡雨夜，她都会梦到外祖家姜氏一族身死那日。

窗外一片漆黑，离天明还有些时辰。雨声很大，风也很大，屋檐上的铃铛被风吹动，叮叮作响。这是今春第一场雨，不似往年那般缠绵温柔，而是凶猛肃杀的。

画角起身走到窗前，将窗子再开大些，感受着冷雨的侵袭。这是她的习惯，噩梦惊醒后，往往再也睡不着，她便会站在窗前看夜雨。想起离去的亲人、逝去的友人，配合着窗外凄清的冷雨、阴霾的夜，一切的坎坷和苦楚似乎也不足为惧了。

她目光下移，忽然凝住了。她住的房间是枕星楼的二楼，窗外栽种着一片翠竹。此时，夜雨侵袭，翠竹随风摇曳，互相碰撞着发出"哒哒"的轻响。然而，在竹林的顶端，却蜷缩着黑乎乎的一道影子。

画角起初以为是池底的雾团，再看却发现它栖身的竹子太细，被它压弯了。可惜的是，夜太深，外面一片漆黑，她并不能看清它是什么。但倘若这东西是兽，一般都有夜视眼，定是早已看到她了。果然，那物察觉到画角的目光，刺溜一声，窜入夜色中消失不见了。她并未追赶，那物似乎没有妖气，或许只是一只普通的兽罢了。

绕梁阁伶妓们的一天是从晌午开始的。她们头天夜里歇得晚，翌日日头高挂方才起身，向来不用朝食，洗漱一番用过午食后，便会习练技艺。或是唱曲儿吊嗓子，或是压腿下腰，或是抚琴弄弦……

秋娘也没放过画角和豹妖，刚刚用过午食，便命人将她们召到了枕星楼的一间厅堂。有两名伶妓事先已候在厅堂。秋娘坐在圈椅中，指着两位伶妓说道："这是我们阁里上个月的花魁雪蓉和本月的花魁左儿奴，从今儿起，就由她们教习你们如何陪客，顺便再学一项技艺。"

秋娘又向左儿奴和雪蓉介绍画角和豹妖："这是新来的伶妓，你们俩好生教习。日后她们有所成，自少不得你们的好处。"

作为一名妖妓，除了幻原身供贵客取乐外，还要学技艺，也太难了。左儿奴看到画角，一时有些惊讶。她旁边那位花名雪蓉的女子生得倒不是多么美艳，但身姿纤细轻盈，行走坐卧颇有翩若惊鸿之意。

秋娘接过婢女递来的清茶，品了口说道："左儿奴善乐，古琴、琵琶、箜篌，便是朽木安上琴弦，想弹什么样的曲子便能弹出什么曲子。雪蓉善舞，惊鸿舞、翩跹曲，便是掌上舞，她也跳得。"画角不由得咋舌。朽木安上琴弦能弹，掌上舞也会跳，这两位怪不得是花魁。

"你们两个说说，想学什么？"秋娘问道。

左儿奴朝着画角眨了眨眼，画角笑了笑，上前说道："秋娘，我便学琴吧。"她自然是要选左儿奴的。

秋娘瞥了她一眼，颔首道："你这胆小怕事的样子，学琴倒也适合。"秋娘转向豹妖，问道："你呢？"

豹妖当初在暗室中一脸戾气，一副谁让我陪客我就吃了谁的样子，便是昨夜去陪客前也很嚣张乖戾。这会儿却耷拉着脑袋，好似霜打了的茄子。最奇的是，她居然愿意乖乖来学技艺？

"昨夜里那贵客说我腰直如铁板，声音如鬼号，我……我要学舞，还要学唱曲儿，待我学会了，嘿嘿……"豹妖说完，嘿嘿一笑，眼中冒出一丝凶光。画角瞬间明了，这是昨夜被毒到了，激起了豹的好胜心。

秋娘对两人的态度很满意，当下命刘奎在一侧看管着便离去了。左儿奴引着画角坐到了七弦琴前，她伸出纤纤素手，按在琴上，率先奏了一曲。

"你怎么也成了伶妓？"左儿奴趁着琴音高昂时，低声问道。

画角笑了笑："因为穷啊，我若每日扮作嫖客来此查找妖物，那得花多少银两？只怕把你给的赏银全填进去还不够。"

"那你查到了吗？"左儿奴手指灵活拨动，一面在琴弦上轻拢慢捻，一面压低声音问道。

"有眉目了。"画角低声说道，"我向你打听一个人。你可听说过阆安有姓虞的郎君，年轻俊气，官至都监。"

"姓虞？"左儿奴指下一顿，蹙眉凝思，随后大力勾挑，在铮铮的琴音中说道："阆安虞姓甚少，若是俊美的小郎君，那必是虞太倾了，不过，没听说他任什么都监。"

虞太倾？

"他是谁？"画角问道。

左儿奴手指行云流水般拨弦："南诏小王子，其母是我们大晋的文宁长公主。"

画角"哦"了声，没想到他居然是南诏人："那他是在阆安常住吗？"

"是啊，自从南诏王过世后，他便回了大晋。"左儿奴低声说道，"据说，是因为他的眼睛，自己在南诏国待不下去了。"

画角挑眉："什么？"

"南诏王是蓝眼珠。"左儿奴神秘兮兮地低语，话里有话。所以呢？画角侧首看向左儿奴，这话里的意思，莫不是在说他不是南诏王的亲儿子？

"眼珠不同怎么了，他可以随母亲的长相啊，文宁长公主总是黑眼珠吧。"

左儿奴点了点头："是这个理儿。不过啊，他是王族，母亲又是继后。"左儿奴叹息一声，不再言语。

画角明白左儿奴话里的意思。文宁长公主既是继后，南诏王先头王后所生的嫡子，难免拿这件事做文章。王室中，同室操戈的事多了，他们兄弟之情本就淡薄。

左儿奴一曲奏完，那边豹妖已经跟着雪蓉开始压腿了。豹妖幻成人身，身姿虽窈窕，但确实身板僵硬，压腿压得嗷嗷叫。

雪蓉倒是一位合格的严师，也是不晓得豹妖是妖，居然拿着一根棒子敲打豹妖的腿。刘奎在一侧虎视眈眈盯着豹妖，生怕她暴起伤人。

"你来试试？"左儿奴腾出位子让画角坐下。画角只好伸指乱弹一气。

"自从佩戴了驱邪符，这几日不做噩梦了吧？"她瞧了眼左儿奴的脸色，比那日去品墨轩好些了。

左儿奴点头："这几日都睡得很好。"

画角放了心，又嘱咐道："日后，你还是莫要再来枕星楼，秋娘让你来教习技艺，你最好以身子不适推脱。还有，西北角木屋那里的池畔，万万不要再去了。"

左儿奴点头。画角便是不说，有了上次的经历，她也不敢再去了。两人沉默着又抚了会儿琴。

画角忽然问道："南诏王在世时待虞太倾可好，你可有听说？"

左儿奴原本以为方才的话题已经结束了，没想到画角又扯了回来。"这个奴家未曾听闻。只是，如今新王登基，他却回了大晋，想必是活不下去了，来大晋保命吧。"

画角脑中浮现他在九绵山上怪病缠身、可怜无助的惨状，再联想他的身世，觉得此人有些惨。不过，这也是一瞬间而已。当她刚对他有了一丝同情，他说她现眼，又说她淫邪的话语，便回响在耳畔。不论如何，虞太倾这个名字，她是记住了。

"虞太倾，他便是文宁长公主之子？"一名婢女望着迎面而来的素服小郎君问道。

另一个婢女应道："是，听闻郎主前两日曾请他来驱邪，今日想必又是。"

"驱邪，莫非他如今在天枢司任职？他……难不成还会伏妖？"

"伏什么妖啊，不过是挂个闲职，再怎么说人家也是文宁长公主的孩子。"

"听闻南诏王在世时便对他不好，但碍于我们大晋，至少没要他的命。如今南诏王过世，他的兄长便容不下他了，把他逐出了南诏国。"

"我怎么听说是他自己回来的。"

"不管如何，总归是待不下去了呗。当年，文宁长公主和亲时，何等风光无限，虽说是继王后，但到底是一国之后。谁承想，年纪轻轻客死他乡，亲生骨肉还无处栖身。"

……

虞太倾是得了礼部侍郎梁严的四郎君梁骜病重的消息后，带着护卫狄尘急匆匆来到梁府。他在梁府仆从的引领下，匆匆向梁府内院行去。一路上，遇到的婢女护卫在看到他后，无不在窃窃私语。她们说话声音极小，但他的耳力和眼力异于常人，旁人听不到的低语，他却听得一字不漏。每到这时候，他倒宁愿自个儿耳聋目盲。

"那也是他的命，怪就怪他母亲造的孽。若非她和旁人私会，又怎会牵累到他落得如此田地，这也是报应啊。"婢女眼见虞太倾走出了好远，压低了声音说道。

另一名婢女笑道："你这话却说得不对，若非她母亲私会，又怎会有他？"

"这倒也是。"两婢说完，哧哧窃笑。虞太倾原本不予理会，听到最后两句话却顿住了脚步。护卫狄尘不知出了何事，疑惑地问："都监，怎么了？"虞太倾不语，回首瞥了婢女们一眼，澄澈的眸中闪过一丝阴霾。他伸指微微一弹，两名婢女手中托着的杯盏便掉落在地。

护卫狄尘吃了一惊，担忧地问道："都监，你这是怎么了？不怕一会儿犯病？"

虞太倾眉梢微不可见一挑，淡淡说道："无碍，我还受得。"言罢，拂袖离去。

身后，两名婢女扑倒在地，一面捡拾杯盏碎片，一面带着哭腔说道："天啊，这是郎主最喜欢的杯盏，夫人这回少不得要罚我们了，这可如何是好？"

两人转过弯，迎面便是梁骜的院落，此起彼伏的哭声自院内遥遥传了出来。院门前，已经挂起了素白挽纱，遥看一片雪白。虞太倾心中一沉。

几日前，梁骜忽然变得口角流涎，人也变得呆傻。延医诊治后，郎中们都束手无策，只说是失心疯，吃了几服药也不见好。梁侍郎怀疑梁骜撞了邪，便到天枢司报了案。

虞太倾刚到天枢司任都监，过来查看后，发现梁骜失了一魂一魄，问及下人，得知梁骜常与周升到绕梁阁消遣。他找来周升问话，一番敲打，获悉绕梁阁竟有妖妓侍客，而梁骜是妖妓的常客，常召妖亵玩。当日，又陆陆续续有几位世家子弟变得与梁骜一般模样，一问之下，晓得他们皆是绕梁阁的常客。虞太倾至绕梁阁走了一趟，却发现那几个妖并不像是勾魂的妖。为免打草惊蛇，他并未将她们擒拿。原待今夜再去绕梁阁，却得了梁骜病重的消息。失了一魂一魄不会身故，怎么这么快就死了？

虞太倾快步入了屋，哭声愈发震耳欲聋。内室中，梁夫人搂着梁骜哭天抢地，梁侍郎站在一侧老泪纵横，梁骜的三个兄长围在床榻前，皆是一脸悲戚。虞太倾一入屋，梁夫人看到他，便起身朝他冲了过来。

"你不是说能救我儿吗？要不是你说能救，何至于耽误了我儿病情？你赔我骜儿的命……你这个有爹生没爹养，克死亲娘的煞星，你赔我儿的命……"梁夫人情绪激动，口不择言，拽住虞太倾的衣袖一番撕扯，恨不得将他推倒在地。梁骛的大哥忙上前拦住梁夫人，朝着虞太倾施礼致歉。梁二郎和梁三郎受到母亲的感染，也红着眼睛上前围住虞太倾。

梁二郎怒声道："虞太倾，你到底会不会术法？你到天枢司任职不过才几日，这便驱邪驱死了我四弟，我看你这都监的位子不保了。"

"父亲，明日上朝定要将此事上奏圣人，莫让此人尸位素餐。"梁三郎跳着脚喊道。

梁侍郎背着手走了出来，冷声叱责道："胡咧咧什么，成何体统！"梁二郎和梁三郎畏惧父亲，顿时噤声。

梁夫人却不怕，哑着声音驱赶虞太倾："出去，你给我出去。"眼见他凝立不动，梁夫人随手捞起一个花瓶，向着虞太倾砸去。便在此时，虞太倾身后的护卫狄尘人影一闪，抬手抓住了花瓶。

室内有一瞬间的寂静。

梁侍郎上前，冷着脸望着虞太倾，说道："虞都监请回吧，明日朝堂上见。"

梁二郎和梁三郎见父亲发话，嚷道："快走吧。"

"住口！"虞太倾忽然冷声说道。从进屋到此时，他一直未曾发话，由着这一家人哭闹。这会儿一开口，声音清冽而寒意凛然。众人一时噤声，抬眸看向他。

他说完，却蓦然抚着胸口，急促喘息了几声，好似遭受了重创般弯下了腰，随后唇角边溢出了一缕鲜血。身后狄尘见状，娴熟地摸出事先备好的帕子，递给了他。他抬手接过巾帕，慢条斯理将唇角的血迹抹去，冷眸淡淡地瞥向室内众人。那双好看的眼眸深处划过一丝暗影，在灯光摇曳的光影映照下，好似隐有无数妖魔。

梁侍郎感到了沉沉的威压朝他袭来。他有些想不通，明明是一个瘦削孱弱的少年，为何会有一副睥睨天下的气势，仿若旁人都是蝼蚁，随时都会被他踩到脚下。梁侍郎一时有些胆寒，便是面对当今圣人，他也不曾如此战战兢兢过。他定了定神，上前说道："你还有什么话说？"

虞太倾一字一句，淡淡地说道："梁骛尚有救。"

此话一出，惊了一室的人。梁侍郎不可置信地问："你……你说我儿尚有救？你难道还能起死回生？"

虞太倾一言不发，快步入了内室。梁骛闭目躺在床榻上，看上去和死人没什么分别。不过，方才那一瞬间的寂静，虞太倾捕捉到了梁骛弱如游丝般的气息，晓得他并未死绝。他示意狄尘："你且施法先行保住他最后一口气。"

狄尘应了声，伸掌抚在梁骛胸前，一道道蓝光逸出，输入到梁骛身上。片刻后，梁骛逐渐恢复了心跳，鼻息间也有了气息。梁夫人见状，喜极而泣。

"多谢虞都监。"梁侍郎一脸愧疚地说道，"方才本官和家人多有冒犯，实在是对不住，还望虞都监莫要挂在心上。"

"梁侍郎不忙道谢。"虞太倾淡淡地说道，"此法只能暂时护住令郎的心脉，几个时辰内不会咽气。足够你们寻医问药，便是去宫中请御医也来得及。"

梁侍郎吃了一惊，脸色顿变："虞都监，你这话什么意思，你这是救不了，还是不想救？"

虞太倾侧过脸，目光流水般漫过梁夫人、梁二郎和梁三郎的脸，微微一笑："似我这般出身，只怕夫人和令郎们也不愿我诊治。"

虞太倾起身欲走。梁夫人上前两步，俯身跪倒在地，一脸懊悔之色，求道："方才是我鲁莽，还请虞都监莫要见怪，救我儿一命。"梁大郎拽了拽两个兄弟的衣袖，三人也一并跪下了。

虞太倾顿住脚步，幽幽叹了口气，说道："狄尘，驱毒。"狄尘上前，将梁骛自床榻上扶起来。

虞太倾清声道："狄尘，气舍穴、余府穴、天池穴、中庭穴……"

随着虞太倾的指点，狄尘施法，将指尖一缕蓝光输入梁骛体内，又施法让蓝光沿着穴位游走，只见梁骛口中渐有丝丝缕缕的银光逸出。狄尘垂袖一扫，便将银光尽数收走。梁骛的脸色越来越好，待狄尘收势，梁骛也睁开了眼睛。

梁侍郎大喜："多谢虞都监。"

虞太倾起身，转向梁侍郎说道："梁侍郎不忙道谢。"

梁侍郎一听虞太倾不让道谢，再次一惊，颤声问："虞都监，又……又有何事？"

虞太倾脸上挂着笑，挑眉问道："你既为朝廷命官，自然精通本朝疏律，我且问你，亵玩妖物者，该当何罪？"

梁侍郎皱眉思索片刻，说道："遇妖物而不报，杖三十。私藏妖物者，徒一年。至于亵玩妖物，要看其知妖还是不知，倘若明知是妖还要如此，轻则入狱一载，重则三载。"

虞太倾瞥了梁骛一眼，见他人虽醒了，却依然一脸懵懂的模样，还不知其父已经将他判入牢狱。

"不过，这疏律定了还从未见谁犯过。"梁二郎说道，"谁遇到妖物也要吓个半死，早急急报于天枢司了，更莫说私藏妖物和亵玩妖物了，那不是不要命了吗？"

虞太倾轻轻一笑，示意狄尘张开手掌。只见方才收敛的银色烟气在掌心处氤氲浮动。

"你们可知梁骛所中的毒是什么毒？"虞太倾眯眼问道。

众人摇摇头。虞太倾淡然说道："妖毒。"

"什……什么？什么毒？妖……妖毒？"梁侍郎及其家人闻言猛然抬头，齐齐望向虞太倾。

当日，虞太倾自周升口中获悉梁骛常去绕梁阁召妖妓，因着并未亲眼见到妖，是以并未将详情告知梁侍郎。梁家人皆以为梁骛中了邪，失了一魂一魄，至于如何失去，并不晓得。此时听到妖毒，俱吃了一惊。

虞太倾说道："令郎方才脸色灰白，且脸颊嘴角隐有银色微光，这是中妖毒之症状。"

作为阆安人，都晓得朝廷有个天枢司，专事伏妖。然而，普通人中又有几个能见到妖。所以，私下里，众人差不多将天枢司与禁军十六卫相提并论，毕竟这些年，天枢司的枢卫也兼管皇城守卫。此时，乍然听到妖毒，还以为自己听错了。

梁侍郎顿时有一种不好的预感，低声问："虞都监，那我这孽子是如何中的妖毒？"

"梁骛常去绕梁阁，想必你们也晓得。他到绕梁阁召的却不是一般的伶妓，而是妖妓。起先本都监也不信，但昨夜我去了一趟绕梁阁，已是见过那些妖物。他失了一魂一魄，身中妖毒，正是妖物作祟。"

梁侍郎一家闻言已是惊得魂飞天外，齐刷刷呆若木鸡。

"不是，四弟他……他怎会如此糊涂？我晓得他不成器，可没晓得他这么……"梁三郎反应过来，吃惊地说道。

梁侍郎笑容有些僵硬："虞都监，此事，此事当真？"

虞太倾拂了拂衣袖，轻笑道："听闻梁骛对妖物非打即骂，极尽虐待，虽说妖物害人不对，不过，令郎也算咎由自取。我眼下已给他解了妖毒，但丢失的一魂一魄能不能寻回来，本都监也不敢保证。我只有将勾魂的妖擒拿，方能收回魂魄。还请梁侍郎明日上奏圣人时，将此事说清楚。"

梁侍郎一脸尴尬，慌忙施礼说道："虞都监尽管去伏妖，便是寻不来那一魂一魄，本官也绝不怪你。本官更不会向圣人上奏此事，还请虞都监也不要上奏，行……行吗？"

"那恐怕不行。"虞太倾微微一笑，"天枢司每月都要向圣人奏明诛妖诸事，此乃分内之事。"

梁夫人闻言哭了起来，看来梁骛便是好了，也免不了牢狱之灾了。这时，一脸懵懂的梁骜忽然抱着头喊道:"呵呵……呵……不是呵……呵不是呵……"

虞太倾闻言,蹙起了眉头。

第五章 品花会夺魁

日头一偏西，刘奎便命人将左儿奴和雪蓉送走了。室内只余画角和豹妖。刘奎因豹妖学舞很慢，夸了几句不在场的鹤妖。据刘奎说，鹤妖的舞跳得比雪蓉还要好，且性子也柔和。

阁中三个妖，豹妖、荷妖，还有鹤妖，唯有鹤妖画角还未曾见过。画角试探着问道："那为何不让她来教习我们，我们都是妖，总比让人来教习要妥当。"

刘奎冷哼道："她如今不太方便。"

不太方便？画角一时有些不解，但很快便知晓鹤妖为何不方便了。她在回房间前，在走廊上遇到一个美貌女子。她身着素白撒花裙，云鬟雾鬓，肌肤白腻，模样绝丽。她是从客人的房间出来的，显然刚刚陪完客。在枕星楼出现的多半是妖物，听刘奎说她便是鹤妖了。

鹤妖走路很慢，腰肢款摆如弱柳扶风。画角原以为她走路本就是如此，待到行近才发现，这鹤妖似乎身上有伤，应是站立不稳。她身上所穿的原是素白襦裙，红色的并非是绣花，而是血迹。点点滴滴的血洒在素白的裙上，宛若红梅绽放，带着浓郁的血腥气。

刘奎似乎对鹤妖受伤已是司空见惯，只是淡淡哼了声，便命她去房内好生待着。然而，鹤妖身上的血腥气却激起了豹妖的兽性，她蓦然纵身而起，向着鹤妖扑去。所幸刘奎眼疾手快，施法制住了豹妖。

鹤妖被扑倒在地，仰坐在地上，神色狼狈。画角上前抓住鹤妖的胳膊，想将她搀扶起来，不想鹤妖抬手时，衣袖低垂，露出了她的手。她的手也伤到了，手掌上也是血。

画角顿时想起昨夜里门上的血手印了，看来就是鹤妖留下的。她一时不知该如何说这些所谓的贵客。只能说，他们如此虐妖，实在是在变着法地找死。

鹤妖抬眸看了画角一眼，嘴唇动了动，半晌说道："多谢！"这笑容有一丝凄凉，也有一丝诡异。画角思及昨夜池水中的雾团，心中一时有些疑惑。昨夜的雾团当真是她吗？怎么瞧上去如此不像！

画角回到屋中，还一直在琢磨此事。她原本笃定鹤妖便是雾团，本待查清后，便将鹤妖擒拿，这会儿却不确定了。回廊上忽然有一阵脚步声传来，画角以为是有客前来，是秋娘派人来带她的。不料，只听"哐当"一声，房门猛然被人踹开，几个玄衣黑甲，腰悬长剑，身披墨氅的人长驱而入。

画角识得，这装束乃是天枢司枢卫。她头皮一麻，天枢司怎么来人了？这会儿想要逃却来不及了，枢卫们上前，用缚妖绳将她五花大绑，提溜着带了出去。回廊上，豹妖和鹤妖也已被捆缚着扔在地上。这变故有点突然，秋娘和刘奎也吓得脸色惨白，不晓得天枢司是如何得了消息的。

这时，回廊上一行人走了过来，领头的一袭绯色官袍，正是天枢司都监虞太倾。昨夜里周升唤虞太倾虞都监，画角还不知都监是什么官职。如今虞太倾一现身，她顿时便明白，都监应当是天枢司的官职。虽说那日他曾调遣天枢司校尉楚宪去抓她，但不会术法的他居然是天枢司都监。画角还是很惊讶的。

作为一个伏妖组织伴月盟的盟主，画角以前曾特意去了解过天枢司。天枢司成立已有上百年，起初也不过只有几位伏妖师。其后，每隔几年，云沧派都会下派弟子到天枢司，到如今，天枢司已有几十位伏妖师。其中，除了指挥使雷言，还有左右两位校尉。那日追捕画角的楚宪，便是左校尉。还有一位右校尉，名陈英。

伏妖师之下，便是跑腿的枢卫，他们不是伏妖师，只是寻常人。枢卫虽不会术法，但却有武艺傍身。他们起初就是给天枢司充门面充排场的，毕竟，伏妖用不上他们，但随着人数愈多，如今也兼管阊安城守卫。

天枢司以前并没有"都监"这个官衔，也未曾听章回提起过，想必是新设的。天枢司枢卫的服饰是玄衣黑甲，瞧上去气势逼人。都监的官服却与枢卫不同，绯色罗袍，色泽比玄色艳丽，袍角以彩线绣着五彩团花，行走间波光潋滟。一个穿惯了素服的人，忽然换上了锦袍绣履，一如银装素裹的雪野，忽然绽开了一大片绚丽的花海，让人有些目不暇接。

秋娘在绕梁阁做了多年掌事，很有识人之能，一眼便瞧出虞太倾是掌事之人，忙上前躬身施礼，一脸堆笑，说道："敢问官爷，您，您是哪位？"

身后的一名枢卫亮出天枢司的牌子，漠然说道："这是我们天枢司新任虞都监。"

秋娘脸色微变，迟疑着问道："敢问虞都监，为何要将这些伶妓抓起来？她们可是犯了什么事？"昨夜里虞太倾与周升一道来绕梁阁时，是戴着帷帽的，秋娘还不知昨夜的贵客便是他，还想狡辩几句。

虞太倾瞟了秋娘一眼，牵唇一笑，说道："秋娘，你不会不晓得，豢养妖物触犯了本朝疏律吧？"

秋娘晓得事已败露，眼神慌乱，瞥了眼画角她们，问道："这……这……虞都监，您这话什么意思，什么豢养妖物？您是说她们是妖物吗？"虞太倾点点头，淡淡哼了声。

秋娘"哎哟"一声，一脸惊骇："她们竟然是妖物。这我实在是不晓得啊，我又不是伏妖师，如何能瞧出她们是妖，只是瞧着她们貌美，便收到了阁里侍客。"

虞太倾挑了挑眉，颇为认同地说道："这倒也是，妖物变幻为人，你自然瞧不出。你不知她们是妖，不知者自然无罪。秋娘你被妖物蛊惑，还是受害之人，是不是？"

秋娘慌忙点头，连连称是："是啊，虞都监所言极是。"

虞太倾负手缓缓踱步，行至刘奎前面，问道："此人是谁？"

秋娘忙过来应道："这是我阁里的护卫刘奎。"

虞太倾"哦"了声："这么说，他也未曾看出这些小娘子是妖？"

刘奎躬身施礼，说道："某也不懂术法，未曾看出，不然早就提醒秋娘了。"

画角被五花大绑，此刻蜷缩在地，听到秋娘和刘奎的推脱之语，心知秋娘和刘奎完了。

果然，虞太倾顿住脚步，蓦然回身，一双冷眸静静看向秋娘："可昨夜里你却不是如此说的啊。你说朏朏妖胆小，又是初次侍客，若有失礼之处万望海涵。还说豹妖有些难驯，但有刘奎刘伏妖师在侧，绝不会让她伤到我。这位鹤妖，你们说她身子不适，我只匆匆见了一面，如今看来，她是服侍别人了，还受了伤。"

秋娘巧舌如簧，什么场面都能应付，这会儿却呆若木鸡。那张嘴原本舌绽莲花，此时也哑了火。"你……你……你……"秋娘指着虞太倾,颤声道,"你是昨夜周升带来的贵客?"

"不错!"

秋娘和刘奎腿一软,再无话可说。

虞太倾瞥了两人一眼,说道:"豢养妖妓,纵妖害人,被查后还拒不认罪,妄图狡辩,如此重罪,依着本朝疏律,杀无赦。"他语气淡然,仿若说的不是杀人,而是拂去衣袖上的浮尘一般。秋娘和刘奎惨白了脸。

"害人?侍客时,刘奎一直在门外候着,并不曾让她们害人。"秋娘颤声说道。

虞太倾挑了挑眉,懒得理睬,身后的枢卫上前说道:"礼部侍郎的四郎君、尚书左丞的大郎君、国子祭酒的侄子,皆被妖妓勾了一魂一魄,礼部侍郎的四郎君梁骜还中了妖毒,几欲丧命。"

画角原本缩在一边装死,力图让自己看起来是胆小怯懦、绝不会伤人的好妖。听到枢卫的话,不由得一惊。但想到这些纨绔子弟胆大包天,居然召妖虐妖,到头来不仅失魂丢魄,还几欲丧命,他们也算是找死如了愿。这么想着,她忍不住轻轻嗤笑一声。

虞太倾似是听到了画角的冷嗤声,垂眸朝她瞥了一眼。画角慌忙垂头,怀疑他听到了,但又觉得不可思议,他耳力不会这般好吧?秋娘和刘奎早已吓坏了,跪在地上连连喊饶命。早有枢卫上前,将两人也捆了起来。

这时,几名佩刀枢卫快步行来,说是虞太倾命他们去后园池塘擒拿的荷妖已是死了。昨夜画角见荷妖时,觉得她虽然如风中残烛,但不至于这么快就没命。莫非那雾团又去吸附她的妖力了?

虞太倾闻言蹙了蹙眉,看着秋娘说道:"你们两人,只要好生配合本官,想让本官从轻发落,倒也不是不行。"两人忙点头。

虞太倾问道:"你们阁里还有别的妖,你们可晓得?"

秋娘瞪大眼:"没有啊,除了死去的荷妖,都在这里了。"

"不对。"虞太倾起身说道,"这阁里还有妖。梁骜失去魂魄前,召的妖便是荷妖,可依着荷妖的妖力,根本勾不了人的魂魄。那日的妖,不是荷妖,而是其他的妖附身于荷妖前去侍客。"

梁骜在失了一魂一魄的情况下,念叨了一句:"呵呵……呵……不是呵……呵不是呵"。呵不是呵,荷不是荷。可见,最后陪客的荷妖并非真的荷妖。

虞太倾此话一出,秋娘和刘奎皆呆住了。

"妖附身妖?某并未瞧出来啊。"刘奎战战兢兢说道,"梁骜最后一次来时,阁里只有荷妖和鹤妖，荷妖有客时，鹤妖也有会客。这么说，那附身的妖藏在何处？"

虞太倾冷冷一笑，行至窗畔，指着前院临街的楼阁说道："那里。"

原本，画角实在想不通似虞太倾这样手无缚鸡之力的公子哥儿，到底是如何当上天枢司都监的。如果说他身后的枢卫身强力壮，锋锐如刀。那风姿端雅的他混在枢卫群中，便如刀柄上垂挂的流苏，由彩线编织而成，精致美丽，纯粹是装饰用的。此时画角却有些了然，他还是有一点本事的。这绕梁阁里，除了几名妖妓，果然还隐藏有旁的妖。

夜幕铺陈下来，整个阆安都笼在了无边的黑暗中。绕梁阁前院的停云楼中，一个个窗棂中渐次透出旖旎的光。

三层的一间雅室内，莲花烛台上烛火高照，映出一个女子窈窕的背影。她伸出纤纤素手，慢慢打开一个三层的掐丝螺钿妆奁。奁盖里层，镶嵌着一面光可鉴人的菱花镜。

女子的脸映在镜中，肌肤白腻，蛾眉秀目，容色绝丽。她将妆奁一层层拉开，最上层放置着胭脂、香粉、螺子黛、膏脂。第二层则放满了珠钗佩环，一眼看去璀璨夺目。下层则是大小不一的梳篦。女子取出角梳将乌发理顺，手指灵活地绾青丝为高髻，自妆奁中取出一支纤长精致的长簪，插在高髻上。

描眉画眼、涂胭脂、贴花钿、描斜红，最后，她伸中指蘸取了口脂，在自己唇上点了点。揽镜自照，她满意地一笑。镜中原本清绝雅丽的容颜，添了一分别有意味的媚态。

门外，婢女轻轻叩门："姑娘，该下楼了。"

女子袅袅娜娜地走了出去，婢女见到她吃了一惊："您今儿个，与往日有些不同呢。"

"哪里不同呢？"她的声音甜腻娇软，带着一种说不出的魅惑之意。

婢女歪头打量她一番："您今儿的妆与往日不同，往日有些寡淡，今日胭脂也浓了，唇也红了。奴婢觉得，今日的花魁非您莫属了。"女子嫣然一笑。

画角和豹妖、鹤妖被关在厅内，由几名枢卫看管，其他人都随虞太倾去了前面的停云楼。据秋娘说，今夜是绕梁阁一月一次的品花会，说白了就是花魁大赛。这一夜，阁里的伶妓都会在停云楼一楼大厅献艺。虞太倾认为那个妖便隐在伶妓中，一众人便去了前楼伏妖。

画角眼睁睁看着到手的活儿被虞太倾抢了，看来左儿奴这银两可真不好赚。她转了转眼珠，瞥了眼豹妖和鹤妖，心想要不然趁机将这两个妖收了，然后对左儿奴说捉到妖了。反正另一个妖天枢司也会降伏，害她的妖也算除了，左儿奴日后也不必担惊受怕了。纵然不收豹妖和鹤妖，她这会儿也该逃走了。要不然，可就被虞太倾当成妖收到天枢司去了。

她还未行动，鹤妖忽然问道："你们成妖多少年了？"

"你问这个作甚，今日落到天枢司手中，不管成了多少年的妖，只怕都免不了一死！"豹妖目露凶光，恨恨地握了握拳，"可惜我还没学会惊鸿舞。"豹妖死到临头了居然还惦记着惊鸿舞。

"你想这样白白死去吗？"鹤妖一身的伤，说话也有气无力。

豹妖舔了舔舌头："怎么，不白白死去，你是想让我死前饱餐一顿？"她使力一挣，身上的缚妖绳闪了闪光，捆缚得愈发紧了。

鹤妖充耳不闻，问豹妖："你有五百年的妖力吗？"

豹妖蹙眉："四百年。怎么了？"

"你呢？"鹤妖转向画角。

画角哪里晓得自己身上的朏朏妖力有多少年，随便胡诌道："一百多年了。"

鹤妖点了点头，指使豹妖："劳驾你打开窗子。"

"打开窗子也跑不了，这楼里设了阵法，你不晓得？你答应死前让我吃了你，我就开。"豹妖瞧了眼奄奄一息的鹤妖，没好气地说道。

鹤妖因着失血，脸色已惨白如雪，黑漆漆的眸子瞥了眼豹妖："随便你。"

豹妖起身，因着手臂被捆缚住了，只好用脑袋使力去顶，方将窗子推开。

"够了！"鹤妖喃喃说道。

豹妖听得一头雾水："什么够了？"

鹤妖牵唇一笑："你们的妖力加起来有五百年，再加上我与映荷的，够一千年了！"

她瞥了眼画角："只是对不住你，才成妖一百多年。不过，你既入了绕梁阁，原本也是活不下去了，如今被天枢司抓住，总是死路一条。"

画角心中咯噔一下，暗想不妙。一千年的妖力，这鹤妖要做什么？只见鹤妖挪了挪身子，身上刚愈合的伤口又裂开了，有血沿着手指淌了下来。血腥气引得豹妖躁动不安，不断挣扎。

这时，一团团黑气自窗子里钻了进来。黑气犹如浓雾，转瞬便将鹤妖笼罩其中。她原本貌美如花，此时那张脸在黑雾中若隐若现，看上去分外诡异。尤其是发髻上簪的那枚发钗，在雾气中居然闪闪发光。

"这是什么？"豹妖吃了一惊，好似被踩了尾巴的猫一般跳了起来，可惜的是，因着身子被捆缚，站立不稳，又跌倒在地。

鹤妖凄然一笑，毫不犹豫地张口吐出了妖丹。黑雾转瞬便将妖丹吞噬。鹤妖的脸以肉眼可见的速度凹陷下去，变得干瘪，只余皮包骨。很快，鹤妖便现出了原身，是一只羽毛雪白伤痕累累的鹤。而黑雾，显然是妖力暴涨，雾气越发黑浓，转瞬充满了整个房间。黑雾之中除了浓烈的妖气，还有一丝不易觉察的煞气。

画角顿时明白了鹤妖方才所言的意思。她说够一千年妖力了，说的便是要将这一千年妖力献给操纵黑雾的妖。所以，鹤妖还有荷妖，她们竟然都是心甘情愿要将自己的妖力送给这个妖吗？怪不得昨夜在池底，荷妖一直不让自己将黑雾吸取她妖力之事告知刘奎。

画角捏了个诀，默念咒语，身上的缚妖绳乍然松开。她正欲出手，豹妖忽然扯着嗓子大喊起来："来人，有妖怪，有妖……"

"鬼号什么，你不就是妖吗？"几名枢卫推开房门，骂骂咧咧说道。枢卫并非伏妖师，见到满室黑雾，惊了一跳。

"怎么回事？"

"怎么这么多雾，我什么也看不见，那几个妖逃了吗？"

"缚妖绳捆着呢，逃不了。"

"这雾气哪里来的？"

画角伸指一弹，一道巨力袭去，将几人推出房间，将房门重重关闭。雾气之中，传出黑豹凄惨的叫声："救命！"

画角一伸手，一道冰蓝色光芒自指尖射出，向着黑雾最浓之处袭去。黑雾受惊，满室的雾气凝作一团，形成一个人脸形状，豹妖的妖丹便浮在它头顶上方。地面上，因着黑雾将豹妖的妖丹逼了出来，它已是现出了原形，身上除了有缚妖绳捆缚，还有丝丝缕缕的黑雾缠绕。黑雾黑洞洞的眼望向画角，大嘴一张，便欲吞下豹妖的妖丹。画角抬手一招，伏妖刀雁翅转瞬便出现在手中。她持刀一挥，向着黑雾砍去，同时伸手一捞，将豹妖的妖丹抢了过来。黑雾被画角一刀斩到，飞快聚拢，化作一柄箭的形状，"嗖"的一声从窗子里飞走了。

画角原本要跳窗跟踪，看黑雾到底是什么妖驱使的。这时，房门被撞开，枢卫们奔了进来。画角慌忙蜷缩在地上，悄然捏诀，将缚妖绳再次捆到自己身上。豹妖的妖丹虽被画角抢了下来，但妖力已被收了不少，画角便先将妖丹收了起来。枢卫查看了豹妖，见她已是奄奄一息，无法再幻出人身。鹤妖却已经死了，染了血的白裳和身上佩戴的珠钗掉了一地。

"这是怎么回事？"一名枢卫问画角。

画角捂着脸尖叫，一副受到了极大惊吓的样子。"吓死了，有妖……从窗子里进来，要吸我们的妖力。"画角一脸惊魂未定。

"我去禀告虞都监。"另一名枢卫说道，随后飞快地走了。

过了会儿，虞太倾走了进来。他瞥了画角一眼，眉尖微蹙，眼底划过一丝荫翳。

枢卫问道："虞都监，是不是这个朏朏妖胡诌，都是她干的？不是说这枕星楼有阵法，妖自己进不来吗？"

虞太倾在室内转了一圈，行至鹤妖身前，将散落在地上的一枚发钗拿了起来。正是方才雾气浓重时，在鹤妖发髻上闪闪发光的发钗。这是一支鎏金点翠钗，瞧上去也不算贵重，但做得很精致。他将发钗递给一名枢卫："去问问秋娘，这钗可是鹤妖的？妖为何进来，说不定就着落在这钗上了。"枢卫应了声，快步去了。

虞太倾行至画角面前，牵唇一笑："小妖，我们做个交易如何？"

画角蜷缩在地上，抱头看着虞太倾的绯红色衣襟在她面前飘荡，衣上显然熏过香，幽冷而清淡的香气飘在她鼻端。她原以为虞太倾会怀疑是她伤了豹妖和鹤妖，毕竟她们一死一伤，而她却毫发无伤，没想到他竟问都没问，反而要和她这个阶下囚，还是一个妖做交易？

"虞都监不怀疑我吗？"画角慢慢放下手，仰脸望向他，小心翼翼地问道。

虞太倾垂眼睨了她一眼："以你的妖力，还没有这能耐。"

画角点点头，这倒也是。"不知，虞都监要和我做什么交易？"

虞太倾慢悠悠说道："那妖物既然吸取了鹤妖和豹妖的妖力，自然也不会放过你，只是方才没来得及。它必定还会寻机来夺取你的妖气，你来做一次诱饵。事成之后，本都监给你一次逃跑的机会。"

让她做诱饵？其实这倒是个好主意，倘若换了她是虞太倾，或许也会这么做。操纵雾团的妖如今至少已有千年的妖力，绕梁阁夜里又正是人多之时，那妖物若和人混杂在一起，的确不好寻出来。画角琢磨了会儿，问道："一次逃跑的机会是什么意思？"

"你应当听说过，妖一旦被天枢司抓住，不是死便是下烈狱。"

画角自然听说过，死亡且不论，就说天枢司的烈狱堪比地府，妖一旦入了烈狱，绝无生还之日，比死还可怕。

"我给你一盏茶的工夫让你逃跑，一盏茶后我再派人去抓你。"虞太倾淡淡说道。画角沉默了会儿，还以为他是要放过她，闹半天只是晚一点去抓她。虽说听上去很有诱惑力，然而，画角晓得，她跑不掉的。以她作为朏朏妖的妖力，一盏茶的工夫根本逃不远，何况，他手里还有定踪珠。这么想着，她抬眸便见他垂在身畔的广袖中微光一闪，显然是将她的气息又吸纳到定踪珠中了。气息在定踪珠中能存一日，便是给她十盏茶的工夫，她也逃不出他的手掌心。

而她，为了这一次绝无胜算的逃跑机会，还要豁出命冒着被千年老妖吞噬的风险助他伏妖。这笔交易不论怎么想，他都稳赚。他这算盘打得可太响了，她便是身在天涯海角也能听得见。

画角正愣神间，虞太倾在她面前蹲了下来，一脸真诚地问道："怎么，本都监有意饶你一命，你还拿乔？"

画角抬眼直视着他。许是入了夜的缘故，他在绯色官服外披了件白裘斗篷，其上细毫绵密，在灯光的映照下，流淌着雪色光泽，越发映得他眉清目秀，一脸高旷风华。

可是，这样的人，算计起旁人来居然这么狡诈。亏得她初遇他时，还以为他可怜。画角垂下眼，唇角勾起一抹狡黠的笑意。

"不，不是，"画角向后缩了缩，一脸惶恐，"我只是觉得，一盏茶的工夫有些长，虞都监给我一炷香的工夫就足够了。"

这话让虞太倾愣了一瞬。他诧异地挑了挑眉："没想到你小妖还挺狂，也好，我便给你一炷香的工夫。"

至于如何用她这个诱饵去诱妖，虞太倾在听秋娘说了关于那枚鎏金点翠钗的来历后，有了想法。

据秋娘说，那枚发钗不是鹤妖的。而且，发钗瞧着有些年头了。

秋娘毕竟是妓馆掌事，过眼的首饰多了，一些名贵的珠钗发簪，一般都能瞧出点来历。

虞太倾蹙起了眉头，问道："有多少年了？"

秋娘沉吟了下说道："点翠已是流传多年，到如今工艺已是成熟，本朝的点翠发钗多用翠鸟软羽，更细密精致，俗称'软翠'。这枚鎏金点翠钗，用的乃是翠鸟背羽，且其花样像是几百年前的大尚朝之物。那时，初有点翠工艺，市井之女也轻易戴不起点翠钗，只有深宫后妃方有。"

画角闻言吃了一惊。大尚？倘若这是妖物的发钗，那这妖至少也有七八百年了，再算上她吸取的妖力，近两千年的妖物。

"鹤妖佩戴的首饰不少，虞都监何以认为这枚点翠钗与妖物有关？"秋娘不解地问道。

虞太倾笑了笑："这枚发钗上，不仅有鹤妖的妖气，还有煞气，显见是妖物惯常佩戴之物。它能突破刘奎设的阵法进来，也是因着它事先在鹤妖身上留了点翠钗之故。"

画角蹙了眉头，所以方才雾气缭绕之下，鹤妖发髻上唯有这枚点翠钗发出微光。

"平日里鹤妖能自由出入枕星楼吗？"

秋娘摇摇头："鹤妖一向温和知礼，从不惹事，虽不能自由出入枕星楼，但偶尔，我会让婢女领她在园子里走走。"

"这就说通了，必是那时遇上的。听闻今夜是每月一次的品花会？"虞太倾沉吟片刻，问道。

秋娘连连点头："这会儿已是开始了。"

虞太倾蓦然转向画角，目光凝注在画角的脸上，又瞥了眼她的身姿，说道："一会儿，你去品花会夺花魁。"

画角一惊："为何？"

"夺得花魁之位，吸引妖的注意后，再单独到园内无人之处，诱妖至阵中诛杀。"

作为一个诱饵，画角觉得这安排不靠谱。为何她得了花魁，妖就会尾随她？

不过，虞太倾一意孤行，她这个诱饵反对也无用。说实话，听到这个任务，画角有点后悔答应虞太倾这个交易了。要是林姑知晓她跑到绕梁阁鬼混，还夺得了花魁，说不定会气晕过去。那她以后还能有好日子过？林姑岂不是每日都要念得她耳朵生茧。

其实，她觉得不必如此，那妖物被她攻击过，早记恨上她了。这话她又不能说。好在虞太倾同意让她戴面纱出场，又和秋娘说定，最后让画角做花魁。

秋娘有些为难："品花会谁做花魁，其实是有章程的，并非我说了算，而是由恩客们投的绢花多少而论。"

虞太倾蹙了眉头："这好办，多备些绢花投给她便是，莫非还不能一人投多朵花？"

"这倒没有。"秋娘摇头，"就是，这绢花一朵百两银。"

虞太倾勾唇冷笑，斜睨了秋娘一眼："一朵绢花一钱都不到，你却卖百两，本都监都想来这绕梁阁做掌事了。怎么，你是想要本都监掏银子？"

秋娘连说不敢，忙命人去备绢花，她这小命如今还捏在虞太倾手里呢。

夜色渐深，绕梁阁的品花会已是接近尾声。由阁里选出的十二位伶妓已有十一位表演完了才艺，最后一位伶妓事先被秋娘唤走，说是病了，最后由画角临时顶上。

画角会弹琵琶，但是当着虞太倾的面，她哪里敢弹，生怕他认出她是非礼他的人。最后她选了舞刀，这也算本色出演。

当晚的绕梁阁竟是座无虚席。画角站在帷幔后，凝望着台下攒动的人头，还有两侧雅室卷帘内若隐若现的人影，忽然对乐女舞妓们钦佩起来。众目睽睽之下献艺，这活儿也不是人人都能干的。

乐起，舒缓悠扬，流水般漫过。台下喧闹的人声静了下来，陪舞的舞妓们随着乐音长袖甩动，翩翩起舞。画角足尖一旋，纤腰一拧，先转了一个圈，绚丽的衣裙飘展开，如一朵儿盛放的优昙花。随着乐音节奏加快，画角猛然一拔，刀出鞘。

这是一把木刀，外面包了一层金箔，绕梁阁自然不敢给她用真刀真剑，不过这把刀太轻了，画角有些不习惯。她之前未曾习练，所以舞起来论娴熟和美感自然及不上陪舞的舞妓。好在她也只是走个过场，能不能得花魁让虞太倾头痛去吧。她随意舞了一套刀，便退了下去。

到了选花魁环节，十一位伶妓齐齐上场，画角察觉到了妖气就在这十一位伶妓中，不过，因着这妖用的并非妖身，而是附身在人身上，一时不好分辨是谁。到了掷绢花之时，画角眼睁睁看着旁人面前的花篮里绢花愈来愈多，她的花篮中却始终空空。

画角不禁觉得脸皮发热，有点丢脸。她不是绕梁阁真正的伶妓，自然没有熟客照拂她。她又是临时替了别人，且脸上还罩着面纱，这种结果也是意料之中。高台上十一位伶妓虽没说什么，但画角还是能察觉到她们目光中的嘲讽。底下的客人就肆无忌惮了，说什么话的都有。

"这个舞妓，以往没见过，跳成这样，她是如何入选的？"

"是有人身体抱恙，她临时顶上来的。"

"这绕梁阁是选不出一个会跳软舞的了吗？这舞刀也太煞风景了。"

"要不我去掷朵花，免得她太难看。"

"你不怕雪蓉瞧了和你闹？"

那人顿时怂了，嘿嘿一笑："那倒也是。"

……

绕梁阁掌管花魁大赛的司礼开始报数："飞玉二十三朵儿，雪蓉四十三朵儿，抱影四十七朵儿，左儿奴三十三朵儿……"

画角瞥了左儿奴一眼，上回左儿奴因着得了花魁便遇到了妖，这回对花魁之位明显不甚在意。抱影得的绢花最多，左儿奴曾说起和三位好姐妹在后园饮酒，其中便有抱影，还有飞玉和若香。若香似是没能入选花魁大赛。画角的目光正在抱影身上流连，司礼已行至画角面前，望着空荡荡的花篮，尴尬地轻咳一声，唱喏道："花椒零……"

"零"字刚出口，虞太倾的护卫狄尘手提着包袱行来，说道："且慢！"他打开包袱，一股脑儿将绢花倒进画角面前的花篮，施礼道："抱歉，我家郎主送得晚了，劳烦司礼点数。"

画角忍不住向天翻了个白眼。她毫不怀疑虞太倾是为了让她出丑，才在最后一刻过来送绢花的。

候在司礼身畔的婢女上前，将绢花点了一遍，说道："禀司礼，四十八朵儿。"

众人皆被这数目惊住了。抱影原本得的绢花数最高，画角乃最末一位。虞太倾卡着数儿送绢花，如今不仅抢了抱影唾手可得的花魁之位，还比她只多一朵。这简直是要活活气死人，不对，是气死妖。

高台上，原本似有若无的妖气越来越浓，其中，还隐含着浓烈的煞气。画角侧首望向抱影。只见她梳着繁复的高髻，髻上簪环的珠光映亮了她的一双明眸。眸中煞气流转，显见已是盛怒。画角这时已确定那妖附在抱影身上。只是，她没想到，这妖物居然对一个花魁之位如此在意。

细想起来，虞太倾似乎一早就猜到了，因此才非让她夺花魁之位。就是不知他是如何晓得的。这到底是什么妖呢？莫非是……画角正琢磨着，高台下的客人却闹将了起来。

有人喊道："哪有开始计数了才送绢花的？这也太不合规矩了。"

"是啊，这不作数吧！"有人起哄便有人应和，一时热闹纷纷。

司礼有些无措，秋娘笑吟吟走上前，解释道："其实，是这样的，虽说没说过计数时能送绢花，但也从未说过不能送，所以这还是作数的。"

一个华服男子走上前，怒气冲冲地说道："既然他能送，自然我也能送，我再给抱影加两朵儿。"

秋娘瞟了那人一眼，"哎哟"一声说道："这不是钱大郎吗？不好意思啊，今夜的绢花皆已售完，没有了。"选花魁所用绢花需从绕梁阁购置，旁的绢花是不能算数的。

"什么！"钱大郎闻言跳了起来，指着狄尘的绢花说道，"那这绢花从何而来？"

"人家是提前早就购置的，只是送得晚罢了。"秋娘扬着手中的帕子说道。

钱大郎气得不行，冷哼一声，质问道："你们这选花魁怎能如此肆意而为？这也太不公了！"

"是啊，的确很不公。"钱大郎话音方落，便听有人高声说道。众人回头看去，只见一个少年郎君大步而来。他身着戎装，腰佩长剑，足蹬绦丝黑底马靴。他在钱大郎面前站定，微微一笑，明光铠在灯光的映照下，闪着灼灼光华，衬得他年轻俊美的面孔愈发耀眼。

钱大郎见到他，宛如见了救星，忙凑上前说道："裴小将军，您来得正好，您来给评评理，哪里有这样选花魁的，都开始计数了才送花。您也觉得不公是不是？"

裴小将军？画角吃了一惊，记起林姑说过，她未婚夫裴如寄乃是云麾将军，这人莫非是他？想了想又觉得不可能，林姑说了，裴如寄从不到烟花之地流连，再说了，也不能这么巧吧。

裴小将军长眉扬了扬，似笑非笑道："你来此消遣，规矩自然是绕梁阁说了算，这本将军管不着。我说的不公却是你当街跑马撞伤了人，却连瞧都没瞧一眼，就急着来欢场消遣了，这对受伤的人也太不公了吧，你说是不是？"

钱大郎愣住了，喊道："裴如寄，你不是专司皇城守卫吗，怎的这事你也管？"

画角没想到此人当真是裴如寄。裴如寄望着恼羞成怒的钱大郎，唇角勾起一抹疏懒的笑意："在本将辖区内犯事，我自是要管。"他抬手一挥，身后尾随的禁军上前，便去擒拿钱大郎。

钱大郎这会儿早顾不上绢花之事了，转身撒丫子便要跑路。裴如寄纵身跃起，一脚将他踹翻在地，手中剑都未曾出鞘，以剑鞘指向他的脖颈，冷笑道："还想逃？拿下！"禁军上前，手脚麻利地将钱大郎捆了。

高台上美女如云，裴如寄始终连个眼风都没往上扫，押着钱大郎就要离去。钱府的下人见状，上前求饶："裴将军，我家郎君当时实在是走得急，不知要如何罚，交些银两可好？"因着这件事，场面愈发混乱。但司礼还是在秋娘授意下，宣布四月的花魁娘子便是画角。

婢女捧着花冠上前，戴在了画角头上。花冠由漆纱和玉制成，左右两侧插满了轻纱堆成的桃、杏、荷、梅等花，戴在头上倒是热闹。画角朝着高台下笑了笑，觉得时机到了，便施礼下了高台，沿着伶妓进出的小门出了大厅。

第六章 联手伏妖邪

画角隐隐约约察觉到身后有目光追随而来。她特意放慢了脚步，袅袅娜娜沿着回廊向外行去。刚行至拐角处，迎面便见裴如寄带人押着钱大郎自另一道门出来了。

钱大郎一见画角，又见她头上戴着花冠，冷哼一声："呸，也不知从哪里冒出来的，舞也不怎么样，脸还不能见人，凭什么就得了花魁了。"钱大郎显然是抱影的拥趸，看到画角一脸的不屑。画角懒得理睬他，足下匆匆，想着尽快出去。

岂料，钱大郎竟然挣脱禁军的押解，冲到了画角面前，也不知他是想打她，还是想挠她。画角冷冷一笑，躲过了他的袭击。只是却差点撞到后面的裴如寄。她吃了一惊，不动声色足下一旋，闪身避过了。但错身而过时，脸上的面纱刮到了裴如寄肩头的护肩，被扯下来了。画角匆忙垂下头。

回廊上壁灯里的烛火散发出飘忽幽淡的光芒，映在画角的脸上。面纱掉落那一瞬的回眸和垂首敛目，宛若刹那绽放又转瞬凋落的优昙，是暗夜中唯一的惊艳。裴如寄漆黑的瞳眸亮了一瞬，很快便归于幽暗。画角生怕裴如寄看清自己的脸，垂首欲走。

"小娘子慢走！"裴如寄瞥了眼挂在护肩上的面纱，抬手取了下来，行至画角面前,递了过去,"你的面纱不要了吗?"

画角并不敢抬头看他,而是低垂着头伸手去接。倒不是害怕亲事告吹,而是生怕被他看到脸后,日后倘若见面,让他晓得她在绕梁阁做花魁,传出去名声不好听。她虽不太在意,毕竟她也算不得名副其实的大家闺秀,但在阗安城,还是要顾及一下阿爹的面子,否则,他老人家的棺材板只怕压不住。

裴如寄垂眼看着画角,在她的手快要触到面纱时,忽而挑眉,"哎哟"一声缩回了手。"这面纱似是被我的护肩剐坏了,这可如何是好,不如我赔小娘子一块新的吧。"裴如寄唇角笑意疏懒,缓缓说道。

画角眉梢微不可察地一挑,客气而疏离地说道:"裴小将军不必客气,不过一块面纱,坏了就坏了,又不值什么银钱,不用赔偿,请将军还给我吧。"

裴如寄蹙了眉头。他有两道长而黑的剑眉,眉头轻蹙时,越发正气凛然。"本将军记得,前几日崇仁坊发生的命案,凶犯乃是一个妙龄小娘子,莫非是你?"说着,裴如寄顿了下,吩咐身侧的禁军,"拿下!"

画角吃了一惊,不禁抬眼瞥向他,待到反应过来,已是来不及,自己的脸已是被他看了个正着。裴如寄的视线与画角相接,方才那一瞬只是惊鸿一瞥,此时目光在画角脸上流连一瞬,抬手制止了禁军,朗声笑道:"小娘子如此缩头缩尾,我还当你是什么凶犯,生怕被我认出来,却原来不是。"

画角索性坦坦荡荡凝视着他,面上笑靥清浅,朝他伸出手:"裴将军,我的面纱。"

裴如寄目光微凝,问道:"你确定不要我赔?"

裴如寄起初的确怀疑画角不敢让他看她的脸,是有原因的。待到看清她的脸,又觉得疑惑,因她的脸陌生至极,从未见过。不是他裴如寄自傲,他这样的年少将军,是阗安多少小娘子的梦中情郎。这个妓馆女子躲着他也就罢了,居然不让他赔面纱。一赔一送,你来我往,这不是她们惯用的伎俩吗?还是她想反其道而行之,欲擒故纵?不过,无论是哪样,裴如寄都很厌弃。

画角并不知裴如寄心中所想,还伸着手等他还面纱。裴如寄扬了扬眉,将面纱朝着画角随手一扔。画角忙抬手一抓,轻声道了谢,径自离去。不过,走了没几步,便见抱影慢悠悠行了过来。

"花椒,你在这儿啊,叫我好找。"抱影亲昵地说道,那样子便似与画角是好姐妹一般。

画角顿住脚步,原本的计划是让她出了停云楼便去后园竹林旁。虞太倾已在那里布好了阵法,只待妖物追了她过去,来个瓮中捉鳖。谁也没料到半路杀出个裴如寄,耽搁了这么一会儿，妖物便追上来了。

画角顿住脚步，笑盈盈地说道："抱影姐姐，你寻我可是有事？"

抱影还未曾说话，被禁军擒着的钱大郎一脸欣喜地唤道："抱影，你怎么出来了？可是来找我的？你放心，我无碍的，最多交些罚银，过几日我再来寻你。"

抱影看都没看钱大郎，轻瞥了眼画角头上的花冠，笑着说道："花椒妹妹，送你绢花的是何人？"

一个妖竟对花冠如此在意，还打听捧她的人。画角眼波流转，牵唇轻轻一笑，望着抱影慢慢说道："你猜！"

抱影满怀期待地望着画角，闻言一噎，气得挑起了眉。画角却径自出了停云楼。抱影如影随形追了过去。钱大郎一腔热情没得到回应，垂头丧气地低下头。裴如寄望着两人的背影，目光微微一漾。

夜色已深，檐下挂着的风灯在夜风中飘荡，映出的光芒也闪动不定。画角提裙下了台阶，沿着小径向前飞快而行，穿过一道月亮门便是后园。抱影未曾从画角口中得到答案，自然穷追不舍，很快便追着画角穿过了月亮门。

后园内，每隔数步便在树上挂着一盏灯笼，并不似往日那般幽暗。抱影恼恨地目视着画角的背影，身上乍然腾起浓浓的雾气。

"是谁送的你不说亦无妨，但你这花冠却是非我莫属，你的妖力也是。"妖物不屑再伪装，一股妖风夹裹着浓浓的黑雾朝着画角袭去。

穿过一条小径再拐一道弯便是竹林，妖物却按捺不住动了手。画角的雁翅刀感应到浓烈的妖气，兴奋地低鸣不已。因着妖物是附身在抱影身上，画角投鼠忌器，自然不敢用雁翅刀，生怕伤到人。她伸袖一拂，纤纤玉指自广袖中探出，指尖绽出冰蓝色的光芒。她伸指轻绕，蓝光形成一个小小的漩涡，团团黑雾瞬间便被吸收殆尽。

抱影吃了一惊，随后掩唇咻咻而笑："没想到你这小妖，瞧着妖力不强，却有些法力。"

她迈着慢悠悠的步子，朝画角一步步行来。画角正欲快步向竹林奔去，却不料月亮门处，忽然有一道人影追了过来。

"嗳，我说你们俩怎么回事？深更半夜奔后园作甚？"那人高声喊道。借着园里风灯幽淡的光芒，画角看清那人居然是裴如寄。他怎么追了过来？虽说他是云麾将军，武功自然不弱，可遇到妖物，只怕是不堪一击。画角可不想看到无辜之人被妖诛杀。

抱影听到裴如寄的喊声，媚笑着问道："莫非，此人便是送绢花之人？"

画角摇了摇头："怎么会！"

眼见抱影已是转身，朝着裴如寄漫步而去，卷起的风里带着浓浓的煞气。画角凌空纵身，越过抱影，朝着裴如寄疾飞而去，伸足踹在他胸前的护心镜上。

方才，裴如寄不知为何，就是感觉到那两个小娘子之间的气氛不寻常。总觉得会出什么事，所以，他命禁军看守着钱大郎，自个儿便到后园查看一番。不出事最好，倘若出事，他也好制止。岂料，他一踏入后园，还未曾看清眼前状况，便见一道人影凌空朝着他飞来，在他还未曾反应过来时，翩飞的裙裾间伸出的脚便踹中了他胸前。这一脚的劲力很大，直接将他踹出了月亮门。若非胸前佩戴着护心镜，只怕他受不住。

裴如寄跟跄着向后退去，直到扶住树干方撑住身形，否则定会跌倒在地。

他大怒，他是云麾将军，由来都是他踹人，平生第一次被人踹。

他抬眼望去，却见踹他的正是方才那位花魁。此时，她收足立定，撩起眼皮瞥了他一眼，一双漂亮的凤目被夜里的水汽浸得雾蒙蒙的。

他何曾想到瞧着弱柳扶风般的女子居然有那么大的力道，一时惊愕不已。

裴如寄见到是她，怒气略略消了些，但到底还是恼怒，说话带着气："无缘无故，你为何踹我？"

"裴将军，我劝你想活命，今夜便莫要入这道门。"画角清声说道。

裴如寄一愣，气笑了："我以前虽未曾来绕梁阁消遣过，但也晓得这后园不是禁地，你能进得，怎的我就不能了？再说，本将军还不是生怕你们打起来出事。"

话音方落，抱影平地飞来，欲要越过画角向裴如寄袭去。画角蓦然转身，摘下头上的花冠，朝抱影谄媚一笑："抱影姐姐，你不是说这花冠好看吗，我送与你，原就是为你挣的。"抱影携怒意而来，闻言一时有些蒙。

画角亲自将花冠戴到抱影发髻上，左扶一下，右摸一下，一脸认真地为她整理，小声在她耳畔低语："我原本没多少年的妖力，便是送与姐姐也没什么，谁让我喜欢姐姐呢。不过，你若留着我，我且愿意尽绵薄之力，为姐姐做事。"

抱影得了花冠，又听画角话说得好听，一时心满意足，妖娆地笑了。算这个小妖识趣，且让她的妖力再留一会儿。裴如寄见画角和抱影亲亲热热说话，又听画角说花冠是为抱影挣的，惊讶地挑了挑眉。

画角揽着抱影的腰肢，回首瞥了裴如寄一眼，抿唇一笑："裴将军，我与姐姐在后园幽会，你莫要跟来打扰。君子要成人之美，你可晓得？"说完，两人相拥着向园内而去。

裴如寄觉得脑中似乎有根琴弦"铮"地拨动了一下，随后亮光一闪，好像是明白了点什么。他听说，军中或是狱中，但凡那些都是男人的地方，偶尔会有这样的事发生。但他倒是从未听说过，女人多的地方居然也有这种事。女人喜欢女人。今夜，他也算是开了眼。

就是不晓得，绕梁阁的掌事秋娘知道不？找这两个伶妓陪客的恩客们知道不？那个钱大郎知道不？怪不得方才那个抱影对钱大郎不屑一顾。裴如寄抚着被踹的前胸，眼睁睁看着两女携手向园内而去，心头升起一种无法自抑的悲哀。他觉得自己身心都受到了伤害。

园内，萧萧竹林旁。虞太倾默然凝立，幽淡的灯光自后面映在他脸上，清绝的轮廓剪影透着一丝沉静。他似乎在倾听着什么，忽而眉头微动，唇角扬起了一抹笑意，便如平静的水面上荡起了一圈波纹。

狄尘缓步行至他面前，禀告道："虞都监，妖物已入园。"

虞太倾点头："布上结界吧，莫再让人入园。"狄尘应了声，转身欲走。

虞太倾又问道："方才那人是谁？"

"云麾将军裴如寄。"虞太倾惊讶地挑了挑眉头："是他？听闻他素来不到勾栏之所，今夜为何过来？"

狄尘禀道："裴如寄是来绕梁阁抓人，并非是来消遣的。"

虞太倾点头。狄尘望着虞太倾有些苍白的侧脸，眉宇间满是担忧之色："今夜您来绕梁阁，司里伏妖师相互推诿，都不愿随您来，带来的全是枢卫。他们又不会伏妖，能顶什么用？您怎么说也是都监，那些伏妖师怎敢如此待你，定是得了雷言的示下。"

虞太倾唇角扬起一抹似有若无的笑意："俗话说'一山不容二虎'。如果你是天枢司指挥使雷言，一把手当得好好的，圣人忽然派给你一位都监与他平起平坐。虽说天枢司实权还在他手中，但怎么说我也是圣人亲派，他行事自然诸多不便，难免有些怨气。"

"那倒也是，只不过他如此待您，实在是有些不地道。"

虞太倾笑了："下马威罢了。雷言是云沧派的人，我却是无门无派，他自然不愿分权与我，只盼着我自己知难而退。不过，他打错主意了。"

"左校尉楚宪人不错，只是今夜居然不当值。虞都监，那妖如今有近两千年的妖力，我们能拿下她吗？"

"不会出事，大不了我出手。"虞太倾淡淡说道。他的声音仿若被夜露浸润，带着一丝冰凉的冷意。

"万万不可，都监，您还是莫要出手。"狄尘一脸担忧，"您尽管使唤我，前些日子您说的术法我经常习练，不会失手的。"

虞太倾点点头，淡然一笑，眸中却闪过一丝苦涩之意。他眉头忽而一凝，低声道："狄尘，来了，你且去守阵。"

画角和抱影相携着沿小径向竹林旁而去。白日里开得鲜艳美丽的花木，夜里瞧上去影影绰绰，好似蛰伏的兽。两人皆心怀鬼胎，谁也不肯走在前面，生怕后面的人突袭。

抱影似乎察觉到了危险，忽而止步，瞥了画角一眼，妖娆一笑："夜色已深，这园子也没什么好瞧的，我就不去了。我们在这里解决吧。"

画角佯装不懂，笑问道："解决什么？"

抱影诡异一笑，脸上骤然布满了黑气。她一扬手，一股黑气向画角笼罩而去，咯咯笑道："小妖，方才可是你说的，便是把妖力给我也无妨，怎么，这会儿后悔了？"

画角原本就一直防备着抱影出手，这会儿双手轻轻一晃，十指指甲忽然暴长，瞬间长及两寸有余。画角晓得她们的动静定会引起虞太倾的注意，不敢再动用伏妖师的法力，只好驱动朒朒妖的妖力。朒朒妖虽弱小，但其一双爪子却是锋锐无比。再是弱小的妖，也有生存的本领。她抬手捏指，长长的指甲相互撞击，发出"噌噌"的轻响，便似兵器出鞘的声音。她闪身避过黑气，抬手抓向抱影的花冠，另一只手却挠向抱影的脸。既然如此在意花冠，想必也在意这张脸。

果然，抱影向后缩了一下。画角一击得逞，抱着花冠，柳腰一拧，宛若游鱼般自抱影身侧滑了过去。她足下一蹦，使出了朒朒妖天性里的跳跃本能，这一下便向前冲了一箭之地，很快便到了竹林前。

抱影怫然变色，从鼻子里"哼"了一声："小妖奸猾。"

画角拐过弯，遥遥看到虞太倾孤零零地凝立在林畔。她使力将手中的花冠扔了出去："郎君，多谢你送我的绢花，这是我得来的花冠，郎君接住。"

虞太倾吃了一惊，仰头便见花冠朝他飞了过来。他不得不抬袖一卷，将花冠卷在袖中。抱影气得脸色发黑，一股妖力逸出，园子里的灯笼闪了闪，光线愈发黯淡。她飘身而起，蹑空而行，脚不沾地向虞太倾袭去。

眼见她快要到近前，虞太倾举起花冠瞧了眼，笑道："这花冠如此漂亮，唯有心地纯善，最是美貌的娘子方可佩戴，给你。"虞太倾说着，一挥手，将手中的花冠又朝着画角扔了过来。

妖物此时附身于抱影身上，若要伏妖，便要将妖物真身逼出。否则，定会伤到抱影。然而，同样的，妖物附身于人时，妖力受限，一旦真身现身，伏妖难度也会增加。画角方才将花冠扔给虞太倾后，人已经奔到了阵中。此时，眼见花冠朝她扔来，她伸手接过，得意洋洋朝抱影炫耀。

"郎君说唯有我才配戴此花冠，那就是你不配了！"

在激怒妖物这一点上，画角和虞太倾想到一处了。你一声郎君，我一句娘子。又是美貌纯善，又是只有你方配戴花冠。两人成功激起了妖物的戾气。她飘身而起，口中发出一阵怪笑声，腔调怪异却又柔媚至极。

"如此郎情妾意，今夜我便成全你们，让你们双双去见阎王。"她长啸一声，双手张开，脸上腾起黑雾，鬼魅一般，朝画角扑来。

"啊，吓死了。"画角佯装被吓到，衣袖一垂，手中花冠掉落在地。她抱头朝着一侧的竹林风一般奔去。她已将妖物引入阵中，完成了与虞太倾的交易，接下来便没有她的事了。她倒要看看，虞太倾要如何伏妖，当日在九绵山，他明明手无缚鸡之力，丝毫不会术法。

抱影落地，望着扔在底下的花冠，忽然察觉到不对劲。这时，虞太倾微微别过脸，朝着暗影中说道："起阵！"话音方落，地面上以抱影为中心，现出一圈圈金色的光芒，一如湖面上投入了一粒石子，荡起的一圈圈波纹。画角躲在竹林中，透过一株株青竹，望着闪烁的金光，没认出这是什么阵。

抱影弯腰拾起了花冠，张了张嘴，脸上现出愤恨与恼怒的神情。她从鼻子里哼了声，冷笑道："什么破阵，能奈我何！"她一愣，收敛了不屑的神色，眉头紧蹙，低呼一声。她似是拼力在与一股力量对抗，脸上银光闪烁，变得狰狞可怕。忽然，她仰天"嗷"一声，一道银光闪过，妖身已是从抱影身上被逼了出来。

原来，虞太倾所布阵法不但能困住妖物，还能逼妖物从附身之人身上出来。画角瞥了一眼，发现与她平日所用所见的阵法皆不同，也不知他自何处学来的。抱影的身躯一软便躺倒在地。妖物似乎不愿真身被他们窥到，化作一团黑雾猛然腾起，朝外疾逃。金芒蓦然一闪，一面无形的金网织就的墙阻在她面前。妖物一头撞在网上，宛若被烫到一般嚎叫一声，整个人再次跌倒在阵中。方才趁着她逃逸，狄尘已经入阵将抱影救了出来。

画角透过缭绕的黑气，看清她也是一名女子。她高髻长裙，模样端丽，透着一丝魅惑人心的妖娆。画角原以为妖物生得貌丑，这才附身于抱影，没想到如此美貌。不过，不知为何，她整个人看上去有些诡异。

妖物此时已是恼羞成怒，骤然变了脸色，猛然自地面上腾身而起。华丽的织锦裙摆拖在地面上，被风一吹，在空中飘飘荡荡，透着一股说不出的诡异。她转向虞太倾，周身黑雾缭绕，浓烈的妖气冲天而起。

"找死！"妖物的话语几乎是从牙齿缝里挤出来的。

她的声音再也不是抱影那般柔媚悦耳，而是嘶哑如破锣，又仿若有人用指甲挠刮墙面，听得人毛骨悚然。浓烈的黑雾翻卷着朝虞太倾而去，雾气中的煞气铺天盖地，一个普通人，倘若被其中的煞气包裹，必会当场而亡。

虞太倾负手凝立，不慌不忙清声说道："玄襄十三式第七式，飞花飘零愁如海。"

画角瞪大眼，便见暗影中的狄尘抽剑在手，耍了一个复杂且花哨的招式。雪亮的剑光乍现，如虹剑气充斥，催开了无数朵花，纷纷扬扬在浓雾中飘落。花落如雨，在雾气中飞旋，转瞬间，夹杂着浓烈煞气的雾气已是被花吸收殆尽。画角一时有些傻眼，这是什么招式？如此简单，便破了妖物的煞气？怎的与她熟知的诛妖术法截然不同？

妖物似是也有些惊诧，愣了一瞬，冷冷笑道："没想到你生得柔弱不堪，倒是有两下子。"她的声音沙哑而尖利，尾音一挑，却又带了一丝软绵绵的意味。她忽然抬袖，朝着虞太倾甩出一簇什么东西，空气中隐有锐器破空的声音。画角一惊，细细看去，只见那却是数支发钗和簪环，钗簪的尖端锋锐尖利，在幽暗的灯光下闪着冷锐的寒光。明明是装点女子娇颜的首饰，此时却煞气缭绕，杀气纵横。

真身未曾现，画角蓦然晓得这是什么妖了。妆奁成妖，还是大尚朝的古物。画角也有妆奁，收敛着她惯常使用的钗环、胭脂、梳篦。只是，这东西是死物，不似兽或者花木，能吸收天地灵气成妖。更不似香艳图册，常年累月以情欲之气为食。

也不知这妆奁是有着怎样的机缘巧合才成了妖。

钗环带着凛冽的煞气，转瞬到了虞太倾身前。他凝立在夜色中，黑发和衣袂被煞气吹得悠悠飘荡。幽淡的灯光映出他的侧脸，他微微垂下眼，瞥了一眼自己的手掌，周身上下忽然弥漫起一层嚣张的杀意。

狄尘猛然挡在虞太倾面前，大声说道："都监，我来！"狄尘挥动手中的剑，只听得"当啷当啷"的声音，显见是击落了袭来的暗器。只是，在强烈的煞气袭击之下，狄尘拿捏不住手中的剑，几欲脱手。几支花钗如漏网之鱼袭向狄尘面门，要以剑阻挡却已来不及。

虞太倾蹙眉，清声说道："坎元、咒宁、灭三常。"狄尘闻言，一手捏诀，指尖迸出一道白光，花钗瞬间定格在他面门处，随后似被一股巨力捻过，折成数段，掉落在地。

妖物大怒。此时她显然已是晓得自己无法伤到虞太倾，但她不甘心，忽然双手十指一张，一道雾气自掌中弥漫而出。只听"哎哟""啊"两声哀嚎，秋娘和刘奎自停云楼的窗子里破窗而出，被黑雾夹裹着，摔落在阵中。

画角有些诧异，不知这妖物如何能将秋娘和刘奎拘到阵中，待看到自秋娘袖中跌出来的鎏金点翠钗，方才明白了。想必刘奎身上，必定是也有妖物留下的东西。妖物飘在空中，五指暴长，忽然朝着秋娘的胸口抓去。这一击之下，秋娘必死无疑。这妖是怎么回事，是临死前还想拉着刘奎和秋娘垫背？

虞太倾目光一沉："你是嫌秋娘生得比你美貌，嫉妒她所以要杀了她吗？"论美貌，其实秋娘不及这妖物，且，秋娘年岁也比她大。也不知为何虞太倾会如此说，想必是故意气妖物。

那妖物闻言，果然顿住了，气急败坏地问道："你说什么？瞪大你的眼瞧瞧，我和她到底谁美？"

画角望着妖物的脸，忽然晓得方才她为何觉得妖物诡异了。她虽瞧着美貌，可是面上敷的脂粉却极厚，白得有些不正常。而她的裙角被风吹动时，似乎没有腿。

"自然是秋娘比你美了许多，祈夫人。"最后这一声"祈夫人"，虞太倾是一字一句叫出来的。

妖物闻言，骤然尖利地喊了一声："你叫我什么？"

虞太倾唇角扬起一抹残忍的笑意："我在叫你，祈夫人。你附身于妆奁成了妖，偏生不好好修炼，却出来害人，这就是你的不对了。"

妖物凄惨尖叫。因着虞太倾道破了她的真身，原本梳得华丽的高髻蓦然披散而下，头发干枯如茅草。脸上的脂粉也簌簌脱落，现出几道狰狞的疤痕。她遭过黥刑，原本光洁的额头上刺着一个"贱"字。华丽的裙裳转瞬也变得腐朽破败，散发着腥臭味。

祈夫人。这是一个耳熟能详的名字。姜画角在外行走时，经常自茶馆酒肆闲聊的人们口中听说过这个名字。

她是大尚最末一位皇帝尚阳帝的宠妃。据说她盛宠之时，尚阳帝特意为她建隆恩池、栽香雪海，出则同行，入则同寝，一瞬都离不开她。后宫曾有一位妃子无意说了一句不敬她的话，尚阳帝当即便下令将其绞杀。他甚至为了她，废黜了太子，不顾朝臣反对，将她亲生之子赵王立为太子。人人都道她是红颜祸水。听闻，若非她年纪轻轻便因病故去，尚阳帝原本还要立她为皇后的。这样的人，那枚鎏金点翠钗不过是她妆奁中最普通的一枚吧。

画角盯着黯淡灯光下，狼狈凄惨的妖物，一时不相信她便是祈夫人。倘若真是她,那也就怪不得妖气之中夹杂着浓烈的煞气了,因她原是一缕游魂附在妆奁上成妖,与一般器物成妖不同。

祈夫人似乎对于容貌极其在意,当发现自己真容现于人前时,神色慌乱。她一手捂住额头刺字,另一手又去捂满头衰草般的乱发,手忙脚乱一番,终于察觉到自己根本隐藏不住。她早已习惯附身于美貌女子,习惯于坐在妆台前,用妆奁里的脂粉钗环装点自己。当发现真身掩藏不住,便宛若被人扒掉了衣衫,露出了内里的衰陋。她笑了起来,声音凄厉。后园树上挂着的灯笼随着她的笑声不断闪烁,似乎随时都会熄灭。她忽然放下捂脸掩发的手,挺直了腰背,微微偏过头,摆出一副倨傲的神情,望着众人。

"你如何晓得我是祈夫人?"她阴森森地问虞太倾。画角也同样疑惑,莫非是从那枚点翠钗查出来的?

虞太倾挑了挑眉,说道:"这有何难?你妖气中有煞气,必定有游魂作祟。我不过命人查了那枚鎏金点翠钗的来历,便晓得那是尚阳帝赏赐于你的。"

"不错。"祈夫人缓缓开口,似是陷入了遥远的回忆中,"那年是我二十五岁的生辰,他特命宫里的匠师为我打造了成套的钗环,除了你们见到的点翠钗,还有指戒、耳坠。那时,初有点翠技艺,我是宫中戴点翠首饰的第一人。"

"如此说来,你果然如传闻般受宠。"虞太倾淡淡说道。

"受宠?"祈夫人凄然笑了起来,眼中戾气暴涨,"可是,我是第一人,却并非是最后一人。很快就有第二个女人也戴上了他御赐的成套点翠钗。他把给过我的宠爱、尊荣,也同样给了她,给了那个贱人。"

祈夫人想起了过往,神情激动:"她有什么好,不过比我年少几岁。可是他却说她比我貌美,还亲手编花冠给她戴,说她是后宫第一美。"

画角轻叹一声,终于晓得,她为何对花冠势在必得了。她或许认为,只要得到了花冠,她就是最美貌之人。

"他原本说要立我为后,我等啊等,从夏等到冬,又等到春,可他最终却立了她,还把我打入冷宫。而那个狠毒的贱人,竟然将我……将我……弄成这个样子丢入妓馆,还杀了我的橙儿。"橙儿,想必便是她的儿子赵王。

画角蹙眉,这与她听过的传闻不同。她记得,这位祈夫人之后,是徐氏做了皇后。那位徐氏向来以贤良淑德闻名,据说待后宫众妃极好,而据说祈夫人是病故的,她的儿子则是出意外摔死的。传言果然不靠谱。

不用说,祈夫人死得必定极惨。她额头上的刻字,被砍去的双腿,都昭示着她遭到了虐杀。正因如此,她死后怨气太重,竟然机缘巧合,附身于她日常惯用的妆奁成了妖煞。

虞太倾冷冷一笑，一双眼中沉淀着暗影重重："你们不过是一丘之貉，她狠毒，你手上就干净吗？又有多少后妃皇子被你残害，只是轮到自己头上，便觉得怨怼嫉恨。"

"你……"祈夫人怒声笑道，"那是她们貌不如人，活该如此。倘若我，我再貌美年少一些，也不会败在她手上。"

虞太倾笑了起来："枉你死了这么多年，依然参不透。不过，既然你机缘巧合成了妖，却依然作恶，害人又害妖，今日倘若被擒拿，也算一报还一报，活该被诛。"

"你晓得什么？"祈夫人尖声叫道，"荷妖和鹤妖都是心甘情愿将妖力送给我的。那些臭男人日日作践她们，她们求救无门，自愿将妖力送与我，只要我能替她们复仇。"

果然如此。姜画角早已猜到是荷妖和鹤妖自愿将妖力给她的。

"复……复仇？"秋娘战战兢兢问道。

"是啊！"祈夫人瞥了眼秋娘和刘奎，长长的指甲在秋娘脸上划过，"复仇。杀了你们两人，还有那些凌虐她们的男人。"

"这么说，是你附了荷妖的身，勾了那些人的魂魄，妖毒也是你放的？"虞太倾问道。

祈夫人咯咯一笑："他们是罪有应得。"她蓦然伸手拂袖，一股煞气腥风吹过，刹那间，后园所有的灯都灭了。幽黑的夜空中黑云翻涌，遮住了一弯弦月。黑暗之中，只听得秋娘和刘奎惊叫一声。

姜画角心道不好，这回只怕秋娘和刘奎难免一死。她如今是妖身，不能随意入阵救人。忽然，黑暗中虞太倾低声吟咛，也不知说了句什么。只见眼前闪过一抹虹彩，不过一瞬，在画角还未看清是什么，那抹彩光便消失不见。后园的灯光次第亮起。

狄尘手中托着一个玉色瓶子，看上去黯淡无光，古朴得很，并不似什么厉害的伏妖神器。虞太倾静静立在灯下，广袖随风轻拂。他垂眼望着地面上，只见秋娘和刘奎皆躺倒在地，脸上布满了黑气，昏睡如死。而祈夫人的身影却早已消失，想必是被虞太倾收走了，此时只怕神魂俱散。地面上，放着一个三层掐丝螺钿妆奁。其上薄薄的螺钿与金银片交错镶嵌，光彩夺目，美轮美奂。

晨起对镜奁，晓妆点绛唇。一个女子的一天便是从妆奁而开始。可是，当一个女子的妆点皆是为了取悦男子时，她的悲剧也便从妆奁开始了。

"狄尘，收魂魄。"虞太倾淡淡说道。狄尘行至妆奁前，一抬手，妆奁打开，几道闪着微光的魂魄飞了出来。狄尘抬袖收走。

画角总算是瞧出来了，今夜，虞太倾伏妖靠的似乎就是一张嘴。他指挥着狄尘出手，指点狄尘术法，看上去，他似乎是没有法力，但是却通术法。而他的护卫狄尘却与他恰恰相反，他有法力，但却不通术法，唯有靠虞太倾的指点，方能伏妖。

这是什么奇葩主仆？

因着虞太倾事先在后园布好了结界，方才一番打斗并未影响到绕梁阁其他人，停云楼依然是歌舞升平。秋娘和刘奎中了严重的妖毒，不过，由虞太倾指点着，狄尘施救，到底是捡回了一条命。只是，接下来迎接他们的却是牢狱生涯。

豹妖虽未丧命，但它如今不过是一只普通的豹。虞太倾便命枢卫将它放归了山林。待到他处理完了其他事情，终于想起了和画角的交易。

虞太倾命人在厅内点燃一炷线香，说道："小妖，你可以逃命了！"轻飘飘的语气，慵懒的眼神。任谁也能瞧出来他话里的别有意味：随便你逃，反正一会儿还得被我逮回来，届时再拿你蒸煮烹炸，可就随我了。

画角内心轻叹一声，无法亲眼看到他输了后的神情，真是遗憾。不过，想必是极挫败的。这么想着，她暗地里摩拳擦掌，一双清眸也瞬间亮了起来。"如此，多谢虞都监，那小妖我便告退了。"画角朝虞太倾施了一礼，戴上面纱，朝外行去。

回廊上又来了一拨人，他们身着蓝衫，是天枢司伏妖师的装扮。画角在和他们擦肩而过时，为首之人蓦然顿住脚步，皱起了眉头，冷声道："有妖气，拿下！"紧随其后的几名伏妖师手脚甚是利索，闻言迅速呈环形将画角拦住。

这算什么？画角向后退了几步，朝门内的虞太倾喊道："这香刚点着，怎的就要抓我？虞都监，你不会是说话不算数吧！"

护卫狄尘快步而出，看到外面的形势，眉头一挑："原来是陈校尉到了。"狄尘言罢，朝画角说道，"都监让你先进去。"

画角见这一众人气势汹汹，为首之人三十多岁年纪，高大英武，又听狄尘唤他陈校尉，想来是天枢司右校尉陈英。这么一看，虞太倾方才带来的，似乎全是枢卫。画角心中一动，慢慢退回屋内，抬眼看向虞太倾，却见他目光微沉。"虞都监，你这是要反悔？"

虞太倾伸出两根修长的手指，在纤细的线香上轻轻一掐，便将线香刚刚燃烧的那一截掐了下来，带着猩红火星的香头落下，原本扶摇直上的轻烟霎时散乱。他弹了弹掉落在手指上的香烬，说道："你且稍候。"

说话间，陈英带着几名伏妖师入了屋，朝虞太倾施礼道："都监，方才在下实是脱不开手，这会儿得了闲便马不停蹄赶了过来，不知您事情可是办完了？"他笑容满面，话说得也好听，但语气里却有一丝掩都掩不住的不敬之意。

画角隐隐明白了一些事。以前未曾听章回提起过天枢司有虞太倾这个都监，显见得他是新上任的，而且不是云沧派弟子。虽是都监，但手下没有一兵一卒，所以他今夜伏妖，带来的才全是枢卫。

虞太倾苍白的脸上浮起一抹笑意："陈校尉是来相助本都监的？"陈英是雷言的亲卫，这会儿过来，也不过走个过场，不会真心帮助虞太倾。抑或说，他是来看虞太倾笑话的。

陈英躬身道："属下晓得都监不会术法，生怕都监被妖物所伤，便匆忙赶了过来。"

"妖呢，本都监已经擒拿了，梁骛他们的魂魄也已收了回来，此处再无事，你们且下值吧。"虞太倾云淡风轻地说道。

陈英明显一愣，未曾想到虞太倾竟真的将梁骛等人的魂魄寻了回来。他拱了拱手，正欲离开，忽然想起什么，望向画角问道："不对，都监，这里不是还有一只妖吗？您为何不擒拿？"

画角已经尽量让自己不引人注目了，没想到他还是注意到了她。她悄然后退，飞快躲到虞太倾身后，小声叮嘱他："虞都监，莫忘了你说的话。"

虞太倾懒懒一笑："这小妖不曾杀生，本都监欲给她一个逃命的机会，让她跑出去一炷香后再去捉她。"

陈英和他身后的伏妖师闻言皆笑了。"都监，这小妖就交给我们吧，绝不会让她逃掉。"

"不用了。"虞太倾拂了拂衣袖站起身来，"狄尘一人足矣。"

"不如这样吧。"陈英提议，"狄护卫今夜擒妖大展神通，想必术法不错，我与他比试一番，这小妖谁先擒拿，便算谁的，都监您看可好？"

这是拿她当赌注了？也太小看她了吧。

"如此说定了。"虞太倾唇角一扬，一口应下。

狄尘手中有定踪珠，早吸纳了画角的气息，如此比试，他自然笃定能赢。画角有理由怀疑，虞太倾是故意引陈英与狄尘比试，好杀杀陈英的威风。她似乎又被他利用了。

画角抿唇一笑，自虞太倾身后走出，说道："你们可晓得，我是朏朏妖，我啊，攀爬跳跃是本性，最擅长的啊，就是奔跑，一瞬能跑十里呢。"

陈英惊讶地扫了她一眼，笑道："无妨，你敞开了跑。"

虞太倾命人取了一根新的线香点燃。画角便在一众人的虎视眈眈下出了枕星楼。她径直奔出绕梁阁，也不忙着逃跑，拐到旁边一家成衣店换了一身衣衫，将妖珠吐了出来。定踪珠这次吸纳的是她朒朒妖的气息，一旦吐出珠子，便失了效。至于陈英和那几个伏妖师，连她的面貌都没看到，她又没了妖气，自然抓不到她。

画角头戴幂篱，换了一袭素色不扎眼的襦裙，自成衣店走了出来。只见陈英和几个蓝衣伏妖师自她身边擦过，策马沿街向前奔去。方才她说朒朒跑得快，便是故意引他们向远处寻。狄尘也出来了，他倒没像陈英他们那般狂奔，但因着定踪珠失效，一时有些怔愣。虞太倾领着枢卫出了门，看到狄尘，似乎明白了怎么回事，与身后的枢卫说了几句。当下，众枢卫领命沿街搜索而去。

画角透过幂篱的轻纱静静望着虞太倾，尽力不错过他脸上细微的表情。绕梁阁门前的灯笼摇摇曳曳，映得他的脸色明明暗暗，漆眸中似乎有火焰在烧。虽不像画角想的那般气急败坏，但的确有些恼怒。这便够了。画角勾唇一笑，这时身后有人说道："小娘子，我们店铺要歇了。"

天色已晚，这家成衣店若非开在平康坊，做的是妓馆伶妓的生意，只怕早已歇了。画角站在店门前，挡住了店主关门收工。店主这么一喊，虞太倾侧首朝画角望了过来。画角心中有些慌。这会儿除了妓馆门前，街上分外清冷。她一个年轻小娘子夜里独自上街，难免引他怀疑。

画角目光一扫，看到恰巧有人自她面前走过。她忙跟了上去，语带轻嗔，说道："郎君啊，你去哪里了，叫我好找。"

男子顿住脚步，朝她望了过来。身姿挺拔，剑眉朗目。一袭银甲，胸前的护心镜裂了几道缝，是裴如寄。

一阵风来，吹开了画角幂篱上的轻纱。裴如寄望着画角的脸，眉头蹙了起来。他觉得不可思议，这女子到底是如何做到既喜欢女子，又来勾搭男子的。方才，裴如寄看到她和抱影相携进园后，一刻也不想在绕梁阁再待下去。心说你们便是妾情妾意，在屋里待着不好吗？要出来也行，避着点人啊，非让他晓得了。这种事他不想知道啊。裴小将军觉得自己的心原本是一朵纯净透明的白莲，现在好像不那么白了。他命手下将钱大郎带了回去，自己又巡了会儿街，原本也要下值了，岂料，又遇到了她。这是和那个女的幽会完，又出来拉客了？

画角自不知裴如寄所想，她只是有点震惊。方才匆忙之下没看太清，没想到随意拉一个人居然就是裴如寄。她这是走了什么狗屎运？！

裴如寄半边眉毛扬了起来，不屑地说道："你叫我什么？你又寻我做什么？"声音冷得好似淬了冰。

画角唇角的笑容微凝，抬手将幂篱上的面纱合上，轻声说道："抱歉，我认错人了。"

她转身便要开溜,裴如寄却蓦然探出手,一把抓住了她的手腕,将她拽了回来。裴如寄是习武之人,又因为方才被画角踹了一脚,晓得她有两下子,因此下手毫不留情。这一抓一拽,气势惊人。

画角被他抓得手腕生疼,原想甩开他,低眸恰巧看到了他胸前裂了缝的护心镜,没想到自己方才踢得还挺狠。虽说是为了救他,但他不晓得啊,生气也很正常。她瞥了不远处的虞太倾一眼。倘若这会儿裴如寄闹将起来,虞太倾想不留意他们也难。画角只得放软了声气儿,朝着他一笑,说道:"我专程寻你好半天,就为了向您赔罪,还望您大人大量,放过我吧。"

裴如寄盯着画角面上灿若春花的笑意,慢慢放开了手。他轻咳一声,睥睨着画角说道:"本将军不想和你一个女子一般见识,否则你那一脚都沾不到我的衣角。你更不用向我赔罪,只需记住,日后见到本将军避远点儿,更不要妄想来勾搭本将军。"他说完,大步流星而去。

画角偷偷扫了一眼虞太倾,见他不再留意这边,便遥遥跟在裴如寄后面离去。

狄尘望着两人的背影,有些惊讶地说道:"听闻裴如寄一向洁身自好,没想到他在妓馆居然也有相好的。"

"不见得是。"虞太倾耳力好,方才隐约听到裴如寄说什么不要再缠着我了,想来是那小娘子勾缠他。

一众枢卫空手而归。狄尘诧异地问:"都监,这定踪珠为何搜寻不到朏朏妖的踪迹,前些日子楚宪用过一次,说是珠子不灵了,莫非当真如此?"

虞太倾摇摇头,漆眸中闪过一丝暗影:"是她有些不寻常。"

长街上马蹄声响,陈英带着几个天枢司伏妖师也回来了,几人面上神色皆不太好看,显然也是毫无所获。一只他们瞧不上眼的朏朏妖,让众人第一次尝到了挫败的滋味。

第七章 东府小娘子

这一晚，画角睡了个安稳觉。

翌日一早，窗外花影摇曳，鸟声鸣啭。画角趿拉着鞋自屋中步出，迎着日光伸了个懒腰。在廊下称量香料的雪袖见到她吃了一惊："娘子，你何时回来的？"画角昨夜里回来晚了，就没惊动林姑和雪袖。她出门前说要办事，三五日方能回来。

"你这是在做什么？"画角行至桌案前坐下。只见桌案上摆满了碟子，里面放着各式各样的干花和香木，就和药铺里的药草一样。

雪袖放下手中的秤杆，说道："娘子回来没两日，就说要出去办事，几日不着家。林姑说娘子在外跑疯了，去香铺里购置了这些香料，说是要教娘子制香。说什么制香能让人抛却妄念，内心清宁平和。"

画角拈起一块檀木闻了闻，一股浓郁的香气扑鼻而来。她笑道："林姑是想要我学着做个大家闺秀，可是我做不来啊。"

雪袖眨了眨眼，说道："听林姑说，西府里的小娘子如今出落得也极标致，还很会制香。"

"你是说郑敏？"画角抿唇一笑。

雪袖点点头。林姑事先早已料到画角不会心甘情愿学制香，特意嘱咐雪袖，倘若画角不愿学，便提一提西府的小娘子。画角和郑敏一向不对付，如此激一激，说不定她就愿意学了。

"你要不提，我都忘了，好几年没见她了。"画角放下手中的檀木，起身说道，"我们今儿去西府一趟，我自回来还没去拜见祖母呢。祖母特意派徐嬷嬷来典卖宅子，还说要为我攒嫁妆，怎么说，我也要过去谢谢她老人家不是。"

雪袖一听急了，这和她想的不一样啊。"娘子，林姑让你回来后好生待着，还说要亲自教习你制香，你怎么又要出门？"

"一会儿就回来，你要不放心，便陪我一道去。"

画角进屋换了衣裳，好生装扮了一番，带着雪袖出了门。西府距画角所居的郑宅只隔着两道街，两人步行不过两盏茶的工夫就到了。雪袖上前轻轻叩门，西府的护院慢悠悠过来开门，懒洋洋问道："谁啊？"待打开门看到是画角，吓得瞪大眼，一溜烟进去禀报了。

"东府的小娘子来了！"这个消息很快传遍了全府，便如一块巨石投入了平静的湖水，惊起无数条鱼儿，湖水霎时翻腾起来。

郑家出自荥阳郑氏，乃名副其实的名门望族，纵然现在没落了，但骨子里的清高根深蒂固。郑家最是讲究长幼尊卑，每日晨起，郑家大郎都要到老夫人房中请安方可去上值，更不要说孙儿辈的。这会儿郑家大郎的夫人王氏、妾室柳氏，以及孙儿郑贤、孙女郑敏，妾室所出的孙女郑惠皆聚在老夫人房中请安。护院气喘吁吁过来禀告说东府的小娘子来了。众人皆吃了一惊。

前几日徐嬷嬷回来后，说姜画角特意让她传话，说过两日会过府来拜见老夫人。自那日起，阖府人包括下人都日日提心吊胆、如临大敌。可她偏偏不来。待到众人心中松懈，以为她再不来时，她却忽然来了。最先反应过来的是老夫人，她霍地起身，指挥着房里的婆子。

"快，我那个花开富贵的青瓷花瓶，赶快给我收起来。还有那个，那个我刚得的，那个熏炉，但凡值钱的，都快收起来。"婢女婆子一番忙乱。

郑敏抬头抚了抚一头乌发，问一旁的王氏："阿娘，我要不要戴一个帷帽？"她这一头乌发好不容易养起来，终于能梳高髻了。倘若这会儿再被剃了，说亲前是养不起来的，届时，她唯有出家做尼姑一条路了。

王氏晓得她心中所虑，微微蹙眉，到底是主母，不好说些什么，只低声道："在屋里戴什么帷帽，莫慌。"

郑敏看了眼指点着婢女收瓷器的祖母，撇了撇嘴。连祖母都慌了，她能不慌吗？她垂首嘀咕道："好端端的，她怎么又回来了。"

郑家大郎郑山的妾室柳氏原是郑山养的外室。老夫人治家很严，且王氏也是世家大族出身，郑山原不敢纳妾。只是，这两年郑山眼瞅着庶女郑惠快及笄了，这才求了老夫人，将柳氏和郑惠接入了府中。柳氏并不曾见过画角，见一向沉稳的老夫人都乱了方寸，忍不住好奇地问道："东府的小娘子，便是二郎主的闺女吧，怎的大家这般怕她？她莫非还会抢劫？"王氏瞥了她一眼，并未言语。

老夫人命婢女将多宝格上的物件拾掇完，在圈椅上坐定，定了定神，对柳氏说道："你和惠儿进府晚，不晓得那丫头是有些……"老夫人想了想，似乎在琢磨用哪个词形容画角更贴切。

郑敏插话道："邪性。"

老夫人冷了脸，瞪了郑敏一眼："这话是你能说出口的吗？"

郑敏忙垂了头，不敢再言语。

柳氏微微眯眼："邪……邪性？这是怎么说？"

王氏向来话少，不屑理睬她。徐嬷嬷笑着说道："就是她啊，脾气不大好，挺会打架的。"余下的话徐嬷嬷没说出口，打起来能拧掉你的头。

老夫人靠在圈椅上，品了口茶说道："总之，你们都莫要招惹她。平日里最好不要与她照面，能避则避。"

柳氏隐约明白了，也就是一个桀骜不驯的丫头，打起来能把屋内的瓷器都摔碎。她也没当回事，起身朝老夫人施了一礼，说道："既如此，那我就不见她了，这便告退了。"柳氏捏着帕子，掀帘出去了。

画角和雪袖在护卫首领郑德的引领下，向后院而去。郑德以前常领着府中护卫围攻捉拿画角，要说画角能练就这一身武功多少也有他的功劳。也许是打出交情来了，他打心眼里并不怎么讨厌画角。小丫头再坏能坏到哪儿去，再怎么说，那也是二郎主的孩子。他只是作为护卫，奉命行事而已。当年老夫人将二郎主郑原逐出府邸时，他们多少也有些不平，二郎主多好的人啊。

"郑德，这两年，你这武艺可有长进？嗳，你身上挂着的玉佩真好看。"画角笑眯眯说道。

郑德一见画角唇角的坏笑，心中就一哆嗦，慌忙捂紧了腰间的玉佩。画角起初是打不过他们的，后来她武艺见长，他们就开始落下风了。不过，她和他们打斗时倒也不伤他们，专门向他们身上的物件下手。玉佩、香囊、发冠，不拘什么物件，她也不要，只是一刀给你削坏了。有时也不见她怎么出招，就和老夫人的花瓶、大娘子的秀发一样，莫名其妙就碎了、没了。早晓得她今日要来，他万万不会戴这个玉佩。

"二娘子，您可饶了某吧。"画角比郑敏小几个月，在郑家姑娘中行二。

画角瞧见郑德的动作，笑了笑道："那时我年纪小，多有得罪，你莫怕。"

郑德松了口气，却听画角又道："我如今啊，可瞧不上玉佩这种物件了。"画角说着，轻飘飘瞥了郑德一眼。郑德只觉得身上的汗毛都竖了起来，那如今瞧得上什么，莫非是他的命？画角却不再言语。

几人穿过月亮门，入了后院。西府的宅院，是祖上传下来的老宅。虽说年代久了，但贵在占地阔大，屋舍这两年似是翻盖过，一眼望过去华美雅致。时令已是四月底，府里花木扶疏，正是花开之时，满园清香馥郁。

画角蓦然顿住脚步，望着一处玲珑精致的小院问道："郑德，这院子是谁住的，我以前怎的没见过？"

郑德顺着画角的目光看过去，忙应道："二娘子，这院子是府里这两年新盖的，大郎主的妾室柳氏和三娘子住在那里。"

画角有些吃惊，没想到大伯瞧上去谦恭实在，居然也纳妾。"新人何时进门的？这么快就有了三妹妹？"

郑德脸色有些尴尬，主家的事他原不该说，但画角问起，他也不敢不应，只说道："新人进门才一年多，但早跟了大郎主十多年了，来时便带着一个小娘子，如今也快及笄了。"

画角有些明白了，应当是大伯早就养在外面的外室。只是，她不明白的是，祖母这就让她们进了门？当年，她那么狠心将阿爹赶出府，到阿爹故去都没松口原谅他。连她如今在这西府中还名不正言不顺，一个外室的庶女，居然这么轻易就认回来了。画角心中有些不忿，一时沉默不语，很快到了老夫人所居的院落。

月洞门前，有一个年轻郎君早已候在了门前。他身量不算特别高，但人却秀挺，身着青灰色襕袍，衬得一张脸白净秀逸。画角认出这是大伯的嫡子，郑敏的兄长郑贤。她热情地招呼道："大哥哥，你这是来迎我的吗？可是几年不见想我了。"

画角自小到大，在西府里不管对方认不认她，她都是笑靥如花、亲亲热热。就算是和郑敏干架，干完还会阿姐长阿姐短。阿娘生前曾经万分愧疚，说是因自己的原因让阿爹和至亲断了关系。阿娘一直想让阿爹回到西府，可到底没能如愿。

不过，西府的人中，画角对郑贤的印象还算不错。当年，祖母冤枉她，命人打她板子时，郑贤曾经为她说过话。为此，满府的人画角都惹过，唯独没向这个哥哥下过手。画角是个小心眼的人，她记仇得很，但更记别人的好。

然而，这个哥哥虽说为她说过话，但似乎也不怎么待见她，和她极少说话。这会儿事先堵在这里，想必是有什么话要说。郑贤眉头皱了皱，明明比画角大不了几岁，但总摆出一副老气横秋的样子，不知是性子使然，还是书读得太多了。他走到画角面前，觉得她相比几年前又不同了。她成了大姑娘，多了以往没有的婀娜多姿，但眉宇间依然可见纯然的清气。

他面无表情地说道："我有几句话与你说。祖母年纪大了，你不要再气她。郑敏如今到了说亲的年纪，姐妹打架，传出去终归不好听，于名声有损。你也是。"

画角挑了挑眉，眸光瞬间有些黯然。其实，她早就料到他会说这些话，但真的说出来，她还是有些失望。终归，他并不当她是妹妹，一句问候的话语都没有。她却因着儿时的一句好话，居然对他有所期盼。

"敏姐姐还没定亲吗？"画角笑盈盈地说道，"她可是比我还大了几个月呢，我都定亲了嗳。"

郑贤有些意外："你定亲了？"

"是啊，夫家并不嫌我名声不好呢。"画角仰起脸，唇角勾起一抹得意的笑影。言下之意，名声好不好，我不在意的，我也不用再在意。

雪袖拽了拽画角的衣袖，生怕她惹恼了郑贤，低声提醒他："娘子，别说了。"

郑贤是个性子温和的人，听到画角的话，并没有恼，反而问道："不知是哪家的郎君？"

画角笑了笑："大哥哥又不是真的想知道。"

郑贤愣了下，欲言又止，想了想说道："我说的话，还请你谨记。祖母已经等着了，你且进去吧，我还有公干，便不作陪了。"说完，他大步离去。

雪袖望着郑贤的背影，小声说道："娘子，我觉得你这堂兄人还不错。"画角也觉得他不错，不过，只是对他的家人而已。

老夫人所居的院落很大，她不喜花木，反喜农事。院内栽种了各色蔬果，还专门挖了一条窄窄的沟渠，便于引水灌溉。西墙处以竹竿搭了架子，几株长豇豆已开始向上攀爬，只是还未曾开花。

徐嬷嬷早迎了出来，早早给画角挑起了帘子，满脸堆笑："二娘子请进。"画角思及前几日她到府中逼林姑交出房契时的嘴脸，实在懒得搭理她。她正欲进屋，蓦然察觉到若有似无的妖气在院内萦绕。她心中一惊，顿住了脚步，目光飞快扫过一丛丛菜畦，轻笑道："这菜长势不错，都是什么菜？"画角说着，缓步向菜畦走去。

徐嬷嬷忙放下帘子跟了过去。"老夫人闲来无事，喜好侍弄这个。这是波棱菜，这是蕹菜，还有那边的长豇豆，都是老夫人亲自栽种的。"徐嬷嬷指着一丛丛的绿菜说道。

画角并无意听这些，目光流转，却见院内并无一物，方才那股妖气也无影无踪。她疑心是自己感觉错了，怎会走到哪里都有妖？也许是这几日在绕梁阁待久了，到哪里都有些疑神疑鬼。她随着徐嬷嬷进了门。

老夫人坐在正中圈椅上，面目瞧着慈和，微撇的嘴角却显示出骨子里的威严来。画角的祖父过世得早，这个家多亏老夫人操持，办事很有手段。她身旁坐着的是大伯母王氏，她出身贵族，为人总是淡淡的，样貌生得极是端丽。郑敏便随了她的长相，肌肤白腻，容色娴雅明丽，乍看之下，总让人错以为她是一个娴静的小娘子。然而，此时此刻，郑敏那双望着画角宛若能喷出火焰来的明眸却泄露了她骨子里的烈性。

郑敏身旁坐着一个小娘子，年纪不过十四五岁，圆脸上尚有一丝稚气。她好奇地望着画角，想必这便是大伯的妾室柳氏所出的郑惠。画角环顾一圈，未曾看到柳氏。她走上前，笑吟吟地施礼："画角见过祖母，见过大伯母。"

老夫人从鼻子里淡淡"哼"了一声，算是打了招呼。王氏欠了欠身，微微笑道："你回来了便好，日后多来府中走动。"

画角笑了笑："我晓得，多谢伯母。日后一定常来，说不准过几日我就要搬过来住了。"

郑敏闻言一惊："什么？你要搬回来？"

画角掩唇一笑："阿姐，祖母前几日派徐嬷嬷过去，说让我将那处宅院典卖了，存起来做嫁妆。我寻思了几日，觉得如此也不错，正着人去牙行打听行情。过几日宅院典卖后没了住处，我自然是要搬过来了。是不是啊，祖母？"画角心中其实很清楚，老夫人原想趁她不在典卖了宅院，得了银两自然便落入西府。如今画角自己典卖却又不同，银两自然是要落到画角手中。

老夫人面色有些尴尬，轻咳一声说道："哦，我是让徐嬷嬷那么说过。"

郑敏一听自然不愿意，她每年来阑安待两个月便闹得府中不安宁，倘若接回来住在府中，那还不把府中闹翻天？当下第一个反对。

"不行。"郑敏霍地站起身，睥睨着画角，冷笑着说道，"你是谁啊，为何要接你回来居住？"

画角柔柔一笑："阿姐，我自然是老夫人的孙女，是你妹妹啊。"

郑敏轻嗤一声："你这么厉害的人，我可不敢拿你当妹妹。"

画角似笑非笑，望着郑敏梳得齐整的高髻，说道："阿姐这绾发的手艺真好，这发髻梳得真好看，我便不会梳。"

"你……"郑敏脸色微变，抬手抚着发髻，"你说什么？你竟然威胁我？"

"我哪有？"画角一摊手，无辜地说道，"我只是夸赞阿姐发髻梳得好，也不行吗？"

郑惠并不知她们之前的事，怯生生拽了拽郑敏的衣角，低声说道："我觉得二姐姐并未威胁你啊。"

"你懂什么？"郑敏一把将她的手推开，抬眼望向老夫人，"祖母，你不会接她回府的，对吧？"

"好了，别闹了。"老夫人转向画角，"画角，这里是西府，你莫要胡闹，便在东府好生住着吧。"

画角唇角扬起一抹冷笑。她就晓得，老夫人无论如何也不会让她回府的。阿爹生前，有些话轮不到她来说，但爹娘都故去了，有些话却是不吐不快。

"祖母怎么能这么说呢？我阿爹虽说出府单过了，但他可是你的孩子。我虽没在这府里长大，可也是你的孙女。我就想知道，我阿爹到底犯了什么错，临终你都不愿认回他。他官至中书令，为人正直，为官清廉，便是你不认他，他逢年过节还厚着脸来探望，送银送物，该尽的孝道一点没少尽。我听闻大哥哥如今在大理寺任职，当初也多亏阿爹斡旋。该做的他都做了，我今日便想替阿爹问一问，他是杀人放火了，还是给郑家丢脸了？他不过是娶了心爱的女子，没有按照你的心意去联姻，这就罪不可赦吗？"

老夫人脸色霎时黑了下来，猛然一拍桌子，厉声道："放肆！你简直和你阿爹当年一个样，他为了你们和我吵架。我当年给了他两条路选，是他自己弃母求妻，他又有何颜面回西府？"

"若非你阿娘那个妖孽迷惑他，还有你这个小妖孽，他早就回来了！你以为我不愿意认回他吗？但凡你们在他身边，我这辈子都不会认回他。"

妖孽？画角脑子一蒙。"你说什么？"画角一字一句地问道。她阿娘总是让她不要怪罪祖母，总是为祖母说好话。到头来，就得到一句"妖孽"？

老夫人坐在窗畔，日光透窗映入屋内，如轻纱一般笼着她，她脸上的神情画角一时看不甚清。但她说的话，却狠绝如刀。她和阿娘日日伏妖，怎么在这些人眼里，反倒成了妖，就因为阿娘嫁给了阿爹？

画角心头升起一股悲愤，不是为她，而是为阿娘。她目光流转，看到室内众人脸上神情不一，但大多都是带着一丝嘲讽。广袖之下，她慢慢握起了拳。

伏妖琵琶千结大多时候都在休眠，这会儿似乎被她的情绪感染，竟然醒了过来。千结自行弦音轻颤，发出一声悠长低沉的轻响。刹那间，空气中气流波动，宛如海浪翻涌一般。每个人都受到了这股气流的冲击，一时分不清自己是听到一声乐音，还是风的悲鸣。

众人唬了一跳，茫然四顾。"方才怎么回事，哪里来的琴音？"老夫人原本正在气头上，怒声问道。

"不晓得啊！我好像是被推了一下一般。"郑惠低声道。

"听上去似乎是琵琶弦动。"郑敏疑惑地说道。

画角在袅袅消散的弦音中轻笑："祖母，你见过真正的妖吗？你想不想见一见真正的妖？"

老夫人一脸惊惧："胡说什么，世上哪里有妖？"老夫人没见过妖，也不信世上有妖，却污蔑阿娘和她是妖。

"那你为何说阿娘和我是妖？"画角蹙眉问道。

老夫人漠然一笑："我是说你娘用那些妖孽的手段勾了我儿，你不是一向聪慧吗，怎就听不懂了？"

画角气笑了。她日日伏妖，还当老夫人真以为阿娘和她是妖，倘若如此，倒也情有可原。毕竟，人不会接纳妖。原来并不是。

雪袖一直跟在画角身侧，自进屋就一直在扯她的衣袖，生怕她今日再闹事。然而，听到老夫人这句话，画角还未曾发火，雪袖却忍不住了，大着胆子说道："我们主母是极好的人，她温柔善良，值得郎主珍爱。"

老夫人斜睨了雪袖一眼。徐嬷嬷忙高声叱责："你一个奴婢，主子说话，何时轮到你插嘴了？"

画角低眸望了雪袖一眼，轻轻笑了笑，低声道："没事。"

不知为何，她心头的悲愤忽然就烟消云散了。人往往对在意的人才会生气，不在意的人如何看你，你自然不会放在心上，又怎会恼恨悲愤？画角忽然就觉得放下了。

"祖母，我今日来，便是想问你方才的话，如今得了回话，日后我也不会再来西府。我阿爹也已故去，从此往后，咱们就算彻底断了关系。"老夫人眸中闪过一丝诧异，望着画角没言语。

"东府的宅院，是我阿爹一手置办的，与西府没有一点干系。祖母既不当我是孙女，自然不必为我忧心，典卖府邸为我攒嫁妆之事，就不劳祖母了。"

"那我便告退了，老——夫——人。"画角一字一句说道。

她转身向门外走去，临去前，她瞥了眼屋内光秃秃的多宝格，勾唇笑了笑："老夫人，怎的这几年你没有置办珍玩瓷器？"她向来祖母长祖母短喊惯了，这会儿一句一个老夫人，倒让老夫人有些怅然若失，一时没听清她问什么。

徐嬷嬷接过话头："老夫人这些年喜好侍弄蔬木，好久不曾添置这些物件了。"画角笑了笑，没有言语，迈过门槛，裙角飘扬，很快去得远了。

老夫人冷哼一声松了一口气，一名婢女忙上前为老夫人捶背。王氏上前低声规劝道："母亲，您消消气，她终归是原弟的骨肉，要我说，不如……"

老夫人一挑眉，抬手道："我知道你要说什么，此事我也思量过。只是，过了仲夏便是太子妃大选了，以我们郑家的门楣，敏儿必在参选之列。倘若此时认回那丫头，以她的性子，倘若做出些败坏名声的事儿，不得连累了敏儿。"

王氏轻轻叹息一声："我晓得了。不过，听闻她外祖家全家都遭了难，如今她孤苦伶仃的。"

老夫人垂了眼，缓缓说道："我瞧她一人过得倒也自在。"

话音方落，只听得室内一声爆响。众人惊呼一声，听声音是来自于墙角处的柜子。老夫人忙吩咐婢女打开柜门，只见方才藏到里面的瓷瓶珍玩皆碎成了齑粉，连黏粘都不能。

"这天杀的，定是她干的。"老夫人一声怒喝，"莫让她跑了，我今儿非扒了她的皮不可。"

"祖……祖母，这可如何是好？"郑敏这会儿晓得怕了，"我方才那么说她，会不会我的头发……"郑敏话音方落，绾发的簪子忽然掉落在地，满头乌发瞬间披泻而下。郑敏吓得尖叫一声。

王氏沉吟片刻，拦住老夫人："母亲，您莫冲动。这件事，不如交由天枢司。"

老夫人一愣，迟疑地问道："你是说，让天枢司去抓她？"

王氏摇头："倒也不是。我们不如派人去天枢司禀告此事，就说，东府那丫头有些不寻常。母亲这瓷器总不会无缘无故裂开，且让天枢司过来查一查，若真是那丫头做的，也好让天枢司震慑一下那丫头，免得她对敏儿下手。"

老夫人望了眼郑敏的一头秀发，终究是点了点头。

回到府中，画角以歇息为由，特意将雪袖支了出去。她张开手，手心处亮光一闪，伏妖琵琶千结便出现在手中。近日她一直待在绕梁阁，因生怕虞太倾认出她，是以并未将琵琶簪在发髻上。

画角望着琵琶，轻叹一声："你为何如此不听话，都说了再无干系了，你为何还碎了她的珍玩？"

伏妖琵琶的琴弦震了震，突然自她掌中飞了起来，绕着室内盘旋了几圈，突然，一道白光闪过，一只白毛耳鼠拍打着尾巴悬浮在空中。它的尾巴展开宛若鸟翼，扇动时带起一阵风，撩起了画角额前一绺碎发。

"人家就是气不过嘛！"耳鼠的尾巴如折扇般收敛，肥胖的身子滑翔到画角面前的桌案上。它瞪着黑幽幽的圆眼睛，鼓着腮帮，一脸怨气地说道："谁让她欺负你呢，不过，我罚了她，你明明也很高兴嘛！"

这是伏妖琵琶的器灵千结，四年前本该修成人身，不知为何却修成了耳鼠。据它自己说，是在凝成形那一瞬掉到了一窝耳鼠堆里，所见皆是耳鼠，因此便凝成了耳鼠身。画角觉得甚是奇怪，耳鼠如今也算是珍稀的兽，她平日里想见都见不到，千结与她形影不离，又是怎么掉到耳鼠窝里的，她怎的不晓得？千结的日常就是酣眠，无事时一般是唤不醒它的。

画角瞪了千结一眼："高兴是高兴，只怕这回我会有些麻烦。"

千结不屑地说道："能有什么麻烦，你唤醒我就是了，让我杀她们个天翻地覆。"

画角捏了捏它圆滚滚的脸蛋，说道："我只怕唤不醒你。"

"哪有，你要有丧命之险，我还是能醒的。"千结一面说一面打了个哈欠，揉了揉眼睛，"你说，到底是什么麻烦？"

画角蹙眉："我猜她们会让天枢司来查看，如此也好，我总觉得西府似乎有些不干净。"

"也许是我感觉错了。"画角仰躺在床榻上说道，"嗳，我问你，你说你掉到耳鼠窝里了，当时我在做什么？"

"你……在……和妖干架。"千结说话的声音越来越低，眼睛也慢慢合上了。画角笑了笑，这倒是有可能，她伏起妖来旁的事就顾不上了。

"那个耳鼠窝在何处？"画角又问道。半晌听不到千结应声，起身一看，只见它头一点一点地已经睡着了。

画角伸手推了推它圆滚滚的身子，喊道："醒醒，再睡成肥猪了。"

千结一把将画角的手拍开，嘟囔道："别动，小爷要睡觉。"千结干脆躺在桌案上，翻了个身，继续呼哈呼哈酣眠。

画角气结，抬手施法正要将它收回去。忽听得"咣当"一声响，刚刚进屋的雪袖看到千结，吓得手中的托盘掉落，盘中的果子撒了一地。

"娘子，这是什么东西？"雪袖指着千结战战兢兢地问。

没想到雪袖这么快便回来了，方才白把她支走了。画角正在捏诀的手顿了下。

雪袖并不知她伏妖师的身份，她不好在雪袖眼前施法，又怕雪袖被千结吓到，于是轻咳一声，说道："雪袖，这是一只耳鼠，也不知是从哪里跑来的。你莫怕，它不咬人的。你且回避一下，我把它赶走。"她说着，一把揪起千结的长耳朵，将它提溜了起来。

雪袖惊呼一声，掉落在地的果子也不要了，几步抢到画角面前，焦急地说道："娘子，你快放下它，你这样会拽疼它的。"画角一愣，任由雪袖接过她手中的千结，轻手轻脚将它放在桌案上。

"娘子，你瞧它这小模样多讨人喜欢啊。"雪袖小心翼翼地伸手戳了戳千结的脸。

千结的小肥腿一蹬，居然醒了。它一骨碌爬起来，瞪大眼看着雪袖。据画角所知，千结是有起床气的，但凡不是它自己醒来，你要是强行将它唤醒，多半会发脾气。岂料，千结一眨不眨地望着雪袖，问道："美人姐姐，你看着我作甚？"

雪袖吓了一跳，惊喜交加地望着画角："娘子，它怎么会说话？它居然会说话，我可太喜欢这小家伙了。"

千结有些羞涩地垂下头，小声问："美人姐姐，我叫千结，敢问姐姐芳名？"

"我叫雪袖。"雪袖顿了下，指着画角道，"这个美人姐姐叫画角。"

千结朝着画角龇了龇牙："她才不是美人姐姐，太凶了。"

千结生怕画角又揪它耳朵，慌忙跳到雪袖肩头上，笑嘻嘻地朝她扮鬼脸。画角面无表情地揉了揉脸，并不和它计较。一个原本该化形为人身，却凝成耳鼠身的器灵，能晓得什么美丑！

第八章 大妖敛妖气

画角用罢午食,歇了个午觉,起身后,林姑便过来要教她制香。这于她而言,是难得的闲暇时光。近年来,她不是在伏妖,便是在伏妖的路上。

她居住的小院中,栽种着两棵海棠树,枝干粗大,树顶已经越过了屋檐。花期刚过,绿叶间还有晚开的花朵儿,风一吹,花瓣纷纷扬扬落下。画角坐在廊下看着林姑将烘焙好的檀香和甘松倒入石臼中细细研磨,觉得这个活儿确实挺能磨人的性子。

"你可是觉得制香这活儿不是你该干的?"林姑扫了她一眼问道。

画角拈了些生龙脑和零陵香混杂在一起,学着林姑的样子捣了几下。听到林姑的话,画角真诚地点头:"我哪里有工夫做这个?"

林姑将碍事的宽袖向上撸起,说道:"那会儿你还小,或许不记得了,阿姐虽说也很忙,但她却会制香,且每年闲下来都会做。"林姑口中的阿姐便是画角的阿娘姜氏。

画角愣住了。林姑这么一说,她的确记得阿娘曾经做过香,但那会儿她忙着学术法,并未留意。阿娘一个伏妖师,怎的也有闲心做香?

林姑好似看透了她心中所想,说道:"我也曾问过阿姐,她说过,香乃玄妙之物,可通……什么来着……通鬼物?"画角打了个寒战,瞬间想起绕梁阁那个附在妆奁上的妖煞祈夫人来。

"林姑,阿娘不会说这种话吧,是你为了骗我制香胡诌的,是不是?"

"我骗你作甚?"林姑白了她一眼,"阿姐的确说过,只是我记不太清了。'鬼物'两个字确实是我胡诌的,你不觉得我说得很对吗?要不为何祭奠先祖,还有祭拜佛祖都要上香,说不定香真能通鬼界呢。"

画角见林姑越说越不像话,瞥了林姑一眼,神神叨叨说道:"林姑,你腰间可是挂着香囊呢,你这香不会是招妖鬼的吧?"

林姑面上笑容一滞,不动声色地低眸瞥了一眼,悄悄伸手将香囊拽了下来。

画角见状笑得两眼弯弯:"林姑,那你还教我制香吗?"

"教,自然教了。"林姑说着,使力锤了几下香料。

画角却蹙起了眉头。她心中明白,鬼物或许是林姑胡乱说的,但前面那句,香乃玄妙之物,应当是阿娘说的,只是不晓得阿娘何出此言。画角心事重重地看着林姑将研磨好的香末倒进瓷碗中,注入净水慢慢搅拌,一股浓郁的香气便飘散而出。

这时,雪袖急匆匆奔了进来,说是天枢司来人了。画角唇角扬起一抹冷笑,老夫人果然将她告到了天枢司。林姑吃了一惊,将衣袖放了下来,问道:"你闯祸了?"说着摆了摆手,"你且躲起来,我过去应付他们。"

画角笑了:"林姑,天枢司是专事伏妖的,我又不是妖,怕什么?我与你一道去。"话一出口,画角蓦然想起天枢司的都监是虞太倾,来的人不会是他吧?思虑片刻,又觉得不太可能。天枢司伏妖师众多,总不会阗安城一旦有妖,皆要都监亲自出面。可转念又一想,绕梁阁有妖,他尚且都去,西府派人请托,说不定也会来。

画角一时踌躇,足下便慢了下来:"林姑,想必是老夫人禀到了天枢司。要不你先过去,倘若能打发走他们最好,若然不行,我再过去。"

林姑气得扬起了眉:"一点事就禀到天枢司,她想霸占娘子的府邸,我们还没告到官府呢。娘子放心,这点事我还是能办到的。"林姑说着,一径去了。

林姑不晓得内情,画角却心知不好打发。老夫人必定说她沾了妖邪之气,天枢司既然来人了,不见她的面恐不会走。府中前院有专门会客的厅堂,廊下栽种着几株芭蕉。这会儿芭蕉的叶子还不够阔大,但是遮挡她还是绰绰有余。画角藏身在芭蕉后,透过厅堂的阑窗向内望去。

只见厅内一名蓝衫人端然凝立,是曾经搜捕过她的天枢司校尉楚宪。画角松了口气,只要不是虞太倾就还好。她挪动脚步便欲从芭蕉叶后步出。忽见楚宪举步走向桌案一侧,被他遮挡住的另一道身影便映入眼帘。那人身着绯色官服,身姿楚楚,不是虞太倾又是谁？

画角惊了一跳，慌忙又弯下腰。不知是不是她的错觉，虞太倾似乎注意到了她这边的动静，目光流转，透过窗扉朝她这里瞥了一眼。这回画角再不敢妄动，规规矩矩猫在芭蕉叶后。

厅堂内，虞太倾和楚宪分别落座，抬手接过林姑斟的茶水。楚宪也不寒暄，开门见山说明来意："烦请贵府的小娘子出来一见。今日开国侯府的老夫人命人到天枢司报了案，说是府中有些异状或许与贵府小娘子有关，都监有些话要当面问一问小娘子。"

画角西府的大伯父郑山袭的祖上爵位，从三品的官，食邑一千户。

"老夫人报案？"林姑说着，笑了起来，"两位想必不晓得开国侯府和我们府的关系，我们小娘子是老夫人嫡亲的孙女。也许是我们小娘子惹老夫人不高兴了，她罚我们小娘子便罢了，怎还告到了天枢司？两位公务繁忙，倒是劳两位还走这一趟。"虞太倾似乎并不知两家还有这层关系，脸上闪过一丝诧异。

楚宪淡声说道："这我倒是晓得，不过，既然来了，还是想和小娘子见上一面。"

林姑眼见楚宪坚持，轻叹一声，说道："不瞒两位，我们小娘子性子娴静，常年居于深闺，极少见外男，两位有话只管问我便是。"

"那恐怕不行。"一直未曾说话的虞太倾开了口，"无论亲疏，便是嫡亲的爹娘报案，我们也是要盘问几句的。你们小娘子倘若避而不见，我们便只有擒拿她归案了。"

林姑闻言彻底没辙了。画角早晓得这回不好打发，将幂篱戴在头上，遮住面容，自芭蕉叶后步出，提裙入了屋。虞太倾坐在案前，见画角入了屋，抬眼瞥了她一眼，察觉到她身上并无丝毫妖气，眸光顿时黯淡了几分。画角朝着两人施了一礼，便静静站在林姑身侧。

"小娘子在自家府中也要戴幂篱吗？"楚宪定定望着画角问道。

林姑忙道："我先前也说了，我们小娘子生性胆小，极少见外客。"

大晋风气开放，对于女子的束缚并不太严。有些小娘子喜着胡服，骑马出游。但也有些小娘子，却愿意在深闺中消磨日子，不见外客也是有的。楚宪倒也没计较，又问道："今日在开国侯府，听闻你在屋外，将老夫人藏于柜中的瓷器全部碎了，不知是如何做到的？"

画角声如蚊蚋："那……岂不是……妖法吗？我只是一个弱女子，如何……能做到？祖母不喜欢我，也不能如此诬陷我啊。"画角说到最后，声音中已是带了哭腔。

楚宪一脸同情，没了父母，祖母又不待见，这小娘子日子只怕不好过。他觉得事情也算查明了，这小娘子既没有妖气，那老夫人的证词多半不能当真。

　　楚宪看了虞太倾一眼。他对这位新上任的都监行事有些摸不到头脑。前几日，他派人给了他一颗定踪珠，让他搜寻一位红衣小娘子。他翻遍了整个阆安都未曾寻到人。那几日，因着他的搜寻，惹得阆安人人谈红衣色变，瓦市布帛铺的红缎好几日都无人问津，更不要说成衣铺的红衣。他实在是好奇，能让虞都监如此上心抓捕的人，到底是怎么惹到他的？

　　而今日，他一听郑宅小娘子可能是妖，二话不说便来了郑宅。原本这种事，他一个都监没必要亲自前来。眼下人家小娘子来了，他却蓦然失了兴致，面无表情地坐在那里，既不问话，也不搭话。楚宪低声问道："都监，您可还有话要问？"

　　虞太倾放下手中的杯盏，摇摇头，起身道："既如此，我们便不叨扰了。"两人告辞而去。

　　自前厅至大门，要过一道长长的游廊。府内的老仆陈伯在前带路，引着虞太倾和楚宪向外而去，画角和林姑紧随其后，送两人出府。游廊两侧，是木制条凳，婢女护卫平日里得闲，会坐在条凳上歇息。府里两名护卫此时便坐在廊下，手中捧着一本书，头碰头看得入了神。眼见陈伯引着贵客走过来了，都未曾察觉。

　　画角倒是不晓得，府中的护卫还有这般喜好读书的。陈伯脸色一沉，轻声咳嗽一声。两人慌忙起身，不小心膝上的书掉落在地，哪里是什么书，却是一本图册。

　　不知为何，画角心头忽然升起了不好的预感，目光触及图册的画面，脑子便嗡然一声。那翻开的页面上，分明是一幅衣衫不整的男女画像。两人看的竟然是她那本香艳图册。那日在九绵山上诛杀的妖物遇渊的真身。这图册原本是藏在她房中被褥下，应是她这几日不在府中，雪袖打扫房间看到了，不知怎的传到了护卫手中。这要是被虞太倾看到，画角简直不敢想象后果会是什么。

　　她飞快地瞥了虞太倾一眼，见他走在最前面，此时已经越过了两名护卫，听见动静回首看时，护卫已俯身捡起了图册。他似乎是并未看清。

　　郑宅门前停靠着一辆马车，一袭黑衣的护卫狄尘守在马车旁，一见虞太倾和楚宪出来，忙上前撩开车帘。虞太倾弯腰正欲上马车，听得身后的楚宪忽然嗤笑了一声，说道："这府中没了郎主和主母掌家，下人们偷懒不说，竟然还敢偷看香艳图册。"

　　虞太倾目光一凝。"你是说，方才他们看的是香艳图册？"楚宪点点头："虞都监您走在前面没看到，那图册恰好掉落在我脚边，我看得清清楚楚。"虞太倾眉头凝了起来。他方才回头时，只一瞬间，似乎看到画面有些眼熟，只不及细看，护卫便捡了起来。这会儿楚宪一提起,他顿时想起,那不是九绵山上遇渊的真身吗?虞太倾脸色乍变,蓦然转身朝郑宅走去。

虞太倾今日登门,原是来搜寻脂脂妖的。没想到竟然发现了香艳图册,倘若再顺藤摸瓜逮到那日桃林中轻薄他的女子,那简直就是意外之喜了。这些日子,他对红衣琵琶女耿耿于怀。虽说,他明知她当日所为皆为诛妖,可他也实打实被轻薄了。他清楚地记得她离开前唇角边勾着一丝坏笑向他挑衅:"想让本姑娘蹲大狱,你得先抓到我,我倒要看看,你可有这个本事?!"

他没能抓到她。到如今,都未曾查到她的踪迹。这会儿发现香艳图册,他怎能轻易错过。虞太倾快步向郑宅而去,宽袍缓袖迎风猎猎飘扬,很快到了大门前。

陈伯刚刚关上门,人还没走远,听到叩门声,一脸惊诧地打开门,问道:"虞都监,您可是还有事?"

虞太倾朝着陈伯颔首,问道:"方才那两名护卫呢?本都监有话要问他们。"

陈伯从来没见过虞太倾这般俊的少年郎,对他印象甚好,笑眯了眼招呼方才的护卫:"郑信、郑恒,过来见客。"两名护卫自门房钻了出来,恭敬地朝虞太倾施礼。

虞太倾径直问道:"你们方才看的香艳图册呢,烦请容我一观。"

这话把陈伯惊得瞪大了眼。平日里护卫看那种书都是鬼鬼祟祟的,他倒没想到天枢司都监来借书,这般光明正大,不知道的还以为他借的是《大学》《中庸》呢。郑信闻言自袖中掏出一本递给虞太倾。

郑恒笑着说道:"虞都监,没想到您也看这种书。您拿去吧,以后尽管来找我们借。不瞒您说,小的与书肆的掌柜是熟人,这种书他一般不随意给不相熟的人。"

随后跟进来的楚宪傻了眼。他原以为虞太倾匆匆忙忙进来,是有什么要紧之事,没想到……居然是借书?他捂住脸,轻手轻脚自郑宅退了出去,假装自己不认识虞太倾。虞太倾伸手接过图册,翻了几页,顿时蹙起了眉头。这本绝不是遇渊,画风太浓艳,人物神色僵直,原不及遇渊的画风华美、人物传神,而且,这本没有配诗句。

"这本没有配诗,方才看的可是别的?"虞太倾一本正经地问。郑信和郑恒对视了一眼。方才虞都监刚出门,小娘子便将他们手中的图册收走了,还说倘若那位都监回来找,万不可提这本图册的事。幸好他们手中还有别的图册,便取了一本出来应付,没想到这位都监还挺挑剔,还要配有诗句的。

陈伯瞪了郑信一眼,说道:"把你所有的……所有的那什么图册都取出来让虞都监挑选。"

陈伯着实是说不出那几个字。郑信拍了拍衣袖，又取出来两本一并递给虞太倾。

　　"虞都监，这是最后两本了，倘若您还不满意，不如让郑恒带您去书肆挑选。"

　　虞太倾又翻看了两页，其中一本倒是配了诗，但都不是遇渊。如此看来，方才竟是他看走眼了。他大失所望，神色便有些黯然，说了声"不用了"，便将图册全部还给郑信。郑信见他脸色不虞，追过去将图册塞入他怀里，说道："这些都送与都监吧。"

　　虞太倾方才只顾着看图册了，直到这会儿才意识到众人是以为他要看，脸上霎时写满了尴尬，蹙眉说道："不用了，我并非是自己要看这些。"

　　郑信一脸了然的样子："都监，没说让你自己看，您自可拿回去和相好的小娘子一道看。"

　　虞太倾捧着图册，顿时觉得自己浑身有嘴也说不清了。偏生这会儿一抬眸，只见前面木制走廊旁，郑府的小娘子翩然凝立。她身着秋香色衫裙，斜倚在廊柱旁望着他。她戴着幂篱，帷帽前垂下的轻纱遮住了她的面容，却似乎遮不住她的视线。虞太倾隐隐感觉到她灼灼的目光，透过轻纱落在他身上。他抬手将图册塞给距他最近的陈伯，抬手推开门，径自去了。

　　一出了门，便听门内的陈伯气得嘀咕："这人啊，真白瞎了一副好模样。他就是癞蛤蟆穿大红袍——只可远观不可近瞧。远看俊俏光鲜，却不想内里是一团败絮。不用说，这必是个拈花惹草之人，与你们两个一样。去，把这书都烧喽。哎，小娘子，你可莫要沾惹这样的人。"

　　楚宪牵马候在马车旁，见到虞太倾出来，望着他的目光也怪怪的。虞太倾上了马车，敲了敲车厢，命原本骑马跟随马车的楚宪也上了马车。光线幽暗的车厢内，虞太倾褪下了天枢司那身绯色官服，一袭白衫静静而坐，整个人看上去虚弱而孤冷。

　　楚宪诧异地问："虞都监怎的不穿官服了？"

　　虞太倾沉默了一瞬，说道："这官服穿着太红了。"楚宪不解地"哦"了一声。

　　虞太倾叹了口气，抬手掀起马车的窗幔。日近黄昏，街道一侧的店铺有的在上灯，将风灯里的烛火点燃，再用杆子挑起来挂上去。星星点点的灯笼亮起来，暮色笼罩下的街道又有了烟火气。

　　虞太倾半晌没说话，楚宪渐渐有些煎熬。他今日不幸获悉了顶头上司不为人知的癖好，心中有点忐忑。思虑良久，他缓缓说道："虞都监，我不会说出去的。"

　　虞太倾倒未曾在意，瞥了他一眼，说道："楚宪，有些话不方便在司里说。我到天枢司已有些时日，晓得你是个能干的。你也和雷指挥使共事好几年了，以你的才干，原本能成为指挥使的心腹，可你似乎是故意在和他疏远。我说的可对？"

这话题转得有点快，楚宪愣了会儿。他倒未曾想到，虞太倾这么快便看穿了他。他在天枢司，前些年兢兢业业，一直做到了校尉。然而，近年来，天枢司势力逐渐膨胀，伏妖司不像伏妖司，雷言在朝堂上也越发说一不二，自此他便怀了混日子的想头，甚至想着调离天枢司。实在是，深恐有一日大祸临头。男子汉大丈夫，他倒也不怕死，只怕死得不得其所。

他抬眼望向虞太倾。这位新来的都监，虽是圣上亲派，但要在天枢司立足，手下若没有一兵一卒，自然干不成事。如今这是要来拉拢他吗？

"伏妖法器闲置久了尚且会生怨，一个满腔抱负之人不得已混日子，心中岂能好受？"虞太倾缓缓说完，好看的眼眸深处划过一丝暗影，定定望向楚宪。

楚宪的确算得上是有抱负的青年。他不是世家子，能入天枢司，纯属天赋加努力，还有爹娘舍得花银两供他入云沧派学术法。爹娘肯这么舍得，只因他家曾被妖祸害过，他自小便发誓要肃清天下妖邪。他晓得在天枢司，倘若没靠山是无法成事的。可让他跟着虞太倾？他扫了眼虞太倾过于俊美的脸庞和纤弱的身姿，不太敢应。

听闻他伏妖全靠嘴，护卫狄尘便是他的刀，指哪儿砍哪儿。但他觉得，伏妖可不是科举，满腹经纶抵不过一个法诀。楚宪犹豫了会儿，终是婉拒道："虞都监，如今海晏河清、盛世繁华，天下妖物，多避走深山荒野，似您在绕梁阁降伏的小妖，阑安城已有多日不曾见过。天下太平乃我等之福，卑职如今也只想安安稳稳度日。"

虞太倾微微一笑，似乎早就料到楚宪会如此说。他挑高车窗的窗幔，望向阑安城的暮色。远处的檐宇楼阁，白日里看上去明丽辉煌，此时却被暗沉的暮霭缓缓笼罩，渐渐看不真切。

"你可曾想过，这歌舞升平的盛世背后，又有多少魑魅魍魉在蛰伏。大晋这些年的祥和，也许只是暴风雨前的平静。雷言掌管天枢司多年，权力大到一定程度，有时也会蒙蔽了视听。修道之心倘若不纯，有些事，只是看不出而已。你所求的安稳，在以后的日子，也许只是繁华一梦。"

虞太倾的声音温和淡然，但语气中却明显多了一丝峥嵘。

他的话，让楚宪后背一阵发凉。可是，若说安稳的日子只是奢望，楚宪不敢认同，总觉得这话有些危言耸听。雷言这些年，的确满眼俗世繁华，满心皇权功利，但若当真有大妖作乱，天象必有异，不至于无所察觉吧。

他紧蹙眉头，小心翼翼地说道："虞都监，这总不至于吧。"

虞太倾也不恼，微笑道："且拭目以待吧。"他松手缓缓放下窗幔，马车内光线瞬时幽暗，他的脸也隐入到一片暗影之中。

楚宪若有所思地抿唇，沉吟片刻，定定说道："倘若果真如此，我愿唯都监马首是瞻。"

虞太倾勾唇笑了。马车忽而停下，外面响起狄尘说话的声音。片刻后，狄尘在外禀告道："虞都监，司里派人过来，说是有事要禀。"

虞太倾抬手撩开窗帘，只见一名枢卫毕恭毕敬站在外面，说道："虞都监，您得去司里瞧瞧了。"

"何事？可是梁四郎不服监禁？"虞太倾问道。

昨夜，自妆奁妖那里收回魂魄后，虞太倾便连夜到了礼部侍郎、尚书左丞和国子祭酒的府中，施法将魂魄送回到梁鹜等人的体内。所幸魂魄离体不算太久，施法结束后，几人很快便清醒了。但因几人触犯了律法，虞太倾命枢卫今日将几人拘至天枢司，以待发落。礼部侍郎梁严眼见虞太倾保住了梁鹜一命，相比蹲牢狱，总比一死强，对虞太倾千恩万谢，当时倒并未说什么。莫非如今又不满梁鹜被拘，出什么幺蛾子了？

枢卫说不是梁侍郎，而是尚书左丞家的大郎君杨渠有话要禀。虞太倾带着楚宪赶回到天枢司，见到了扣押在天枢司监牢中的杨渠。杨渠连声喊冤，说他去绕梁阁不是为了亵玩妖物，而是为寻人，被妖物勾魂实属意外，他也是受害之人，并未触犯律法。之所以拘他时不敢交代，是不想被家人知晓。

虞太倾有些疑惑，亵玩妖物都让家人知晓了，还有什么不能说的？待到问下去方知，杨渠好男风，前些日子他结识了一位来京赶考的学子吴秀。吴秀与书童下榻在学子客栈，因着银两用尽，便当街卖字画度日。吴秀人生得秀雅，又颇有才学，凭借字画倒也能勉强度日。杨渠偶然在街上遇到吴秀，资助了吴秀不少银两。吴秀也将杨渠视为知己，其后两人便经常出双入对。

不久前，杨渠无意中自书童口中得知，吴秀花着他的银两，竟然还瞒着他到绕梁阁消遣。杨渠大怒，原想找吴秀算账，但却一连几日寻不到人。据书童说，吴秀最后一日外出是去绕梁阁。杨渠便托了梁鹜与他一道去绕梁阁寻人，不想梁鹜不靠谱，居然诱着他召了妖妓。

在一侧旁听的楚宪挑了下眉，这是什么人啊。也怪不得他不敢当着家人的面喊冤。亵玩妖妓和好男风，楚宪一时竟权衡不出，哪一个会让杨渠的爹娘更痛心。

杨渠还眼巴巴等着虞太倾减免他的罪行，却不想虞太倾蹙眉问道："你说的那个吴秀，寻不到了？"

杨渠点头："学子客栈的房间没退，他人却没回来，行囊还在客栈中，人不可能离开阗安，说不定是被绕梁阁的伶妓给害了。"

虞太倾问道："吴秀的相好是谁？"杨渠摇摇头。

楚宪问道："那个吴秀，可是祈夫人干的？"

虞太倾摇摇头："一个妖煞，勾别人的魂魄是为养自己的魂，他要大活人却是无用。"绕梁阁的伶妓中，还有害人的妖或人。

画角看了一回虞太倾吃瘪，好几日心情舒畅，就连偷看香艳图册的郑恒和郑信她都没罚，当然，对于怼了虞太倾的陈伯是必定要赏的。她跟着林姑学了几日制香，总算勉强能上手，制的冷棠香已经沉淀封存，只待半月后开封。

这日，章回派人来传信，说是绕梁阁的事情还有后续。画角并未上心，收尾的事章回去办便可。作为一盟之主，她尚有其他事要忙。过了几日，章回又派人传信，说出事了。他派去绕梁阁的伏妖师周陵失踪了，他怀疑绕梁阁还有妖，可能是敛了妖气，连伏妖师都无法察觉的大妖。

是夜。品墨轩二楼的暗室掌了灯。这是一盏烛树，底座上高低错落燃有十五根蜡烛，将室内照得亮堂堂的。章回在正中的长桌上摆茶布碟，摇曳的烛火映出他忧心忡忡的脸。

一男一女坐在长桌前，皆二十四五的年岁。男子身着青色襕袍，身材高大，模样端正中透着一丝憨厚。女子身姿窈窕，容貌端丽，一双杏目流转生辉，眉梢微扬，透着一丝英气。

"鱼儿那丫头怎还不来，倘若比盟主还晚到，可就失礼了。"女子嗔道。

男子看了一眼女子，安慰道："公输妹妹还是知道分寸的，不必担忧，倒是周陵的失踪让我心中放不下。"

女子蹙了眉头，轻叹一声："我们阚安分舵本就人少，倘若周兄弟再出事，人可就更少了。章舵主，周兄弟到底是怎么回事？遇到大妖了？"

伴月盟共有五个分舵，阚安城因着有天枢司，散修伏妖师大多已远走，是以只有寥寥几人。章回在两人对面落座："据我推测，应当是遇到了大妖，待盟主来了我再细说。"说话间，房门轻叩了两声，一名绿衫少女走了进来。

女子心中一喜，唤道："公输妹妹，你可来了。"

公输鱼乌溜溜的眼珠转了转，朝着三人分别施礼，笑吟吟招呼道："章舵主，伊耳兄，唐凝姐姐。"

唐凝朝着公输鱼招招手："鱼儿，过来坐。"说着，起身欲要去牵公输鱼的手。

公输鱼不动声色避开，说道："唐姐，我还是坐那边吧。"说着，提裙在唐凝的对面、章回身畔坐下。唐凝怔了下，眉梢轻挑，目光在公输鱼面上流转一圈，笑了笑没言语。

"盟主还没到吗？我自加入伴月盟，还不曾见过盟主呢。"公输鱼问道。伴月盟的伏妖师并非所有人都是由画角亲自收入盟中，阑安城由章回掌舵，公输鱼则是由章回收入盟中的。

"这坊间对盟主的传言可多了，说盟主是个心狠手辣的老妪，之所以法力高强，是因为吃妖丹。"公输鱼又道，"还有人说盟主是个男人，身长八尺，眼若铜铃，一脸络腮胡。"

伊耳摇摇头："坊间传言不可当真。"

章回解释道："盟主有时会借脸伏妖，有这些传言倒也不足为奇，随他们传吧，如此也好，盟主越发神秘。"

"盟主生得美吗？"公输鱼好奇地眨眼问道。

"那肯定的啊。"唐凝将面前的果子推至公输鱼面前，"鱼儿，吃个果子。"

公输鱼摆摆手："多谢唐姐，我不饿。"

唐凝起身又为公输鱼斟了杯茶："那喝茶。"

"我不喝。"公输鱼又道。

"不吃不喝。"唐凝笑了笑，目光中闪过一丝了悟。

这时，门外廊上传来一阵脚步声，房门被推开，姜画角缓步走了进来。她身着茜色襦裙，披着黑色连帽斗篷，斗篷一摘下，露出一张既艳且寒的脸来。几人起身相迎，画角朝着几人点点头，示意他们坐下。她行至主位坐下，目光流转，忽而凝在了公输鱼身上。

"你便是公输鱼？"

公输鱼似是有些紧张，垂下头，低声说道："见过姜盟主。"

画角笑了笑，目光扫过她，望向众人，抬手斟了杯茶："今夜我来迟了，以茶代酒，向大伙儿赔罪。"几人闻言，除了公输鱼，皆举起茶盏，一饮而尽。

画角瞥了眼公输鱼，问道："怎么？茶又不是酒，你不能饮吗？"公输鱼捏着茶盏，一时不知如何是好。

画角淡淡一笑："公输鱼，你还不下来吗？"

室内霎时一静。伊耳疑惑地看了画角一眼，不知她何出此言。画角眯眼，伸手捏诀，一道白光朝着头顶房梁上劈去。只听有人"哎哟"一声，一道绿影自梁上跌了下来，在地面上翻滚了一圈，方站起身来。她身着淡绿襦裙，模样与公输鱼一般无二。

伊耳吓了一跳，皱眉问道："怎的有两个公输妹妹？"

唐凝斜了他一眼，指着坐在桌案前的公输鱼说道："这个是傀儡。我就说呢，方才我要牵她的手，她居然避开了，原来是鱼儿怕我摸出来她不是真人。"

自真公输鱼一现身，方才的公输鱼便如泥塑木雕般，定在了当场，再也不动了。原来，真正的公输鱼事先躲在了房梁上，以傀儡术操纵着傀儡人的一举一动、一颦一笑。

伊耳惊讶地挑眉："公输妹妹这制作傀儡的技艺愈发炉火纯青了，不细看还真瞧不出来。"倘若细看，便会发现，真人公输鱼比傀儡神色要灵动多了。

画角挑眉问道："你弄个傀儡在这儿，是为了试探本盟主吗？"

公输鱼垂下头，一脸愧疚。她的确是存了试探画角的心思。听闻盟主不过是比她年长两三岁的小娘子，居然让盟中伏妖师甘愿追随，自然有些不服气。没想到画角居然一眼便识破了她。她施礼道："我……我其实也是想让大伙儿见识一下我的新傀儡。"

这些散修伏妖师，并未拜入门派，多半都是靠着祖上传下来的术法伏妖。公输鱼的祖上是公输般，世人称鲁班，最擅机关之术。他曾用木头做成飞鸟，在天上飞了三天三夜都不落下。此术法传到公输鱼这一代，已经能做出惟妙惟肖的木人，再以符咒控制，伏妖时，只需避在暗处，以傀儡制敌。

至于唐凝和伊耳，两人伏妖时则需形影不离。唐凝祖上擅用毒，多年来研制出各种伏妖之毒。伊耳则擅庖，他祖上是商汤名厨，有"烹调之圣"的美称，原本是为人烹饪美食。其后，因着人间妖物肆虐，伊耳祖上则开始烹制伏妖物的美食，几千年下来，做出的美食令妖闻之垂涎三尺。唐凝便是把毒下到伊耳做的妖食上，引诱妖物服下。

画角示意公输鱼坐下，对于她的试探并未在意。她转过脸问章回："周陵是如何失踪的？大妖又是怎么回事？"

事情要从绕梁阁的伶妓弄影说起。妆奁妖祈夫人伏诛后，弄影惊吓过度，病了一场。其间，掌事秋娘和刘奎下了狱。据说，绕梁阁的主家对秋娘所做之事并不知情，只是失察之罪，因此绕梁阁整治了几日，便又开门接客了。弄影身子一好，便拉着左儿奴到西市去寻一个胡商。据她说，妆奁是胡商屈阿勒送与她的。

弄影和屈阿勒的关系并不仅仅是伶妓和恩客。屈阿勒在西市开了间香料铺，左儿奴和弄影常去他铺子里购置香料，因着左儿奴和他同为胡人，很快便熟稔了起来。后来，屈阿勒看中了弄影，便托左儿奴牵线，向弄影说明了心意。这屈阿勒是商贾，人虽精明但心地很好，他的香料物美价廉，且给的秤也高，回头客颇多。他答应攒够了银两便要为弄影赎身。

弄影不信他是故意害自己，因此，当天枢司的人问她妆奁自何处来，她并未供出屈阿勒，只说是恩客所送，并不记得是谁。可她心中终究有些意难平，总要当面问一问屈阿勒。然而，未曾找到他。弄影和左儿奴向相邻店铺的人打听，据说已经好几日不见屈阿勒了。

有人说他每年都会回大食贩运香料。

也有人说他每次离开都会和众人招呼一声，这次却没有，而且，他往常不会在春季回去。

弄影和左儿奴又去了他的居所，看到屋内桌案上还摆着未用完的饭食，推测他不是有急事离开，便是遭了难。弄影听左儿奴说品墨轩的符很灵，便到品墨轩向章回求符寻人。章回无能为力。寻人符乃一对，唯有被寻之人手中也有一符，他方能循符寻人。虽说符咒不行，章回还是派周陵帮她去寻。章回也想弄清楚，屈阿勒知不知道妆奁是妖。

左儿奴是陪着弄影去的，章回看出左儿奴的脸色又有些不好，问她可还带着上次所画的符。左儿奴说或许是符旧了，这两日又有些睡不好。符哪有新旧。当左儿奴取出符，章回查看了一番，发现这符已是被人破了。

左儿奴日常居于绕梁阁，前几日绕梁阁整治时，又没有恩客上门，身边皆是阁里的姐妹。章回怀疑破坏符咒的便是阁里的伶妓。可是他画的符咒沾水不湿、手撕不坏，寻常人根本破不了，除非对方是修道的伏妖师，或是道行深的妖物。章回又细细问了左儿奴一回，发现妆奁妖并非左儿奴她们在水畔遇到的妖物。

章回问道："盟主，你可还记得，那日左儿奴她们惊慌逃出亭子后，那妖物又混在了她们之中，左儿奴以为是阁里的姐妹，还曾和妖物手牵手奔逃。"

画角自然记得。她记得左儿奴说，她牵着的那只手触感有毛，那人还转头看向她，朝着她诡异一笑。有……毛？画角心中一沉，又记起左儿奴说起那妖物脚上未着鞋袜，看上去黝黑怪异。妖物在化成人形时，偶尔会无意露出原身的一部分，一如肭肭妖有时会冒出耳朵一般。这个手上有毛、脚丫黝黑的妖不可能是妆奁妖祈夫人，她手上不会有毛。荷妖和鹤妖也不可能，鹤妖虽有羽毛，但她却是白色的，脚不可能是黝黑的。听起来倒像是黑豹妖，然而，她那时还在暗室关着呢。

"如此说，绕梁阁还有妖。"画角蹙眉说道。她忽略了左儿奴的话，以为妆奁妖祈夫人便是她们在水畔遇到的妖。

"这是捅了妖窝吗？以往阆安城几个月不见一只妖，这回可好，一个绕梁阁便有五只妖物了。"唐凝忧心忡忡地说道。

伊耳觉得不可思议，问道："倘若有妖，必定会有妖气，可盟主你在绕梁阁时，不是说除了那几个已擒拿的妖物外，再没察觉到妖气吗？"

画角和章回对视一眼，便将在九绵山上诛杀遇渊的事说了。

"那遇渊敛了妖气，若非看到他牵的红线，我也不会晓得桃林有妖。"

画角和章回起初以为只有遇渊侥幸会隐藏妖气，如今看来却不是。公输鱼和傀儡并排坐在一处，两张一模一样的脸上，现出同样惊讶的表情，说道："这还了得，倘若世间妖物皆没有妖气，那我们又如何晓得妖物是妖？"

章回又说道："那遇渊临死前，还曾放话说，自此往后，我们伏妖师的日子不会再好过。"

公输鱼大声说道："那小妖好大的口气，说这话，倒叫人以为他们有妖王要现世了。"

妖王？这话引得众人一惊，室内瞬间沉寂下来。灯光映照在画角脸上，她眸中闪过一丝沉沉郁色。

伊耳轻叹一声："这数百年来，世间妖物一直如一盘散沙，各自为恶，从未听闻有什么妖王。"

"这倒也是。"唐凝说道。

画角侧过脸，问章回："周陵既去寻找屈阿勒，怎会失踪？"

章回皱眉说道："他托城隍庙的乞丐们打探屈阿勒，这些人在阆安城各处街道乞讨，消息很是灵通。巧的是，这些乞丐中也有一人失踪。此人姓杨，年岁在四十左右，在众乞丐中很有威信，平日里讨到饭，宁愿自己饿着，也会将饭食给老弱病残用。

"这些乞丐中有一人意外发了横财，去过一趟绕梁阁，回来后一直吹嘘伶妓美貌。他说自己和伶妓无意间提过老杨，伶妓对老杨颇感兴趣，他本想拽着老杨去绕梁阁，却不想老杨第二日便失踪了。"

画角蹙了眉头："怎么又是绕梁阁？"

"我也觉得奇怪。"章回说道，"怀疑屈阿勒和老杨的失踪是绕梁阁的妖在作祟，便命周陵扮成恩客去绕梁阁探查，不想他再也没有回来。"

画角沉吟着问道："你们有没有发现，屈阿勒和乞丐老杨，除了与绕梁阁有关外，还有一个共同之处？"

公输鱼眼珠骨碌碌转了转，说道："他们都是男人。"

公输鱼模样生得机灵，其实人有一点呆。她的所有聪慧劲儿都用在了机关之术和雕琢木械上，于人情世故方面所知寥寥。要不然，她也不会当众做出试探盟主的事。

画角听公输鱼说出都是男的，勾着唇笑了笑："这倒也算一个，还有呢？"

公输鱼话一出口便察觉自己说得不对，但画角没说她错，还朝她笑了笑。她一时有些激动，望着画角目不转睛。盟主如此年少，又这般美貌，人又如此亲和。

画角不知公输鱼所想，又问其他人："你们觉得呢？"

伊耳脸色端凝，沉吟片刻说道："一乞丐一胡商，原本是毫无干系之人。但若说有相同之处，这两人似乎都是心善之人。"

"盟主认为这两人的失踪有干系？"唐凝问道，"可没听说过妖害人还挑善恶的。"

画角淡淡颔首："这两人的失踪多半是有干系的。除了都与绕梁阁有关，又是公认的心善之人，还有一点，这两人在阆安城无家，失踪后，很难被人察觉。"

众人想了想，的确如此。屈阿勒是胡人，不说在阆安城，便是在大晋也无亲无家，失踪了好几日，认识的人皆以为他回大食了。若非弄影和左儿奴去寻他，不会有人报案。老杨更是如此，一个乞丐，谁会在意他的死活。

章回轻叹一声："我也是如此想，派周陵扮成恩客去了绕梁阁一趟。他身上带着联络符，一日一夜了没与我联络，定是出事了。"众人神色皆有些担忧。

"这，周兄弟不会真出事了吧？"唐凝的声音里带着一丝颤抖。

伊耳起身道："我去一趟绕梁阁，迟了恐周兄弟有危险。"

"我也去。"公输鱼也起身附和。

"没用的。"章回说道，"我已经去探查过，绕梁阁既没有妖气，也没寻到周陵。"

画角望了众人一眼，一手托腮，一手端着茶盏，静静靠在座椅上，并不言语。众人见她不发话，又坐了回去。

画角蹙了眉头，缓缓说道："我晓得你们的心情，但贸然前去恐怕也是徒劳。万一打草惊蛇，惊动了妖物，让它有所准备，只怕再难救出周陵。"

她叩了叩桌面，面上浮起一抹冷笑："想要一击而中，务必打蛇打七寸。"

第九章 借脸入幻境

郑贤下值时，天色已晚。他如今在大理寺任寺丞，负责案件的审查，方才刚复审完近日的案卷，看得有些偏头痛。自大理寺衙门一出来，被夜风一吹，头痛好受了些。他摁了摁额头，抬眼望去，见自家府里的护卫郑德已牵马候在街边。他快步向郑德走去。

郑德见了他眨了眨眼，并未将缰绳递给他，反倒朝着街角处努了努嘴，低声说道："小郎君，有人找。"

郑贤诧异地抬头，便见街角阴影里停着一辆马车，马车前站着一道人影。大理寺门前挂着的气死风灯的亮光到了她那儿，已经很微弱，只能照见她婀娜秀挺的身形。

画角看到他望了过来，扬手朝着他一笑，喊道："郑大郎君。"婆娑的树影投在她脸上，衬着她的笑意有几分诡异。而这"郑大郎君"的称呼也让郑贤心头不适，他侧过脸没理她，径直去接郑德手中的缰绳。

郑德有些惶恐："小郎君，二娘子来了有一会儿了，这大夜里的，说是找您有事。您不与她说两句？"

郑贤斜了郑德一眼，不满地说道："你是谁家的护卫？没听她与我们断了关系吗，还说什么二娘子？"

郑贤是气恼的。那日明明提前嘱托她了，她居然不听他话，惹了祖母不说，最后还与他们府断了关系。如今这夜里，一个姑娘家，孤身外出，也不怕遇到坏人。

画角笑盈盈自树影里步出，快步走到郑贤身前："郑大郎君，您且慢走，我有事相告。"

郑贤看都不看画角，自郑德手里接过缰绳，翻身上了马，一甩缰绳便要纵马飞奔。怪异的是，这马今日不知怎么了，居然不听他的使唤，马蹄好像吸附在街面上了，动也不动。郑贤垂眼看画角，见她揣着袖子站在街边弯唇而笑。

郑贤顿时有些无奈。他的两个妹妹都有点坏。郑敏是祖母和母亲纵的，坏得明目张胆。

这个姜画角就不然，她是蔫坏。她朝你笑得越甜越真诚，你事后倒的霉就越大。儿时，母亲和祖母都曾教导他离她远点，说她那外祖家，一个村野家族，攀上他们郑家不说感恩戴德，还要长女姓母姓。这样的家族，必是有什么传女不传男的秘术，不晓得多复杂多危险！

不过郑贤倒不觉得这个妹妹危险。她确实自小不吃亏，但是他还是能感觉出来的，她并没有恶意。细论起来，她也没有真正伤到人。有的人对你言听计从、嘘寒问暖，但你就是感觉不到她的好意，譬如他阿爹的妾室柳姨娘。

郑贤问道："找我何事？"

画角正色道："我来报案。"

郑贤惊了一跳，翻身下马："报什么案，出什么事了？"

画角唇角慢慢露出一抹笑意，轻咳一声道："有人失踪了。"

"谁？林姑？"郑贤皱眉思索着东府那边的下人，"还是韩叔？不会是郑伯吧？"

画角倒不晓得郑贤对自家府中的下人都能叫上名字来。她摇了摇头说道："都不是。莫非，近日经常有人失踪？"

"的确有人失踪，你往后再不要独自外出了。"

"你说的失踪之人是何人？"画角问道。

"事关案件，我不便与外人透露，你打探这些事做什么？"郑贤沉下脸，淡淡问道。

画角早料到大理寺规矩很严，郑贤不肯与她说，便问道："那我问你答可好？失踪之人皆心地良善，我说的可对？"

郑贤闻言明显怔了一下："你如何晓得？"

画角笑了，又道："都不是京城人士。"

郑贤这回却是摇了摇头。画角愣住，莫非还有京城人士？

画角又道："皆是男子。"

郑贤又摇了摇头，犹豫了一瞬，说道："有一位大家闺秀，事关崔娘子的名节，我不方便透露过多。失踪之人中，也唯有她是京城人士。"

崔娘子？郑贤一怔，惊觉自己居然说漏嘴了，忙说道："你万万不可说出去。"

画角颔首。她明显察觉，这背后作恶之妖或者人似乎是晓得事情隐瞒不住了，不再精挑细选外地人氏了。也就是说，选外地人是为了不被人察觉有人失踪。而良善，则是必备条件。

当下，画角便把屈阿勒和乞丐老杨失踪之事说了，当然，她只说老杨失踪是她偶然听别人说的，屈阿勒是她经常光顾的香料铺店主，涉及伴月盟和绕梁阁之事都没说。末了，她提醒郑贤："这些失踪之案，说不定和妖有关，你们还是将案子移交到天枢司吧。我走了。"

郑贤追上去说要送她回府，画角扬唇笑了笑："我是坏人嘛，不会有事的。"她转身离去，她得去查一查，这个崔娘子到底是谁。

第二日，章回便将这位崔娘子的信息禀报给了画角。崔氏娘子，闺名兰姝，乃御史大夫崔崇的千金。阆安城崔姓大户不少，但章回命人在大理寺守着，发现只有御史大夫崔崇曾出入大理寺，显然是为了案件，因此崔娘子必是崔兰姝无疑。

崔兰姝是阆安城有名的才女，以擅画和好善乐施闻名。每年冬至，她都会亲自到长街布饭施粥。城隍庙的乞丐们都晓得她，而那个到绕梁阁的乞丐也说，在绕梁阁的确无意提起过崔兰姝。如此，她的失踪也与绕梁阁有了牵扯。这个妖物，不知还会不会对其他人下手。倘若下手，必会在这几天。因为屈阿勒、乞丐老杨还有崔兰姝失踪之日间隔都很接近。

……

最后，章回递给画角一幅崔兰姝的小像。据说崔兰姝是典型的大家闺秀，极少出府，这是她去年施粥时，被一名擅画之人瞧见，惊艳于她的美貌，便偷偷画了下来。后来，此画便在市井间传开了。如今这幅小像，已不知是临摹了多少次的，或许已失了真。

画角低眸扫了一眼画像。这是一张工笔小像，大约作画人很是仰慕画中人，将她画得端庄高贵，瞧上去像是观音菩萨的画像。她身着素服，裙裳翩然，披帛飘逸，又像是壁画上的飞天。

画角瞥了一眼，蓦然想起什么，又细细看了一会儿。这崔兰姝她怎么瞧上去有些面熟。她在阆安本就识不得几个人，既觉得面熟，必是见过的。她将近日见过的女子想了一遍，蓦然一愣，那不是九绵山上，她曾经借脸的那位华服女子吗？画角这一惊非同小可："章回，这几起失踪的案子，大理寺可是移交到天枢司了？"

章回颔首说道："听闻是天枢司都监亲自过问的，已经移交过去了。"

倘若虞太倾遇到了崔兰姝，会怎样？想起那日他说的话，或许他当真会向崔兰姝问罪。倘若崔兰姝真的蹲了大狱，那就是自己害的了。不过，崔兰姝又不傻，定会告知虞太倾她被人借过脸。那样的话，总觉得虞太倾很快就会怀疑到她头上了。画角有些慌，她得抢在虞太倾前救回失踪之人，尤其是崔兰姝。

画角和章回布了一个局。让那名乞丐又去了一趟绕梁阁，还寻上次的伶妓，据说是叫香兰，装作无意间向她再提起一个心善之人。并非捏造，而是实实在在的好人。西市胡饼铺的刘掌柜。

据说，刘掌柜每日打烊前，都会将当日售卖不完的胡饼送给乞丐们分食。过了两日，绕梁阁的一名婢女果然到胡饼铺要了一摞胡饼，并让刘掌柜亲自送往绕梁阁，说她家娘子要亲自打赏。画角再次施法，借了刘掌柜的脸，穿上男子衣衫，去了绕梁阁。借脸之术一次只能维持半个时辰，她特意收了刘掌柜几滴血，以防时辰久了，好再多续几次。

画角到绕梁阁时，还未到晌午。整个绕梁阁一片静寂，伶妓们大多还未曾起身。她随着婢女沿着步道前行，两边都是精雕细琢的木门，隐约能听到紧闭的房门后低低的鼾声。

婢女在一扇门前停步，抬手叩了叩门。这扇门上贴着一个木牌，上面雕有两个字：香兰。这是伶妓的花名。

婢女推开门，轻声说道："娘子，刘掌柜来了。"

屋内帘幕低垂，一室的幽暗。婢女行至窗前，将窗幔卷起，霎时，日光透窗而入，映得屋内亮堂堂的。画角抬眼看，只见香兰背对着她尚在梳妆，她一手执着菱花镜，一手执黛青，正在细细描眉。

"听说，你每日里都将铺子里售卖不完的胡饼送与城隍庙的乞丐？可是真的？"香兰侧脸瞥了画角一眼，问道。

画角垂眼说道："正是。"

香兰并没有妖气。画角前行两步，调动所有的感官去探查，依然一无所获。伏妖师们捕捉妖物，皆是以妖气辨别妖物。然而，纵然妖气敛得一丝不剩，妖便是妖，它曾以兽或花木形态活了多年，骨子里的本性无意间还是会泄露出来。画角不动声色，试图自她的行为中寻找破绽，然而，并没有找到。

画角几乎可以肯定，香兰是人。虽说是因向她透露了刘掌柜，才会有此刻之约。但这并不能说明香兰是妖，也许是妖物暗中操控香兰也未可知。画角将油纸包着的胡饼放在一旁的桌案上，赔笑道："香兰姑娘，这胡饼可要趁热用，凉了可就不酥脆了。"

香兰一双妙目朝画角瞥了过来，笑道："劳刘掌柜亲自送来，辛苦了。"

她放下手中的菱花镜，自妆台上随手拈了一根珊瑚钗，递了过来。画角嘴里说着多谢，躬身去接。香兰将珊瑚钗放在画角手中，伸指有意无意地挠了一下画角的手心，媚笑道："刘掌柜，你是不是从未来过阁里？我用这枚珊瑚钗留你在此睡一觉可好？"

画角顶着刘掌柜那张清瘦的、颌下几绺稀疏的山羊胡子的脸沉默了一瞬。刘掌柜貌不惊人，香兰到底是有何图？送他一枚发钗求他睡一觉？就因为他心善？她瞥了眼那张帷幔低垂的床榻，受宠若惊般点点头，又摇摇头："不敢，不敢。老朽这便告辞了。"

香兰咯咯娇笑："你在想什么，只是让你睡一觉，做个梦而已，怕什么？"做梦？难道刘掌柜的梦很值钱吗？也或许是在试探她，倘若刘掌柜是坏人，是不是就会放走她了？

"既如此，我便在此歇息一会儿，还请小娘子莫要嫌弃。"画角朝着床榻而去，暗中却细细打量着香兰的表情，很意外，没看出她神色间有什么变化，只是盯着她一脸魅惑的笑意。

画角侧躺在床榻上，瞥了眼香兰，见她和婢女一坐一站，竟然不再动。她忽然觉得这两人有些像公输鱼的傀儡木偶，皆是被人操纵了。她耐住性子等候，晓得背后的妖物就要出现了。

桌案上，摆着一座莲花熏炉，一缕青烟自炉顶袅袅升起，好似有香气无声无息漾满了整个屋内。画角躺在床榻上，觉得眼皮微微有些沉，想必这熏香里添有灵香草。她随林姑学了几日制香，晓得灵香草是助眠的。这妖物居然是真心要让她睡一觉。

她从小到大，也算是被各种毒喂大的，这具身子早已是百毒不侵，助眠香于她而言，连毛毛雨都算不上。这时，极轻极细的铃声响起，清脆悠然，铃声的调子好似儿时阿娘哼唱的摇篮曲，画角打了个哈欠，睡意袭来，慢慢合上了眼。然而她并没有睡着。她自小便是玩琵琶的，助眠的弦音也好，抚慰人心的弦音也好，那都是她玩剩下的。

铃声忽远忽近，忽然又消失了。她假意沉睡，却是侧耳倾听，只觉整个绕梁阁都是一片死寂。

这会儿怎么也快到晌午了，伶妓们便是夜里睡得再晚，也该起身了。此时她们应当在梳妆或是用膳，不会一点声息也没有。太诡异了！画角隐约觉得哪里不对劲。

室内无风，熏炉里的烟气笔直地向上升腾。忽然，画角隐约察觉到室内的气流有了变化，烟气瞬间散乱。画角缓缓睁开眼眸，入眼便是一双绣有梅瓣的丝履，其上是层层叠叠拖曳的裙摆。她的眸光一寸寸上移，落在面前之人的脸上。她云髻峨峨，明眸潋滟。一张并不美艳的脸上挂着冶艳的笑意。是雪蓉。

画角扮作胖胖妖在绕梁阁时，秋娘曾让人来教习妖妓们技艺，那个教习豹妖舞技的便是雪蓉。秋娘曾说，雪蓉擅舞，便是掌上舞也跳得。

"咦？"雪蓉看到画角醒了，似是吃了一惊，"你竟然没有入眠。"

画角懒洋洋一笑："眼前有美貌娇娘相伴，老朽如何能独自入睡，要不然，你陪陪我？"说着，画角起身，拍了拍身前馨香松软的床榻，嘿嘿笑了起来，下颌上的胡子随着她的笑微微颤动。

雪蓉狐疑地看着画角，眉心凝了凝，忽然抬手，广袖缓缓滑落至肘弯，露出一截纤细的皓腕，修长如春葱般的手指转瞬化作了密布黑毛的兽爪。一道白光自兽爪中逸出，将画角笼罩其中。在未曾寻到失踪之人前，画角并不想轻举妄动。不过一瞬，雪蓉收了手，目光自画角脸上掠过，笑了起来："我就说呢，觉得你有些熟悉，原来你以前在阁中睡过。既如此，你便不用再睡了，随我走吧，我带你去寻你那相好的。"

画角有些蒙。她是在绕梁阁睡过，也曾见过雪蓉，可她如今的脸是刘掌柜的，莫非半个时辰已到了？画角抬手摸了摸脸，胡子还在。还有，雪蓉说要带她去见相好的，她哪里有相好的啊？要说刘掌柜，不该说他夫人吗？

"莫非，你是要当老朽的相好？"画角不动声色问道。

雪蓉却不说话，只是神秘一笑，人已经消失不见。眼前的景象随着她的消失，宛若水波中的倒影被击碎，顷刻化作点点潋滟的光点。幻境！画角瞬间惊觉，自从她踏入绕梁阁，便已经入了幻境。只不过，因着这幻境太过真实，她居然没有察觉。怪不得方才她觉得绕梁阁寂静得有些诡异，原来这一切都不是真的。画角心思疾转，雪蓉所设幻境如此高明，到底是什么妖？

方才那一瞬，她瞥了眼妖物的兽爪，却并未辨出是什么兽。这时，眼前光影潋滟，转瞬已换了一副天地。浓得化不开的雾气在眼前风起云涌，足下是嶙峋的山石，抬头眺望，山峦重叠，林木荫翳。空气是清爽的，林木和泥土混合的气息涌入鼻息。

这不是幻境！

可是，她是如何从绕梁阁转瞬到了山里？妖物明明没有擒了她御风而行，莫非，这是梦遁？她记得，上古时期，有一种妖叫梦貘，它能借着梦境来去无踪，转瞬从城郭至深山。这么说，方才在绕梁阁，就不是幻境，而是梦貘编织的梦境。

她疑心熏炉里的香有灵香草，可她其实并没有闻到香气。在梦境中是闻不见气味的，所以那是梦境，并非幻境。也怪不得，她一到绕梁阁，雪蓉便试图让她入眠做梦。她是想吞噬她的梦境好掌控她。但是……

一股寒意自画角的脊背升起，一路蜿蜒至心头。梦貘是上古恶妖，早在上古时期便已经绝迹。自人们有记载以来，从未有此妖的踪迹。可是如今，它居然活生生地出现了。一如四年前，她和天罗山庄众伏妖师诛杀的梼杌，还有她一直寻找的化蛇。画角心头疑云密布。

这时，雪蓉却在她身旁的山石上现身，笑盈盈地说道："走吧，我带你去见你的相好。"

画角顿住脚步："你说谁？"什么相好，这回她定要问个明白。

雪蓉咯咯一笑，长眸微眯："在你的梦里，他不是亲你了吗？"

什么？画角顿住脚步。那一夜，在绕梁阁，她曾经陷入噩梦，而后，梦到了虞太倾。那时，她还不知他是天枢司都监。梦醒后，她打开窗，看到后面竹林中有兽影一闪而逝。当时，她并未感知到妖气，还以为只是一只普通的兽。没想到，便是她躲在窗外在吞食自己的梦境。不过，那时她是肭肭妖，此时她却是胡饼店的刘掌柜。梦貘，以梦为食，吞噬梦境，自然也可以通过梦境认出梦的主人。纵然她此时顶着刘掌柜的脸，雪蓉也已经认出她是谁了。

画角捋了下胡须，半个时辰已到，她也无意再续借脸之术，任由一张脸换了模样。她身着男子惯常穿的淡青色襕袍，梳着男子常梳的发髻，然而这朴素到极致的衣衫发髻，换上画角那张姝丽的脸，瞬间便出尘脱俗。画角怠懒一笑："你也说是梦了，如何能当真？"

雪蓉斜眼看着她，一脸的不信："我平日里吞噬的梦境多了，有所见梦，也有所思梦，还有所历梦，你那个梦明显就是所思梦。你若不是对他日思夜想，他怎会入你的梦境？又怎会亲你？"

画角愣了愣，摆摆手说道："这倒也是，只不过也得看是怎么思、怎么想了。"她日思夜想不过是离他远点，不要被他抓住罢了。又怎会对他有意？她又不是活腻了。

雪蓉呵呵一笑，一副很懂的样子："我吞噬了成千上万个梦境，你以为我会弄错?"

　　画角暗中翻了个白眼,不置可否。雪蓉看着画角,好像想起了什么,咦了一声:"我记得你不是人,你是一只胐胐妖啊,你怎的没有妖气了?"

　　画角嫣然一笑道:"我的妖气想有就有,想没有便没有,你不也是一样吗,梦貘?"

　　同为妖,雪蓉对画角的敌意本已是消了几分,又见她也可以隐匿妖气,面上神色稍微缓和。"只这么几日,你便也被主上召入了麾下?"雪蓉低语了句,忽然又顿住话头,沉了脸问道,"你扮成刘掌柜到绕梁阁做什么?"

　　主上?画角掖着袖子凝立,在心里冷笑一声:果然啊,这些妖的妖气能隐匿,和它们背后的这个主上有关。只有被他召入麾下,方能隐匿妖气。画角眼波流转,朝着雪蓉一笑,解释道:"你别担心,并非主上派我去的,是我自作主张,想去看主上交代的事你办得如何了,想着也许能助你一臂之力。"

　　雪蓉冷冷一笑:"谈何帮忙,你一个胐胐妖,能帮我什么忙?你顶了刘掌柜,确定不是在坏我的事?"

　　画角心思疾转,笑道:"你是说真正的刘掌柜?我打听过了,他那个人其实没有传言中那么好,并非善人,你若是真擒了他,反倒会坏你的事。"

　　画角说完,暗中观察雪蓉神色,见她神色未见异常,便知自己说得没错,他们果然是在抓心善之人。她又试探着问道:"雪蓉姐姐,可是少了刘掌柜,人不够,赶不及了?"

　　雪蓉轻轻一笑:"无妨,我事先多抓了几人,便是以防其中有些名不符实之人。"

　　名不符实?雪蓉脸色有些荫翳,没好气地说道:"我隐在绕梁阁,吞噬了那么多人的梦境,当我从梦中辨出那人是好人时,岂料,居然不准。"

　　一个去绕梁阁狎妓的人,能是什么好人?画角听了这话心中忽然一宽,这么说,所思梦也不见得准了。

　　雪蓉冷笑:"这一回,倒是要看看这些传言中的好人可是真的。"说完,伸袖一拂,面前场景瞬间换了。这梦遁之术如此好用,画角原本还以为要随着雪蓉翻山越岭。

　　这回是一处坡岗,面前不远处,错落点缀着几点灯火,在幽暗的深山中,宛若兽的瞳光。画角几乎可以肯定这是在九绵山中。阆安城附近也只有九绵山幽深高远,山下的别苑只不过是九绵山的一小部分,上回画角擒拿遇渊的桃花林尚是山脚处。如今所在之处,是真正的深山,也只有野兽能抵达,莫说普通人,便是猎户也鲜少上来。画角细看，只见前面顺着山势错落分布着几间木屋，灯火便是自木屋中映出来的。

"喏，那些人便关在屋中，男人一间，女人一间。"雪蓉又特意指着男子居住的木屋说道："你那相好的便在其中。你可要去看看他？"

画角摇了摇头。其实，虞太倾在这儿，画角并不意外。他既然是天枢司都监，想必和她一样，怀着以身作饵的想法。可是，他在梦貘口中，莫名其妙成了她的相好的，让她有些无所适从。

"他既然在你的梦境里出现，你定是对他有想法，你真的不去看看他？今日是朔日，你要不去，这辈子怕就看不到他喽。"

画角犹豫了一瞬："那要不，我去瞧他一眼？"

话音方落，雪蓉眸中闪过一丝荫翳，一抬手，掌心现出一道绳索，盘旋着将画角捆缚了起来。她笑道："胐胐妖，我不晓得你是如何隐匿妖气的，但是主上可没有在我面前说起过你，只好先委屈你了。我稍后会问主上，若你真的是我们的人，自会放你。"

画角早就晓得雪蓉并非真的信她，只不过是想从她口中多探听些消息。她既提到了朔日，许多阴邪的阵法都是在朔日子时进行的。这就是为何梦貘连着这几日抓人，便是因着朔日快到了。朔日、子时，他们抓了这么多人，想必是要摆什么阵。

画角反应过来时，人已经跌到了木屋中。在掉落的那一瞬，她将妖珠召了出来，吞入了腹中。她暂时还不想让虞太倾晓得她是人。

屋内燃着烛火，幽暗的光影中，画角看到几个人缩在屋内不同的角落内，有的正在酣眠，有的被画角掉下来的动静惊醒了，瞥了她一眼，似乎对此早已习以为常，嘀咕了一句"又来一个"，便又闭目睡去。画角一眼便自几人中看到了虞太倾，他靠墙坐着，乌发半披垂着，遮住了半边脸。他似乎在假寐，画角的到来并未惊动他。

屋内摆着几张桌案，其上放着饭食。这些人衣衫不算脏污，脸上神色也并不憔悴，显然在这里虽然被关着，但雪蓉似乎并未虐待他们，还按时投喂他们。不过，今晚，到了今晚子时，他们怕是就死到临头了。

这时，有人看清画角是个女郎，"咦"了一声，说道："怎的抓来一个小娘子？"

虞太倾慢慢睁开眼，漫不经心地瞥了画角一眼。在看清画角的面容后，那双水光潋滟的眼眸怔了一瞬，继而轻轻扬了下唇角："是你？"语气中透着惊讶意外，还有一丝咬牙切齿的意味。

画角听懂了他话里暗含的意思，朝着他嫣然一笑："是我！"

两人在绕梁阁做了笔交易，虞太倾笃定她逃不出他的手掌心，然而她却在他眼皮之下逃了。画角以往也不是没与别人赌过，但从未如赢了虞太倾这般，心中如此得意。

　　屋子不大，两人的说话声惊醒了原本入睡的人们。众人皆抬起脸，懵懂地望着画角。眼见她明明是女子，却穿着男子的衣衫，都有些惊讶。画角的目光掠过众人神色各异的脸，自其中寻到了周陵。少年梳着高马尾，面上摆着酷冷的表情。画角见他安好，心中稍定。周陵却与公输鱼一样，并不识得画角，只是淡淡扫了她一眼，便继续埋头歇息。

　　"这小娘子你认识？"一个高鼻深目的男子问道，看样子便是失踪的胡商屈阿勒。

　　虞太倾转眼瞥了画角一眼，黯淡的灯光映亮了他清澈的眸，眸底闪过一丝冷意。

　　画角生怕他说出自己是妖，抢先说道："认识，我与他是故交。"说完，朝着他笑了笑。

　　"你说，他们到底抓我们来此作甚？"屈阿勒嘀咕道，"如今连我们的亲戚友人都开始抓了吗？"余下的人显然在阆安也没什么亲戚，无甚担忧，并未理睬他。

　　虞太倾皱眉看了她一眼，倒未曾拆穿她，只是盯着她若有所思。他今日没穿那身绯红的官袍，不知是不是听了陈伯那句话，不想做穿着红袍的癞蛤蟆，还是故意扮作了普通人。他穿了一袭素白袍服，便似那日在桃林中一般，整个人出尘一如寂寞空山月。只是，如今这轮月似乎坠入了凡尘，被困在深山斗室中，成了阶下囚。他双手被缚在背后，乌发凌乱披散，那双漆黑水润的眼眸望着她时，透着一丝寒意。原本红润的唇，这会儿似是失了血色，略有些苍白。

　　画角心中有些惋惜，只恨因住他的是梦貘，怎么不是自己？要不然……这念头一冒出，画角便悚然一惊，霎时想起了雪蓉说的话——你若是对他没有想头，怎会梦见他？果然她也是吃五谷杂粮的，也会因美色有那么一会儿昏了头。

　　她深信自己不是俗人，若是倾心一人，绝不会因为皮囊。要不然，她还能做伏妖师？早被貌美的男妖勾魂了。画角这么想着，挪了挪身子，离虞太倾远了点。

　　虞太倾却眉梢一挑，似笑非笑地抬眼，忽然挪动身子，向她凑了过来。画角见状，向后退了退，直到人缩在了墙角。他似乎不想让别人听到他说话，因此俯身凑近她耳畔，低语："上次有幸让你逃掉，你就该逃得远远的，再也不要让我瞧见。这一回，你若是落到我手中，可就没有那么幸运了。"他凑得太近，气息吹在画角耳畔，痒痒的，让画角一时有些走神。待到他说完，方反应过来，晓得虞太倾此时面上神色如常，内心定是气炸了。

她心中有些高兴，嘴上便软了些。两人此时处境相同，闹僵了总归不好。她低语道："上次我能逃掉，是不是您故意放我的啊？您真是大好人，您要想抓我，莫说一炷香，便是十天半月，我也逃不掉的。"画角本意是示好，但不知为何，这话说出来却有点得了便宜还卖乖的嫌疑。

果然，虞太倾听了这话，眉梢挑了挑，眸中掠过一丝寒光："我输了便是输了，总会赢回来的。"

画角晓得虞太倾已有了抓她的念头，只不过暂且不准备动手而已。那日她吐出妖珠后，定踪珠便无法追踪她，虽说当时虞太倾以为定踪珠出了问题，事后必定查清定踪珠是完好无损的。那么，他定是晓得问题出在她身上了。如今，绕梁阁的雪蓉是一只会敛妖气的梦貘。虞太倾别是以为自己与雪蓉是一伙儿的，也会敛妖气，因此那夜定踪珠才追踪不上她。

画角暗叫不妙，说道："我虽是妖，却与梦貘不是一伙儿的。我打听到她朔日，也就是今夜便会动手，你若是想救这些人，最好在此之前出手。"

虞太倾瞥了一眼画角，眉角眼梢尽是嘲讽之意："你与妖不是一伙儿的？难不成是与我们一伙儿？"这话确实牵强，画角也晓得虞太倾不会信她。

虞太倾起身，捆缚着他的绳索显然早已被他解开。他将绳索掂在手中，拖着画角行至屋内唯一的柱子前，将画角连柱子捆缚在一起。他又回首对周陵说道："烦劳你在这绳索上加一道缚妖咒。"

画角被梦貘捆了一圈，这回又被虞太倾捆在了柱子上，他还不放心，又生怕普通的绳索捆不住妖，让周陵再加一道咒语。周陵显然已与虞太倾联手了，闻言行至画角面前，伸手按在绳索上，口中念念有词。这小子，初次见面就把盟主给捆了。

画角蹙了眉头，懒懒说道："这是谁家小郎君啊，生得倒是俊气，怎的这般听别人的话，想来没读过什么厚的书吧。"

章回有个绰号，叫厚书。因为一个话本一旦分了章回，必定很厚。周陵年岁不大，俊朗的脸上尚有一丝稚气。他只比公输鱼年长一岁，人却比公输鱼伶俐多了。听到画角的话，他怔了一瞬，目光便凝注在画角的手上。

画角捆缚在背后的手露了出来，暗中朝着周陵比了一个手势，形如弯月，又晃了三晃，再比了个抓的手势。这是伴月盟的手势。伴月盟的伏妖师原本是有信物的，但以防有妖作祟或附身，为了辨认自己人，盟中有专门的手势和暗语。画角做的这个动作，便是自己人的意思。

周陵虽然懂了，但鉴于画角目前是妖，并不敢将她松绑，只是对虞太倾提议道："不如，我们带她一道走吧，我负责看管她。"

虞太倾摇摇头："你不怕她将我们的行踪透露给梦貘？"说着，将屋内众人一一松绑，说道："走吧。"

他行至画角面前，俯身拍了拍她肩头，似笑非笑道："你便乖乖在这里待着吧，我若是收拾了那些妖，再回来对付你。"这语气，让画角觉得自己是他的猎物，已经无处可逃。

画角心头跳了跳，说道："虞都监，不是我说，你带着这些人是出不去的。你的护卫狄尘不在，你又不会术法，单凭一张嘴，哪里是梦貘的对手？你若带上我，我定带你们出山，如何？"

虞太倾脸上的笑意敛尽了。这个清弱如竹的人，身上瞬间散发出一种气势，让人有些不寒而栗。画角晓得自己触了他的逆鳞。一个通晓术法却不会使的人，是有多么不便，多么受制于人，这种痛苦大约比不通晓术法还要深。

画角想说什么弥补一下，冷不防他却蓦然探手，冰冷的手指拘住她的下颔，那张俊美的脸，此时阴沉宛若隆冬落雪。他冷冷地望着她，说道："周陵，再加一道噤言咒！"

画角顿觉不妙。噤言咒一加，她便不能念咒解咒。画角面上绽开一抹真诚的如莲花般洁白的假笑，双目弯弯如月牙："虞都监，我不说了还不行吗？如此一来，我便会在此冻饿而死，我自问没做过恶事，您也不是滥杀无辜之人，还请你大仁大量高抬贵手。"画角这辈子还从未说过这么多的好话。

虞太倾望着画角淡淡笑了笑。这朏朏妖有时纯真可爱，有时又霸道猖狂，有一种天下唯我独尊的气势，最主要的是，她能屈能伸，该说好话时一点也不含糊。

他眯眼凝视着她的眼睛。她的眼形很好看，目光澄澈而幽深，眼尾轻挑。她望着他时，深幽的目光中带着一丝海棠般的华艳。虞太倾心中蓦然一动，这眼神，怎的莫名有点熟悉？就像是在别的脸上见过一般。他缓缓松开拘着画角的手，拂了拂衣袖，冷声说道："噤言咒！"

画角心头暗骂，再看虞太倾，便觉得他哪儿都不顺眼。原本澄澈的眼波透着一丝阴险，薄唇透着一丝狡诈，秀挺如竹的身姿怎么看怎么矫揉造作。总之，整个人自内而外都透着无情无义。

第十章 以身为符纸

朔日，无月。天已经黑透了，站在坡岗上，借着屋中映出来的微弱灯光，隐约能看到九曲十八弯的陡峭山路。

虞太倾清点了一下人数。胡商屈阿勒、赶考学子吴秀、乞丐老杨，还有两个中年男子，再算上他和周陵，总共是七个人。周陵又将另一间屋中的女子带了出来，有四人，其中有上了年纪的老妪，也有正值韶龄的小娘子，其中一位身着华服，面纱遮面，应是崔崇的千金崔兰姝。

这深山老林，大黑夜里，一般人想逃命，下场不是摔死便是做了野兽的腹中餐。带着这样一群人夜奔，其实是很要命的一件事。但虞太倾已别无选择。他是从赶考的学子吴秀那里着手，查出他在绕梁阁的相好是雪蓉。其后，他扮作恩客想探一探雪蓉，没想到被抓了过来。原本他与楚宪和狄尘约好了，万一他被抓走，让他们用定踪珠带人寻过来。可他未曾想到这妖物竟是早已自人间绝迹的梦貘。

梦貘擒着他他通过梦遁，转瞬便来到了深山。定踪珠的气味隔得远了，只怕楚宪他们寻起来费劲，若是坐等他们来救，这些人只怕孟婆汤都喝了。所幸有周陵在，他是个伏妖师，会些术法，一路上有他照拂，应当不会出事。

一行人在虞太倾的引领下，沿着陡峭的羊肠小道小心翼翼下山。不过一个时辰，便有几人累得瘫软在地，说什么也不肯再走了。尤其崔兰姝，身为御史千金，平日出门不是坐轿便是乘马车，平地都没怎么走过，当下早已累得香汗淋漓。

倒是走在她前面的老妪，干瘦佝偻，却健步而行。

转过一道弯路，行走在前面的人忽然惊呼了一声，声音里透着欢喜。众人不知发生了何事，强撑着起身，走了过去。只见前方有一大团黑影，隐约看出是一大片屋舍。待走近了，看清是一座建在山崖上的寺庙，处处残垣断壁，显然已是废弃了好久。虽是破败，总比瘫在山路上要强许多。

乞丐老杨提议在此稍事歇息。虞太倾瞧了眼累得呼哧喘气的人们，只得应下。庭院中央，有一个磨盘大的圆桌，四周散落着石凳，众人分头坐下。虞太倾提灯四处查看，只见院子中央有一棵古树，枝干粗大，看上去有几百年了。垂落的树枝上挂满了香囊、红绸和红布条。有的红布条上还有字，不过，因着时日已久，字迹已经模糊，红布条的颜色也褪成了淡粉色。

"如此看来，这寺庙以前香火还算旺盛。"虞太倾伸手拽下一块晒得发白的红绸，说道。

周陵是土生土长的阆安人，对九绵山还算熟悉，闻言说道："我在那边草丛中看到了摔落成两半的牌匾，上有'林隐'二字，这里想必是以前的林隐寺。"

"可是前几年出了事故的寺庙？"

周陵点头："林隐寺当年因古树而香火鼎盛，不过，前几年有几位来此参拜的香客无缘无故身死。此后，再无人敢来，庙中香火逐渐寥落，僧侣们也都迁走了，此庙便破败下来。"

虞太倾环视四周，只见四周峰岭重重，林木萧萧，说道："此庙远在深山，若无高僧坐镇，的确易招邪祟。"

他起身正欲招呼众人离开，却听周陵"咦"了一声："这是什么花？"

虞太倾顺着周陵的目光望去，只见古树周围的地面上，零零落落生有几簇花木，茎高不过尺许，还不及膝盖高，枝杈间嵌满了花苞，卵圆形的碧绿叶片在夜风中摇曳。

"此花名'曼陀罗'，多生于幽暗深邃、荒山僻野之处，此花全株有毒，以果实和种子毒性最大，嫩叶次之，你最好离这些花远些。"虞太倾扫了一眼花株，缓缓说道。

周陵一脸叹服地望着虞太倾："听闻虞都监虽不会术法，但博学善文，懂天文地理、律历岐黄，尤其对妖更为熟识，若非你指出雪蓉是梦貘，我还不晓得那是什么妖。如今看来，你对花木也很熟识，到底是如何做到的？"

虞太倾垂袖而立，轻轻笑道："无他，多读书而已。"

这时，书生吴秀自大殿之中奔了出来，喊道："不好了，那殿内的神佛显灵了。"话音方落，自殿内射出一道刺眼的红色光芒，将所有人笼在了光芒之中。眼前的寺庙、古树宛若水波般开始变形、扭曲……

隐隐约约中，只听一声低低的叹息："天堂有路尔不走，地狱无门闯进来。"话音方落，地面随之抖动起来，裂开一道长长的地缝，宛若山崖张开巨口，将众人吞了进去。

画角伸指捏诀，默念咒语，身上的绳索霎时松开了。若非周陵故意将噤言咒念错了两个音，她解咒还要费一番周折。

她揉了揉被缚得酸痛的手腕，推开屋门走了出去。无月的夜，夜色浓稠如墨。白日里险峻雄奇的山峦，犹如蛰伏的巨兽，令人望之生畏。画角晓得虞太倾他们还未曾走远，只要她快些，总会追上。她伸指捏诀，数点萤火亮起，汇聚成一盏明灯，在她身前飘浮。她举步欲行，黑暗中似有人低低笑了一声。笑声阴森鬼魅，带着不可言说的邪恶，自黑暗中铺天盖地传来。这声音仿佛远在天边，又似乎近在耳畔。

画角只觉得周围的空气瞬间变得冰冷刺骨，露在外面的肌肤宛若被毒蛇的信子舔过，汗毛一根根竖了起来。雁翅刀低鸣躁动不已。原本打雷都惊不醒的千结化作一道红光，乍然现身，在她头顶上盘旋着飞来飞去。大尾巴带起一阵疾风，将画角额边的碎发吹了起来。

"阿角，刚才是什么东西？"千结瞪着黑豆般的眼睛惊惶地问道。

画角心中震荡，面上却神色不显，只是召出雁翅刀，紧紧握在手中。空气中沉重的压迫力已经散去，冰冷寒意也随之消失，可画角心头的惊惧却并未有丝毫减退。她伏妖这几年，还从未感知到过如此强大的邪恶妖力。

千结大尾巴一敛，落在画角肩头，伸爪拍了拍她的脸，说道："阿角，你在想什么？"

画角眉头微凝，估摸了一下天色，说道："子时快要到了，我们得快些寻到他们。"

"你果然与他们是一伙儿的。"雪蓉的声音忽然传来，她自黑暗中乍然现身，迈着袅娜的步子向画角行来。

画角凝视着雪蓉问道："你一直在这里？"

雪蓉温柔一笑："是啊，方才你吓到了吧？我的妖气若是不隐藏起来，可是很吓人的。"

　　欲盖弥彰！画角没言语，她晓得绝不是雪蓉。

　　千结趴在画角肩头，大尾巴摇了摇，冷嗤一声："就凭你？你是个什么东西！"

　　"小小的耳鼠，居然也敢口出不逊！"雪蓉大怒，转而轻轻一笑，满脸嘲讽，"肒肒妖，主上说了，你不是我们的人。那么，你来此作甚？当真是为了救那些人？非我族类，你便是救了他们，人家还是会把你捆起来的，逃跑都不带你。"

　　画角无暇与她周旋："梦貘，你把方才的人带到哪里去了？"

　　"这我可不能说。"雪蓉得意地挑眉，"你要有本事，便自行去找吧，这偌大的九绵山，想必足以让你找几日几夜。不过，我劝你还是省省妖力，待你寻到他们，只怕他们连骨头都不剩了。"

　　萤光忽散忽聚，光芒映在画角脸上，她的唇角勾起一抹酷冷艳绝的笑意。雪蓉话音未落，画角已然出手，左手快如闪电，捏了个定身咒，以防雪蓉梦遁而逃。右手"当啷"一声，雁翅刀出鞘，烁烁刀光带着杀意向着雪蓉砍去。这一刀下去，雪蓉势必身首异处。

　　雪蓉惊呼一声，已是躲闪不及。然而，刀却在她身前半寸处顿住。画角骤然收手，伸手捞起雪蓉，快步回到屋中，抬手将她扔在地上。左手一晃，已是捏了几张白色纸人。她朝着纸人吹了口气，纸人便飘向雪蓉，绕着她旋转了几圈。淡淡的光芒闪过，原本没有眉目的纸人，已变幻成雪蓉的模样，落在地上。她们排成一溜站在画角身旁，宛若死人祭祀用的纸扎，瞧着诡异万分。

　　"我再问你一次，那些人你带到何处了？"画角凝立在雪蓉面前，居高临下地望着她。

　　雪蓉朝着画角猖狂一笑："你猜？"

　　画角目光骤冷，抬手一挥，其中一个纸人雪蓉的头便被砍了下来。

　　雪蓉惨叫一声，扑倒在地，只觉得脖颈上一阵蚀骨的疼痛，隐约能感觉到有血喷涌而出。

　　"啊！你做什么？"雪蓉抱着头，好似生怕头随时会掉一般，上气不接下气地问道。

　　"纸人七杀。"画角漠然说道。

　　纸人是吸了雪蓉的血气后方幻化而成，是以，关联了雪蓉的痛觉。

　　纸人被杀时，雪蓉不会死，可是她会痛。

　　斩首刺心的痛。

　　一股恼恨涌上心头，雪蓉咬牙切齿地说道："我方才就该杀了你。"

画角面无表情地注视着她，说道："好好答话，不然……"画角伸刀指向另一个纸人的胸口。

雪蓉惊呼道："我说，在林隐寺地下。"

千结飘在空中，幸灾乐祸道："啧啧，敬酒不吃吃罚酒。"

画角又问："方才那股阴邪的妖气是谁？可是你说的主上？它是什么妖？"雪蓉身子一颤，显然是惊惧至极，闭口不言。

画角慢条斯理地说道："这一次，让你尝尝刺心的滋味。我倒要看看，你能死几次。"画角一刀刺向纸人心口处。

雪蓉捂着胸口滚倒在地："是，是。只是我不晓得他是什么妖，从未见过真面目。"

画角目光一凝，觉得雪蓉说的不是虚言。她估摸了一下天色，觉得子时快要到了，再耽误不得。"朔日子时，你带这些人到底要做什么？为何都是心善之人？"

雪蓉捂着胸口，方才那阵锥心的疼痛还未曾消失，她满头冷汗，十分狼狈，再也没有一丝猖狂之意。她抬眼望着画角，只觉眼前这女人比地府勾魂的女阎罗还要可怕。可是，有些事，她却不能说。

"不说是吧？"画角蹲下身子，朝着她温柔一笑，声音温和地说道，"这样吧，第三杀你自己来选。你是要毒杀，还是要千刀万剐，放心，我会用最钝的刀。要不然我把你的身体剖开，心肝肾都给你挖出来，再把你的肠子……"

雪蓉惨呼一声："我说！"

一行人跌落在冰冷的地面上，泥土的潮湿味道混合着一股腥味扑面而来。好在不太高，除了书生吴秀崴了脚以外，其他人皆未受伤。

虞太倾抬眸看去，只见头顶上的地缝已经合住，置身之处是一间石室。石壁上挂着一盏鲛油燃烧的明灯，可以常年不灭。一排书架嵌在石壁内，其上整齐摆放着一卷卷的经书。这里显然是以前寺庙僧人的一个隐蔽藏经阁。忽然有人惊呼一声："你拿着的是什么？"

虞太倾侧首看去，只见屈阿勒靠在石壁上，手中执着一截白森森的骨骼。因只是一截断骨，一时瞧不出是人还是动物的骸骨。

问话的人是跌落在他身旁的乞丐老杨。屈阿勒摔落在地上，随手抓了一样东西，自己还不晓得是什么，待到明白过来，吓得惊呼一声将骨骼扔了出去。随着这截骨头落地，众人这才发现，地面上三三两两散落着白森森的断骨。石室内的气氛霎时凝滞，再也无人敢妄动。

有胆小的小娘子已是吓得哭了出来："这里，不会是有……有什么吃人的野兽吧？"

一直未曾说话的崔兰妹忽然说道："妖把我们拘到山中，每日给我们饭食，从不曾饿着我们，也许就是喂养我们，要我们当食物。"

"别胡说。"一个老妪尖声说道。

"那这些骨头……骨头又是怎么来的？"老杨低声说道。

虞太倾忽然"嘘"了一声，示意众人噤声。石壁上的灯有些黯淡，并不能将整个石室照亮。虞太倾的目光凝注在黑暗的角落内，只见那里的石壁忽然震了两下，随后，"轰隆"一声，石壁上的一道门开启。

原来这石室并非只有一间，另有相连的斗室。室内鸦雀无声，众人的心一瞬间都提到了嗓子眼，皆盯着忽然打开的石门。

只见一道小小的身影走了出来。灯光闪了闪，众人方看清，那是一个五六岁的垂髫小儿，身着圆领的套头衫，脚蹬虎头鞋，模样也生得虎头虎脑，一双大眼睛骨碌碌转动，注视着众人，奶声奶气说道："你们来了？"

谁也未曾想到出来的会是一个小娃，还生得宛如年画上的善财童子一般招人喜欢。

"可怜见的，这么小的娃他们居然也抓来，造孽啊！"一个身着杏黄色襦裙的妇人说着，便向小娃走了过去。

周陵抬手拦住了她，摇了摇头。这小娃出现得诡异，且一开口便说"你们来了"，俨然是石室的主人，绝不是一般的孩子。

虞太倾凝立在暗影中，静静地看着小娃。毫无疑问，这小娃是妖。可到底是什么妖，他一时还瞧不出。

小娃黑葡萄般的眼珠转了转，目光依次扫过众人的脸，伸出胖乎乎的手指点着人头开始数数："一、二、三、四、五、六、七、八……八……"数到"八"卡住了，小娃歪着头，一直再没往后数。他撇起了嘴，眼睛眨了眨，憨态可掬。

一行人七男四女，总共十一人，这小娃数到八就不数了。"后面是九、十、十一。"身着杏黄衣衫的妇人忍不住提醒道，"与我家的阿宝一个样，只会数到八。"

"只有八。"小娃执拗地说道。

屈阿勒皱了皱眉头："他不是不会数，是只有八个，八个什么？"虞太倾若有所思地蹙起眉头。

小娃蓦然指着崔兰妹，问道："姐姐，你能陪我玩吗？"稚嫩的声音透着一丝可怜兮兮的意味，便是铁石心肠的人听了都会心软。

崔兰姝明显吃了一惊，却又想不出拒绝的话来，问道："玩……玩什么？"

小娃抬手将腕上的一个圆环褪了下来，掂在手中，指着他面前十步远的半块头骨说道："姐姐和我玩套环吧，你若能套住那块骨头，便算你赢。"

崔兰姝瞥了一眼骨头，只觉眼前一黑，吓得腿都软了，这般血腥的游戏，谁要与他玩？她摇了摇头，胆战心惊地说道："我不玩！"

"不玩不行哦。"小娃奶声奶气地说道，"你刚才问我玩什么，就是答应了，不能出尔反尔哦。"

"那，赢了又如何？"崔兰姝颤声问道。

小娃把玩着手中的手环，说道："那块头骨便送与姐姐。"

"那，我若是输了呢？"崔兰姝胆战心惊地问道。

小娃挠了挠头，笑嘻嘻地说道："那我便只能吃了姐姐哦。"

他说得如此随意，仿若吃人是再普通不过的一件事。崔兰姝额上的冷汗淌了下来。原本还觉得小娃可怜的黄衣妇人吓得脸色惨白。其他人也皆面面相觑，心惊胆战。

周陵望着虞太倾，低声问道："虞都监，这小娃是什么妖？你可是瞧出来了？"

虞太倾沉默了一瞬，缓缓说道："上古，西北。"

周陵怔了一瞬，蓦然想到了什么，不可置信地瞪大眼。梦貘是上古之妖，这小娃也是，这原本已在人间绝迹的妖，怎的一个个都重现人间了？它们不是早就灭绝了吗，难不成还能复活？

小娃对崔兰姝似乎不太满意，小脸一垮，说道："姐姐，你怎的还不出来和我玩？"

虞太倾上前几步，说道："我来陪你玩！"

小娃瞪圆了眼睛，望着虞太倾说道："你要替她？"虞太倾点了点头。

崔兰姝已是吓得两腿瘫软，见到虞太倾出面，却壮着胆子走上前说道："虞都监，还是我来吧。我……我儿时玩过这个游戏，如今也常玩投壶，或许……或许能赢。"

虞太倾瞥了她一眼，石室黯淡的光映在崔兰姝脸上，映出她露在面纱外的眉眼，带着一丝温柔之意。他原本想提醒她，便是她赢了，妖也不可能让她活，最后还是放弃了。一个大家闺秀，莫说是见过妖，只怕平日里连听都没听过，有些话，还是别告诉她了。他退后一步，说道："也好。那小娘子便试一试吧。"

崔兰姝硬着头皮接过小娃递过来的腕环，掂量了一会儿，定了定神，将腕环扔了出去。不愧是经常玩投壶的，居然套中了。小娃有些意外，不过这倒激起了他的玩兴。他兴冲冲地捧着头骨递到崔兰姝面前，又让崔兰姝玩第二回。

崔兰姝捧着半块头骨，吓得魂不附体，哪还有胆子玩第二回。小娃却不依，崔兰姝只好继续玩，终于在第三回输了。

崔兰姝也终于明白，这游戏没法玩，一直玩下去，总有输的时候。也只有输了，游戏才会停止。众人眼见腕环擦着一块断骨骨碌碌地滚远，一时都屏住了气。小娃走过去拾起腕环，笑嘻嘻地望着崔兰姝："姐姐，你输了。"小娃的身子忽然晃了三晃，身形变幻，转瞬化作一只大如牛犊般的黑色斑纹猛虎，只是与猛虎不同的是，它背上生有一双翅膀。

这是上古四凶之一，穷奇。上古时期，穷奇居于西北，喜恶厌善，他常常吞食性善之人。方才，他伸着指头数人头时，数的便是性善之人。

"吼。"化作了兽身的穷奇，发出一声吼叫。虽是幼兽，但到底是上古四凶之一。这一声吼叫犹如滚雷轰鸣，震得石室不断震颤。听在人耳中，如此震魂慑魄，令人心头莫名惧意丛生。

方才还是胖乎乎的小肉手，这会儿已是尖利如刀的趾甲，在幽暗的室内散发着瘆人的寒光。他纵身朝崔兰姝扑去。崔兰姝早已吓得软倒在地，莫说逃跑，这会儿站都站不起来了。

千钧一发之时，周陵祭出了开山斧。这是周氏的传家法宝，威力无穷，势能开山。这一斧将巨兽的一扑之势阻了一瞬。趁着这一瞬间，虞太倾将软倒在地的崔兰姝提了起来，伸手一抛，早已候在旁边的乞丐老杨接住了崔兰姝，带着她和众人一道缩在了石室一角。

穷奇被激怒，发出一阵怪笑。他长尾一甩，卷起一阵妖风，祭出了腕环，击向周陵。与此同时，他张开巨口，露出满口獠牙，朝着虞太倾咬去。这巨口若是落在身上，一个虞太倾只怕不够吞。

虞太倾方才用尽全力将崔兰姝抛了出去，这会儿他面色泛白，一手扶着石壁正在喘息，整个人看上去虚弱至极。眼见穷奇扑了过来。而周陵被穷奇的腕环阻住了，援救不及。忽然，巨大的罡风袭来，吹得虞太倾乌发凌乱飘扬，长眸微眯，一抹冷绝的笑意骤然闪过。便在此时，石室中忽然冒出一道身影，那身影颀长、纤瘦，却迅疾如闪电，宛若鹰隼般，转瞬跃至虞太倾身前。

姜画角是在梦貘雪蓉的引领下，从一条隐秘的地道进来的。刚进来便恰好看到穷奇一张巨口朝虞太倾咬去。她脑子一热，纵身跃至穷奇面前，几乎相当于抢在虞太倾面前，送自己入穷奇口中。距离太近了。瞬息之间，来不及带着虞太倾躲闪。画角伸手一探，雁翅刀竖着刺入穷奇口中。

穷奇的咬合力惊人，好在雁翅刀撑住了他的上下颌，让他一时无法咬下。但画角的手腕却不可避免地被穷奇尖利如刀的牙齿划伤，鲜血淌了出来，然而，她却根本没有察觉到疼痛，甚至，起初都没发觉被划伤了。她回身一手拉住虞太倾的手，拽着他向旁边闪避。巨大的冲力让两人跌倒在地，翻滚了两圈方停住。

这一连串的动作不过瞬息之间，快得令人根本反应不过来。缩在角落的众人原以为虞太倾必死无疑，胆小的已是吓得捂住了眼，待看到他安然无恙，都吃惊地望向画角。

虞太倾也很震惊。他仰躺在地面上，后背被砾石和碎骨硌着，可他已经惊得顾不上疼痛了。他望着压在他身上的女子，自他的角度，能看到她颤动的长睫毛，好似蝴蝶的翅一样，微微扇动，却在他心底卷起一阵飓风。

说实在的，他有些不可置信！他被人救过，也曾救过别人。但救人也分情况，似刚才那般情形，再是术法高超，也很难确保安然而退。可这个被他捆缚在柱子上的胭脂妖居然舍命救他？这是为何？

画角心中的震惊不亚于虞太倾。她是伏妖师，理应诛妖救人，可是像方才这般失去理智，在毫无胜算冲过去的情况，还从未有过。她有些想不通，但眼下却无暇细想。

她瞥了他一眼，微扬的眼角带着一丝凌厉的妩媚："我不是说了吗，没有我，你带着这些人是出不去的。"话音方落，画角便放开了紧握着虞太倾的手。

穷奇已经伸爪拔出了雁翅刀，恼恨地甩开。他已经被彻底激怒，兽性大发，抛出腕环，化作数个闪着银光的圆环，朝画角袭来。画角召回雁翅刀，伸指捏诀。伏妖刀雁翅转瞬化作几十道刀影，迎上穷奇的腕环。凛冽的刀光和银芒相映生辉，缠斗在一起。

虞太倾只觉手中一空，低眸看去，这才发现自己方才被她握着的手此时都是血。他晓得自己并未受伤，这是她的血。他猛然抬头，看到画角的右手腕上有一道伤口，应当是方才救自己时，所受的伤。伤口看上去触目惊心，还在不断地向下淌血。她便用淌血的手，执刀和穷奇厮杀。

她术法高强，与当日在绕梁阁初见时简直判若两人。不知为何，虞太倾望着她，脑中却忽然浮现出桃花林中的红衣小娘子。一人一妖，脸还不一样，居然让他觉得有点相像。他觉得有些荒谬。

周陵冲了过来，伸手搀起他，问道："虞都监，你没事吧？"虞太倾摇摇头，目光却始终追随着姜画角。

画角和穷奇战得正酣，忽觉得背后一股劲风袭来。她头皮一麻。这石室中还有其他人偷袭她。她原本刚刚避开穷奇的袭击，身子犹在半空，闪身避开却是力有不逮。好在她自小经历了无数次残酷的训练，一瞬间的权衡之下，便晓得背后这一击势头更猛。

当下，她默念咒语，雁翅刀回转，"当啷"一下，强行阻住了这一击。然而，左肩却被迎面而来的腕环击中，一股强大的凶戾之气伴随着剧痛渗入左肩。她跌落地面，吐了一口血。

画角强行站定身子，面容苍白如纸，衬得唇角的血痕分外嫣红。她的目光若无其事般掠过墙角那几个人，冷冷一笑，乌黑的瞳眸在石壁的灯火映照下，好似燃烧着烈焰。画角想起方才梦貘雪蓉的话。她说擒拿这些人只是为了投喂穷奇。

画角不相信事情会如此简单，不然为何会选在朔日子时，这个时辰通常是一些邪恶阵法形成之时。再三逼问，梦貘雪蓉方说是为了穷奇认主。布九仪阵，朔日子时投喂，连续九个月，穷奇便和布阵人结下契约，自此，这上古凶兽便会甘心为其效力。

雪蓉说，今日便是第九个月，也就是契约结成之日。她方才着急救人，并未多想，这会儿乍然想起来。既然是认主之阵，主人如何能不来？

毫无疑问，穷奇要认的主人，便是雪蓉所说的主上，也是方才那个在黑暗中让她感受到铺天盖地邪恶妖力的妖物。而他，此时，或许就隐藏在这些被抓来的人之中。画角顿时觉得心头寒意陡生、毛骨悚然。

虞太倾察觉到异样，忽然凝眉对周陵低声说道："你去助她。切记，穷奇皮糙肉厚，便是你这样的开山斧，只怕也伤不到他。但他有弱点，下颌左侧三寸处皮肉稍软，是他的死穴，务必一击而中。"周陵颔首称是。

"穷奇所用兵刃腕环汇集了他满身的凶戾之气，万不可被击中。"虞太倾顿了一下，目光落在画角左肩上。方才穷奇那一击，原本她可以避开的，然而她却驱刀向后，以至于被腕环的凶戾之气伤到，这让虞太倾觉得怪异。他沉吟着说道："这地下，或许还有其他敌人。"

周陵点点头，挥舞着开山斧上前助战。画角因此得了片刻喘息的时机，她晓得周陵只能挡一时半会儿，并非穷奇的对手。而眼下，他们都不能再恋战，谁晓得那暗中潜藏的妖何时会出手。

她后退几步，忽然伸手"刺啦"一声撕开宽大的衣袖，露出白瓷雕琢般的皓腕。她蘸着伤口处的鲜血，便如道士蘸着朱砂在符纸上画符一样，在自己额头、手腕、脖颈这几处裸露的肌肤上，接连画了几个怪异的符号。人为符纸，血为朱砂。以身为符，诛妖驱魔。这是姜氏自古传下来的人符，比纸符的威力更甚。

画角默念咒语，周身上下的血符散发出莹莹红光，光影中她的脸看上去分外浓丽。她扬手捏了个奇怪的诀，道道红光朝着穷奇笼罩而去。穷奇似乎感受到了危险，铜铃般的大眼望了画角一眼，朝着她吼了一声。红色血符包围住他，正在飞扑的巨大身躯蓦然就定住了，使尽浑身力气也不能动弹。

周陵瞅准时机，开山斧毫不犹豫地朝着穷奇下颌的死穴砍去，劈入他颈下的皮肉。一击而中。穷奇巨大的身躯仰倒在地，滚了滚，再无动静。

一场对决暂时结束。人符极耗法力，画角连连后退几步，背靠着石壁慢慢滑坐而下。石室内静了一瞬。众人有些不敢相信，方才那般凶戾的大妖这就死了？待到终于反应过来，皆欣喜若狂。

画角心中却有些后怕，方才险象环生，好几次都险些葬身妖腹。若非这只穷奇是幼兽，只怕这会儿胜负还难定。然而，这还不是最可怕的，最可怕的是，连穷奇也想要驯服的幕后之人。

周陵一斧劈死了穷奇，看了看自己的开山斧，不可置信地说道："我……我诛杀了穷奇？"

他这几年虽然伏过妖，但加起来还不如两只手的手指头多，而且，皆是不入流的妖物。似穷奇这般上古妖物，他没想到自己有生之年居然能见到，更没想到竟然亲自手刃了穷奇。虽然严格说起来不是他诛杀的，但最后致命一斧是他砍的。这要说出去，章舵主、唐凝姐和伊耳兄不得对他刮目相看？公输鱼那丫头再也不会说自己比不过她了。最重要的是，说不定姜盟主也会对他另眼相待！周陵一脸兴奋。

画角瞥了他一眼，忍不住勾唇笑了笑。到底是少年心性，所思所想皆在脸上，方才还是一副酷冷的样子，这会儿诛杀了穷奇，便笑得合不拢嘴了。只是，他似乎高兴得有点太早了。

画角轻咳一声，引得周陵朝她看过来。她抬起染血的手，五指平伸，中指却微微弯曲，晃了三下。这是伴月盟的暗语手势，意思是：吾方有敌。连晃三下，则是情况紧急的意思。周陵唇角的笑意凝住。

方才跌入地道前，那句"天堂有路尔不走，地狱无门闯进来"，显然不是穷奇那个小娃能说出来的。虞太倾提醒他地下或许还有妖时，他并未想到是在这些人中间，还以为是躲在别处。此时见画角指出来，顿时变了脸色。周陵朝画角暗暗点了点头，不动声色地朝另一头的人们行去。

画角垂眸看了眼手上的伤口，血肉模糊，惨不忍睹。不在意时并不觉得疼，此时看到伤口，一阵疼痛袭来，她忍不住蹙起眉头。面前忽然有一道阴影投了下来。虞太倾缓步走到她面前，俯身慢慢蹲下，伸手牵住了她受伤的那只手。他抬眼瞥了她一眼，睫毛低敛，目光又落在她手上的伤口上。他将自己衣衫的衣角撕成长布条，一层一层缠绕在画角的手上，语气温柔地说道："刚才，多谢了。"

画角抬眸看向他，神色有些怔愣。她白净光洁的额角还绘有血色符纹，灼艳如火，衬得她分外地妩媚妖异，但她此时的神情有点呆，浑然不像方才那个面对穷奇大杀四方的人。

不是别的，就是这段日子虞太倾给她的印象就是一个冷漠无情、不知感恩、奸诈毒舌的人。这样的人忽然温柔地为她包扎伤口，还深情款款地望着她，语气温柔地向她道谢。画角觉得自己可能是在做梦。习惯了被他冷嘲热讽的画角，对这样的他有些不太适应。

上回在桃林中，她自遇渊手下救了他，他还扬言要把她给弄到牢里。刚才把她捆到柱子上时，还说回头要对付她。不会是她耳朵出毛病了吧？"那个，你说什么了？"画角认真地问道。

虞太倾微微一怔，很快便轻笑："怎么，你没听到？"画角点了点头。

虞太倾动作轻柔地缠好布条，最后在她手背上灵活地打了一个结，缓缓说道："既然没听清，就算了。"

道谢都这么不真诚，再说一次都不肯。她这么想着，却见虞太倾盯着她的手若有所思。她的手掌都被包成熊掌了，有什么好看的？画角随着他的目光，落在露在外面的手指上，因着长期习武和弹奏琵琶，她的手指虽然纤长，但却不及寻常小娘子的手指细腻光滑，指尖有茧。

电光石火间，她脑中蓦然浮起一个画面：桃林中，她俯身，指尖徐徐抚过他白瓷般细滑的脸庞，粗粝的手指将他白净的脸摸得泛了红。画角心头一慌，不动声色地缩回手，慢悠悠地揣进被撕得破破烂烂的衣袖中。她转移话题道："虞都监，方才我与穷奇厮斗时，有人自背后偷袭我，我想这石室内还有妖。"言下之意，情况紧急，可没闲工夫让你在这儿琢磨我的手。

虞太倾瞥了眼她的衣袖，怔了一瞬，唇角浮起一抹淡笑。他回身望了眼另一个角落里的人说道："无妨，这会儿应当是不在了。"

画角挑眉："你如何晓得？"

"那人真身并不在此处，方才偷袭你的应当是元神抑或是分身。要不然，他又怎会任由穷奇被杀而不现身。"

他的话让画角心中隐忧更盛，只是元神便有如此强大的妖力，倘若真身现世，又该多么强大。

"你这么不怕死吗，胐胐？"虞太倾忽然问道。

画角几乎忘了，自己如今扮的还是胐胐妖。胐胐天性胆小怯懦、乖巧听话，可是她如今简直就是胆小的对立面。她笑得眉眼弯弯："我可能是胐胐中比较胆大的。"

"胆大到敢跟穷奇斗？这世上的物都有天敌，胐胐最怕穷奇这样的大妖，莫说穷奇，便是遇到虎狼，也会吓得腿软，更莫说打架了。"

这话倒是真的。世上本就有一物降一物嘛！不过，他这样阴阳怪气地说这些话，是什么意思？画角心中有些气恼，问道："虞都监，您的意思，我不该胆子大，不该救你吗？"

他眉梢一挑："我只是很好奇你到底有什么企图，才在面对天敌的情况下，还舍身救我。方才那般形势下，一般人都会明哲保身，你为何会救我？我希望你说实话。"

画角唇角笑靥加深，这才是他正常的样子啊，他方才那般温柔真的让她有些慌。

"为何要救我？"虞太倾直视着画角，俊美的脸上隐带笑意，黑眸里却透着清冷。

画角被这个问题难住了！她那样舍命救他，她自己都不晓得是为什么。而在他眼里，她此时是妖，一个妖不帮着妖，反而救他这样的人，就更加反常了。画角想了想，仰脸望着他，笑得一脸真诚："我没有企图，我只是不想看到你死，什么也没有想便冲上去了。至于为什么，也许，也许……"

画角清眸流转，缓缓说道："也许是因为你生得好看吧。"

虞太倾愣然，眉目间染上了一丝清冷。

画角晓得他误会了，忙解释道："你也晓得，爱美之心人皆有之，我们妖也是，见到你这样的美少年，天生就有保护的欲望，我绝非对你有任何睥睨之心。"

虞太倾哼笑一声，嗓音清冷中带着冷肃之意。他缓缓站起身，蹙眉说道："我欠你一条命，自当相报。虽说你是妖，但只要你不去害人，我自此往后不会让天枢司的人抓捕你。"

这个恩报得还算可以，画角很满意，总比上回让她蹲两年大牢强。

这时，周陵走了回来，压低了声音说道："书生吴秀昏了过去，我觉得方才便是他被妖附了身，这会儿已是离开了。"画角和虞太倾对视了一眼。

"他方才摔下来时崴到了脚，一直靠坐在角落中不言不语，谁也不曾察觉到他有异。"

"那我们也离开吧，我知道怎么出去。"画角方才被穷奇的腕环击中了左肩，这会儿还有些疼痛。她扶着墙慢慢起身，撕裂的衣袖垂落而下，露出了大半个手臂。

周陵走上前搀了一把画角。画角既然对伴月盟的暗语手势如此熟悉，就算不是盟中的人，想必和盟中伏妖师有些关系。他又目睹画角和穷奇恶斗，对她心生钦佩。

虞太倾瞥了画角的胳膊一眼，轻轻蹙眉，伸手解开外袍，轻轻一扯，便将外袍脱了下来。他抬手轻轻翻卷，衣袍荡起一阵风，披在了画角肩头。一股暖意伴随着轻淡的冷香将她整个人包裹起来。虞太倾抬起衣衫的广袖，示意她抬手穿袖。

画角呆了呆。她从未穿过别人的衣衫，况且还是一个男子的衣衫。她现在扮作刘掌柜所穿的衣衫还是专门去成衣店新买的。这感觉有些怪。

"这个，还是，还是不必了吧。"画角缓缓说道，觉得舌头有些打结。

虞太倾低眸望着她，唇角弯了起来，但说出的话却不好听："衣衫不整，成何体统！你若是幻了原身，便是光着身子狂奔也无人管你，可你如今是人身，礼义廉耻还是要知晓的。"画角"哦"了声，只好伸手穿上。

这是一件茶白色常服，轻薄的素色云罗绢所制，于她而言有些宽大。袍子袖口处绣了几朵蔷薇，她牵起衣袖，隐隐能闻到衣衫上透出的淡淡香气。似檀非檀，清淡幽冷。男子惯常用的熏香。画角故作不在意，可愈是如此，便觉香气愈发馥郁，总往她鼻孔里钻，扰得她心烦意乱。画角寻到梦貘雪蓉带她进来的暗道，引着一众人走了出去。

夜色已经很深了，黑漆漆的天空中繁星点点，幽冷的夜风吹得古树上的红绸哗啦啦地响。周陵将石室中的一盏壁灯提了出来，黯淡的灯光映亮了四周。跟在画角身后的小娘子被什么绊了一下，几欲跌倒，画角伸手搀住她。淡淡的灯光映亮了她的侧脸，露在面纱外的眉眼柔和而清亮。

她稳住身子，朝着画角盈盈施了一礼，浅笑道："又劳你相救，大恩不言谢，倘若日后有用到我之处，定倾力相助。"这小娘子一举一动都透着端庄，说话的声音也是温软柔和的。只是，她说又劳你相救。又？画角飞快地扫了一眼在场的女子，一个老婆婆、两个妇人，只有她是妙龄小娘子，且衣饰华贵。她细细端详她的眉眼，果然没错，她便是那日在山坳中被她借脸的那位华服女子，御史大夫崔崇的千金崔兰姝。

崔兰姝见画角眉头轻蹙，晓得自己戴了面纱，画角并未认出自己，笑了笑说道："那日在山……"画角搀着她臂弯的手瞬间上移，掩住了她的唇。

来时她已自章回递上来的小像认出了她。原本生怕虞太倾认出崔兰姝抓她入狱，那便是自己造的孽了。毕竟，当日轻薄虞太倾时自己用的是崔兰姝的脸。如今见崔兰姝戴着面纱，看来虞太倾还没见过她。画角压低声音，凑在崔兰姝耳畔说道："我晓得，只是姑娘既然戴着面纱，想来是不愿暴露身份。既如此，有些话还是莫要说出来，免得惹麻烦。"

崔兰姝点点头。她是大家闺秀，若是让人晓得她被妖掳到深山，便是生还也定会坏了名节。她日夜戴着面纱，为的便是不暴露身份。

众人经历了一场生死劫，皆坐在石凳上惊魂未定。虞太倾和周陵四处查看了一番，决定暂时留在林隐寺，只待天枢司的人寻上来，或是待天明后再下山。

画角扶着崔兰姝在石凳上坐定。虞太倾回头瞥了画角一眼，眉头蹙了起来，问道："你们认识？"

画角摇了摇头："不认识。这位小娘子受了惊吓，我宽慰宽慰她。"画角说着，拍了拍崔兰姝的肩头，示意她安心。

虞太倾眉梢微不可见地轻轻一挑，她在说谎。他耳力极好，方才明明听见那位小娘子说起"那日在山……"，显然就算不认识，也是有过一面之缘的。

虞太倾乜了她一眼，招了招手："你过来。"画角只得跟了过去，两人一直走到古树下，远离众人方才止步。

黑沉的夜空高远而深邃，古树粗大的枝干在头顶撑开，好似一把巨伞。虞太倾未穿外袍，轻软的内衫在风里翩飞，如盛开的洁白优昙花。他的目光落在画角被穷奇腕环击中的左肩上，问道："你晓得穷奇为何为四凶之一吗？"

画角想了想："自然是因为它凶悍至极，难以降伏。"

虞太倾拂了拂衣袖说道："作为一只胐胐妖，你似乎对同类不太熟悉。穷奇之所以为四大凶兽之一，不仅因为它凶悍，更因其有致命之处。那便是穷奇身上凶戾之气很重，尤其是它的武器。我瞧你方才被它的腕环击中了左肩，想必凶戾之气已经入体，不过你是妖，应当是没什么。倘若是人，只怕是必死无疑。"

画角吃了一惊。上古恶妖皆已作古，是以作为伏妖师，她只是偶尔听一听它们的传说，并未用心去琢磨如何降伏它们，对它们的习性也不是很清楚。乍然听到虞太倾如此说，画角脸上血色瞬间褪尽。莫非，她此时无碍，是因为身上妖珠所散发的妖气？倘若吐出妖珠，她便会立刻死去？

画角心中震动，面上极力装出毫不在意的样子，问道："倘若是人中了穷奇的凶戾之气，必死无疑吗？没有医治之法吗？"

虞太倾含笑望着她，轻描淡写地说道："你又不是人，怕什么！不过，也不用担心……"

他稍微顿了下，又道："在下倒是可以医治。"

画角微微一愣："你能治？"

虞太倾颔首。画角舒了口气，心说虞太倾若是能治，想必别人也能治的。

虞太倾专注地望着她："对了，你一个胐胐妖，怎的术法如此高？你所用的人符，似乎不是一个妖能轻易学会的？"画角"哦"了声，一时不知如何答话。

这时，忽听得众人喊道："那是什么？"

漆黑的夜空中，出现了一片彩光，好似夕阳落山时的漫天晚霞。一条山路沿着山巅向山脚下蜿蜒，山路两侧挂满了彩灯，在暗夜里分外耀眼，令人目眩神迷。

屈阿勒喊道："这是谁在山路上挂的灯？"

"这么说，我们是不是可以沿着山路下山了？"一个妇人问道。

"这有点不对劲儿啊，山上怎么有这么直的山路？灯笼又是何时挂上去的？"乞丐老杨问道。

众人正在诧异时，只见挂满了彩色灯笼的山路上，一只野猪背上驮着一把太师椅，周陵身着一袭锦绣华服，手中摇着折扇，仰躺在太师椅上，任由野猪驮着风驰电掣向山下奔去。

"不是，怎么回事？"老杨回首看了看周陵，又指着野猪奔去的方向，问道，"刚那野猪驮着的人，怎么那么像你？"

周陵一张脸涨得通红，不好意思地摸了摸鼻子："这个，好像是我先前被关在小屋时做的梦，我是着急下山，所以就梦到野猪来帮我了。"

"少年人还真是奇特，做梦也如此异想天开，说实在的，你骑个野猪还挺威风的。"

周陵的脸越发红了。

众人蓦然都呆住了。"这么说，我们现在是在梦……梦境中？"老杨结巴道。

画角暗叫不好。方才梦貘雪蓉引着她过来后，她将雪蓉用缚妖咒捆在殿内了，想必是那位大妖的元神出来后，将她给救了。梦貘能食梦，也能将梦境重现。他们如今这是全员进入梦境了。

第十一章 全员社死时

这时，一阵浓雾袭来，周围的环境水波般荡漾变幻。这回却是一座城隍庙。一群乞丐挤在破庙中酣睡，乞丐老杨迷迷糊糊地爬起来，拽着裤腰带四处寻茅厕。这显然是老杨的梦境。只是梦中寻茅厕这种事，一般是找不到的，就是找到了，要么里面有人，要么是不能用。被众人围观找茅厕，老杨早已气得脸红脖子粗，将梦貘雪蓉骂了个遍。

这时，场景忽转。这次却是绕梁阁的枕星楼。夜晚的绕梁阁是热闹的，处处鼓瑟吹笙，入眼处，皆是灯笼的彩色光影。众人望着眼前这灯火辉煌的楼阁，皆有些惊讶。从未到过烟花之地的妇人疑惑地问道："这是何处？怎的这般热闹？"男人们则心照不宣地对视一眼，心中皆在想：呵，也不知是他们中的哪个倒霉蛋做的逛妓馆的梦，这回有的好看了。

画角心中隐隐有一种不妙的预感。她当日扮作胆胆妖到绕梁阁伏妖，宿在枕星楼时曾做过梦。这该不会是她的梦境吧？

不过，也许不是，这里面又不是她一人到过绕梁阁。

然而，迷离的光影流转，再次呈现在众人面前的，却是伶妓的闺房。珠帘纱幕，灯光旖旎。一个妙龄小娘子侧卧在锦榻上，身着湘妃色睡裙，一头乌发只梳了一个简单的螺髻，或许是刚刚睡醒的缘故，发髻有些歪，反而给她增添了一种慵懒的韵致。睡裙的领口开得有些低，露出她粉光艳艳的修长颈项。她仰着头，任由面前的年轻郎君在她额头上印下一吻。她伸手推了他一下，娇羞地嗔道："坏人，你这是在报复我吗？"

年轻的郎君白衣翩跹，风姿楚楚。长眉下一双清冽凤目，此时满含深情地凝视着她。他朝她温柔一笑，如优昙花开，艳绝无双。他的唇沿着小娘子的额头向下，落在了她的唇上。两人情意绵绵地拥吻。

有风自窗棂里吹入，荡起满室珠帘，发出细碎的撞击声。画角脑中好似炸开了一朵烟花，彻底呆了、蒙了、傻了。那一日的梦，其实醒来后记得不甚清楚了。此时，梦貘将她的梦境重现，让她清清楚楚地重温了一次梦境。她没想到，虞太倾在她梦里待她居然如此温柔缠绵。

她脑中空空，一时不晓得自己在想什么。她从未这般清晰地看过自己，往日里铜镜中只能照一照脸。原来她是这样子的啊，在绕梁阁穿的衣衫这样撩人，手指上还涂了蔻丹，瞧着都不像她了，不过看起来，还是挺迷人的。

至于虞太倾，她可从未见过他如此动情的模样，笑起来便如一朵花瓣繁复的牡丹盛放，简直艳冠群芳。那双凤眼水光潋滟，看得人心头发慌。而她，居然也有如此娇羞的一面？

画角看直了眼，直到察觉到众人的目光都凝注到她和虞太倾身上。她蓦然反应了过来，一张脸顿时火烫。

她偷偷瞥了一眼身旁的虞太倾，见他右手拢拳，指尖捏着广袖的镶边在微微颤动，不知是气的，还是激动的。他的脸比她的也好不到哪里去，不仅是脸红，连带着露在外面的脖颈也红了。画角悄然挪步，想要离虞太倾远一些。他却一把拽住了她的衣袖，力道大得几乎将她的外衫扯落。

"你……你……"他压低声音，一个简单的"你"字，说得极是艰难。

"那个，我……"画角顿了下，见周围数道目光朝她望了过来，一时真想找个地缝钻进去。她脑中灵光一闪，忽然仰脸，怒气冲冲说道："你做什么，你……你梦到人家，怎的还如此无礼了？"

虞太倾惊得说不出话来，原本还有些泛红的脸瞬间气黑了。他垂眸望向画角，目光中好似夹杂着飞刀，嗖嗖地朝画角脸上飞去，真想将她的脸皮划一刀，看看她的脸皮到底有多厚。

老婆婆看不过眼了，说道："哎呀，少年人，做个春梦没什么的。你梦到人家小姑娘，人家都没说你什么，你怎么还有理了？"

"就是啊。"老杨打圆场，"人家小娘子今晚还救了我们一命呢。"

画角使劲掐了掐手心，疼得眼中含了泪，抬手抹了把眼角，呜呜呜地落下泪来。

一个妇人过来拍了拍画角的肩头，安慰道："没什么的，只是个梦，又不是真的。要不然这样……"

妇人望向虞太倾，露出媒婆牵线时的笑容："小郎君既然梦到了她，想必是喜欢她的，我瞧你们两个挺般配的，要不然，我给你们说合说合。"

虞太倾身形微微晃了晃，一时哑口无言。他觉得不可思议，怎么也想不到事情是如何发展的，怎就拐到谈婚论嫁了。画角也愣住了，连装哭都忘了。她望着虞太倾嘴唇轻颤、面白如纸的样子，瞬间就有了罪恶感。不过，听到妇人问虞太倾，莫名地，她居然有些紧张。

虞太倾瞥了画角一眼，说道："不必，我与她绝无可能。"

妇人唇边浮起一抹过来人的笑意："少年人，话可不能说得太满，明明就是喜欢嘛。"

虞太倾冷着脸，语气有些不友善："没有。"

妇人还待要说什么，画角蓦然抬手制止了她。她晓得妇人是好心，可哪有这样做媒的，被人当面拒了还不罢休，还要一拒再拒吗？那她的脸可就真没处搁了。

画角朝着妇人微微一笑："多谢您好意，不过，梦境向来都是荒诞离奇的，当不得真。不是还有句俗话吗，梦都是反梦。你梦到拾了一锭金子，你就真能拾到金子吗？不能吧，反之，你说不定还要破财呢。梦里和和美美，说不定却是你死我活的仇敌呢。"

妇人晓得今日这事不成了，摇了摇头："小娘子说的也是。既如此，我就不多说了。"

画角又淡淡一笑："还有，其实那个梦是我的梦境，并非他的。"

这句话说完，原本皎白如玉的脸庞上晕染出两团绯红，好似春日里枝头那一抹新绽的桃红。画角脸皮纵然厚，到底还是一个少女。虞太倾怔了下，讶异地瞥了眼画角。

妇人顿时傻了眼，愣了会儿，指着画角说道："这么说，是你……你心悦……"她的手指向虞太倾，余下的话没再说下去，只是轻轻长叹了一声。一时间，众人望向她的目光皆是同情。画角愣了愣，原以为这些人会嘲笑她，却没想到居然是同情她。这让画角觉得自己好像成了弃妇，心中莫名有些失落。

当然，她并不认为，一个荒诞的梦，就能说明她喜欢上了虞太倾。她更倾向于，她之所以做这样的梦，和置身绕梁阁这样的烟花之地有关，再则，也和她平日里看遇渊的真身，就是那本香艳图册有关。至于为何偏偏是虞太倾，大约因着她平日所见的年少郎君里，数他生得俊美吧。这么想着，画角觉得这一切合情合理。

她望了眼虞太倾，见他乌沉沉的眼眸低敛，也不知在想什么。她想，他应是愤怒的。倘若自己也出现在一个陌生男子的梦中，若是不晓得也就罢了，倘若亲眼所见，只怕也会气得七窍生烟。这么一想，画角觉得对他万分愧疚。

她蹙了眉头，朝着众人说道："眼下，我们还是想着如何从梦境中出去吧。虽说如今看来，这梦境并未有危险，但梦貘之所以为恶妖，恐怕不是浪得虚名。"

话音方落，四周忽然黑了下来，头顶上一道闪电划过，随后雷声隆隆，每一声都好似在头顶炸响。突如其来的黑暗和惊雷，令众人惊了一跳。

"怎么回事？这是要下大雨？"一个妇人惊讶的声音自黑暗中传了过来。

周陵说道："依照常理，是该下雨，可这是梦境。"

说话间，头顶上似有什么东西掉落而下，砸在身上有些疼。这绝不是雨。

画角冷声提醒："大伙儿先护住头！"她下意识朝着虞太倾站立的方向伸手一捞，抓住了他的臂弯，同时飞快将刚才他送给她的外袍脱下，伸指捏诀，衣衫化作一顶巨伞。噼里啪啦的声响不断，似乎有许多小珠子落在伞面上，沿着边沿滚落而下。周陵捏诀点燃一直提在手中的青灯，只见空中金芒闪闪。

有人惊呼道："那是什么？"

老杨率先喊了起来："是金子，这么多的金子！"

红豆粒大小的金珠扑簌簌落下，有人一时花了眼，蹲下身子捡拾了起来。画角寻思着这不知是谁的发财梦。天降金珠，也唯有在梦中才会有这等好事。好在金珠不算大，暂且没有危险。

周陵提灯照了照，看到画角挽着虞太倾的胳膊，唇角忍不住扬起了一抹笑意。他轻咳一声说道："你们，没被金珠砸到吧？"

虞太倾抬眸看了眼罩在自己头顶上的巨伞，又垂眼望着画角挽着自己胳膊的手，沉默了一瞬，说道："没有。"

画角尴尬地笑了笑，松开手，接了几粒金珠，对众人喊道："别捡了，这是梦境，这些金珠都是虚的。"

老杨喊道："不是啊，是真的，真真的啊，砸在身上怪疼的，怎么不是真的？"

"只是在梦境中是真的，我们是带不到梦境外的。"画角把玩着金珠说道。蓦然手一顿，愣住了。倘若这虚幻梦境中的一切，对于身在梦境中的他们而言都是真的，那么，这便意味着，危险也是真的。众人似乎也意识到了这一点，脸色顿时都变得煞白如雪。

书生吴秀被附身后，一直处于昏迷中，由着屈阿勒照顾。这会儿被金珠一砸，也苏醒了过来，待晓得此时身在梦境后，恍惚着说道："这似乎是我的梦。"

老杨抹了把脸问吴秀："你小子，除了梦到天上落金珠，还梦到什么了？"

吴秀想了想说道："我也记不太清了，后面好像还会下……银……银元宝……"

伴随着他的话音，金珠中夹杂着密密麻麻的元宝砸落而下。众人大惊失色。元宝是大块的，砸在头上恐怕会要人命。

画角迅速扫了一眼，见他们此时置身荒野，莫说藏身之地，附近连棵树都没有。眼看着银元宝朝着崔兰姝、吴秀等人头上砸去。她祭出手中的雁翅刀，在空中盘旋飞舞，将一个个即将砸落的元宝荡开。众人纷纷挤在一起，将范围缩小。

周陵担忧地问道："虞都监，你对妖物知之甚多，不知可有法子破梦貘的梦境。"

虞太倾沉吟片刻，说道："梦境原本是虚无之物，梦貘吞食后，利用自己的妖力将梦境重现、重新构造，是以，这梦境需要梦貘强大的妖力支撑。倘若想破梦貘的梦境，一是寻到梦貘，将其诛杀。二是，寻到梦境通向外界的通道。否则，除非梦貘自己撤除梦境，不然我们是永远无法走出去的。"

周陵闻言，担忧地问："那倘若，我们在梦境中被砸死，是不是就真的死了？"

虞太倾点点头。画角蹙眉，面色微沉。

九绵山的一处断崖上。梦貘雪蓉提灯翩然凝立，灯笼的亮光映出前方不远处黑沉沉的深渊。山风肆虐，灯笼随风飘荡，投在她身后的影子忽长忽短。

"虞太倾此人，有些古怪，你可从他的梦中探出些什么？"一道鬼魅般的声音自她身旁传出，却不见人影，只有一团黑沉沉的阴影。

雪蓉的手微不可察地颤了下，恭敬地答道："他几乎无梦，唯一的一次，也只是一片雪野，什么也瞧不出来。"

"可他却对你熟悉得很。"黑影冷声说道。

"虞太倾是普通人，连法力都没有，只不过多读了几本书，知道的事情略多些，不足为虑。今夜，这些人属下一个也不会放过，绝不会让他们步出九绵山一步。"雪蓉信誓旦旦地说道。

"最好如此。"黑影的声音好似自极远的天边传来，听在梦貘雪蓉耳中，却是如雷贯耳，"若非你大意，也不会令穷奇被诛杀，此番绝不能再失手，否则……"余下的话未曾出口，梦貘雪蓉已是吓得手一抖，提在手中的灯笼掉落在地。她随之俯身跪倒，双肩不可遏制地战栗。

"主上，属下定不辱使命。"雪蓉战战兢兢地说道。

黑影冷冷哼了一声，化作一道烟气，消失在雾霭沉沉的夜色中。梦貘雪蓉扶着岩石缓缓站了起来，闭了闭眼，再睁开时，目光如刃扫了眼虚空。掉落在地上的灯笼散发出微弱的光芒，将雪蓉的身影投在了石壁上。

她是能跳掌上舞的伶妓，影子纤细婀娜，腰肢不盈一握。忽然，影子动了动，好似有一双无形的手，将影子如面团一般揉捏，纤细的腰肢逐渐变粗，鼻子拉长几乎垂至地面，手臂俯在地上幻为足。

不过转瞬间，雪蓉已是化作了原身梦貘。她甩了甩长长的鼻子，发出一声似猿啼枭鸣的叫声，仰首吐出无数个透明的泡泡。每一个泡泡中，都是一个不同的场景，有城镇、街市、山中、海上、雪野、荒漠……

梦貘雪蓉盯着飘浮的泡泡，选了几个色泽偏黑的泡泡，里面的场景不是阴暗诡谲，便是惨烈不似人间。她咯咯怪笑着说道："噩梦幻叠。"

坠落如雨的银元宝总算停了。画角舒了一口气，收回了雁翅刀。黑暗中，隐约听到有人嘀咕了一句："平生从未像今夜这般讨厌这黄白之物。"这是连"金子元宝"这四个字都不愿再提了。

夜空中现出一轮寒月，散发出惨白的月光。她晓得这不是真正的月亮，只是梦中的幻影罢了。月色落下，日头升了起来，天色慢慢亮了起来。众人心中一喜，还没来得及出声欢呼。忽听得不远处水声滔滔，抬眼看去，只见滚滚洪流翻卷着浪花冲了过来。转瞬间便到了近前。

画角伸指捏诀，将众人齐齐送上了一块岩石。

众人缩在岩石上，望着脚底下奔涌的洪水，脸色皆已惨白。而他们赖以立足的岩石在洪流中摇摇欲坠，似乎随时都会坍塌。最可怕的是，空中还有无数怪鸟在盘旋，不时俯冲而下，准备择人而噬。这时，更诡谲的一幕出现了。一队持刀佩剑的强盗凭空出现，居然踏足在水面上，视洪流于无物，不时砍杀掠夺，朝着众人逼近。

"小心，这是许多人的噩梦集在了一起，这些强盗并不受洪水影响，是因为原本不在洪水这个梦中。"虞太倾面色凝重地说道。

"什么意思？所以，洪水于他们而言就是平地？"周陵不解地问道，"他们不受影响，可是所有的梦境都会对我们有影响？"

"是这样的。"虞太倾说道。说话间，强盗们已是冲到了岩石近前，抬起手中的刀便向众人砍去。周陵伸斧上前一挡，将强盗砍翻在地。空中有怪鸟，下面是洪水，岩石上又有强盗，每一个场景都是噩梦。

趁着周陵挡住了强盗，画角凝神感应，想寻到梦貘的藏身之处。然而，这梦境本就是梦貘妖力所构，处处都有妖力，一时难以分辨她躲在何处。她只得双手结印，一道冰蓝色的光芒冲向天际。这一击她用了八成法力。原本混沌的天空好似蛋壳一般，破了一道裂纹。

画角心中一喜，觉得有希望。她再次结印，冰蓝色的光芒冲击天空。这一击，天空便如鸡蛋的外壳一般，出现了无数道裂纹，化作了碎片落下。

众人只觉得眼前一道白光闪过，令人头晕目眩。再次睁眼，眼前便是热气逼人的荒漠。闯出一个噩梦，等待他们的依然是噩梦。

"这是梦貘的噩梦幻叠，用法力去攻击是没用的。"虞太倾缓缓说道。

从数九严寒的冰天雪地到酷热难当的荒漠，自黑夜到白日，不过一会儿，众人便经历了几番寒暑，数番生死。几个身强力壮的男子都有些扛不住了，崔兰姝疲累兼惊吓，腿一软昏了过去，身旁的妇人眼疾手快扶住了她，才免于让她跌倒在地。书生吴秀原本就体弱，此前又被妖附过身，这时也挺不住倒在沙漠上。周陵上前探了探吴秀的鼻息，惊得一屁股坐在了沙漠上，黑亮的眼眸中，闪过一抹惊恐之色："不好了，他……只怕是不行了。"

虞太倾上前诊了诊吴秀的脉，神色顿时凝重起来："方才大妖附体，他的身体根本承受不住，如今妖煞侵体，已是不中用了。"

画角悚然一惊。一般的妖物附体，对人不会有太大的伤害，至少不会要人命。究竟是什么妖，不过附体一会儿，便能让人丧命？一行十二人，这便有一人没了。众人满是疲色的脸上皆现出哀泣之色。虞太倾披袖起身，原本就苍白如纸的脸上更加没有一丝血色。画角想起他还身患怪病，再这样下去，只怕他会顶不住，而其他人也都会被耗死。

她伸手摸上发髻，欲将簪在头上的琵琶簪抽下。原本并不想在虞太倾面前用伏妖琵琶千结，因为当日在桃林，她曾用琵琶伏遇渊，若是被他瞧见，等同于不打自招。可如今看来，不得不寄希望于千结能寻到梦貘。然而，画角这一摸却摸了个空。这回她是扮了刘掌柜去的绕梁阁，刻意没将琵琶玉簪戴在发髻上。

千结沉睡时，很难唤醒，除非弹奏琵琶。画角正欲念咒召出琵琶，不料，千结这回睡得并不沉，有所感应，自行醒了过来。一道白光闪烁，耳鼠千结出现在半空中。

众人被突然出现的耳鼠惊了一跳，以为又是梦境中的怪兽，吓得纷纷躲闪。耳鼠千结扇动着尾巴，在众人头顶上盘旋飞过，最后落在画角肩头，瞪着黑豆大的眼睛望了眼众人，高傲地"哼"了一声。他瞥了一眼画角身上有些脏污的衣衫，捂着鼻子往肩头外挪了挪，嫌弃地说道："你臭死了。"

画角摸了摸他的耳朵，低声说道："千结，带我去寻梦貘。"

千结却失魂地"啊"了一声，恍若未闻，望着虞太倾说道："这位……这位美人……美人是谁啊？"

虞太倾问画角："这是你的器灵？那柄伏妖刀的？"

千结鼓起嘴巴："我才……"

画角伸手"啪"的一声拍在千结脑袋上，笑了笑说道："是的。我召他出来帮我寻梦貘。"

千结不满地伸爪捂住了头，一脸怨气地瞪了画角一眼，他明明是琵琶的器灵，为什么说他是那柄刀的？

虞太倾笑了笑，说道："那柄刀倒是厉害，居然修出了器灵，你叫什么名字？"

千结顿时忘了疼痛，忽闪着尾巴飞到虞太倾面前："我叫千结，美人姐姐，你的芳名是……"虞太倾的目光霎时冷了下来。

画角一把揪住千结的大尾巴，将他头朝下拽了回来，赔笑道："虞都监莫和他一般见识，在鼠眼中，我们的脸都差不多，分辨不出是男是女。"

千结气得浑身毛都炸了起来，扑腾着小爪子嚷道："谁说的，我只是不小心修成了鼠形，我才不是耳鼠，我最会分辨美丑了。"

画角将千结扔在地上，冷声说道："千结，办正事。"

千结气得在地上转了一圈，最终屈服在画角的淫威下，不甘心地扑闪了几下毛茸茸的大尾巴，身子变幻，蓦然变大了数倍。画角飞身而上，站在耳鼠千结的背上，向上飞去。众人看着越飞越高的耳鼠，惊得目瞪口呆。

老杨不可思议地说道："我平生只见过人骑马骑驴，听说过骑鸟骑仙鹤的，想都没想过有人会骑着老鼠。"他拍了拍周陵的肩头："我觉得比你在梦里骑野猪还荒诞。"

画角在空中自上而下俯瞰整个梦境。荒漠看上去一望无垠，烈日好似就在头顶，烤得人头晕眼花。然而，也因着视野宽阔，她终于看出一点端倪。

不远处，隐隐约约似有亮光闪了一下。画角驱使耳鼠飞去，蓦然，一阵狂风卷来，荡起漫天沙尘，打在她脸上，使得她睁不开眼。当她再次睁开眼睛，试图再去寻找方才那点亮光时，头顶上蓦然有什么东西掉落而下。

在与她错身而过时，画角看清了，那是一具鲜血淋漓的尸身。当她看清尸身的脸时，只觉得脑中嗡嗡的，整个人都蒙了。那是阿娘。她一个俯冲，欲要接住阿娘。

可是越来越多的血尸自空中坠落，外祖父的、外祖母的、姨母的，还有许多姜氏族人的。一个接一个，自空中摔落在沙地上，叠成了一座尸山。一如她多次在梦中见到的那样，可又更真实、更惨烈。

画角自耳鼠的背上摔落在地，只觉手脚冰凉，额角太阳穴的青筋突突直跳。

梦貘重现的梦境，让她看得更清楚，当日的回忆瞬间朝她扑了过来。

那时，她不相信姜氏族人都死了，不相信上一次见面还活生生的亲人就这么不在了。所以，她找到了——回光。这是族中至宝，能吸收人死前一瞬的记忆。姜氏族中所有人，不论老少，都曾和回光结下血契，一旦身死，回光便会将他们临死那一瞬的记忆吸走。

她将手放在回光上，默念咒语。濒死的感觉是什么？唯有死过的人才知道。画角没有死，她还活着，可是她已经死了五十八次。回光将五十八个族人死前的记忆渡入她脑中，让她亲历了五十八次死亡。在这些记忆里，画角成为族中的每一个人。

她是垂髫小儿，临近黄昏时，在村头溪畔和伙伴们嬉戏。村中炊烟袅袅，呼儿唤女声渐次响起，一众小儿贪玩，不肯归家。眼尖的她看到对岸林中有道黑影一闪而过。不及再细看，伙伴们忽然一个个约好了般，跌倒在地，状若窒息般挣扎。她欲要去查看，忽觉自己的脖颈被一双无形的手勒住了，拼命挣扎，却无济于事。强烈的窒息中，她瞪大眼睛，隐约看到一道黑影漂在溪面上，轻飘飘，纸鸢一般。然后，她眼前便忽然黑了下来。

她是年轻的族人阿连，端坐在狭小的斗室内，正手拈黑子放在棋盘上。忽听得铃声乱响，她将手搭在腰间的刀柄上，猛然转身。一道金光闪过，剧痛袭来，她看到一个黑袍人向前飘去，随后，视线逐渐模糊，最终黑了下来。

她是美丽的女郎阿清，手中捧着一大簇白色的八仙花自窄巷中匆匆走过。天色晴朗，头顶上日头白花花的，她望着地面上自己孤单的影子，泪水淌了下来。她抬手拭泪，忽觉有水当头泼下。她抬头看去，只见天好似被撕裂了般，瓢泼大雨瞬间而至。一团巨大的黑云当头笼罩下来，云中腥味熏天，似有一张巨口，吞没了她。

她是阿娘。她浑身疼痛，显然已浴血奋战多时，双手结印，玉阳剑在倾盆大雨中灼然生辉，向下猛然刺去。一蓬血雾腾起，伴随着咆哮声，前方巨影翻滚，地面霎时被刨过般，皆是深深的沟壑。一声嘶哑的怪笑，她抬眼，透过雨帘，看到一个黑袍人揣手而立，脸隐在黑色斗篷的帽兜里，看不真切。忽然，黑袍人吹出刺耳的口哨声，旋律怪异。倒在地上的巨影腾飞而起，忽然喷出熊熊烈焰。她口中低念灭火咒，却无济于事。烈焰灼身，遍体疼痛，她却努力维持意识，透过火焰，看着恶妖的模样。她说：阿角，逃！

她是姨母。她扑倒在雨地上，在水洼中翻滚而起，祭出缚妖绳，默念咒语，缚妖绳团团收紧。妖物疯狂挣扎，她紧紧勒住缚妖绳，眼看妖物渐渐力竭。缚妖绳却忽然一松，脱手飞走。黑袍人收绳在手，宽袖一挥，她扑倒在地，一道巨力自背后砸下。她痛呼一声，眼前黑雾漫天罩下，吞没了一道匆匆奔来的白影。

……

所有的回忆汇在一起，在画角脑中杂乱交织。起初，她理遍所有回忆，没有找到表姐姜如烟的，只在姨母最后一瞬的回忆中，窥到那道匆匆奔来的白影便是表姐。

表姐应当还活着。她生生死死数次，简直痛不欲生。若非绵绵不绝的恨意和表姐还活着这件事支撑，她当时势必活不下去。

"你怎么样？"一道清隽温润的声音传来。

画角猛然从回忆中惊醒。虞太倾眼见她自耳鼠背上摔落，快步行了过来。画角怔怔地望着虞太倾，眼神空落落的没有着落。虞太倾上前抓住她的手，她的手冰凉至极，好似所有的生气一瞬间都被抽走了。

有一种恨，是灭族的恨。纵然过去了好几年，依然根深蒂固，午夜梦回想起来，都让人痛不欲生。姜氏灭族那一年，姜画角才不过十四五岁，自此后，她将悲伤埋在心底，走遍大晋，为了伏妖，也为了寻找驱使化蛇的黑袍人。她以为自己已练就了铜心铁骨，不料当日的惨境再次重现，她还是崩溃了。

她望着眼前的尸山，心口处好似被人捅了一把刀，搅得她胸间一阵剧痛。她伸手捂住了嘴，翻涌的气血涌上来，手掌心内一片湿热。她颤抖着伸开手，看到满手都是血，滴滴答答地向下淌。她从耳鼠背上跌下来时，发髻已摔散，一头乌发散落而下。狂风自背后吹过，乱发飘拂着遮住了她的眉眼，有几滴晶莹的泪珠穿过发丝的间隙自脸颊边滑落。

千结在画角头顶上盘旋着飞过，向来聒噪的他，这会儿异常地沉默。虞太倾不动声色地看着画角，自袖中掏出一块巾帕，慢慢擦拭着她掌中的鲜血。他察觉到她的手不可遏制地轻颤，眸中闪过一丝忧色。

众人都被尸山吓住了，他们是本本分分的普通人，做梦也不曾见过这样惨烈宛若地狱般的情境，一时没有人敢上前。

虞太倾瞥了一眼断臂残肢的尸山，微微闭了下眼。他攥着画角的手，直到她的手不再轻颤，方缓缓站起身。日光映亮了他半边侧脸，映出他漆眸中的沉沉郁色。他缓步行至周陵面前，低声命令道："我有事要离开一会儿，你留下护住大家。"

周陵吃了一惊，一把拽住虞太倾的衣袖，问道："虞都监，你没有法力，独自一人要去何处？做什么？"

虞太倾眼中微芒一闪，轻描淡写地说道："不必担心，我只是四处走走，稍后便回。"

"我……我只怕护不住大家。"虞太倾虽说不会术法，但却一直是周陵的主心骨。他忽然说离开，周陵顿觉失落。

"无碍，只一会儿。"虞太倾拍了拍周陵的肩头，侧首望了画角一眼，一步一步向远方行去，雪色袍裾拖曳过黄沙，留下两串脚印。

周陵望着他的身影愈行愈远，有些不放心。这时，一阵狂风袭来，扬起漫天沙尘，周陵闭了一瞬眼，再睁开时，沙地上的脚印已被风沙抚平。周陵焦急地四处张望，茫茫沙海，再也看不到虞太倾的身影。

"人呢？"周陵问道，"怎么一会儿人就不见了？"

老杨惊恐地说道："是不是和我们不在一个噩梦里了？要不然怎会突然消失？"

屈阿勒说道："我们最好还是不要分开，死也要死在一块儿。"众人谁也不想独自一人到另一个梦境中去，纵然那个梦不是噩梦。他们不由自主地向周陵跟前靠拢，如今画角失魂落魄，虞太倾失踪，也只有周陵可以依靠了。

周陵却急得六神无主，冲到画角面前："你没事吧？虞……虞都监……不见了。"

画角终于平复了心头的巨大悲恸，揉了揉酸涩的眼睛，伸手将乌发在头上绾了一个发髻，听到周陵的话，她吃了一惊，明眸中闪过破碎的波光。

"你说什么？"她疑心自己迷迷糊糊中听错了。她倏地站起身，目光掠过人群，唯不见虞太倾："他去哪里了？"

周陵急得声音带了哭腔："虞都监说要四处走走，很快就回来，我只好依着他，可是一阵风沙袭来，他就突然不见了。"

画角急道："你不晓得他不会术法吗，怎么还放他一人离去？倘若他独自入了别的噩梦可如何是好？"周陵垂下头，心中追悔莫及。

画角想起他说过这是噩梦幻叠，噩梦的尽头还是噩梦。假如他入的噩梦是洪水、劫杀、大火，以他一人之力，岂不是命在旦夕！？画角心头一阵慌乱。

第十二章 都监不发威

这时,光影流转,一大片绵延百里的桃林出现在眼前。桃花虽然开得正盛,只是却并非开在春意盎然的三月天,而是冰天雪地之中。北风吹拂,桃林中的桃花纷落如雨。翻飞的花瓣随风盘旋舞动,好似一场桃花急雨。

画角心中一喜,这必是虞太倾的梦境。说不定,他此时便在桃林中。她狂奔入林,因跑得太快,冷峭的空气灌入口中,锐器割喉般疼痛。

"虞太倾……"画角喊道。然而无人应答。

林中无人,山野无人。北风卷过,桃花夹杂着雪片扑面而来。不过转瞬间,整个林子的桃花便飘落得干干净净,只剩下苍茫的雪野无边无际绵延,好似永无尽头。空旷而苍凉。如此孤独,如此寂寞。

画角撮唇一呼,千结飞了过来。她翻身上了耳鼠背上,正欲起飞。这时,场景蓦然飞速变幻。雪山、大海、暴雨、狂沙……每一个场景都是一闪而逝,因为太快,对他们倒没有任何影响。

忽然,场景定格在一处花亭,一群衣着华贵的少女围坐在长条桌旁,或吟诗,或抚琴,或作画……其中一人,便是崔兰姝。梦境中的她并未戴面纱,是以画角一眼便看出了她。可是这会儿，她已经不再在乎虞太倾是不是认出这张脸了。

她扯着嗓子大喊："虞太倾……虞都监……你在哪儿？"她的声音在风中四处扩散，最终消散在无处不在的风中。她有些绝望。

这时，温雅清澈的声音传来："我在这儿。"这声音近在咫尺，仿若就在她耳畔。

画角蓦然转身，觉得自己的唇碰到了什么，可她眼前明明什么都没有。这时，天空好似被什么东西击碎，现出一道道交织的裂纹，如同水波般荡漾，转瞬间化作了星星点点的碎片，风一吹便消散无踪。

眼前还是那座破败的林隐寺。不再是梦境，而是真实的山间。只是这会儿已是清晨，东边的天空云海翻腾，一轮红日隐在云中，将四周的云染成了绚丽的彩色。

画角面前，站着一个人，正是虞太倾。他轻袍缓带翩然而立，一双漆眸带着星辉，深深地望着画角。画角猝不及防间见到他，眼中的焦灼和绝望一时还来不及隐去，怔了一瞬，心中欢喜，只觉眼窝微微一热。她仰起头，将所有的情绪咽回去，说道："虞都监，你没事真是太好了，我还以为再也见不到你了。"

说完，她这才发现两人相距太近了。因她站的位置地势稍高些，原本只及他肩头的她此时恰好与他面对面。两人隔着不过尺许的距离，呼吸交缠，温热而缱绻。画角想起方才转身时，唇似乎触碰到了什么，那触感又不像是衣料，依着方才两人面对面的高度，似乎不是他的脸，就是他的唇。这么说，她方才又亲到他了？

虞太倾似乎也意识到两人太近了，慌忙向后倒退了几步，慌乱中似乎忘记了身后便是那株古树，后背一下子撞在了树干上，力道有些大，古树枝丫一阵摇晃，上面挂的一条红绸掉落而下，飘飘扬扬落在虞太倾肩头。

他抬手拈起，扫了一眼，见上面不知是哪个痴男怨女写的求姻缘的诗文：意中人，心上人，古树有情来牵缘，伊人娇娇可妻也。这什么破诗！虞太倾宛若被火烫了般将红绸扔了，脸却忽然慢慢红了起来。

画角纳罕地看了他一眼，一时有些尴尬，不知如何开口。最怕虞太倾忽然冒出一句：调戏非礼，徒一载，再行非礼，狱两载。画角也算不清，再加上这次，依着虞太倾的性子，又该让她狱几年了。

千结蹲在画角肩头，黑豆般的圆眼睛左右四顾，忽然说道："这位美人……"他忽然想起画角说他男女不分，明白虞太倾是男子，略有些失望，改口道："美人哥哥，你的脸怎的这么红？"虞太倾一愣，脸上表情复杂。

画角不自觉抿了抿唇，目光流转，偷眼瞥了一眼虞太倾。她也没想到，他的嘴那么毒，脸皮居然这么薄。不过，脸红的他看上去越发清俊艳绝了。

千结又回头瞥了眼画角，好奇地问道："你抿嘴做什么？"

画角吃了一惊，揪住千结的耳朵，使劲捩了捩："你还是去睡觉吧。"她伸指捏诀，一道白光亮起，千结霎时消失。

画角不自在地笑了笑："我这器灵惯会胡说，虞都监你别介意啊。"

虞太倾神色已恢复如常，没什么表情地瞥了她一眼。"我忽然想起一事，你在梦里，是不是说过一句'坏人，你这是在报复我吗'，不知你何出此言？"他缓缓说道，纤长细密的睫毛扬起，星眸中闪过一丝锐色。

画角吃惊地抬头，正迎上他研判的目光，慌忙垂下眼。若在以前，她断不会记得自己在梦中说了什么，可方才刚目睹了梦境，自然记得这句话。

她也晓得自己在梦里说这句话的意思，因她在桃林亲了虞太倾，所以才会说虞太倾亲她是为报复。她没想到虞太倾居然这么介意她的梦境，还特意揪这句话来盘问。

她故意装傻道："我说过吗？我不记得了。虞都监，梦里的话，你又何必当真？"

虞太倾摇摇头："你的梦是所思梦，你绝不会无缘无故说这句话。"

画角一时不知如何是好，好在周陵奔了过来，打破了两人之间的僵局。

"虞都监，可算找到你了，你方才怎的一个人走了，可把我吓坏了。你要是出了事可如何是好？"周陵喜极而泣。

画角暗暗腹议：你到底是伴月盟的人，还是天枢司的人？

虞太倾轻笑一声："我这不是没事吗？"

屈阿勒、老杨等人纷纷走了过来，见到虞太倾无碍也甚是欢喜。一众人死里逃生，都有一种恍如隔世之感。只有吴秀因被妖物附身之故，已是亡故。众人哀叹了一番，暂时安置了吴秀的尸身，便商量着如何下山。老杨忽然指着天边惊骇地瞪大眼说道："那里，那是怎么回事？"

画角随着众人仰头向上望去。一轮红日恰在此时跳出云海，耀眼夺目的光芒洒向天地间，连绵山峦间缭绕的雾气淡薄了些。九绵山之所以叫"九绵山"，是因为有九座山峰连绵而得名。

每一座都山色青翠、陡峭奇峻，众人所在之处便是其中一座的山头，自这里极目远眺，能清楚地看到其他八座山峰。老杨所指的，正是距他们最近的一座山峰。

这座山峰名"登云"，是九座山峰中最高、最陡峭的，也是唯一的以山石为主，是以连草木也极少的山峰。晨曦洒满了整座山峰，远看像是一个亭亭玉立的小娘子。只是这个小娘子的头却没有了，似乎被人用什么利器削平了一般。

"登云峰不是最高的吗？怎的变成最低的了，我记得没错吧？"老杨揉了揉眼，不可置信地说道。

周陵也惊了一跳,眯眼远眺,见登云峰顶平坦如石台,脸色霎时白了:"我们难道还在梦境中?"

画角也有些纳罕,不过,她能分辨出如今并非是梦境。可是,登云峰的变化却怎么解释?莫非,有人在那里酣战,以至于把山都削平了?她原本以为众人之所以能走出梦境,是梦貘撤了噩梦。如今看来,恐怕不是。她问周陵:"你的开山斧,能将山峰劈成这样吗?"

周陵将头摇得拨浪鼓一般:"我的开山斧,虽是家传神器,但以我的法力,却万万做不到,莫说登云峰皆是山石,便是土山也不能。"

画角蹙了眉头,问一旁的虞太倾:"虞都监,你似乎比我们先行走出噩梦,你可看到是何人所为?"虞太倾目光微凝:"未曾看到。"

"你方才自行离开,是去了何处,又是如何出得噩梦的?"画角疑惑地问道。

他明明不会术法,为何独自涉险?方才不及追问,此时却有些怀疑,莫非他是个深藏不露的高手?此番能顺利出得噩梦,皆因他所救?

虞太倾淡然说道:"我当时被噩梦里的惨象吓到,想着四处走走,不料与众人失散,入了其他噩梦,惶恐不安间听闻有人唤我的名讳,随后,便看到你了。"

所以他并未先行自噩梦中出来,只是深陷在其他噩梦中。画角想想也是,倘若他是高人,当初在桃林中又怎会任由她随意摆布,实在是说不过去。

虞太倾深深望向她的眼睛,忽然问道:"倒是你,当时失魂落魄,是何缘故?莫非,那些死者皆是你的亲人?"

画角的唇角慢慢浮起一丝苦笑,清亮的眼眸中闪过一丝荫翳,却尽量装出轻松的语气:"我一个小妖,哪里有亲人?我只是、只是有些晕血。"

她伸出胳膊指着手腕上的伤说道:"如若伤口这点血自然没什么,就怕梦中那种……"话未说完,抬眸看到虞太倾抱臂看着她,一脸不信的样子,索性半真半假地说道,"其实也算是亲人,他们是我的主人,我未曾化作人身时,便是他们养我的。"

虞太倾沉默了一瞬,侧眸不再看她,也不知是信还是不信。画角还是想不通,他们到底是如何出来的?她极目远眺,再次望向登云峰。只见山峰高险,云气缭绕,那处被削平的石台上,似有人影闪动。登云峰山势险峻,连猿猴都极少攀上,怎会有人?正思量间,只见那几道人影凌空飞掠而来。愈来愈近时,其他人也都看到了,皆齐声惊呼起来。

数道蓝衣人影瞬息之间,已掠至众人面前。为首之人一袭青蓝道袍,身量高大,宽脸阔唇，虽着道袍，看上去却并未有丝毫仙风道骨之感。数十人跟随其后，有天枢司两位校尉楚宪和陈英，还有虞太倾的护卫狄尘，其余皆身着蓝衣，显然都是天枢司的伏妖师。为首之人，应是天枢司指挥使雷言。他如一只大鸟般飘落，双袖一收，犀利的目光自众人面上掠过，最后凝在虞太倾脸上。

"虞都监，你安然无恙可真是太好了。昨个儿你的护卫狄尘说你出了事，我这里寻了一日半宿方才寻到你。"他声如洪钟，慢悠悠说道。

虞太倾上前一步，施礼道："劳指挥使挂念。"

雷言淡淡"哼"了一声。

众人晓得他是天枢司指挥使雷言，皆欢喜起来。晓得这回总算能安然下山，不用担忧再被妖物所擒了。平日里便听闻雷言法力高强，是云沧派修道之人。众人原先皆不以为然，以为不过是世人吹捧所致。这会儿见他自登云峰而来，顿时明了，他们之所以能安然脱险，想必是托这位之福。看来，他倒是当真术法高超，居然能将登云峰削成那样。

一时间纷纷上前致谢，七嘴八舌说道："多谢雷指挥使救命之恩。"

"若非雷指挥使及时赶到，我等势必小命不保。"

……

雷言被众人谢得莫名其妙，目光一转，正欲说什么。他忽然眉头一皱，伸指捏诀，白光一闪，手中乍然多了一把长剑。他伸剑一挥，已是朝着画角胸前刺来。这一下兔起鹘落，令人猝不及防。

画角几乎忘了，她吞下了妖珠，身上还有妖气散出。雷言此时自然当她是妖物了。眼看长剑袭来，忙闪身避让，身子向后一翻，已是躲在了虞太倾身后。

"虞都监，"她拽住虞太倾的衣袖说道，"还请虞都监相帮着说几句好话，我可是一点恶事也未曾做过。你莫要忘了，方才我可是救过你一命的。"

雷言竖起了眉毛，冷声喝道："小妖，你好生大胆，居然挟持我们天枢司都监，我瞧你是活得不耐烦了。"天枢司的伏妖师闻言，霎时间四处散开，将画角和虞太倾包围了起来。

"雷指挥使，小的并不是要挟持虞都监，只是想请他说几句话。"画角说着，再次扯了扯虞太倾的衣袖，凑至他耳畔说道，"虞都监，你倒是说话呀，否则……"

山风吹来，画角状若关心地伸手为虞太倾拢了拢衣领，长指甲已是探了出来，有意无意地在他脖颈间磨了磨。

周陵吃了一惊，忙上前阻拦道："指挥使，您误会了，她虽是妖，却并没有恶意，这回若非她相救，我们早就被妖物害死了。"

"是啊,是啊。"一众人连声附和。

雷言望向虞太倾,问道:"虞都监,他们说的,可是实情?"

虞太倾低眸瞥了眼画角的手指,唇角牵了牵,说道:"雷指挥使,她的确未曾作恶,且还救了我等一命。只是可惜啊,她不是人,偏偏是妖,如此倒令我极是为难。"

他顿了下,望了眼画角,又道:"放走似乎不妥,不若带回天枢司烈狱。"

画角脸色微变,银牙磨了磨。她着实未曾想到,虞太倾竟然会恩将仇报。天枢司烈狱是什么地方,她自然听说过,那是个令人令妖都谈之色变的地方,据说,进了烈狱的妖,搜魂刮骨,几乎没有生还的。

雷言仰天长笑:"既如此,带走!"

众伏妖师持刀执剑向画角缓缓逼近。画角冷冷一笑,她原本没想着挟持虞太倾,如今却不得已而为之,这可怪不得她。她伸手揪住虞太倾的衣襟,便准备祭出伏妖刀雁翅,杀出重围。

虞太倾忽然说道:"雷指挥使,你带人下山去吧,此妖我自会擒拿。"

"你?"雷言一愣,笑道,"虞都监,还是待我们擒拿了妖物,再一道下山吧。"

雷言天枢司指挥使当得好好的,皇帝忽然派给他这么一位都监,与他平起平坐,让他行事诸多不便,着实憋屈。好在虞太倾没什么法力,是以他根本没将他放在眼里。但虞太倾到底是皇帝亲派,总不好眼睁睁看着他受死。倘若在自己来之前虞太倾便被妖害死也就罢了,如今他既然来了,他再被妖所害,他不好在圣人跟前交代。是以,雷言好心地要求擒拿妖物带他一道下山。

偏生虞太倾竟不领他的情。他淡然一笑说道:"多谢雷指挥使,我自己能应付,你们还是先行下山吧。"他又指着众人说道:"这些日子他们惊吓过度,昨夜又整晚奔走,再耗下去,只怕顶不住。"

雷言摸着下巴,皱眉说道:"既如此,那虞都监保重,我们便先行送人回去了。"他觉得自己已仁至义尽,一挥手,带着一众人护着老杨、屈阿勒、崔兰姝等人,自行下山。

画角再未想到事情如此转折,揪着虞太倾衣领的手微微一松,转而拂了拂他的肩头:"都监肩头有沙子,我帮你拂落。"

哪里有沙子,虽说噩梦中,他们在荒漠待过,然而一旦走出噩梦,梦境中的一切便化为乌有。他们如今还是入噩梦之前的样子。

虞太倾的护卫狄尘和校尉楚宪却并未即刻离开。狄尘快步走到虞太倾面前,说道:"都监,你没事吧?"

虞太倾点头:"我无碍,狄护卫,你与楚校尉一道下山吧。"

狄尘蹙了眉头,他年纪不及弱冠,若非左脸颊有一道细长的伤疤,模样也是极清俊的。他不放心地说道:"都监,我有些话要禀告,可否借一步说话?"

虞太倾道了声"好",便与狄尘向林隐寺塌了半边的大殿内行去,留下楚宪盯着画角,以防她逃逸。

"你救了虞都监?"楚宪的目光凝在画角披的外衫上,似笑非笑问道。

画角低眸一看,见自己身上披着虞太倾的那件荼白色袍服。这件袍服原本在梦中被她化作巨伞用过,后来又披在了身上。衣袍在噩梦中曾浸过洪水、染过沙尘、溅过血迹,不过,一出噩梦,沙尘、血迹、水痕皆化为乌有,显露出昂贵的云罗绢的质地来。一眼便看出与她所扮的刘掌柜身份不贴,尤其是衣袍袖口衣角处绣的蔷薇,在山风的吹拂下,散发出清幽的冷香。

画角含笑道:"是。"顿了一下又道,"虞都监感念我的救命之恩,所以才借我衣袍。"

楚宪"哦"了声,缓缓说道:"我又没问。"

大殿内,佛像蒙尘黯淡无光,香炉内灰烬堆积。虞太倾迈过地面上散落的蒲团,负手而立,回身望向狄尘。晨起的日光透过窗棂映入殿内,映得他半边侧脸辉光一片。

狄尘眸光闪过一丝担忧,问道:"都监,你可是运用法力了?那登云峰可是你所为?"

虞太倾颔首。

狄尘一脸愧疚:"都怪我未曾及时赶来,方才,雷指挥使在登云峰查看过,说一般的伏妖师都无法做到。那你这次用了几成法力?怕此番比往日反噬都要厉害,不如,我这就带你回府去吧。那胐胐妖便交于楚校尉擒拿可好?"

虞太倾摇摇头:"只怕楚校尉不是她的对手。"

狄尘有些意外:"楚校尉还擒不住一只胐胐妖?"

虞太倾唇角微牵,她可是连穷奇都能诛杀的,何惧楚宪?

"你们不必再管,我自有打算。"

狄尘急道:"那怎么行?你忘记上次在桃林中的事了,那时你惨遭反噬,不是被人全身捆缚吊在树上,此番怎能……"

"不到一两个时辰是不会发作的。对了……"虞太倾听狄尘提起桃林之事,蓦然想起了什么，面色微沉，"你和楚宪，快些去追上雷指挥使，告诉他，暂且不能将崔兰姝放走。"

狄尘愣了一瞬："为何？"

虞太倾凤目微眯："我似乎见到她的梦了，你们且好生招待，不要为难她，待我回去再说。"

"啊？"狄尘丈二和尚摸不着头脑。

最终，他和楚宪在虞太倾的催促下，不得不一步一回头地下了山。周陵也不知躲到哪里去了，转瞬间，林隐寺便只余画角和虞太倾两人。

画角将虞太倾的袍服脱下，递给他说道："多谢都监方才为我说话，要不然雷言定不会放过我。若无事，我们就此别过吧。"

虞太倾却是不接，说道："这衣衫既然你已披过，便是你的了。对了，你欲去向何处？不是说，梦中那些……是你的前主人吗？既然他们都不在人世了，不如你跟我下山如何？"他垂下眼，并不看画角，自顾自理了理身上内衫的袍绣。

画角惊异地挑起了眉，迟疑着问道："都监是要做我的新主人？为何？"

虞太倾不置可否："听闻朏朏可以令人忘忧。"

画角却笑了，一双眼弯弯如月："那倒也是，不过我如今已可幻作人形，最喜自由自在，只怕不能从命。我还有事，恕我不能作陪了，告辞。"

画角言罢，转身便向寺外行去，衣袂翩翩，眼瞧着人就要走出林隐寺了。忽听得身后"扑通"一声，她吃惊地回首望去。虞太倾不知为何扑倒在院内的石桌旁。画角匆忙奔了过去，到了近前，只见他的脸，竟是一片惨白。她活了这么久，还从未看到过一个活人的脸如此血色全无，白得令人如此心惊。

他一只手前伸，似是想扶着石凳起身，伸出的手骨节分明，但是指尖却微颤。另一只手以痛苦的姿势艰难地支着地面，仿佛将整个身子的重量都压上去了。看他的情形，似乎是比那日在桃林中初见时还要严重。这是怪病发作了？

画角慌忙上前搀住他，虞太倾原本是强撑着的，支着地面的手臂已是摇摇欲坠，这会儿被她一搀扶，整个人便向前倒在了她怀里，撞得她心头"扑通"了一下。她不得不揽住他，这才察觉到他整个身体都在细微地颤抖，身上所着软衫凉冰冰的，显见得已被冷汗浸透了。

"虞都监，你这是……这是什么怪病？怎的突然发作了？"

虞太倾闭了闭眼，仿若使了全身的力气低低说道："我无碍的，你且去吧。"

画角凝视着他的眼眸，只见他清澈的眸中渐渐如雾气升腾般，似是有泪水凝聚。他极力忍着，眸光流转间，有水波闪过，别有一种无法形容的韵致。画角看呆了。

这怪病到底有多痛苦，似他这般傲气之人，居然也会忍不住流泪。

画角往常最厌烦男儿郎哭泣。她觉得眼泪其实是世上最不值钱、最无用的东西。她一个姑娘家就鲜少掉眼泪，出了事都是想法子解决，掉眼泪有什么用，平白让旁人看轻了自己。再者，男儿有泪不轻弹。男子汉大丈夫，哭哭啼啼像什么样子？往常族中的少年儿郎在她跟前掉眼泪，她都是上前踹两脚，非打得他们不敢再哭才罢手。可是看到虞太倾含泪欲滴的样子，她不仅没感到厌弃，反而觉得赏心悦目，脑中居然还冒出一句诗：玉容寂寞泪阑干，梨花一枝春带雨。

如此看来，凡事不能一概而论。她也许并非厌烦男儿郎哭泣，可能是嫌弃他们哭得不好看，不能让她心生怜惜吧。

虞太倾泪光潋滟的凤目瞥她一眼，说无碍，让画角不用理会他。但他此时这副样子，便是再铁石心肠的人，也无法做到转身就走，那也太狠心了。画角上前搀住他，将他扶坐在石凳上，随手将自己身上披的他送的外衫再次褪下，覆在他肩头。

她蹙眉问道："你这样子，怎么能说无碍呢？须尽快下山去找大夫吧。"

虞太倾缓缓摇头："不必，我是老毛病了，我晓得如何医治，只需……只需回府便可。"

他说完，似是不好意思看她，睫毛低垂，遮住了含泪的眼眸。密长的睫毛已被泪水浸湿，便似沾了水的蝶翼，不断轻颤。

他这样子，倒让画角想起当日在桃林中的初见。彼时，他便是如此，让她几欲忘记了自己伏妖的正事。画角慢慢挪开视线，不再看他。这次可不能再这样，她此时应当做的，是在他发病时趁机离开。当她和他一起面对恶妖时，或许算是同盟。如今，他是专事伏妖的天枢司都监，而她，在他眼里还是一只狐狐妖。

画角硬起心肠："狄护卫和楚校尉应当还未曾走远，我这就去追他们回来，你且在此稍待片刻。"她起身便欲离开，不料刚松手，他便倒在了石桌上，胳膊和桌面碰撞，发出"咚"一声轻响。

画角回头看时，见他胳膊撑着石桌，整个人摇摇欲坠。他的脸庞白得毫无血色，仿若春日暖阳的一捧雪，随时都会融化殆尽。倘若丢他一人在此，真不知会出什么事。林隐寺地处山间高处，平日里便人迹罕至，更莫说此时还是天色初明时，这会儿自山中冲出一只豺狼虎豹她都一点不吃惊。

画角望着雾气缭绕的群山，轻叹一声，寻思着还是将他送下山吧。她将千结召了出来。千结方才被画角强行收了回去，气得睡意全无，她一召唤，他便鼓着腮出现了。

"唤我做什么？"他仰着头，傲气十足地说道。

画角放柔了声音，诱哄道："千结，带我下山可好？"

千结"哼"了一声，抱着两只小爪，噘嘴说道："尾巴累了，不想飞。"

画角只得说好话："千结最好了，你尾巴累了是吧，来，我给你挠一挠。"

"不要。"他严词拒绝。

"回去给你买栗子糕。"

千结眼睛转了转，不为所动。

画角一时没辙了，平日里买栗子糕可是最管用的招数，这次居然不灵了，不由得喟叹一声："这可如何是好，你若不带我们下山，虞都监的病情只怕就要耽搁了，若是有个三长两短可如何是好？"千结闻言，黑豆般的眼睛望向虞太倾，尖叫一声飞了过去："啊，美人你怎么了？快坐到我背上，我驮你下山。"

千结说着，身形变幻，转瞬身子便比原来大了好几倍，体形已是赶上了骡马。

画角暗暗翻了个白眼，她觉得有必要提醒千结，他是一只公耳鼠。她搀着虞太倾，将他扶到千结背上，两人一前一后骑着千结，向山下飞去。

直到两人一鼠的身影远去，自一旁倾倒的寺墙后面，冒出几道人影来，正是章回和伴月盟的人。周陵率先步出，不解地说道："章舵主，你为何让我们躲起来？"

周陵被抓到九绵山后，联络符也被梦貘雪蓉收走了，是以一直未曾联系章回，还是画角到了九绵山后，点燃了联络符。章回等人抵达林隐寺是在天枢司众人之后，为防被雷言他们发现，众人小心谨慎地隐藏行迹。待到天枢司之人离开后，寻到了周陵，原想出来和画角相见，不想目睹了画角救虞太倾之事。周陵因担心虞太倾，几次三番想冲出去，都被章回拦住了。

唐凝走到周陵面前，拍了拍他的肩头说道："傻小子，方才那种情形，我们实在不宜出去啊。"

公输鱼瞪圆了双眼，与周陵一样疑惑："为何？方才我明明见盟主似乎很焦急的样子。"

唐凝摇头笑而不语。

"盟……盟主？你是说那个朏朏妖？她是盟主？"周陵瞪大眼，这一惊非同小可，"她不是妖吗？"

公输鱼晓得画角有妖珠之事，摆弄着她手中的傀儡小人，笑眯眯说道："盟主才不是妖呢。"

"怎么回事？"周陵凑到公输鱼跟前，好奇地问道，"鱼妹，你和阿兄说说。"

公输鱼却是不理，周陵慌忙追了上去，两人打打闹闹下山去了。

伊耳喟叹一声："穷奇、梦貘，你说这些上古恶妖到底是怎么复活的？"

唐凝眉头渐渐蹙了起来："其实，更可怕的，难道不是梦貘雪蓉毫无妖气吗？"

章回一言不发，双目中却透着一丝隐忧。

山间雾气缭绕，山峰、密林、山路、亭台，甚至不远处的阆安城，也笼在一片茫茫的浓雾中。众人置身其中，只觉犹如置身在一张巨大的网中，心头的迷雾也越来越浓。

画角和虞太倾抵达阆安城时，起了雾，只见宫阙楼台、街巷行人，皆在雾气中若隐若现。她原先想着送虞太倾到山脚下，再雇一顶软轿送他回城。然而，大清早的，车马软轿皆不好寻，所幸今日有雾，便由着千结将虞太倾径直送到了城中。街道上，巡城的禁军、挑着担子卖菜的小贩、散步的行人，都瞥见头顶上有道黑影飞过，街边开得正艳的海棠，被黑影掠过时带起的风扫过，纷纷扬扬的花瓣落下，扑了行人一身。

"哎哟，是我眼花了吗，有什么东西飞过去了？"

"是不是鸟？"

"有那么大的鸟吗？"众人议论纷纷。千结在虞太倾的指点下，扇动巨大的尾巴，停在了一座宅院前。大门匾额上题着三个大字"都监府"。

第二卷

归巢

부속

第十三章 剔骨噬心刑

位于崇仁坊绿衣巷的都监府是圣人御赐府邸，这座宅院华美雅丽，亭台楼阁、飞檐拱轩皆独具匠心。还有一个阔敞的后园，内有一池塘、两花亭、几座假山、数片花圃。画角搀扶着虞太倾，一路将他送至后园。在这寸土寸金的阆安城，能拥有如此华丽的宅院，可以看得出，虞太倾的皇帝舅父对他还是很宠爱的。

刚入府时，府中的掌事曲嬷嬷领着一众仆从迎了出来，欲要顶替画角搀扶虞太倾，却被他拒了。画角只得搀扶着他入了后园。两人沿着卵石铺就的小径向前行去。前方是一大片池塘，水面上漂浮着有缺口的圆叶，其上托着或含苞待放、或盛开的白苹。

虞太倾忽然驻足，指着面前临湖而建的一处精舍说道："此处是回风轩，我便住在这里。"

他又指着旁侧另一处院落说道："你住萤雪轩。"

画角"啊"了声，疑心自己听错了："你说什么？我为何要住萤雪轩？"

虞太倾拂了拂衣袖，轻描淡写地说道："我这后园布有困妖阵，但凡是妖，皆是有进无出。你既然已经跟我进来了，我总要尽主人之谊，不能让你风餐露宿。虽然你化作原身，在园子里随便找个草窝也能住，但我却不想亏待你。"

一番话说完，画角终于明白，她被他诓骗了。她放出神识，探出后园果然布了一个巨大的困妖阵，这个阵法比之绕梁阁当日的阵法要高深繁杂得多，一般的妖是绝不可能闯出去的。

画角望着他清绝的眉眼，一时之间呆住了。她怎么就这么轻易中了招呢！这些时日，虞太倾在他心中，其实一直不是纯善无邪的，她原该对他有戒心的。实际上，自从在桃林他放话要把她送入大牢，她便觉得他有些偏执。其后在绕梁阁，他不仅嘴上毫不留情，且又想以交易为名，欲将她玩弄于股掌之上。好在她逃了，摆了他一道，然而最终，她还是没逃出他的掌心。

他披着广袖静立，面色依然苍白，但是眼眸中早已没了泪水，目光深稳而柔和地望着她。

画角有些羞愧，对自己也有些失望。她压抑着心头的怒意，"噌啷"一声，手中的雁翅刀已出鞘，横在了虞太倾脖颈上："虞太倾，你当真觉得我不会杀你吗？"

虞太倾低眸瞥了眼刀身，眼眸中波光一漾，轻笑着说道："你不会杀我，你不是滥杀无辜之……妖。"

画角的手颤了颤，这便是最令她生气的地方。纵然如此，她对他还是下不去手。罢了！

"我何德何能，竟然劳驾虞都监如此卖力地装哭扮痴，既如此，我便在府中叨扰几日。"她慢慢撤回刀，伸指在刀身上轻轻抚过，懒洋洋地说道，"只是，不知我以什么身份居住在贵府中，奴婢？妖宠？还是……"

一阵风来，柔软的柳枝随风轻曳，在她面前拂过，她伸指慢慢挑开，眼波慢回，欲说还休，漫不经心地一字一句说道："你的女人？"

虞太倾显然被画角的话给惊到了，不自觉后退了一步。原本苍白的脸，不知是被日光晕染的缘故，还是怎么，居然有了一丝血色。

"哦，"画角拉长声音，慢悠悠说道，"我倒是忘了，虞都监是绝不会亵玩妖的。"

"自然是客人。"虞太倾定了定神，面色恢复如常，"我稍后命人为你送几身衣物。"

画角呵呵一笑："没想到，我一个朏朏妖，有朝一日也能混成都监府的客人，甚好，说出去，只怕妖们要艳羡极了。"她提着刀，慢悠悠入了萤雪轩。

萤雪轩是一座玲珑小院，三间上房，西侧还有一间小屋，瞧着似是一间厨房。院子里遍植花木，廊下栽种着芭蕉，这会儿芭蕉叶子还未长开，嫩绿的叶子微卷。一株海棠花开正盛，另一株是桂花树。西墙处几株蔷薇，已经爬满了墙壁，只是还未曾开花。地面上野草丛生，野花遍开。这些花木显然是无人修剪，长势喜人，竟是爬满了一院子。想必是平日里无人居住，是以也未曾打理。

待画角到了屋内，看清屋内的陈设，更有些蒙。房屋倒是很大，桌椅床榻皆有，只是床榻上没有被褥纱帐，衣柜中没有衣衫，妆台上没有妆匣铜镜，这房间显然无人住过。虞太倾是真当她是肭肭了，要让她在这光板床榻上歇息？

虞太倾入了回风轩，刚在床榻上坐定，便见狄尘急匆匆走了过来，刚要说话，看清虞太倾的脸色，吃了一惊，问道："可是发病了？"

虞太倾勉强抬起眼："刚发作过一回，何事？"

狄尘一脸担忧，定了定神，回道："都监，你不是命我留住那位崔娘子吗？我将原话告知雷指挥使了，没想到雷指挥使将崔娘子下了天枢司的烈狱。"

虞太倾以手撑着额头，意外地挑眉："我特意嘱咐让你们莫要为难她，待我过去问话后再说。"

狄尘无奈地垂下头。虞太倾也知他在雷言那儿根本就说不上话，遂问道："以何罪名？"

"雷指挥使以为崔娘子和这次的妖物有勾结，生怕她逃了，说是囚禁在烈狱放心些。"

在噩梦中，虞太倾曾看到一些女子在吟诗作画，她们皆衣着华丽、佩饰昂贵，虽说那个梦境一闪而逝，但他还是留意到其中有一个女子竟是桃林中的红衣小娘子。当时那些人中，唯有崔兰姝是大家闺秀，别的人不可能会有这样的梦境。是以，他才命狄尘传话，让雷言暂且留住崔兰姝。未曾想到，雷言居然将她关进了烈狱。

"都监，听闻崔御史已经前往宫中去告御状了，您若是说不出崔娘子的罪行，此事恐不好交代。您可否告知属下，为何要留住崔娘子，她可是得罪过您？"

虞太倾未曾言语，起身命狄尘去取外袍，此事还须他亲自过去一趟。他刚起身，胸臆间猛然一阵剧痛袭来，痛得他足下一软，人已是向前扑倒。好在狄尘就在身畔，眼疾手快将他搀扶住了。

"又发作了？怎的此番间隔时辰这般短？"狄尘神色惊惶地问。

虞太倾强撑着想要说什么，唇轻轻颤了颤，仿佛所有的力气都被抽走了，缓了一会儿，他方喘息着说道："你去天枢司，让……雷言先放了崔……崔兰姝。"

狄尘一脸凄然之色："我此时怎能离开你？"

"去！"虞太倾强撑着说道。

萤雪轩久未住人，屋内潮闷难当。画角推开窗通风，只见一色淡绿襦裙的婢女鱼贯入了院门，手中捧着帐幔窗纱、衣物被褥、妆奁灯罩，凡日用之物，一应俱全。婢女们到了屋内朝着画角施礼罢，便开始打扫布置，动作利索，不弄口舌，不过顷刻工夫，便将屋内换了一个样。原本空荡荡的房间，布置得珠帘绣幕、馨香雅致。

画角没想到虞太倾府内的婢女如此训练有素。她们府中的婢女在林姑的调教下，算得上进退有度、规矩知礼，但绝不会如此谨言慎行。正在暗暗称奇，门帘一挑，府里的管事曲嬷嬷走了进来，脸色肃然，几名婢女皆施礼退去。

曲嬷嬷瞧着也不过三十多岁，相貌秀美，梳着利索的高髻，衣着装扮乍看朴素。细瞧便发现，她身上的宝蓝色衫裙样式虽简洁，但布料却贵重，不是普通下人能上身的。髻上斜插一枚垂珠绞丝金钗，珠串由大小均匀的珍珠穿成，价值不菲。

察觉到画角的目光，她唇角微微撇了下，缓步行至绣凳前坐下，温声问道："小郎君事先未曾吩咐，小娘子又来得突然，这些物件置办得仓促，也不晓得合不合你意？倘若有不妥当的，我再命人去库房里取。"

曲嬷嬷一面说，一面目光如刀，在画角身上扫过，见她着男子衣衫，一条衣袖还断了半截，露出来的半截胳膊上，还绘有古怪的花纹，那颜色暗红，像是血。她眉头深深蹙了起来。

画角斜靠在窗畔，含笑说道："让嬷嬷费心了，我只在此暂住两日。"

曲嬷嬷似乎有些意外："小郎君从未往府中带过小娘子，你既然进了府，怎的还要离开？"

画角晓得曲嬷嬷误会了，她大约以为自己是虞太倾带回府的姬妾。她苦笑着说道："我其实只是虞都监带回来的囚犯。"

曲嬷嬷这回更吃了一惊："我原还想着派人往宫里递消息，让太后她老人家也欢喜欢喜。太后平日里常念叨，小郎君年少，府里没长辈，身旁也没个嘘寒问暖的人，可你说，你是什么，囚……囚犯？"

画角没想到曲嬷嬷还能和太后说上话，思及她的做派，想来身份不简单。她寻思了一瞬，说道："我其实是言语冲撞了虞都监，他还没想好如何罚我，又生怕我逃掉，才让我跟他回府，实在并非如您所想。"顿了下，又迟疑着问道，"曲嬷嬷莫非是宫里出来的？"

"我原是太后跟前的女官，小郎君自南诏千里迢迢来到阆安，太后生怕他在大晋住不惯，特意遣我前来照顾。"曲嬷嬷"嗯"了声，目光掠过画角凌乱脏污的衣衫，语气中暗含着一丝责备，"不管你是何身份，既来了府中暂住，还望你莫要丢了我们小郎君的脸面。我命人去打水，你也把身上这些污迹清洗清洗。"言罢，曲嬷嬷站起身，掀起帘子径自去了。

不知为何，画角心中有些惴惴不安，总觉得这位曲嬷嬷不好对付。既然她是太后的人，想必虞太倾的一言一行都会通过她传到太后耳中。

过了会儿，便有婢女送来了热水和香胰等沐浴之物。画角掬水沐浴，挑了件轻盈软衫裙，绾发梳妆罢，瞧了眼天色，已是近响午。在九绵山中未曾进食，朝食也未用，方才倒没觉得，这会儿忽觉腹中饥饿难耐。她蹬上软鞋出了萤雪轩，想问问何时用午食。

曲嬷嬷和仆从们不住后园，而画角因阵法也出不了后园，只得去寻虞太倾。到得回风轩院内，却见院内一片静寂，也没婢女仆从侍候。她不好贸然推门进去，便敲了敲房门，无人应答，只得坐在房门前的木制长廊上候着。院内静悄悄的，整个府邸也静悄悄的，仿佛整个世间就她一个人。

廊下窗前栽着石榴树，碧绿的叶子好似翠玉般，在清风里摇曳。响午的日头越过白墙照映进来，满院花草分外明媚。候了片刻，画角疑心虞太倾不在，正欲离开。忽听得房内隐隐约约传来一声低低的轻吟声。

画角驻足，疑心自己听错了，退回去凑在门上，侧耳倾听。房内的确有声响，窸窸窣窣似乎是起身的声音。她高声问道："虞都监，你在房内吗？"

无人答话，画角也不好贸然进去。忽听得房内有什么东西掉落的声音。画角吃了一惊，犹豫了一瞬，推开门走了进去。迎面是落地罩，绕过它向房内看去。

这一看，却是惊了一跳。只见虞太倾侧躺在床榻上，身上盖着烟青色绣花锦被。露在外面的脸，又成了毫无血色的白。纵然先前看过一次，再看还是令她心惊。

他整个人以痛苦的姿势蜷缩着，伸出的那只手掌心鲜血淋漓，横七竖八有好几道伤口。画角的目光移到地面上，见一个铁球掉落在地。这铁球似是特意定制而成，周围遍布着刃尖，铁球大小恰能握在掌中，而此时，铁球的每一个刃尖上，都沾染了殷红的鲜血。

画角瞬间便明白虞太倾手掌上的伤口是如何来的了。只是她不明白，他为何要如此做？她的目光凝注在虞太倾脸上，见他原本光华潋滟的漆眸，此时似乎又有眼泪欲落不落。画角在心中暗骂：这是演戏有瘾？这回他又想骗自己作甚？真是太无耻了！

画角冷漠无情地转身，快步走了出去，"嘭"的一声将房门关上了。她并没有即刻离开，而是在走廊上站了会儿。满院日光明媚，风柔花娇。阶下的石榴树新结了花苞，一个个宛若玛瑙雕琢的小小花瓶。一切都很美好，只除了屋内的那人。

画角竭力让自己的思绪转移到吃食上，想着曲嬷嬷倘若不派人送午食，她一会儿便去园子里转转，挖点野菜做个春盘。然而，耳朵似却总在试图捕捉屋内的细微动静。假若她真是只胐胐，一双耳朵此时必是支棱着的。眼睛也是离谱，明明望着满院缱绻盛放的花，眼前却总闪现虞太倾那只淌血的手。

她暗骂自己没出息，这是没被骗够吗？只是，她都被囚禁在园子里了，他还骗她作甚？她摇摇头，提裙下了台阶，昂首便向外行去。

走了没几步，忽听得屋内一声惨呼。画角顿住了脚步，蓦然转身，快步入了屋内，径直行至床榻前。她居高临下地凝视着躺在床榻上的人，他安安静静躺在床榻上，被褥拉高遮住了半张脸。

画角的视线率先落在他的手上。只见他已将落在地上的铁刃球握在手中，五指紧紧攥着。刃尖刺破了手掌，血液滴滴答答落在褥子上，晕开一片血红，便如在素色锦褥上盛开的花。一股血腥味扑面而来，画角面色骤变。

她颤着手掀开被褥，只见虞太倾闭着眼一动不动。她心中慌乱，伸手飞快探向了他的手腕。脉象弱如游丝、乱如团麻，但，总好过没有脉象。

画角舒了一口气，伸手一根一根掰开他的手指，将他手中的铁刃球取了出来。她扬手将铁刃球抛远，再看他的手掌，已是惨不忍睹。她伸指结印，一道冰蓝色的法力自掌心逸出，暂时止住了血，取出帕子，细细擦拭着他手上的血迹。

一番折腾，虞太倾终于醒了过来。他慢慢睁开眼，额上冷汗淋漓，一绺头发垂了下来，遮住了他的眉眼。他这会儿未曾梳发戴冠，只在头顶松松绾了一个发髻，其余头发皆垂落而下。一身秀骨的公子已被折磨得不成人样。画角伸指将他额前的乱发挑开，用巾帕细细擦拭他额上汗珠。

虞太倾苏醒后看到她原本就极是吃惊，又见她为他擦汗，试图躲闪。遗憾的是，眼下他连抗拒的力道都没有，只得任凭她折腾。他不习惯她的碰触，尖尖的下颔紧绷着，纤长细密的睫毛垂着，并不看她。画角擦得他原本白得发凉的脸，泛起了一丝红晕，摸起来也没那么冰凉了才罢手。

她问他："你可是觉得好受些了？用不用请郎中？"

虞太倾闭了闭眼，仿若使了全身的力气低低说道："不用。"

画角也不多问，显然他这病也不是寻常郎中能医好的。

"你为何手中攥着铁刃球？"

虞太倾微微苦笑："我怕晕过去后再也醒不过来。"

"狄护卫呢？"

往日里狄尘简直是虞太倾的影子，寸步不离，这会儿他病了，狄尘怎的反而不见了？倘若他在，虞太倾也不至于生怕晕倒后醒不过来。

"我命他出去办事了。"虞太倾似是缓了过来，有了些气力，挣扎着坐起身。

画角瞥他一眼，冷笑："什么要紧事，值当这会儿出去办，不要命了？"

虞太倾眼中波光微漾，掀开被褥，强撑着下了床榻，问她："你来寻我，可是有事？"

画角不满地说道："眼见已是晌午，却迟迟没有人送午食来，我还当你囚我在此，是为了饿死我，特来问问。"

虞太倾看了眼天色，蹙了眉头："许是曲嬷嬷误了时辰，你且先回萤雪轩，我稍后派人给你送午食去。"

画角淡淡"嗯"了声，见他下了床榻，挑眉问道："你……要做什么？"

虞太倾原本想伸手去取桌案上的茶盏，怎料身子蓦然一晃，朝着画角重重压了过来。虽说他身量偏瘦，但到底是男儿郎，画角被他这一压，人向后连退几步，半仰着倒在了桌案边。桌沿打磨得很圆润，但还是不可避免地硌痛了她的腰。虞太倾整个人宛若无骨般扑倒在她身上，头垂在她脖颈边。

画角一时不敢动。她能察觉到他的双臂强撑着桌面，只为了不靠近她，但他似乎根本使不上力，是以两人不可避免地耳鬓厮磨。他冰凉的脸贴在她脖颈上，温热的呼吸吹在她耳畔，引得她身子微颤。

"出去！"他压抑着怒火的冰冷嗓音在她耳畔响起。

画角差点气笑了，被他压倒在桌面上，她要如何出去？再说，此时应当发怒的难道不该是她吗？他又在气什么？

画角吸了口气，慢慢说道："虞都监，你应当晓得，只有你起来了，我才能出去。"

她已经被他压得腰都要断了。她微微使力推了虞太倾一把，他强撑着起身，人踉跄着后退，摔倒在床榻边。连带着纱帐都绊倒了，金钩"叮咚"一阵轻响，云雾一般的床幔罩了下来，覆在了他身上。画角心知不好，上前将他身上的床幔撩开。

他一手捂着胸口，看也不看她，嘶哑着声音喊道："出去！"

画角望着虞太倾的眼睛，那双原本敛尽了世间风华的眸，此时竟是一片死气沉沉、毫无光彩。也不知究竟是怎样的折磨，才能让一个人如此绝望。她起身将方才丢在地上的铁刃球拿了起来，说道："我就在外面，倘若你晕过去了，我自会唤醒你，不必再用这个了。"

她缓步出了屋，将门轻轻带上。院外石阶下，狄尘静立在石榴树旁，听到门响，转过头来看了她一眼。"狄护卫，你既回来了，为何不进去？"

狄尘目光凄凉："小王子眼下所受的折磨，我既帮不上忙，又无法替他受过，进去又能如何？"

画角一时默然。眼睁睁看着旁人受折磨，自己却无能为力的感觉极不好受。

"狄护卫，你们小王子这不是病吧？"

狄尘没言语。

画角试探着问道："莫非，是咒术？抑或是，某种禁制的反噬？"

狄尘气怒地望着画角，心想：的确是反噬，要不是为了救你们动用法力，他也不会发作。他忍着怨怒说道："我也不晓得，只知道不发作时和常人无异，一旦发作，便如千刀剔骨、万剑噬心，生不如死。"

千刀剔骨、万剑噬心？！画角心头一阵抽搐，震撼至极。她从未听说过这么惨烈的咒术或是禁制，这到底是何人所为？又为何对虞太倾这样一个弱不胜衣的少年下这么重的手？画角着实想不通。这不亚于天罚，受刑者简直如置身人间炼狱。

画角呼出一口浊气，缓缓问道："那，他是从何时开始被下的禁制？难道就没有解咒之法，只能死死撑着吗？"

狄尘斜睨画角一眼，有些不悦："你一个小妖，且先管好自己，不该打听的事莫多问。今日都监发病不凑巧让你窥到了，看在你方才照顾都监的分上，我不难为你，但此事你须烂在腹中，绝不能说出去。"

狄尘在虞太倾身边，便如一道影子，少言寡语，一张脸更是如冰封镜湖，鲜少有表情。此时难得开口，说话的语气竟有一种发号施令的气势。不愧是待在王子身边的护卫。画角不免多打量了他几眼，见他左脸颊上有一道细长的疤痕，很容易让人不敢直视他。画角此时细细看他，发现倘若没有疤痕，他也是极清俊的，只是气质有些偏冷。一双冷眸好似氤氲着雾气的寒潭，让人看不清他所思所想。画角连声应了，再三发誓会三缄其口，狄尘这才放她回了萤雪轩。

曲嬷嬷很快着人送来了午食，画角原本饥肠辘辘，可不知为何，却忽然没有了食欲。稍用了些，便和衣而眠。这一睡不打紧，还梦到虞太倾被折磨死了。而她，竟然在梦里哭得泣泪交加。画角醒来时，十分庆幸梦貘雪蓉不在此处，要不然她若是吞食了她的梦，可就糟糕了。

都监府的后园极大，满园花木肆意生长，并未刻意修剪。到了秋日，果子必定会不少。如今却只有满眼新芽和盛开的春花。画角午食用得不多，这会儿又有些饿，离夕食还有些时辰，见萤雪轩有厨下，便想自己做两个菜先垫垫肚子。她提着篮子，在后园转了转，很快挖到几棵荠菜。

沿着野草遍布的小径，走了几步，又看到一株巨大的香椿树。椿芽是一年一度的盘中珍馐，每年采摘的日子也就那么二十几天，过了季节便长成了绿叶，再要享用却是不能。画角挽起袖子，便要拽住一条低垂的枝条捋椿芽。不过，不知是风吹的，还是那枝条长了眼，居然躲开了她的手。她待要去拽另一条，也是如此。画角蹙眉仰望，但见满树枝条瑟瑟飘动着竭力向上弯曲。

这是成精了？但凡草木开灵智，须得五百年以上，若要化人形，须得一千年以上。这株香椿看上去最多不过百来年，居然开灵智了？画角觉得不可置信。

她眼珠一转，故意大声说道："哎哟，这香椿芽再不捋可就过季了，可是够不到怎么行？也不知府里的梯子在何处，不若我砍了树再捋。"

这般说着，画角抬手幻出一把斧头，高高举起，挥舞着便向香椿树的树干砍去。只听一阵窸窸窣窣的声响，满树枝条挥舞着向下低垂，凑到她面前左摇右摆。果然是一株开了灵智的香椿树，当真令人惊异。

画角收了斧头，抬手捋了小半篮，拍着香椿树的枝条说道："甚好，这才识趣嘛。"

似这般仅开了灵智未曾化人形的草木，只是花精木魅，并没有妖气。是以，画角原先并未察觉。这会儿再看这满园花木，忽然悟了虞太倾为何没有让花匠修剪这些花木了。

她提了篮子往回走，行经池畔时，看到水面上数十只鸭正在游水，每一只都油光水滑，瞧着甚是肥美。作为胐胐妖，抓只鸭倒不是难事。她躲在池边草丛中，待到鸭子上岸时，逮了一只白鸭，一只绿头鸭。

画角掂着鸭脖子笑道："到底宰哪一只呢？我瞧瞧哪一只肥。"她一手拎一只，正在试哪一只重。却听绿头鸭"嘎嘎，嘎嘎嘎……"叫了几声，这叫声抑扬顿挫，语气宛如说话一般。画角吃惊地低头，只见绿头鸭仰着脖子，黑豆眼瞪着她，带着一丝祈求。这也是一只开了灵智的？

画角将绿头鸭放在池边，问道："你想说什么？"

绿头鸭垂头，扁嘴在地面上划拉了几下，仰起脖子朝画角"嘎嘎"叫了几声。画角低头看去，只见草地上写了几个字："吾瘦，白鸭肥。"

画角愣住了。要说鸭开灵智的极少，但也不是没有。但是一只开了灵智就认字的鸭，只怕是万中无一。

画角问道："你怎会识字？"

绿头鸭又在地上划了几下。

"幻成人时学的。"

画角觉得自己走眼了，既能幻成人，那不就是妖了吗？可她瞧着它明明不是。

鸭："修为尽失。"

画角明白了，鸭妖曾经也是千年之妖，后来妖力尽失，便成了一只普通的鸭。可它毕竟开了灵智，心智自与一般的鸭不同。这种鸭，画角食之也难以下咽。于是指着另一只鸭问："这只呢？"

绿头鸭又划出几个字。"愚钝可食。"

画角拎起白鸭，说道："好嘞，那就这一只。我是清蒸呢，还是酒酿？这么肥，要不做成烤鸭，熏个鸭脖，鸭肠鸭血不能浪费，炒个鸭肠，再做个鸭血豆腐。"

白鸭自然听不懂画角的话，只是在她手中扑腾着。绿头鸭却是听懂了，黑豆眼惊恐地看着画角，腿一软，栽倒在地。

"这园中，像你这样被夺了修为的妖，还有谁？"画角问道。

绿头鸭生怕画角将它也清蒸红烧了，鸭嘴在地上划得飞快，很快写了几个字："椿树、蛇，还有一只新来的怪兽。"

什么怪兽？绿头鸭仰起脖子朝前面"嘎嘎"叫了几声，画角向前望去，只见池塘畔的一块石头上，蹲着一只兽。也怪不得鸭子叫它怪兽，模样确实有些怪异，她从未见过。它的体形和肫肫大小相似，鼻子有些长，此时正蹲在石头上，恶狠狠地盯着画角。

一轮疼痛过去，新的一轮马上又来临。如此循环往复，人犹如生而又死，死而复生。一直到日落月升，虞太倾方慢慢睁开眼，手指微微动了动，只觉身子好似化成了一摊血泥，一丝力道也没有。

狄尘红了眼眶："都监，都是我的错，倘若我早一点带雷指挥使找到你，你就不会滥用术法，也不会如此遭罪。"

虞太倾强撑着坐起身，摇摇头，恍恍惚惚说道："不怪你。狄尘，方才我做梦了。"

他极少做梦，但凡有梦，定是怪异荒诞的。他曾经梦到过自己独自徘徊在茫茫雪原，也梦到过漫山遍野布满血红色玉石，还梦到过冰封的大海，怒涛翻滚着冻结。

方才昏迷时，他陷入了梦境中。这一次梦到的却是一棵巨大的树，其高逾千仞，顶天立地，百仞无枝，撑开的树冠好似一把巨伞，遮天蔽日。树干呈紫色，其叶泛青，树上有珍禽栖息，树下有异兽奔腾。他晓得这是所思梦。可是，他不明白，这些他从未见过的景象为何会无缘无故出现在梦中。

"狄尘，你去园中，把我今日擒拿的梦貘带过来，我有些事要问它。"

他降伏梦貘后，并未将它诛杀，而是收了它几千年的妖力，将它装在降妖袋中带了回来。它已不能再化形作恶，但他保留了它的灵识，为的便是有朝一日能用到它。

　　狄尘愣了一瞬，说道："梦……梦貘？那只长鼻子兽就是上古恶妖梦貘？"

　　虞太倾颔首。

　　"我刚才瞧见它被朏朏妖逮走了。"

　　画角推开了萤雪轩的木门，拎着怪兽的长鼻子走入院内。廊下挂着的宫灯已燃亮，光亮透过轻纱透出来，笼罩在院内开得正艳的海棠花上。

　　画角随手将怪兽扔在阶下，伸足踏在它背上，冷声问道："你是个什么东西？为何要杀我？"

　　她今日原本与绿头鸭相谈甚欢，不料这只长鼻子兽目露凶光，龇着牙气势汹汹向她扑来，看那样子是要将她置于死地。画角岂能让它得手，一脚便将它踹到了池塘中。一只被收了妖力的妖，除了脑子灵活通人性外，和普通的兽无异，她根本没将它放在眼里。

　　然而，这只怪兽也是邪门了。画角在园子里挖了几株野菜，不料一不留神，竹篮竟被它偷了。它将她捋的椿芽用爪子踩脏踩烂，还趁她不备想偷袭她。眼见着天色渐黑，画角也无心再做菜，将那只白鸭也放了，一门心思逮这只长鼻子怪兽。此时，怪兽已成了画角的阶下囚，却还不服气，仰着头直勾勾望着画角，眼中闪着诡异的光。

　　画角随手折了一根海棠枝扔了过去："你不会连一只绿头鸭都比不过吧，若是不会说话，便也写出来。为何要伤我，我可不记得得罪过你。"

　　怪兽眼中闪过一丝得意，伸爪拿住树枝，在地上写道："狂什么，你不是也和我一样被幽禁了？"

　　果然也是只识字的妖，想来也曾修成过人形。

　　画角又问："你是什么兽？"

　　怪兽嘿嘿一笑，在地上写道："他亲了你，你也亲了他。"

　　画角脑中一蒙。在梦里，虞太倾亲了她，这事只有和她一道历过噩梦的人晓得，这只兽又是如何得知？画角诧异地打量着长鼻子怪兽，只见它身量比狸猫大一点，尖耳长鼻，是她未曾见过的兽。莫非，这是雪蓉的原身？

　　"你是梦貘雪蓉？"画角挪开踩在它背上的脚，居高临下地望着它。只是，它为何会在园子里出现？雷言将它降伏后给了虞太倾？难道不该把它关入天枢司烈狱吗？

画角又问:"你为何在都监府?"

梦貘起身,伸了个懒腰,瞪了画角一眼,执着树枝又写道:"你斗不过他。"答非所问的一句话。

"不说是吧?"画角斜睨它一眼,抬手一晃,手中瞬间多了几个纸人。

她唇角勾起一抹冷笑:"我记得,上一次的纸人七杀你只历过斩首、刺心,是不是还没历过开膛破肚,要不然,这一回让你试一试……"画角手中捏诀,纸人头朝下倒着飘浮在空中。转瞬间,梦貘便也倒吊着挂在了海棠枝丫上,它头朝下嚎叫一声,连连哀求。

画角笑吟吟说道:"那你倒是说,你怎么来都监府的,雷言为何没诛杀你?"

梦貘飞快抓起树枝,刚要写,院门被推开,虞太倾在狄尘搀扶下,缓步走了进来。他身着月白襕袍,外罩着素色软衫,廊下灯笼的亮光映在他身上,衣衫随风飘拂,有一种波光潋滟的恍惚感。

"是我从雷指挥使手中将梦貘要了过来,我有些话要问它,后园有困妖阵,不怕它逃了。"他低低说道,声音低哑而缥缈。画角亲眼看过他病发时的样子,这会儿再看他,竟有一种不真实感。

"虞都监,你有事命狄尘过来说就是,怎么还亲自跑过来。难不成你不来,我还能将它诛杀了?"

虞太倾瞥了狄尘一眼。狄尘会意,上前将梦貘自海棠树上带了下来。

梦貘哀叫了几声,拾起树枝,在地上飞快写道:"她想将我开膛破肚、鸩杀、千刀万剐。"

虞太倾垂眸笑了笑,视线忽然凝注在梦貘方才写的几个字上:他亲了你。

狄尘也看到了,那张面无表情的脸上居然闪过一丝波澜:"这个他是谁?"

梦貘眼中闪过一丝愤恨。它说胐胐妖要凌虐它,他们竟然无视了。人啊,果然感兴趣的永远是八卦。既然如此……梦貘雪蓉执着海棠枝,又写道:"她也亲他了。"就在它被降伏的最后一刻,噩梦消失的那一瞬间,它看到了。狄尘一怔,不可思议地瞪大了眼睛。

画角提着裙子走上前,不动声色地将那几个字掩在了裙下,笑微微问道:"都监可还有事?"

虞太倾尴尬地轻咳一声,原本苍白的脸色,这会儿有点五彩斑斓:"我来还有一事相告,我们在九绵山遇到穷奇和梦貘之事,我已命狄尘给屈阿勒他们下了噤口咒,此事,你也莫要说出去,不然,平白惹得人们恐慌。"

画角"嗯"了声说道:"后园有困妖阵,我是出不去的,便是能出去,我也不会乱说，都监且放宽心。"

她说着望向虞太倾，不料虞太倾也恰向她望来，两人目光相触，都想起方才搂抱在一起的画面。画角有些不自在，目光躲闪着看向别处。一阵夜风袭来，廊下挂着的灯笼随风摇曳，自纱绡中透出的光穿过满树海棠花照过来，在两人脸上映出忽明忽暗的绯红色光影。

"如此……甚好。"虞太倾颔首缓缓说道。

狄尘的目光还凝在地面的字上，似乎百思不得其解："都监，你可晓得这他和她指的是何人？"

虞太倾轻咳一声："应是不相干之人。"

画角忙说道："狄护卫，夜里风凉，您还是带虞都监回屋歇息吧。"

虞太倾刚发完病，身上虽不再疼痛，但这一番折腾势必让他去了半条命。此时倘若被冷风侵袭，最易染风寒。狄尘连连颔首，搀着虞太倾向院门处行去。

梦貘雪蓉从鼻子里哼了一声，伸爪在地上又挠了几下，慢悠悠地跟了过去。它以前在绕梁阁做过伶妓，早已将男女之间那点事看得透彻。

画角低眸看去，见地面上多了一行字：一对狗男女。她盯着这一行骂人的字，不知为何，心中居然并未着恼。她跟在后面将虞太倾送至院门处，漫不经心地瞪了梦貘一眼。

昨夜这恶妖将众人折腾得几欲丧命，今夜没惩治它算便宜它了。梦貘雪蓉晓得画角在虞太倾跟前不敢对它怎么样，挑衅般地望着画角，一扭一扭地跟在虞太倾和狄尘身后去了。画角蹙眉思忖，也不晓得虞太倾留着梦貘要做什么。

两人一兽沿着小径渐渐远去，忽见一个奴仆提灯急匆匆赶了过来，到了虞太倾近前，禀告道："小郎君，宫里来人了，曲嬷嬷正在会客厅作陪。"

第十四章 退亲和逼婚

来人是圣人身边的大总管尤福,生得白白胖胖一脸福相,笑起来两眼眯成一条缝。虞太倾步入厅堂时,他正与曲嬷嬷一道吃茶。看到虞太倾进来,扬了扬手中的拂尘,起身上前见礼。

"老奴见过小王子。"尤福的目光在虞太倾面上流转一圈,吃惊地说道,"小王子可是患病了,脸色怎的如此不好?"

曲嬷嬷闻言也上前查看,倒吸一口气问道:"今早回来时还无恙,怎的不到一日光景便病成这样了?"曲嬷嬷说着,便吩咐身旁的下人快去请御医。

虞太倾摆了摆手,淡然道:"不用了,我这是积年的旧病,养两日就无碍了,不必延医问药。"他说着在圈椅上落座,招呼尤福坐下,问道:"尤大总管深夜莅临寒舍,可是陛下有旨?"

尤福摆了摆手中的拂尘,尖着嗓门说道:"小王子今儿一日没出府吧?看来那些流言蜚语还没传到你这儿来。"

曲嬷嬷也有些意外,问道:"尤大总管,什么流言蜚语,到底何事?"

尤福轻叹一声:"整个阊安城都传遍喽。说是今儿一早,小王子命人把御史大夫崔崇的千金崔娘子给关到天枢司烈狱了，城中都传崔小娘子犯了事，也有传崔小娘子是妖物的，说什么既然押在了烈狱，那必是和妖有干系。崔崇今儿在殿前跪了一日了，说是要陛下还崔娘子一个公道。"

虞太倾吃惊地说道："我早前已命狄尘知会雷指挥使放了崔娘子，怎的还惹出这么多是非来？我明儿个到宫中说清此事。"

"哎哟，"尤福端起茶盏，啜了一口，"小王子，你有所不知，倘若崔娘子当真有罪，倒也好说，正因你抓了又放，这才惹得崔御史不依不饶啊。说你坏了崔小娘子的贞节名声，陛下也无言以对啊，特地命奴连夜给小王子通禀一声，问问你的意思。"

"我的意思？此话何意？"虞太倾挑眉。

曲嬷嬷有些意外："陛下的意思，不会是想要两人结亲吧？"

尤福点点头，缓缓放下茶盏，脸上露出暧昧的笑意："陛下正有此意，也唯有如此，才能恢复崔小娘子的名声。是以，陛下才命我来问问小王子的意思。小王子今年也一十有九了吧，明年就及冠了。据说那崔小娘子秀外慧中，才逾文姬，貌并王嫱，与小王子堪称天设地造的一对璧人。听闻此番小王子亲自到九绵山伏妖，想必与崔小娘子也有过照面，不知您意下如何？"

虞太倾靠在圈椅上，眉头越蹙越紧。他未曾想到，不过耽搁了这一日，事态竟然朝着他无法控制的方向狂奔而去。他自九绵山回来，原本就该即刻去天枢司和崔兰姝会面，岂料因着发病，竟将此事耽搁了。也怨他太心急了，倘若没有囚禁崔兰姝，日后寻个机会见她一面，其实也是可行的。这会儿倒有些追悔莫及。

他苦笑一声说道："尤大总管，你这一张嘴，不去做媒人可惜了。"

尤大总管笑了起来："小王子要是愿意，老奴倒是乐意去做这个大媒，只恐身份不够格。"

虞太倾笑了笑，问曲嬷嬷："曲嬷嬷，你觉得这件亲事如何？"

曲嬷嬷抬眼正对上虞太倾宛若春风般的笑意，沉吟了一瞬，说道："小郎君的亲事由不得我来置喙。小郎君既是问起，我便多一回嘴。小郎君是陛下嫡亲的外甥儿，又是南诏的小王子。崔家的门楣的确不算高，崔御史也不过从三品的官职，远远配不上小郎君。"

曲嬷嬷顿了下，又道："不过，那崔小娘子倘若当真如传闻那般拔尖儿，倒也勉强算般配。"

"这好说。"尤福说道，"老奴今儿就是来讨小王子的示下，倘若你真有意，改日托太后她老人家把崔小娘子请到宫中相看相看也就是了。"

两人说完，皆望向虞太倾。虞太倾放下手中的茶盏，拂了拂衣袖，淡淡说道："这倒是不必了，崔小娘子并非毫无罪过，因着我今日病发，顾不上去天枢司审讯，待我明日到天枢司上值，再传唤崔娘子一次，将此事解决。"此话一出，尤福和曲嬷嬷面面相觑，眸中皆闪过一丝震惊。

尤福试探着问道："不知，崔小娘子所犯何罪？"

虞太倾神色中带着几分凝重："非礼之罪？"

"啊？"尤福以为耳朵不好使，挠了挠头，问道，"什么……什么罪？老奴没听清。"

虞太倾脸色肃然："我还未及审讯，待查实了方能定罪。"

尤福"哦"了声，正欲再说什么，忽听得窗外"咔嚓"一声，似是树枝断裂的声响。

"什么声音？"尤福脸色微变。

虞太倾唇角笑意绵柔，双目中却闪过一丝锋锐之色："无碍，也许是鸟雀。大总管，劳你回宫如实禀告陛下。"

尤福满脸堆笑，起身说道："老奴晓得了，回宫定如实回禀陛下。小王子早些安歇吧，如此方能早日恢复元气。"

刚过月朔之日，夜色幽黑，空中无月，只有檐间的灯笼散发着淡淡的光芒。画角走得飞快，整个人如一团迷雾，很快穿过月亮门，入了后园。都监府会客厅在前院，她原本是出不了后园的，但方才听闻宫中来人，便吐出了妖珠。如此一来，很轻易便出了困妖阵。

她躲在会客厅外，听到虞太倾说起非礼之罪，顿时明白他已知晓崔兰姝的长相。这一惊非同小可，不小心踩断了栖身的树枝。她一路飞奔逃回了后园。

夜色幽深，她穿过一座桥，沿着花丛间的小径，向萤雪轩而去。蓦然，眼前一黑，一物跃在她面前，阻住了她的去路。是梦貘雪蓉。借着前方不远处回风轩门前的灯光，画角看到梦貘眼眸间的得意之色。她心中暗叫不妙，这梦貘怕是看到了她出后园。

果然，梦貘雪蓉执着树枝在地上写道："你怎的出了后园，困妖阵为何困不住你？"

画角眸光流转，唇角含笑，朝着梦貘招了招手："你若想知道，且近前来，我说与你听。"

梦貘雪蓉望着画角微挑的眼角，有些心慌。它犹豫了一瞬，终究是逃离困妖阵的心思战胜了害怕。这胐胐妖虽可怕，但在梦貘心中，能将山头削平的虞太倾更令她恐惧。它小心翼翼朝着画角凑了过去。

画角窥它走近，伸手一把拽住它的长鼻子，拎了起来，唇角浮起一抹坏笑。梦貘雪蓉拼命挣扎着，发出"嗷嗷"的怪叫声。

画角"嘘"了一声，低声说道："雪蓉，你不是想知道如何出困妖阵吗？我这便告诉你。你是妖，你自个儿是走不出困妖阵的。不过，我倒是可以带你出去。"她说完，抬手幻出伏妖囊，随后将梦貘扔了进去。

画角未曾再回萤雪轩，而是沿着园中小径，潜行到粉墙边，翻身出了后园，也出了都监府。方才她也是心中慌乱，竟然还逃回了后园。她如今其实该做的是，逃出都监府，设法和崔兰姝见上一面。

尤福离开后，虞太倾便命狄尘在园中搜寻画角，自己则径直去了萤雪轩。大门洞开，院门空落无人，房内漆黑寂静，只余廊下灯笼空照，映得满院海棠寂寥绽放。虞太倾行至房门前，唤了几声，房内无人应答。他推门进去，挑高灯笼环视一圈，并未看到画角，提灯出了屋门，便见狄尘快步走了进来。

"都监，胐胐妖不在园中，绿头鸭说，她翻墙跑了。"

虞太倾似是早就料到如此。

狄尘疑惑地说道："都监，这后园不是有你布的困妖阵吗，胐胐妖怎的能翻墙逃逸，还丝毫未曾惊动我们？"

夜凉如水，虞太倾静静立在海棠树下，唇边勾起一抹淡笑。狄尘瞥见虞太倾唇角的笑意，万分不解。上回在绕梁阁，这只胐胐妖在他们眼皮底下逃了，彼时虞太倾极是气恼，这回又被她逃了，论理说，该更生气才是。

夜色之下，虞太倾唇角的笑意愈发深浓："因为她是人。"

狄尘愣住了："不对啊，你不是说她是胐胐妖吗？她还在绕梁阁做过妖妓，怎么可能是人？"

"她身上的确有妖气，但，凡是妖物皆是全身向外散妖气，但她的妖气却是自腹中一点发出的。绕梁阁初见那回，我便觉得奇怪，多次试探，察觉她并无胐胐妖的习性。"

当时，他只怀疑她不是胐胐妖，并未想到她竟然是人。直到在九绵山，当她拼死救了自己，又用人咒杀了穷奇后，他才惊觉她也许是人。如今，她又从困妖阵中逃走，更加证实了她不是妖。

"人怎么会有妖气？"狄尘百思不得其解。

虞太倾忽然问道："狄尘，倘若有一个和你只有几面之缘的人处于险境，你可会舍命救他？"

"舍命？"狄尘想了想，肃然摇头，"不会！和我又不熟，我为何要搭上命救他？"

虞太倾又问道："你觉得，一个女子会不会去救一个不怎么相熟的男子？"

狄尘认真思忖了会儿："这我如何知晓，我又不是小娘子。不过，我觉得男女都一样，那些小娘子又不傻，为何不顾自身安危，去救一个不相熟的人？"

"那倘若就是救了呢？"虞太倾不依不饶地问。

狄尘为难了，想了想说道："要么，是这个小娘子对这男人有情，要么，就是她对这男人有所图，再不然就是……"

狄尘伸手指了指脑袋："这儿不正常。"

虞太倾沉默下来，垂眸看到地面上写着五个大字：一对狗男女。他目光一沉，伸足踩上去，蹭来蹭去，不动声色地将地面上的字擦掉。

狄尘瞥了一眼虞太倾："都监，莫非，有小娘子拼死救过你？"

虞太倾神色一僵："不是我。我说的是别人的事。"

狄尘"哦"了声："都监，朏朏妖……啊，那个扮成朏朏妖的人，此番逃了，怎不见你生气？绿头鸭还说，她临去前还将梦貘也给逮走了。你不是有话要问梦貘吗？这回只怕不行了。"

虞太倾略怔了下，不过一瞬，便又笑了。晚风习习，一朵海棠花自树上悄然坠落。虞太倾伸手接住，望着掌心那一抹嫣红，缓缓攥住手，淡淡说道："无碍，她还会回来的。"

灯光映在他的侧脸上，映得他眸中光影重重。狄尘有些看不透虞太倾，但他向来算无遗策，他说的话，自然是准的。

画角回到府中时，夜色已深。她在林姑的念叨下，匆匆梳洗完毕，上床歇息。一夜无梦。醒来时已是天光大亮，画角伸了个懒腰，忽觉左肩有些凉意。她心中咯噔了一下，隐约记起虞太倾说过的话。

他说穷奇之所以为四大凶兽之一，不仅因为它凶悍，还因它凶戾之气甚重，若被它伤到，戾气入体，妖虽无碍，人却必死无疑。还说，只有他能救。她昨夜里已将妖珠吐出，身上再无妖气，莫非已被戾气伤到？画角慌忙褪下睡袍，露出左肩，扭头细细查看了一番。只见光洁的肩头上有一块青痕，轻轻一按，略有些疼痛。瞧上去与她平日里习武磕碰的青痕无异，并无大碍。她用力甩了甩胳膊，再未感觉到凉意，怀疑方才是错觉，莫非是被虞太倾的话吓到了？她心事重重地梳洗罢，径自去前厅用朝食。

林姑一大早起来便吩咐庖厨准备膳食，熬的软糯的粳米粥、麻油鸡蛋羹、糖白藕片、虾肉水晶饺……林林总总摆了一大桌。

她坐在一侧椅子上，一面看着画角用饭，一面开始了碎碎念："你几年未回闱安，回来后便白日黑夜不着家，我晓得你有事要忙，可也要顾及身份。你如今与以往不同了，已是定了亲的人，总要顾及一下夫家那边的面子。哦，对了，你不在的这日，裴家三郎派人来下过帖子，说是约你到凤阳楼会面。"

画角对林姑的碎碎念向来左耳进右耳出，这会儿正夹了一个虾饺塞在口中吃得正香，忽然自林姑嘤嘤嗡嗡的话语中捕捉到"裴家三郎"四个字，她愣了一瞬，问道："裴三郎，他怎么了？"

林姑轻叹一声："约你会面。"

画角一时忘了咀嚼，两腮鼓鼓地愣住了。裴如寄找她作甚？

"约的何时见面？"画角问道。

林姑将糖白藕片向她面前推了推："今儿午后。你也吃些菜。"

画角咽下虾饺，夹了片糖白藕片问："林姑，你先前不是说过，我和他如今只是定亲，还应当保持礼仪，万不可私会。这我不能和他见面吧？"

林姑笑道："你们约在人来人往的凤阳楼，只要不两人单独待在室内，倒也没什么。你带上雪袖，去见一见他也好。你们此番结亲，是因着父母之命，提前相看一下，也是好事。"

画角眼波流转，说道："晓得了，我先出去办点事，晌午前定赶回来去赴约。"

画角说完，把碗一推，径自去了，林姑喊都喊不住。她向崔府递了帖子，说自己是姜画角，求见崔兰姝一面。

在崔府门前候了好久，方得了回话，崔兰姝病了，这两日不见客。一个娇弱的闺阁女子，被妖物劫到山中，好不容易得救又被下了烈狱，连番惊吓，身子抱恙实属正常。画角有些担忧，但总不好翻墙入崔府，只得怏怏回去了。

晌午过后，林姑惦记着她和裴如寄会面之事，早早带着雪袖过来，说要为她好生装扮。画角迷迷糊糊坐在床榻上，看着雪袖打开衣柜，将各色襦衫长裙、半臂披帛铺在床榻上。

林姑挑了一件粉色襦裙、秋香色半臂披帛在画角身上比了比，摇摇头："这件颜色太俗气。"

雪袖挑了件茜色织锦裙，林姑再次摇头："这件样式老旧，上身会让人笑话我们小娘子没银钱置新衣。"

林姑的手在衣衫间翻来翻去，最终挑了件素色撒花裙，月色为底，领口和袖口处以绯色丝线镶边，裙摆上也绣了海棠花，看上去清雅而不失艳丽。

"你这几日好生在府中待着，我好请裁衣匠来给你量体裁衣，多做几身时新的衣衫。这些衣裙都过时了，倘若你想去什么花宴、诗宴，都没得衣衫上身。"林姑说着，将素色撒花裙给她穿上，左瞧右看，勉为其难地点头，"勉强过得去，就这件吧。"

画角轻叹："什么花宴、诗宴，又不会有人邀我。"

林姑白她一眼，命雪袖打开妆奁，给她绾发："怎么就没有了，郎主生前是中书令，你可是他的独女。"

收拾妥当，林姑后退几步，遥遥打量着画角，见她因着这几日没歇好，面色有些苍白。林姑摇摇头，亲自给画角敷了一层淡淡的胭脂，又从妆奁里取出一支海棠步摇簪在她的发髻上。

画角伸手扶了扶发髻，有些不自在："林姑，我又不是去相亲……"

"不是相亲是什么？"林姑截住她的话头，"你们虽说定了亲，但从未见过面，裴三郎此番约你见面，你以为不是为了相看你？"

画角想说：其实我们已经见过面了，还是在烟花之地，我还踹了裴如寄一脚，把他胸前的护心镜都踹裂了。

但想了想最终没说，她怕林姑当场晕过去。她如今就是打扮成天仙，裴如寄也会当场拒了她。她还记得裴如寄最后指着她的鼻尖说的话，又狠又无情。"你不用向我赔罪，只需记住，日后见到本将军避远点儿，更不要妄想来勾搭本将军。"

画角心虚地转了转眼珠，朝着雪袖招招手："你给我备一块面纱。"

林姑闻言夸赞她道："这才像话，出门最好不要抛头露面，雪袖，把幂篱也取出来。"

陈伯早已吩咐郑信和郑恒套好了马车，画角和雪袖上车后，郑信赶车，郑恒骑马护在后面，向凤阳楼而去。

凤阳楼是一家百年酒楼，坐落在崇安坊，东临丽水河，西边便是西市，是阆安顶热闹的去处。凤阳楼以环境优雅、菜肴新鲜美味在阆安久负盛名，也是达官贵人宴请的首要去处。画角下了马车，命郑信和郑恒在马车前候着，便带着雪袖入了酒楼。

店小二迎上前，笑容可掬地问道："两位里面请，是在一楼大厅，还是到二楼雅阁？"

画角问道:"裴如寄裴将军可有预订?"

店小二闻言,神色越发恭敬起来:"原来小娘子是裴小将军的客人。他订了二楼雅间,人还未到,请小娘子先随我来。"

店小二引着两人入了雅阁,先上了几碟点心,一壶热茶,便自行退了出去。屋内陈设雅致,簟席铺地,红木桌案,墙上挂着几幅水墨字画,虽不是名家作品,却也为雅室平添了几分韵味。

雪袖有些不满:"既是裴将军约了小娘子,何以还要摆架子姗姗来迟,这也太不尊重娘子了。"

画角挑了挑眉梢,唇角含笑:"也许啊,是故意的。"

上一次在绕梁阁见过面后,她便晓得,以裴如寄的性子,绝不会甘心娶一个未曾谋面的小娘子。她在案前坐下,斟了杯茶,抬手拈了一块桂花糕递给雪袖。她不着急,既来了,今日便自然要见他一面。如此饮了两盏茶,便听得房门被推开,云麾将军裴如寄来了。

画角回过头,瞥了他一眼,只这一眼,眼睛差点被闪瞎了。裴如寄身着银红色襕袍,金线镶边,袍摆上绣着春花秋叶、夏荷冬梅,恨不得将一年四季的花全绣上,姹紫嫣红的花随着他款步而来,波光潋滟,热闹得惊心动魄。这一身衣衫,让原本轩昂明朗、清俊洒脱的裴小将军,瞬间成了俗不可耐的纨绔公子。画角看得瞠目结舌。

裴如寄毫无所觉,朝着画角展颜一笑:"你便是郑中书令的千金,郑……不对,听闻你姓外家的姓,姜……姜画角?"

画角抬手抚了抚遮面的轻纱,浅浅一笑:"正是。"

裴如寄大步行至画角对面坐下,瞥了画角一眼,自袖中取出一柄折扇,"刷"一声打开,鎏金的扇面上龙飞凤舞四个大字:将军本色。画角一愣。裴如寄轻轻一扇,一股刺鼻的脂粉味便冲着画角袭了过来。画角忍不住掩鼻蹙了蹙眉头。

裴如寄"哎哟"了一声,抬袖嗅了嗅:"真是该死,我方才从丽华苑门前路过,那里的伶妓看我生得俊气,扯住我的袖子不放,非让我进去听曲儿,这不,沾了这一身风尘味儿,小娘子若是介意,我这便去换身衣衫。"说着,修长的手有意无意地一翻,折扇转了个面,上书:眠花卧柳裙下客。

画角唇角抽了抽,差点笑出来。她不动声色地望着裴如寄,看他还如何作妖。

裴如寄今日约画角见面,原是想退婚的。这门亲事,是阿爹所定,他与郑中书令是至交,一句诺言便定了自己的终身大事。他自然不愿,可若是由他提出退婚,阿爹知晓,自是不会应允。听闻这小娘子自小养在外祖家,是在山沟里长大的,想来没见过什么世面，也不喜花心男子，是以才在弟兄们的怂恿下，扮成这般模样。

可无论他明示暗示，这小娘子都不为所动，莫非是不识字？

画角吩咐雪袖去楼下唤店小二上来点菜，今儿她要好生尝尝凤阳楼的菜肴。

裴如寄指着扇面上的字问画角："这几个字是本将军亲自所书，姜娘子觉得如何？"

画角向前探了探身子，眼神专注地凝在那几个墨字上，清眸微眯，澄澈的眼波中透着一丝难以捉摸的深邃。

裴如寄莫名觉得这双眼有些熟悉，不及细想，就见她纤长浓密的睫毛眨了眨，认真地说道："这字笔走龙蛇、铁划银钩，一如裴将军的为人。"

裴如寄愣了一瞬，不知为何心中分外舒坦，便似夏日喝了杯冰饮一般，这小娘子还怪会夸人的。不过，她既然能用笔走龙蛇、铁划银钩形容他的字，想必不会不识字。他试探着问道："那，你可晓得这几个字的意思？"

画角抿唇一笑，露在轻纱外的双眸微微一弯："自然晓得啊，眠花卧柳，不就是说在花丛和柳荫里歇息吗？每到夏日晚间，屋内闷热难耐，我也会在花丛柳荫下铺上竹簟，幕天席地，数着流萤入眠。裴将军也喜欢吗？如此看来，我们倒是兴味相投。"

谁要和你兴味相投啊！？裴如寄不屑地"哼"了声，心说：果然是山沟里来的，还真在花丛中歇觉。可惜啊，她纵然识得几个字，却不晓得词意，这和睁眼瞎有什么分别！他着实没想到，他都如此装扮了，这小娘子还是瞧上自己了，又夸赞他字好，又说什么兴味相投，看来今日若要让她主动提出退亲有些难。

"只是……"画角迟疑着问道，"这个'裙下客'是何意，我却不懂。"

裴如寄心说：这可是你自己问的。他正儿八经地解释道："既然姜小娘子问起，我便直说了，还望你莫要伤心。眠花卧柳不是你说的意思，花和柳在这句诗中代指女子，这句诗的意思便是我是一个拈花惹草的人，最喜折柳攀花，许多小娘子都是我的相好，方才我说的丽华苑，你晓得是什么去处吗？"

裴如寄一面说，一面察言观色，见画角眉梢挑了挑，眼眸中划过一丝戏谑的笑意。他待要再细看，却见她一手支着下颔，清眸中神色专注。

她声音中充满着向往，问道："你方才不是说丽华苑是听曲儿的去处吗？裴将军可以带我去吗？我自回到阆安，还未曾在城中逛过。"

裴如寄抚额叹息，一字一句解释道："丽华苑是妓馆，乃女子卖身卖艺之处，我如何能带你去？我去妓馆听曲儿，其实也不是真的听曲儿，我是去寻花问柳。"

画角忍笑忍得辛苦，偏生还是故作好奇地问道："裴将军，寻花问柳的意思……"

"就是睡觉,去找伶妓睡觉。"裴如寄压着嗓子咬牙切齿地喊道。他端起茶盏猛然灌了口茶水,觉得真累,和没文化的人交流真心费口舌。他要真把这姜小娘子娶回府,每日里说话都能累死。

画角"扑哧"一声笑了出来,这回是真没忍住。

裴如寄愣然望着画角,看她趴在案上笑得花枝乱颤,发髻上的步摇垂下的串珠随着她的笑左右摇曳,米粒大的珍珠在室内折射着淡淡的光芒。裴如寄抿住唇,长眸中闪过一丝冷光,隐约感觉到自己被耍了。

"我的意思,我想姜娘子是明白了。"他冷声说道。

画角笑够了,瞥了裴如寄一眼,继续装聋作哑:"裴将军的意思,我不太明白。"

裴如寄想退亲的心思再明白不过,傻子才会不明白。不过,她不打算便宜裴如寄,自己想退亲偏还不想提出来,想让她先提。她偏不让他如意。

裴如寄这回不打算打哑谜了,径直说道:"我不是个专情之人,应当不是姜娘子的良配,成亲后我定会纳妾,纳一个是不够的,姜娘子应当不会介意吧?"

画角双目一亮,一脸兴味:"纳妾?那你要纳几个,两个,还是三个?三个最好,加上我正好凑一桌打马吊。"

裴如寄的脸慢慢黑了下来,不可思议地望着画角。

画角仰脸望着她,含笑说道:"要不然郎君再多纳几个可好?我和姐妹们也好组一个马球队,我最喜欢打马球了。骑马装也好看,穿在身上衬得人英姿飒爽。"

马球队!裴如寄简直不晓得她是怎么想出来的。画角却还没说完,兴致勃勃接着说道:"郎君要是还不满意,要不然纳够一百个,组个娘子军,封我做个'百夫长',随你上阵杀敌可好?"

她还想做百夫长?裴如寄惊得瞠目结舌,手中握着的扇子一时没拿住,"啪"一声落在了桌案上。叱咤阑安城的云麾将军裴如寄平生第一次不晓得如何接别人的话头。这姜娘子忒地难缠,他觉得他不得不出大招了!

隔壁的雅阁是一间茶室。槛窗大开,能看到窗外的紫丁香开得正艳,十字形的小花汇成一簇,许多簇又成一树,映得窗扉也是紫色的。虞太倾头戴玉冠,身着绯红官服,盘膝坐在案前烹茶。

室内寂静无声,窗子里有风透入,随风而来的还有隔壁雅阁内的话语声。声音虽低,但他的耳力异于常人,只要他用心倾听,还是能听清楚的。桌案一侧红泥小火炉上的水壶开了，汤水沸腾，发出"咕嘟咕嘟"的声响。虞太倾牵袖提壶，将热水倒在紫砂壶中，袅袅水汽升腾。白玉般的脸隐在雾气后，看上去有几分朦胧。他问狄尘："你可晓得隔壁雅阁是谁？"

狄尘说道："隔壁是云麾将军裴如寄，他今日约了一个小娘子相会。不过，奇怪的是，隔壁的隔壁还有一伙儿人，是他手下的两位弟兄，方才他便是与那两个弟兄在一处，也不知在商议什么，让人家小娘子候了好久才过去。"

虞太倾唇角含笑："商议的，怕是什么馊主意。"

虞太倾烫杯、洒茶，细长的手指捏着茶盏旋转，一股浓郁的茶香在室内悠悠飘散。他淡声道："有点意思。"

狄尘不解，问道："什么有意思？"

虞太倾含笑未语。这时，侍立在门外的枢卫进来禀报："都监，崔御史和崔小娘子到了。"

虞太倾缓缓放下茶盏，说道："请他们进来。"

他原本想命人传唤崔兰姝到天枢司，转念一想，昨日之事闹得太大，倘若再出岔子，只怕不好收场。他那日也是自梦境中看到了未戴面纱的崔兰姝，当时那段光影一闪而逝，他不太确定自己是否看清了。因此，他特意下了帖子，邀崔御史和崔兰姝来凤阳楼见面。

房门推开，一名枢卫引着崔崇崔御史步入室内，在他们身后，戴着幂篱的崔兰姝缓步走了进来。崔崇五十多岁，相貌儒雅，他上前朝着虞太倾施了一礼："崔某见过虞都监。"

御史大夫是从三品的官职，比之虞太倾的都监之位还要低上一级。崔崇和虞太倾同朝为官，但两人却从未有过交集，只因这位异国小王子为人低调，从不与朝中其他人寒暄。或许他也晓得自己身份特殊，虽说堂堂正正参加科考夺了状元，但圣人要他入朝为官时，他没有选六部，却选了专事擒妖的天枢司。

天枢司有雷言指挥使，崔崇和朝中其他官员一样，都认为虞太倾去了天枢司不过只是一个摆设。崔崇没想到他此番竟然亲自去了九绵山擒妖，虽说最后还是雷言带人解救了他们，但他有这份胆气，便足以令他钦佩。

可是，他没想到他居然命人将他的闺女崔兰姝下了烈狱。虽说，后来言道是误会，但名声已经坏了。眼前这人便是此事的罪魁祸首，崔崇虽说一肚子怒气，但想到若是他能和自家闺女结亲，倒也不失为一桩美事，遂在狄尘的指引下，坐在了案前。

崔兰姝朝着虞太倾欠身行了个礼，也随之落座。她透过幂篱的面纱瞥了虞太倾一眼，一颗心扑通扑通直跳。虽说当日在九绵山，她曾多次偷偷打量过他，但那会儿是黑夜，她只晓得他生得极俊美，但具体美成什么样，一时也说不上来。这会儿大白天面对面再看他，崔兰姝只觉得周身血液好似凝固了起来，呼吸也停住了，眼睛也直了。她分外庆幸自己戴了幂篱，不然这副样子若是让他瞧见，当真是丢脸。

虞太倾抬手亲自为崔崇和崔兰姝斟了杯茶，淡淡瞥了一眼崔兰姝，说道："先前是本都监办事不力，累崔娘子受苦了，我这里以茶代酒，向两位赔个不是。"

崔崇端起茶盏，皱了皱眉又放下了："都监的意思，是小女无罪，一切皆是都监之错。既如此，小女眼下名声已坏，都监只是赔罪，只怕崔某不能接受。"

崔兰姝大窘，没想到阿爹如此快人快语。来时她也听阿爹提了一嘴结亲之事，她虽不敢奢望，但也怀着一丝希冀，但阿爹此时这般提出来，明摆着是逼婚。

崔兰姝焦急地喊了声阿爹，见崔崇不为所动，忙朝虞太倾欠了欠身，万分抱歉地说道："阿爹多有得罪，还请虞都监恕罪。我虽被下了烈狱，并未受苦，都监莫要介怀。"

"无碍的，崔御史拳拳爱女之心，我自不会怪罪，反而甚是艳羡。"虞太倾浅浅一笑，修长的手指捏着茶盏，送至崔兰姝面前，"崔娘子，这杯雪山云绿，你不妨品尝一下。"

崔兰姝不敢推辞，可她头上还戴着幂篱，总不好隔着轻纱饮茶，遂抬手摘了下来。虞太倾状若无意般淡淡望着她。随着幂篱前的轻纱缓缓移开，露出一张秀美端丽的面容，正是九绵山上非礼他的红衣琵琶女。

她身穿秋香色广袖留仙裙，梳着高高的凌云髻，斜簪金镶玉步摇。她仰着脸，含羞带怯地望着他。虞太倾捏着茶盏的手指微微颤了颤，目光流转，宛若刀光闪烁。崔兰姝并未察觉他的异常，放下幂篱，小心翼翼接过茶盏，慢慢啜了一口，浅笑道："好茶。"

虞太倾在氤氲水汽中微微一笑："崔御史，不知我可否与崔娘子单独说几句话？"

崔崇一愣，眉头皱了起来："虞都监，你有话与我说便是，小女在山中受了惊吓，已是染了病，今日是抱病前来赴约……"

虞太倾不紧不慢地打断了崔御史的话："听闻崔娘子极会作诗，我这里偶得一句，百思不得下句，想请崔娘子赐教。"

一句话将崔御史噎住了，他一时不好再拒绝。只得转向崔兰姝，问道："兰儿，你身子可还好，能作诗吗？"

崔兰姝望着虞太倾俊丽的眉眼，又见他目光灼灼盯着她，一时羞红了脸。她低声道:"兰妹才疏学浅,怎敢妄言教习?不过,我很愿与都监一道探讨。"

崔御史顿时有些为难:"这……"

虞太倾眯眼道:"狄尘,你带崔御史到楼下的棋室。"

狄尘上前一步,躬身请道:"崔御史,听闻今日的棋官是茵娘,她的棋技阑安闻名,我带您去瞧瞧?"崔崇一方面想让崔兰妹和虞太倾多说两句话,一方面又有些担忧,犹豫了一瞬,最终随着狄尘离开了雅阁。

"不知,虞都监的诗上半句是什么?"崔兰妹盈盈浅笑着问道。

她在方才第一眼看到虞太倾时,便移不开视线。她自不敢奢望自己会与他有所交集。但他却主动与她攀谈,还要与她对诗。

虞太倾抬眸瞥了她一眼,脑中浮现起她长睫轻挑,眼波流转的样子。他目光低垂,落在她的唇上,眼中霎时多了一抹怒色。他淡淡说道:"琵琶弦动桃花落。"

崔兰妹有些疑惑,这上半句诗并不算难。她迟疑了一下,回道:"落棋无声桂花闲。"

他望着她华贵的罗衣,簪着钗环的高髻,唇角浮起一抹冷笑。她居然是崔氏千金?

"崔娘子忘记在桃林中的事了吗?"

崔兰妹摇摇头,有些茫然地问:"桃林中什么事?为何我不曾记得?"

虞太倾冷冷一笑。敢做不敢当,还要装傻。这与她当日的做派完全不同。

"桃花、遇渊、香艳图册。崔娘子可是想起了什么?"

"香……香什么?"崔兰妹以为自己听错了,惊慌失措地问道。深闺中的千金贵女,香艳图册对她而言,自然是禁忌。莫说看了,便是听到了也要捂耳朵。她怎么也想不到,他竟会问她这个。

虞太倾的目光自她的脸上一寸寸掠过,她的眉眼、鼻、红唇、上翘的睫毛,皆与当日的她一模一样。是她,没错!

不同的是,她在听到"香艳图册"四个字后,脸颊如被火烧,已是红到了耳根。一双明眸含羞带怒,慌乱得不知看向何处。浑然不似那日捧着香艳图册看得津津有味的样子。

"崔娘子不用装了,天枢司的烈狱还是刑部的大牢,你选一个吧。"虞太倾冷声说道。

"我到底做错了什么?"崔兰妹蹙眉,大着胆子望向他,一脸的羞恼,"虞都监,你说的话,我一句也听不懂。倘若无事,那恕我不能再奉陪。"

崔兰妹待要离开,虞太倾一把拦住她。他垂眼望着她。她有一双好看的眼睛,只是，太过清澈，一看便没有经历过磨难，不知痛苦为何物。那一日呢？不管她是嗔怒，还是微笑，抑或是挑逗，那双眼眸深处似乎都藏有一个他看不懂的世界。甚至是，当她离开时，唇角边挂着的那一抹坏笑，都告诉他，她绝不是一个简单的人。

眼前之人是御史大夫崔崇的千金崔兰姝。崔崇这一脉出自博陵崔氏，是真正的名门望族。他的嫡女自然是千娇百宠，只看她这双眼，便晓得她没受过苦。莫非，不是她？还是说，她忘记了以前的事，因此看着像是判若两人？

虞太倾上前一步，蓦然捏住了崔兰姝的下巴，左捏捏，右看看，恨不得这张脸皮是假的，本该生在别人脸上。崔兰姝被他捏得眼泪都出来了，却吓得一声也不敢吭。

画角坐在桌案前，看着凤阳楼的仆从鱼贯而入，将一盘盘的美味珍馐呈了上来，菊花鱼片、皮索饼、金盏银鱼、驼峰炙、芙蓉豆腐、羊肉脍……裴如寄要了一坛烈酒，又专程为画角要了一壶桃花酿。

他起身为画角斟了一杯桃花酿，笑道："姜娘子，似你这般女子，当真少见，裴某实在钦佩。不过，裴某只怕不能让你如愿了，'百夫长'你只怕做不成，马球队也组不了。我啊……"

他压低声音："其实，我有一个怪癖。"

画角眉梢一挑："什么怪癖？"

裴如寄该不会为了退婚，说自己有什么断袖之癖吧，那她可真会对他刮目相看。

裴如寄拍开酒坛的封泥，倒了一大碗酒，刹那间，浓烈的酒香溢了出来。他捧起碗，一气儿饮尽，眯眼一字一句说道："我酒后……会……舞剑，闹不好……出人命，就算一个马球队，我也能杀光。"

他猛然伸手，将腰间佩着的宝剑拔了出来，"刷"地朝着画角一剑刺来。

雪袖吓得惊呼一声："娘子。"

画角静静凝视着急速刺来的剑，眼睛眨了眨，身子却是一动也未动。裴如寄的剑尖在离画角肩头一寸处收住，凛冽的剑气将画角遮面的月白绣花轻纱吹得飘然欲飞。她抬眸静静看着他，眼睛微微一弯，似笑非笑。

雪袖吓得魂不附体，扑上前问道："娘子，你没事吧？"

"雪袖，裴将军是在舞剑，又不是要杀我，你怕什么？"画角目光一转，清澈的眼波落在近在咫尺的剑尖上，伸出手指，小心翼翼捏住剑尖移开。

雪袖焦急地说道："娘子，裴将军倘若清醒，自然不会杀你，可他不是说醉后有怪癖吗？他刚刚饮了一碗烈酒，这会儿恐怕醉了。刀剑无眼，我们还是离开吧，回去和林姑商议一番，还是退亲吧，这样的人可不能嫁啊。"

画角轻轻一笑，摇摇头，转首对裴如寄说道："裴将军，早听闻你剑术了得，今日难得将军有兴致，请继续。"

裴如寄愣了一瞬，实未想到画角胆子如此大，既如此，可莫怪他不客气了。裴如寄呵呵一笑，手中宝剑耍了一个剑花，刹那间剑光璀璨。他看似醉得很了，足下摇摇晃晃，在方寸之地的室内腾挪，手中剑光飞舞。室内空气被强烈的剑气搅动，便如强风袭入水中，扰得静水起了波澜。他看似快要摔倒，手中长剑凌乱毫无章法，朝着桌案刺来，一把将案上的盘碟扫落在地。

画角气定神闲地执起箸子，在碟子落地前夹了一块鱼片，放入口中，满意地说道："果然不愧是凤阳楼，这鱼片甚是鲜美。"

裴如寄气得握剑的手微颤，她还真拿自己舞剑当助兴了，他就不信她一个弱女子当真不怕。他长剑一挥，一道无形的威压越过画角，袭向一侧的墙壁，沿着墙壁轻轻划了数下。画角吃了一惊，暗叫不好。她丢下手中的箸子，拽着雪袖向旁边闪去。

只听得"咔嚓咔嚓"细微的响声，墙壁顷刻间裂开了几道缝，随后，猛然一声响，墙壁整个崩裂开来。两间雅阁原是一间大屋，中间是用厚木板隔开，被裴如寄剑气划开，木墙碎成数块木块，散了一地。

这一下，却是将两间雅阁打通了。画角一眼便看到了隔壁雅阁中的虞太倾和崔兰姝，心中顿时一惊。

虞太倾和崔兰姝此时的姿势瞧上去有些暧昧。两人凑得极近，他俯身，她仰头，他还捏着她的下颌。随着墙壁坍塌，虞太倾猛然放开手，朝着这边望了过来。躲在另一间屋内的裴如寄手下的两个弟兄听见动静也冲了过来，看到眼前情况，俱吃了一惊。

"裴将军，这是……怎么回事？"裴如寄沉着脸一言不发，暗中瞥了画角一眼，见她挽着婢女的手腕，此时正躲在雅阁的角落中，看似被惊吓到了。可是不知为何，他心中却明白，她并非真怕。方才他一时气不过想吓唬她一下，并没想着伤到她。是以在墙壁坍塌前，他已伸手去拉她了，岂料，她居然比他还快，起身拽了婢女快步躲了起来。他这个未婚妻，今日着实让他刮目相看。

裴如寄转身望向虞太倾，意识到自己似乎坏了人家的好事。当下一脸愧疚之色，上前一步，赔礼道："虞都监，我方才饮了几杯酒，略有些醉意，失礼之处，还望都监海涵。"

虞太倾目光微冷，淡淡扫了裴如寄一眼，唇角含笑："裴将军不必向我赔罪，你平白无故坏了凤阳楼的墙壁，还是向凤阳楼的主人赔罪去吧。"

他的目光有意无意落到画角身上，见她脸上遮了面纱，此时似是惊吓到了，垂着头一言不发。崔兰姝原本就身子抱恙，带病出来与虞太倾会面，此时连番惊吓，再也撑不住，身子摇摇欲坠。虞太倾上前揽住她，见她面色潮红，已是晕了过去。

崔崇崔御史随着狄尘自楼下上来，一见眼前情况，快步奔了过来，唤道："兰儿，你怎么了？虞都监，小女是怎么回事？"

虞太倾不由得苦笑了一下，指着倒塌的墙说道："崔娘子应是受了惊吓，又身子不适，是以才晕过去了，崔御史且先带崔娘子回府吧，一切待养好身子再说。"

崔御史颔首，搀着崔兰姝正欲离开。

虞太倾忽然问道："崔御史，崔娘子可有与她相貌极像的姐妹？"

崔御史摇摇头："小女上头只有一个兄长，并没有姐妹，虞都监何出此言？"

虞太倾沉默不语。桃林中那个与崔兰姝一模一样的女子，到底是何人？

这时，裴如寄手下一名兄弟也快步走了进来："裴将军，不好了，出事了。"

一名枢卫急匆匆奔了过来，禀告道："虞都监，不好了，楼下棋室的棋官茵娘死了。"

狄尘和崔崇皆吃了一惊："什么，我们在楼下看到她时，人还好端端的，怎么突然就死了？"

第十五章 我有意中人

阆安城的酒楼常会雇一些说书人、唱戏人甚至杂耍，只为了招揽客人。凤阳楼别具一格，设了一个棋室，雇了几名棋官，一些贵人、才子来此用膳，常会召棋官对弈一局。

茵娘是凤阳楼棋技最高的棋官，曾有人说，她的棋技快要及得上当年的萧素君了。萧素君是宁平伯萧勇的嫡亲女儿，曾做过太后殿中的女官，是太后的干女儿，便是如今嫁人了，身上也还有四品的敕封。当年，她未曾嫁人时，曾乔装到凤阳楼弈棋，赢遍了凤阳楼的所有棋官和前来挑战的客人。就连最擅弈棋的当今皇叔李琮闻名而来，都输了她一子。

只可惜，萧素君自从嫁人后，就再不曾来过凤阳楼。据闻，茵娘平生之愿便是与萧素君对弈一局。而此时，裴如寄望着眼前的尸体，心想：她这愿望终究是落空了。

茵娘死在与棋室相连的另一间雅阁内，这雅阁是平日里茵娘弈棋乏累歇息的地方。她应是在饮茶时被害的，跌倒在地上，一个茶盏碎落在身前不远处，地面上有洒落的茶水。她身着藕色襦裙，玉色披帛上绣缠枝梅花，发簪银钗，腕戴玉镯，额上还点了梅花妆，十指指甲上以凤仙花汁染过，由此可以看出她生前定然是一位精致的小娘子。只是，如今她的脸早已不复生前模样，身上肌肤干瘪发青，就连头发也是枯黄毫无光泽，乍一看，还以为死去的是一位老妪。

裴如寄蹙眉问道："虞都监可瞧出她是如何死的，可与妖邪有关？"

虞太倾接过狄尘递过来的羊皮手套戴上，摁了摁尸体的皮肉，仔细探看，说道："既没有受伤，也不是窒息而亡，似乎也没有妖邪侵入的气息，的确死得诡异。"

裴如寄望着碎落在茵娘身前的茶盏说道："饮茶后忽然跌倒在地，或许是茶中有毒。"

虞太倾摇摇头："据棋室中的客人说，茵娘每下完一局棋都会歇息一炷香的工夫，这回是时辰到了还不曾出来，有人进去查看，发现她已身死。一炷香的工夫便能让皮肉变成了这般样子。据我所知，世上还没有任何毒能做到。"

裴如寄挑眉："早听闻虞都监无所不知，没想到对毒也如此精通。"

虞太倾微微一笑，并不作答。他环视一周，蓦然弯腰，自地面上拈起一块沾着草叶的泥块蹙眉查看。

裴如寄又问："那么，今日这案子是归大理寺还是你们天枢司？"

"我稍后会派人禀告大理寺，这案子有些蹊跷，暂归入天枢司。我还要提醒裴将军一句，有时，没有妖邪之气并不代表没有妖作祟。"

裴如寄笑道："我又不识得妖气。"

虞太倾负手在室内查看了一圈，这棋室不算小，能容纳十数人，棋官茵娘与人对弈时，有不少人在一侧观战。其间人来人往，纵然此时扣留了几人，但难免有漏网之鱼。他又瞥了茵娘一眼，目光忽然凝在了她的耳垂上："你说，一个小娘子，既然戴了玉镯、银钗，耳上为何没有饰物？"

裴如寄一愣，想了想说道："论理是该有，但我不是小娘子，也不太懂她们的心思，要不我找个人问问？"

凤阳楼中出了命案，食客们自然不能再在凤阳楼消遣，皆被枢卫和禁军驱离而出。画角和雪袖随着人流自楼中出来，一些好事的食客不愿即刻离开，皆聚在凤阳楼门前议论纷纷。画角自这些人的只言片语中了解到，那个死去的棋官叫茵娘。

"茵娘也不过二十多岁，正值韶龄，可是她的脸在死后皮肉忽然就萎缩了起来，瞬间就老了几十岁，又干又青，真是吓死人了。"

"不单单是脸上，手也是……转眼便缩成了鸡爪一般，看着真是吓人啊。"

"怎么会这样？莫非是有人害的？"

"自然是，不是被人害的，难道茵娘会想不开自绝生路？方才她还谈笑风生，说今日一定要赢了我们呢。"

画角蹙了眉头,觉得此事有些蹊跷。她和雪袖上了马车,却并不急着离开,而是坐在马车中等候裴如寄。郑信守在马车旁,郑恒则在凤阳楼门前候着。

天色渐近黄昏,西边天空落日熔金。几只飞鸟并排落在凤阳楼屋脊上,斜阳给它们的青色的翅膀镀上了一层金边。聚在门口的客人逐渐离开,店家在门前挂了"歇业"的牌子,凤阳楼门前霎时清冷起来。

又候了会儿,便见店里的仆从撑着竿,将气死风灯挂在大门两侧,昏黄的灯光瞬间洒了一地。几名枢卫自大门而出,随后便见狄尘护着虞太倾和裴如寄走了出来。

郑恒一见忙走了过去,还未曾近前,便被一名枢卫拦住了。他忙施礼说道:"裴将军,我们小娘子有事请教,已是候了多时,还望将军一见。"裴如寄朝画角所坐的马车瞥了一眼,有些意外。虞太倾觉得郑恒有些眼熟,略一回想,便认出他来。

"你是……"虞太倾想起当日郑恒在偷看香艳图册,唇角含笑道,"原来,你是郑中书令府上的护卫。"

郑恒一看到虞太倾,便想起了陈伯说的癞蛤蟆穿红袍,忍着笑躬身施礼道:"见过虞都监,在下正是郑府护卫郑恒。"

虞太倾想起方才在雅阁听到的话语,看了眼裴如寄,问道:"听闻裴将军和郑府的小娘子定亲了?"

裴如寄原想和画角退亲,并不想将此事大肆宣扬,含含糊糊说道:"算是吧。既如此,我失陪了。"

画角掀起马车上的窗帘,朝外张望,见虞太倾站在凤阳楼大门前,灯笼的亮光笼着他,映出他精致的眉眼。她想起方才所见,不知为何心中有些憋闷。她原本担心他见到崔兰姝的样貌后会发难,没想到他倒是不介意,倒是她多虑了。如此看来,也许他当日说的要将她下大狱只是说说而已。看他和崔兰姝的样子,说不定他和崔家还能结亲。她正这般想着,忽见虞太倾朝她这边望了过来,明知此时脸上遮着面纱,她却还是一惊,慌忙将帘子放了下来。

片刻后,只听得车轮声响,似是一行人都离开了。

裴如寄行至马车前,隔着车帘问道:"姜娘子还有何话说?"

画角掀起车窗的窗帘,径直问道:"裴将军今日约我见面,可是要退亲?"

裴如寄一愣,眯眼隔着窗子望向她:"原来姜娘子晓得我的来意。"

画角眉眼含笑:"裴将军想必不怎么常去戏班子看戏,演得不太像。还有,是谁和你说的,拈花惹草之人须得穿得花枝招展?"裴如寄顿时有些汗颜。

画角的目光自裴如寄斑斓的襕袍上扫过,又道:"裴将军也不像酒后施暴之人,你只不过是对这门亲事不满意，又何必如此大费周章，与我直说便是，我也不是非君不嫁。"

裴如寄心中一喜："这么说，姜娘子同意退亲了？"

画角点点头："还请裴将军代我约见伯父，亲事是家父和裴伯父定下的，我父母皆已不在世，只有亲自出面告知伯父了。"

裴如寄没想到折腾半日，终究是如愿了，心中欢喜："既如此，今日倒是我小家子气了。日后，姜娘子若是有事，裴某定会全力相助。"

"倘若有事，我自会请裴将军相助，届时还望你不要忘记今日之言。"

裴如寄一愣："那是自然。"

"我就晓得裴将军是重情重诺之人，听闻你所掌的禁军管辖城西十六坊，夜里常出去巡城。阆安城近些时日似乎不太平，我送裴将军一符护身。这是我前些日子从庙中求来的驱妖符，极其灵验，还请裴将军平日里带在身上，危急时可以保命。"画角取出一张朱砂黄符递了过去。

裴如寄的父亲和阿爹是知交，阿爹既然在重病离世前将她托付给裴伯父，可见裴伯父必是阿爹信得过之人。裴如寄看不上她，原本可以直言不讳地说出来，但他费尽心机只为让她先提出退亲，其实也顾及了她的面子。倘若她一个小娘子被裴府退亲之事传扬出去，定会让人以为她有多不堪。裴如寄愿意让她先提，冲这一点看，他还算不错的人。因此，画角特意提点了他几句，并送他一道驱妖符。

裴如寄摆摆手，却并不去接："我自小到大，还从未见过妖邪，纵然当真有妖物作祟，以我的身手，妖物也近不得身。你这符咒，多半是坑人的，花了不少银两吧，你还是自个儿留着用吧。"

画角黛眉微颦："裴将军，听闻方才凤阳楼的棋官死得蹊跷，说不定是妖邪作祟，要我说，这符你还是收下吧。我还有，不缺这一个。"

裴如寄勉强接过，随手塞在袖笼中。他蓦然想起一事，问道："你们出门，会不会发钗、手环、耳饰这样成套装扮？是否会独留耳上不佩戴？"

画角摸了摸耳上垂挂的坠子，说道："自是成套佩戴，裴将军为何问起此事？莫非那位棋官耳上没有耳饰？"

裴如寄微微一惊，没想到画角如此敏锐。他点点头，看了眼天色："正是，不过，也许是我们多虑了。天色已不早，姜娘子该回府了。"

画角晓得他不便同她多言案子之事，遂不再多问，道了声"告辞"，朝着他淡淡瞥了一眼，眼波中的笑意在黄昏的流光里格外醉人。她松开手，车窗的帘幕徐徐落下，马车渐渐远去。

裴如寄呆立在当场，总觉得那双明眸有些熟悉，仿若在哪里见过。

　　他正在苦思冥想，张潜和李厚凑到他近前，张潜问道："将军，姜小娘子同意退亲了吗？"李厚也问道："属下说的法子好用吗？"

　　"好用个屁。"裴如寄抬脚朝着李厚屁股上踹了一脚，"你们出的什么馊主意，还有脸过来说。"

　　天气日暖，身上的冬衣再穿不着了。这几日，林姑请了裁衣匠入府，为画角量体裁了几件春衫，又嫌画角的首饰不够，这日将画角撵了出去，让她去购置钗环。

　　西市是阆安城最热闹的街市，果子行、书画铺、胭脂水粉、布匹绸缎、茶点香料……各色铺面应接不暇。画角带着雪袖入了吉祥阁，这是一家老字号的珠宝铺子，里面金银珠钗、簪环步摇、玉镯玉佩……应有尽有。店小二见她进来，忙笑着迎上前，引着她去看钗环。画角看了一圈，挑了一支梅花簪、镂空的金手环、一对耳铛。雪袖说阆安小娘子如今时兴贴花钿，店小二又引着画角去选花钿。

　　雪袖觉得莲花状花钿好看，画角却不觉得，两人正在争执，就见几个婢女拥簇着两个华服小娘子走了进来。为首的小娘子是西府大伯父家的堂姐郑敏，她一入店门便一眼看到了画角，神色明显一愣。画角上回在西府和祖母吵了几句，临去前放了狠话，说是要和西府断了关系，是以她只淡淡瞥了郑敏一眼，便神色淡漠地转过脸，继续挑选花钿。

　　雪袖未曾注意到郑敏进来，手中拿着一枚莲花花钿，在画角额上比了比："娘子，我觉得这莲花花钿很是衬你，不如就买这枚吧。"

　　画角却觉得自己的容貌不是清雅端丽那一挂的，指着一枚红色爪形花钿说道："雪袖，这枚你觉得如何？"

　　雪袖瞥了一眼，摇头说道："这不是龙爪花吗，太妖异了，不好。"

　　郑敏不知何时走了过来，探头望了一眼雪袖手中的花钿，随手拈起一枚牛角状的花钿说道："我觉得啊，这枚更衬你家娘子。"

　　雪袖一脸不快："这枚才不衬我家娘子，大娘子若是喜欢，便自个儿戴吧。"

　　郑敏笑吟吟道："怎么不衬呢？你家娘子犟得牛一般，和祖母都敢顶嘴，我觉得极配。"

　　这时，与郑敏一道进来的小娘子见状走了过来，问道："阿敏，你与这位小娘子相熟？"她身着秋香色襦裙，鹅蛋脸，长眉杏目，模样很漂亮，只是看人时，神色间带着一丝轻傲之意。

　　郑敏一时不知如何回答，想了想说道："她啊，是我的……我常说的堂妹。不过，她如今不认我们了。"

"哦，便是你常说起的，那个……堂妹？"女子抿唇一笑，意有所指地说道。很显然，她晓得画角和郑敏之间的恩恩怨怨。

"如此说来，我倒是觉得，这里的花钿都不太适合，倒不如让她跟掌柜的定做一枚蛙形翠钿。"

在阆安城，小娘子们聚在一处，常玩一种花牌，输了的便要贴一枚蛙形花钿，还要学蛙呱呱叫。画角自小与郑敏斗嘴互呛，两人谁也不让谁，平日里比这还难听的话也说过，她早已习惯了。这会儿听见一个素未谋面的人居然也敢奚落她，心中有些不快。她转身盈盈一笑，问道："你是何人？"

小娘子挑了挑眉，一脸倨傲："我叫孔玉，我阿爹是吏部侍郎。"

画角勾唇笑了笑："吏部侍郎啊，那孔娘子阿爹的官做得好大啊。"

孔玉脸色微变，淡淡"哼"了一声，说道："也不算大，不过足以让我能收到静安公主殿下牡丹宴的帖子，不晓得你收到了没有啊？"

画角虽常年不在阆安，但一年一度的牡丹宴，她还是晓得的。不过，牡丹宴的请帖，她自然是没有收到。画角也不隐瞒，不以为意地挑眉："我没有收到。"

孔玉叹息一声，面上浮起一抹惋惜之色，颇为遗憾地说道："每年阆安城最大的盛会便是牡丹宴了，不能去真是太可惜了。"同情的语气中夹着一丝若有似无的得意。很显然，在阆安城贵女们的眼中，能收到牡丹宴的请帖，是极大的荣耀。

郑敏笑吟吟地说道："倘若妹妹认回祖母，安安心心做郑家的孙女，说不定就能得到公主府的请帖呢。"

画角瞥了她一眼，扬眉微笑："请帖什么的，我倒是不甚在意。"她随手挑了一枚花钿，便带着雪袖去付账。

郑敏如影随形地跟了过去："妹妹可是后悔了？不若这样，我回去同祖母说一声，让她认回你。"

画角并不答话，付了银两，雪袖上前，捧起店小二递过来的放钗环的木匣。画角看也不看郑敏，便向外行去。郑敏气得咬牙，上前拦住了雪袖。雪袖冷不防被她一挡，手中的木匣跌落在地上。"哐"一声响动，惊动了正在挑选珠宝的客人，众人的目光皆投向这边。

画角轻叹一声，郑敏这不依不饶的性子何时才能改？她原本不想与郑敏计较，吉祥阁毕竟不似府中，人多眼杂，倘若两人吵架之事传扬出去，对她和郑敏都不是好事。她瞥了郑敏一眼，淡淡说道："我并未后悔，日后也不会后悔，我也不至于为一张请帖打自个儿的脸。除非祖母后悔了，否则，我是不会再回西府的。"画角说完，与雪袖一道径自离去。

郑敏愣在当场，望着画角出了店门，方才僵硬地转过脸。孔玉走上前，挽住郑敏的胳膊，压低声音说道："郑中书令夫妇皆不在了，你这堂妹孤苦伶仃的，没想到脾气还挺倔。听闻她常年在山里，不通人情世故，且等着吧，阑安城可不是那么好混的。她一介孤女，背后没有大人撑腰，日后还不知怎么任人欺凌呢，旁的不说，只怕嫁不出去呢。你且等着看好戏吧。"

郑敏一愣，高声喊道："孔玉，你说什么呢？"

孔玉面色一僵，讪讪道："我只是替你说话罢了，怎么了？"

郑敏蹙着眉头，一把甩开孔玉的胳膊："用不着。"说完，转身径直前去挑选钗环。

孔玉低声嘀咕道："往日里对人家恨之入骨，这会儿又装什么好人？"

日光透过漏花窗，洒下一室斑驳的光影。一名枢卫在落地罩外禀告道："虞都监，茵娘的父亲杨大和母亲王氏已带到。"

虞太倾放下手中朱笔，淡声道："传。"

王氏一入屋内，便跪倒在地上，哭得肝肠寸断："茵儿啊，你就这么没了，让娘日后可怎么活啊……"

杨大一脸悲戚地膝行到虞太倾面前，扑通扑通磕头："虞都监，小女死得惨，您一定要抓到凶犯，替她报仇啊。"

"你放心，本官绝不会放过凶犯。我且问你，茵娘可与什么人结过仇怨？"

杨大摇摇头："小女秉性善良，且自小就痴迷弈棋，于其他事上鲜少上心，不曾听说她与何人结仇。"

虞太倾又问："她可曾婚配？"

杨大再次摇头："不瞒您说，小女已经二十有五了，因沉迷弈棋，执意要嫁在棋盘上能赢她之人。因此，至今未曾婚配，贱内为她的亲事操碎了心。"

"近些时日，茵娘可有什么异常？"杨大摇了摇头。

王氏迟疑着说道："我家茵儿近日每天夜里都会看着一盘残局枯坐，一坐就是大半夜。这算不算异常？以往她不这样的。"

虞太倾目光一凝，问道："残局？她可有说什么？"

王氏抹了把泪水，想了想说道："有一次我催促她歇息，她欢喜地与我说过，不让我再为她的亲事操心，她自个儿找到郎君了，有人赢了她。"

"也就是说，茵娘有了相好？他姓甚名谁？你可曾见过那人？"虞太倾问道。

杨大闻言，一脸惊愣地指着王氏："如此大事，你为何从未与我提起？"

"我也不晓得是真是假，再问她却不说了，更不曾见过那人。"王氏哭哭啼啼说道。

虞太倾蹙眉："你再想想，茵娘可还说起过关于那人之事。"

王氏摇摇头，忽然说道："对了，前几日，茵娘戴了一对新耳坠，她说是那人送的。"

"耳坠？"

虞太倾想起茵娘空空如也的耳垂，蹙起了眉头："耳坠如今在何处？"

王氏道："茵娘一向戴在耳上的。"

"是什么样的耳坠，你可能画出来？"

王氏走到案前，执起朱笔，歪歪扭扭画了几笔，勉强能看出耳坠的样式。

虞太倾皱眉，眼见一时半会儿再问不出什么来，便命枢卫将杨大夫妇送回去。他合上卷宗，正欲出门，枢卫又进来禀报，说是公主府的管家有事要见他。虞太倾命人通传，片刻后，公主府的陈管家走了进来。

他四十来岁的年纪，看上去很是精干，见到虞太倾恭敬地施礼问候："见过虞都监。"

虞太倾点点头，淡声问道："什么风把陈管家吹来了？可是公主殿下有什么示下？"

陈管家笑眯眯地掏出一张请帖，递到虞太倾手中。

"是这样的，公主殿下喜好花木，这两年她命人侍弄的牡丹，出了新品种。至于是什么样的，请容老奴先卖个关子，您去了就晓得了。公主殿下定于四月二十八邀请各位至园林赏牡丹，还望虞都监准时赴会。"

虞太倾挑起了眉头，他对牡丹宴没兴致。陈管家看出他的心思，笑着说道："旁人谁都可以不去，虞都监却不能不去。"虞太倾微微一愣。

陈管家颇为感慨地说道："虞都监莫非不晓得，这牡丹宴最初的创办者可不是我们公主殿下，而是小王子您的母亲文宁长公主啊。自从文宁长公主和亲去了南诏，就再也没去园林看过她亲自栽种的牡丹，如今您来了，说什么也得去啊。"

虞太倾沉默了一瞬，说道："请陈管家转禀公主殿下，我一定前往。"

"甚好甚好。"陈管家再施一礼，说道，"那老奴这便告辞了。"

陈管家离去后，虞太倾拿起请帖瞧了一眼，蹙眉又放下了。他从不知他的母亲文宁长公主喜好侍弄牡丹，他对她的印象只停留在她咽气的那一瞬。她跌倒在院内的石阶下，口中源源不断地淌出鲜血，染红了阶下的土地。她目光中的神采慢慢消失，目光所望之处，正是大晋的方向。每每思及这个场景，他便心中绞痛。

有人在落地罩上轻轻敲了两下，虞太倾抬头看去，见是雷言缓步走了进来。他的目光掠过虞太倾手中的请帖，淡声说道："虞都监，我方才到殓尸房查看了棋官茵娘的尸首，似乎并无妖物作祟的迹象，这案子我们原不该插手，我已经命人将此案转到大理寺了，稍后大理寺便会来人将棋官茵娘的尸首移走。"

虞太倾翻开卷宗，指着茵娘身死时现场之人的口供说道："茵娘的死状明明很蹊跷，不似人能做到的。"

雷言点点头："不见得人做不到，只是我们不知罢了。但若说是妖物作祟，为何茵娘身上无一丝妖气残留？"

虞太倾唇角噙着一抹淡笑，盯着雷言的脸看了几眼，闲闲说道："指挥使，我之前明明向你禀过，如今有的妖并无妖气，便如绕梁阁的梦貘。"

雷言呵呵一笑："虞都监，我雷言诛妖无数，还从未见过没有妖气的妖，你说的梦貘，还有什么穷奇，当真不是做梦吗？这些上古之妖早已在世间绝迹，你说你见到了，我如何信得？哦，你说你救回来的那些人也见到了，他们如何识得梦貘和穷奇？"

雷言说着，目光在虞太倾身上流转一圈，又道："虞都监，你又识得梦貘和穷奇吗？明明连术法都不会，只凭古卷上看到的推断，未必就是对的。"虞太倾冷冷一笑，不再多言。以雷言的刚愎自用，此时，便是梦貘活生生在他眼前，只怕他也会说这是只变种的狗。

雷言又瞥了一眼桌案上的请帖，说道："方才陈管家可是给你送牡丹宴的请帖了？"

虞太倾颔首："正是。"

雷言颇艳羡地说道："还是你有面子。"说着，摇摇头，负手离开了。

虞太倾有些莫名其妙，楚宪上前说道："都监，方才，我瞧陈管家先行去了雷指挥使那里，说公主殿下请他花宴那日派人去园林巡视。我瞧着啊，雷指挥使是心中憋着气，跑您这儿撒气来了。您是牡丹宴的座上客，他却是巡视跑腿的，心中能舒坦吗？"

虞太倾有些好笑："这个牡丹宴，不就是赏花吗？怎么，雷指挥使也喜欢花？"

"虞都监啊，您初来大晋，有所不知，牡丹宴，说是赏花宴，但主要啊，还是看人，牡丹宴其实就是让年轻的郎君和小娘子相看的。如今谁都不愿盲婚哑嫁，都想寻个自个儿中意的。虽说大晋风气开放，但平日里还是很难见到这些深闺中的小娘子，但在牡丹宴上却能都见到。还有，但凡能收到静安公主请帖的，都是阆安城的贵胄子弟和大家闺秀，也不用担心门第太低。"

虞太倾有些傻眼，他以为牡丹宴就是去赏花的，实没想到是这样的。他唇角牵了牵，问道："所以，雷指挥使为何这么想去牡丹宴？"

楚宪低声说道："雷指挥使的夫人不是前两年病故了嘛，大约是想续弦了。"顿了下，楚宪不好意思地说道，"虞都监，您能不能带下官一道前去？以下官的身份，只怕入不得园林，下官活了这么久，还从未看过牡丹呢。"

虞太倾唇角含笑，瞥了他一眼："所以，你只是去看牡丹？"

楚宪笑了，挠了挠头："主要还是看人，顺道看一下牡丹。自然，以下官的身份，只怕没有小娘子相中我，我只想去开开眼。听闻每年在牡丹宴上还要举行诗会画会，选出诗绝、画绝、琴绝、棋绝、歌绝。但凡得了这五绝之一，那这小娘子的风头直逼每年科考的状元及第，不愁嫁不到皇室侯门了。"

虞太倾轻哼一声，不以为然："娶妻还是要两情相悦，与她会不会赋诗作画、跳舞唱曲又有何干？"

楚宪目光一转："都监莫非是有了意中人，那您和那小娘子说了吗？要不然，她若是去了牡丹宴，只怕会被别人相中了。"

虞太倾敲了敲桌案，唇角漾起一抹笑意："放心吧，她……"他想说，她只是一个会伏妖的小娘子，不是什么大家闺秀，又怎么会去牡丹宴。可话未出口，自己先愣住了。他为何会想到她？

楚宪笑了："都监不说我也晓得，您说的是崔小娘子。不过，都监应不用担心，圣人不是要为您赐婚吗？"

虞太倾目光一冷："不许胡说，我已禀明圣人，不会赐婚的。"

楚宪一愣，慢慢"哦"了声，又道："我倒是有些担心都监您，您要是去了牡丹宴，不知会被多少小娘子看中。"虞太倾未曾言语。

楚宪试探着问："都监您的意中人，到底是何人？"

虞太倾的面色忽然冷了下来，露出拒人千里的漠然："楚宪，你可是不想随本官去牡丹宴了？"

楚宪一愣，慌忙做噤声状："都监，您放心，我绝不再多问。"

府中来了客人，还是一位貌美如花的小娘子，听闻还是未过门的三少夫人。一时间，府中的婢女都争相前去端茶倒水，都想瞧瞧画角什么模样。画角端坐在亭内，眼看几位婢女又是端茶又是送茶点和果子，每个人都盯着她看了又看。画角有些不自在，她今日是来退亲的，又不是来相亲的。她的心一直悬着，生怕裴家认为她不知好歹，坏了阿爹和裴伯父多年的交情。

裴如寄的父亲裴承不到五十岁，蓄着胡子，瞧上去有些威严，但说话却很和气。他听画角说明来意，接过她退回来的聘书，扫了一眼，温声问道："阿角，伯父可以这样叫你吗？"画角点点头，自从爹娘过世，好久未曾有人如此唤过她了。

裴承缓缓说道："你可是因为阿爹阿娘过世，心中有些顾虑？其实，伯父同意你和阿寄的亲事，也不全然是因你阿爹的临终嘱托。我常听你阿爹说起你，原本也很中意你。"

裴承看了画角一眼，又道："我家三郎虽说原是庶出，但他人还不错，不是伯父夸他，他能做到云麾将军，全凭他自个儿的本事。性子虽有些顽劣，但谦和知礼，将来你进了府，他若欺负你，伯父绝不会轻饶他。这门亲事，你不再考虑考虑？"

画角轻轻一笑："伯父，是我不懂事，我自小在山野长大，受不得阆安城的规矩，恐怕要辜负伯父的一番好意了。"

裴承见画角主意已定，长叹一声："是我们三郎没这个福气。亲事纵然不成，你若有事，尽管来找伯父，我替你出头。"画角心中感激，忙连声道谢。

这时，有婢女在外面禀告："郎主，夫人到了。"话音方落，便见厅堂的珠帘被掀开，一个妇人翩然走入屋内。画角忙起身施礼。这妇人生得花容月貌，且面貌如双十年华的韶龄女子般鲜妍如花。既然是夫人，想必便是裴如寄的生母。听闻她以前是妾室，如今已经扶正做了继夫人。只是，裴如寄如今也快弱冠之年了，她母亲怎么也快四十岁了，怎瞧上去如此年轻？妇人微微一笑，说了声"免礼"。她上下打量一番画角，微微眯眼："你便是与我们阿寄定亲的郑家小娘子？"

画角轻轻颔首，只觉这裴夫人目光流转间有一股若有似无的媚态，令人为之所迷。

"模样生得倒是不错，怎么，听闻你瞧不上我们阿寄？"

画角明显能感觉出来，裴夫人的态度，与裴承完全不一样。她话语里明显带着一丝鄙薄，她显然并不同意这门亲事，但当画角前来退亲时，又觉得失了面子。画角犹豫了一瞬，挑拣些好听的话说道："裴夫人言重了，我怎么会瞧不上裴将军？原是我不能在阆安常住，因此，不得不退了这门亲事。"

裴夫人"哼"了一声，神色稍微缓和了些："既如此，望你出去莫要再提此事，原本你们的亲事并未大定，也就我们两家知晓，如今既然退了亲，便当作没有这回事吧，如此，对你和阿寄而言，都是好事，也方便你们再议亲。"

画角忙点头称是，事已办妥，便不再打扰，起身告辞。一出了厅，便见一个婢女鬼鬼祟祟走了过来，悄悄递给画角一张请帖："我们三郎君让奴婢拿给小娘子的。"

画角疑惑地打开，发现竟是静安公主牡丹宴的请帖。

"这是牡丹宴的请帖，你们小郎君可有说什么？"画角问道。

婢女轻声说道："郎君命我传话，感谢你退了他的亲，他不会让你吃亏的，他一定让你在牡丹宴上相到一个如意郎君。"

画角听雪袖说起过，牡丹宴其实不单单是赏花，也是阆安勋贵之家的子女相亲的筵宴。她没有收到请帖，倒也不觉得遗憾，因她原本就没什么兴致前往。她没想到，裴如寄居然为她谋到了一张请帖，还要助她相到如意郎君。可见他对她能退亲是多么感激，这也正说明他对这门亲事分外不满，急于想摆脱这门亲事。

画角勾唇一笑，将请帖递还给婢女，说道："多谢你家小郎君，不过我用不着。还请你转告他，此番能顺利退亲，是他所愿也是我所愿，他不必觉得愧疚。"她压根就没想过要嫁入裴府，怎的搞得像她多想嫁一样。

婢女却并不敢接："小娘子还是饶了奴婢吧，若是连这点事都办不好，小郎君定会骂我的，这请帖您还是拿着吧。"

画角无奈，只好收下，随着婢女沿着院内甬道向外行去。裴府中花木繁多，青石铺就的路基旁，栽种着一簇簇花木，花茎有半人高，卵圆形的叶子在风中摇曳，枝杈间长满了花蕾，虽没有绽放，已隐约能瞧出日后绽放时艳丽的风姿。画角记得，在九绵山林隐寺中，似乎就曾见到这种花。她顿住脚步，诧异地问道："这不是曼陀罗花吗，怎么府中竟栽有这种花？我记得此花似乎有毒。"

曼陀罗并非名贵花木，其名来自佛教中的梵文，其实它也被称为"醉心花""狗核桃"，此花常分布于山野，鲜少见到有人栽种在府中。画角儿时在山野玩耍时常常见到，族中大人告诫她此花有毒，不让她轻易碰触。

婢女解释道："此花是夫人用来做药的，虽说有毒，但平日里避开它不要误食便无碍。"

画角听她提起夫人，不禁好奇地问道："你们夫人今年芳龄几何？"

婢女含笑说道："夫人年前刚过了生辰，已是三十有七了。"

画角"哦"了声，不禁感叹这位裴夫人保养得真好。

每年春日，阆安城最大的盛会便是牡丹宴。画角虽然得了请帖，但她并不想去。这几日，被穷奇伤过的肩头总若有似无地发寒。起初她还以为是错觉，直到寒意扩至整个胳膊，她便出门找郎中诊治。谁知去了好几家医馆，郎中们都是束手无策。章回也无计可施，看这情形，她还要去求虞太倾。

一想起她从都监府逃走时，还顺手将梦貘偷了回来，画角就追悔莫及。早知如此，她就不偷梦貘了。她原想向梦貘雪蓉探听她背后那大妖的身份，可是梦貘这回就算她以七杀之刑逼问，她也说不出个所以然。看这情形，她是真不知。

她正想着怎么寻个理由将梦貘还给虞太倾，再让他帮自己诊治穷奇的戾气。谁知，林姑自雪袖口中得知画角有请帖，顿时欢喜起来，原本因着退亲之事，她已是两日不曾理睬画角了，听闻这个消息，她提前一日便将画角穿戴所需准备齐全了。

四月二十八一大早，林姑便命雪袖将画角喊起来，为她梳妆打扮。生怕画角不去，她带着雪袖，亲自将画角送到了牡丹园。

牡丹园位于城东，距皇城不算远。据说，文宁长公主在和亲南诏前最喜侍弄牡丹，太后特意命人在城东辟了一大片园林专门让她栽种牡丹。

天下牡丹数神都最是出名，阆安城原本极少栽种，还是文宁长公主命人自神都移植过来，在花圃精心侍弄，每年还会栽培新品种。到了四月花开之日，她便广邀阆安城名门贵女，一同赏花。如今虽说她已不在，这习俗却还是沿袭了下来。

马车行了将近一个时辰，方抵达牡丹园。姜画角还是第一次参加这种盛会。她自小随外祖家隐居山中，族中也就几位同龄姐妹，平日里常在一处厮混。姑娘们聚在一起，不外乎比试术法。有一段时日，她们也曾效仿贵女们，玩了回投壶，不过投着投着便又暗中施了术法，到得最后，便又是比试术法了。

马车在牡丹园大门前停稳，林姑嘱咐了几句，让她谨言慎行，要有贵女的做派，这才不放心地让她下了马车。

这日的天色清朗，空中流云缥缈，陌上花开渐次，扑面而来的风里，有着缕缕暗香。眼前的牡丹园比她想象中要大得多，估摸着占地得有二三十亩，四周以粉墙围着。大门附近和围墙周边不仅有禁卫军巡逻，还有天枢司的伏妖师和枢卫走来走去。戒备森严，妖物邪祟若想潜入，是万万不能的。门前不远处，有一大片空地，已停满了各种马车和犊车，显然她已是来得晚的。

画角提裙行了几步，颇觉不习惯。今日林姑给她选的是湘妃色织锦飞鸟裙，绣花披帛，雪色绣花斗篷，这是林姑最近新给她做的衣衫，不但样式时新，布料也是阆安城贵女们今年流行的云罗纱。她以往的衣裙皆以舒适耐穿易打斗为主，今日这衣裙华丽飘逸，上身后衬得人飘飘若仙。画角不自禁感叹，云罗纱不愧被阆安城贵女竞相追捧，当真是柔软细滑。只是，但凡昂贵的东西，有时不见得耐用，只怕刀鞘都能将衣裙刮得脱了丝。

画角缓步前行，织锦襦裙流曳而下，随着她的步伐摇曳生辉。她带着雪袖径直朝大门而去。几位宦人专门在门口查验入园的贵人。画角递出手中的请帖，为首的宦人瞥了她一眼，大约看她是新面孔，便随口问道："请问，您是哪家的小娘子？"

画角浅浅一笑:"我是郑中书令府上的。"

宦人"哦"了声,将请帖递还给画角,另一名宦人上前,正欲引着画角进去。忽听得有人"咦"了一声,画角回首望去,见是那日在吉祥阁遇到的孔玉。她和两名小娘子缓步而来,朝着画角施了一礼,笑吟吟地说道:"姜娘子也来了?"画角淡笑着回了一礼。

孔玉将自己的请帖递了过去。她每年都来牡丹宴,宦人早已识得她,瞥了眼请帖便挥手让她进去。孔玉笑了笑,不经意般问道:"咱们这请帖,不会有假冒的吧?"孔玉说着,淡淡瞥了画角一眼。

宦人一愣,原本画角就是新面孔,这会儿因孔玉提醒,生怕出了岔子。今日来的皆是贵人,万一有冒名顶替的歹人入内,出了事谁也担待不起。宦人便又要回画角的请帖,仔细验看,见请帖并无异常,便问道:"你当真是郑中书令家的小娘子,可有人做证?"

雪袖气恼地说道:"不是凭请帖入园吗,怎的还要看人?"

宦人并不看雪袖,朝着画角躬身施了一礼,客气地问道:"请问小娘子,这请帖是公主殿下派哪位宦人送到府上去的?"画角一时哑然。

为首的宦人又问身旁的其他宦人:"请帖是我们几人分发,你们可有到郑中书令府上送过请帖?"

宦人们摇摇头,其中一人说道:"除了我们几人,还有陈管家,莫不是陈管家送的?"

不过一会儿,大门前便聚了好几人,皆是年轻的小郎君。画角这个他们从未见过的小娘子,于他们而言,是新鲜的。不由得停住脚步,画角不进去,他们也聚在一边儿围观。这边的动静很快吸引了在一旁巡视的天枢司枢卫,他们快步行来问道:"出什么事了?"

为首的宦人忙笑着说道:"出了点岔子。"他转向画角,又问:"请问,是陈管家送到府上去的吗?"

画角不想再纠缠,甚至打了退堂鼓,不想再去牡丹园。可面对宦人的咄咄逼人及周围人疑惑的目光,只怕自己此时说不进去了,会更引人怀疑。可她若说是陈管家,这宦人势必会去求证。她只得将裴如寄供了出来:"这请帖是裴将军派人送到府上的。"此话一出,众人顿时一愣。这是他们完全没有想到的答复。

"那不是裴将军来了吗?"有人喊了一声。众人抬眼看去,便见裴如寄和几位小郎君说笑着缓步而来。他今日未曾穿军服,也没有像凤阳楼那日一般打扮成花蝴蝶,而是身着月白色圆领襕袍,腰间坠着玉佩,发髻高束,簪星曳月,显然是精心装扮过，少了几分武将的戾气，俨然一位洒脱的贵公子。

一位看热闹的小郎君迎上前，率先问道："裴三郎，这位小娘子说她的请帖是你送的，可是真的？"

裴如寄微微一笑，目光越过眼前的重重人影，落在画角的身上。他瞬间愣住了。这明眸皓齿、浅笑嫣然的小娘子，是谁？

第十六章 繁花不及你

裴如寄还未曾反应过来，姜画角已漫步向他行来。她步伐轻快，长裙飘曳，裙裾上刺绣的飞鸟，随着她跃动的脚步，好似展翅翩飞一般。与裴如寄一道前来的几个小郎君，在看到画角那一瞬，不由得收起了脸上嬉笑的表情，变得恭谦知礼起来。

一个小郎君暗中用胳膊肘撞了下裴如寄的身子，低声问道："裴将军，你认得她？"

裴如寄静静站着没动，直到画角行至他面前，朝着他嫣然一笑，艳色逼人，让他一瞬间有些窒息。他自然认得她，不但认得她，还印象深刻。因为这个小娘子在那一夜颠覆了他多年来的两个认知。

第一个，小娘子都是柔弱的。她看似柔弱，但踹他的那一脚却力道极大，让他心口因此疼了好几日。这事已是他平生最丢脸之事，每每想起就咬牙切齿。第二个，平生第一次遇到一个瞧上去还顺眼的小娘子，她居然是伶妓，还是一个喜欢女子的伶妓。

可是，此时，这个伶妓居然出现在牡丹宴上。就如同只在暗夜绽放的月见草，忽然盛开在日光下，还如此明媚张扬。又如同生活在池水的游鱼，忽然出现在大海中。

这不是她该来，更不是她能来的地方，可是她却偏偏来了。

画角原是想报出裴如寄的名讳，先行入了园再说。未曾想裴如寄恰好来了，只好走到他跟前折腰施礼，语气熟稔地说道："裴三哥，你送的这张请帖不能入园，还须你过去说一声，告诉他们我是姜画角。"

姜画角？姜画角！他定亲时聘书上和他并排写在一起的那个名字！？裴如寄一脸震惊，不禁摁了摁额头，觉得有些头晕目眩。身旁的小郎君又撞了他一下，低语道："裴将军，你怎么了？你认得这位小娘子吗，能不能给引荐一下？"

裴如寄反应过来，一把甩开身旁的人，上前抓住姜画角的胳膊，越过人群大步向牡丹园而去。还在等着他回话的宫人一看，忙追了过去，问道："裴将军，她是……"

裴如寄回首，冷声说道："我认识她。"

宫人吓了一跳，赔笑道："既如此，便请两位入园去吧。"

牡丹园占地数十亩，不仅仅植有牡丹，还有芍药、蔷薇、木槿、辛夷花。此时都是花开之时，各色花朵争相绽放，芬芳冶丽。园内，锦衣华服的贵女和郎君三五成群穿行其中，笑语声不断。

裴如寄拽着画角的胳膊，沿着鹅卵石铺就的蜿蜒小径，一路向花丛之中行去，直到四周无人，才放开她的胳膊。这是一片辛夷花林，粉白两色的辛夷花开得娟秀静好，有一种远离喧嚣的清绝脱俗。裴如寄的目光在画角面上一转，问道："这究竟是怎么回事？你不是绕梁阁的伶妓吗，怎的成了郑府的小娘子？"

画角晓得瞒不住裴如寄，也不打算再瞒他，娓娓说道："你应当听伯父说起过，我与阑安一般的小娘子不同，是在外祖家长大的，我自小修习的不是女红，而是术法，那日在绕梁阁，是为了诛妖方便，才扮作伶妓的。"

裴如寄万万没有想到事情是这样的。他半信半疑地问："所以，那日你给我的符咒，其实是你自己画的？"

画角点点头："不错。"

"那你和那个抱影……"裴如寄略踯躅了下，又问道，"你们两个其实不是……"他一时有些难以启齿，不知怎么问。

画角没想到裴如寄还记着这件事，遂笑着说道："不瞒裴将军，抱影便是妖，我生怕你跟过来被她伤害，才故意那么说的。"裴如寄"哦"了声，忽然觉得今日的阳光似乎分外明媚。

画角见他不再言语，说道："裴将军，你还有什么要问？若是没有，我们也该过去了，不然，我的婢女该等急了。"

刚才，他二话不说，就拽了自己过来，雪袖只怕已是急死了。"你既与我退了亲，想必今日也是要相到如意的小娘子的，既如此，我们还是快些出去为好。不然，你我孤男寡女在此待久了，恐怕于你我名声有损。"画角分开面前的花枝，缓步向前走去。

裴如寄张了张嘴，想说什么，蓦然发现有些词穷。只有眼睁睁看着她迈着娉婷的步子远去，华美雅丽的裙裾迎风飘飞，衬得柳腰纤细不盈一握。两人沿着原路返了回去，遥遥便见雪袖站在小路尽头东张西望，她身后还有几个小郎君也候在那里。见到两人过来，几人忙迎上前。

为首的小郎君目光凝在画角脸上，笑着说道："裴兄太小气，不肯为我引荐，我便自荐好了。姜娘子，我是薛棣，开伯侯府世子。方才我已听人说起，小娘子父亲是郑中书令，家父与郑伯父颇有些交情。"

画角对薛棣施了一礼，客气地说道："见过世子。"

话音方落，礼部侍郎的四郎君梁骛挤了上来，笑道："姜娘子，我叫梁骛。"

画角看着梁骛"哦"了一声，缓缓说道："你便是礼部侍郎的四郎君？久闻大名。"

那个到绕梁阁亵玩妖妓丢了魂魄的梁四郎，倒是没想到他这么快便自狱中出来了。

梁骛一喜："你听说过我？那真是太好了，日后小娘子若是有什么难处，只管找我便是，我一定赴汤蹈火，在所不辞。"

裴如寄皱眉上前，不悦地拦住梁骛："姜娘子能有什么难处？纵然有事，还有我呢，与你什么相干？"

梁骛瞪了裴如寄一眼："裴兄，你这就不厚道了，郑中书令和我父亲还有你父亲都是同朝为官，我们一样的关系，怎的就不能找我了？再说了，姜小娘子她听说过我。"

裴如寄冷冷一笑："你名气大得很，在绕梁阁狎妓差点丢了命，谁没听说过你？"

梁骛素日里喜好在风月场合鬼混，也晓得裴如寄看不惯他，但裴如寄以往从未在小娘子面前揭过他的短，今儿这是怎么了，竟然当众下他的脸。他冷哼一声，暗中用胳膊肘撞了裴如寄一下，嬉皮笑脸地看着画角："姜娘子，没有的事，莫听他胡言乱语。"

裴如寄不动声色一笑，忽然扬了扬下巴，看向前方不远处："梁骛，你心心念念的仙子在那边，怎的还不过去？"

前面不远处有一座四面开阔的花亭，有两位贵妇正在亭中寒暄，其中一人引着一个小娘子与另一名贵妇打招呼。"这是兰儿吗，一晃眼就这么高了，我都快认不出来了。"身材微胖的贵妇一脸感慨地说道。

画角随着裴如寄的目光看过去，认出那个小娘子正是崔兰姝。她本就生得秀美端丽，今日来花宴显然精心装扮过，越发显得气质高贵娴雅。她盈盈浅笑，朝着问话的妇人屈身行礼："兰姝见过伯母。"

那微胖的贵妇笑得双眼微眯，牵住她的手连连说好，显然是极喜欢她。

梁骜瞥了崔兰姝一眼，目光便又落在画角脸上，眼前这小娘子是从未见过的新鲜美貌，他自然无暇再去追逐过去的迷恋。他遗憾地摇头："崔娘子被抓到烈狱过，谁晓得……"

他正想再说什么，忽然意识到画角还在眼前，改了口道："你别胡说，仙子这不是在我眼前吗？"

裴如寄唇角勾起一抹冷笑："往日里，也不知是谁每日里偷着跟踪崔娘子，只为了见她一面。"

"裴三郎。"梁骜低声叱道，气得一张胖脸都变形了，"我一向当你是兄弟，你怎的这么不识趣？你个小妾生的，你以为你阿娘扶正了，你就和我们一样了？别给脸不要脸了。"

梁骜不屑地看他一眼，转首对画角说道："姜娘子，你不晓得吧，他阿娘以前不但是妾室，还是伶妓出身呢，你可莫和他……"

"梁四郎……"

"梁兄，你少说两句吧。"围观的一名小郎君上前捂住了梁骜的嘴。

梁骜挣扎了两下，抬眸看去，只见裴如寄一双星眸带着寒意凝视着他，右手搭在了腰间的剑柄上，正缓缓向外拔剑。

他们这帮人仗着家世显赫，在阆安作威作福，但自身其实都没什么本领。唯有裴如寄，实打实凭着自身超绝的功夫做到了云麾将军，他们曾见识过他的剑术和枪法，不说横扫三军，也能以一当百。说句实话，裴如寄若想揍他，根本用不着拔剑，几拳就能将他打趴下。可他居然拔剑了。梁骜吓得顿时噤声。

开伯侯世子薛棣忙上前斡旋道："裴兄，你消消气，四郎嘴上不把门，莫和他一般见识。"

裴如寄挑眉冷笑："世子，你别管。"

画角见状，伸手覆在裴如寄握剑的手上，抬眸淡淡瞥了他一眼，唇角挂着温柔的笑意。她微微用力，将他的剑推了回去。她转身朝着梁骜淡淡一笑："伶妓怎么了，被迫沦落风尘却洁身自好的伶妓有不少，我觉得她们比那些自诩出身高贵却行事肮脏卑鄙的人强太多了，你说是不是啊，梁四郎？"围观众人愣了一瞬，都品出了这话里的别有意味。

梁骜面色一沉，不可置信地说道："你……你说什么？"

画角笑靥如花地望着梁骜："你觉得我说得不对吗？你是不是该向裴将军致歉？"

梁骜哪里肯？

"据我所知，你前些日子犯了事，如今能安然无恙，想必是梁侍郎请托吧。我想你也不愿自己亵玩……"画角顿了下，以口型说"妖妓"两个字，"……之事传扬出去吧。"

阑安城并没有关于梁骜亵玩妖妓的传言，想来是朝廷生怕传扬出去引起百姓恐慌，特意将消息压了下去。但不管如何，在她看来，梁骜能这么快出来，并不符合律法。旁人不晓得他和妖有关，她却晓得。

画角的口型旁人看不懂，梁骜却是看懂了，他惊得目瞪口呆，不晓得画角怎会晓得他的事。他僵着脸慌忙摆手说道："姜娘子，我不晓得你是从哪里听来的，简直是无稽之谈。裴将军，方才是我口不择言，你莫要怪罪。"说完，他灰溜溜地落荒而逃，一刻也不敢再待下去，生怕画角将他的事说出来。

"哎，怎的说走就走了。"薛棣一脸疑惑，"三郎，我去瞧瞧。"

画角望着两人的背影，冷冷笑了笑。裴如寄低眸看去，日光下，她的脸笼着一层淡淡的光晕，唇角噙着一抹得逞了的狡黠坏笑。满园花事繁盛，芬芳冶丽，然而，此时此刻，在他眼中，再美的花也及不上她唇边那一抹笑意迷人。

牡丹园不但花木繁多，亭台楼阁也独具匠心，最引人注目的便是一个大暖棚，静安公主新培育的牡丹便在棚中。花棚极大，占地约两三亩地，四周以楠木围成，以透明的琉璃覆顶，可透光而入。因此，棚内便和屋外一般敞亮。棚内挖了数道沟渠，引入山中温泉，纵是冬日，亦是暖意融融。

花棚内栽种的，皆是名贵的牡丹品种。譬如：姚黄、魏紫、白雪塔、御衣黄、玉楼点翠……朵朵盛放，端丽华贵，绚烂绝艳。今日前来赴宴的世家贵女、朝廷命妇，无不是盛装打扮，日光透过琉璃洒入棚内，映照在一道道云裳霞帔的身影上。但是，今日的主场是牡丹，盛装的人们点缀在花丛中，人人都成了陪衬。

画角随着裴如寄在花丛中观赏牡丹，不时遇到三三两两结伴赏花的小娘子们研判的目光。这也是她不愿来花宴的原因之一。她自小不在阆安城长大,与这些小娘子皆不熟稔,独自赏花难免尴尬。但如今由裴如寄陪同更加格格不入,反而引人注意。她低声说道:"裴三哥,你若有事自去忙吧,不用陪我。"

裴如寄挑了挑眉,低声说道:"我无事,你方才得罪了梁骜,我若不在你身边,只怕他找你麻烦。"

画角浅浅一笑:"我又不惧他。"

两人说笑着转过一道弯,只见前方一大簇一人高的牡丹花株,其上开满了纯白色镶金边的牡丹。

牡丹花株旁,有两人翩然凝立。其中一人是静安公主李琳琅,画角与虞太倾初遇那次,曾在桃林远远打量过她一眼。此时她身着一袭毫无纹饰的素色布裙,整个人素净朴实,不似皇家帝姬,倒似田间农女。一名身着华美衣裙的贵妇站在她身旁,伸手自静安公主李琳琅手中接过花剪,"咔嚓咔嚓"毫不犹豫地将多余的花枝皆剪掉。

"花木是要经常修剪的,不然任它随意生长,只会破坏整株花木的美感。"贵妇面上罩着轻纱,只露一双清眸,她一面说一面手下不停,熟练地修剪着花枝。

静安公主无奈地望了眼散落地面的花枝,一脸不舍:"萧姑姑,这枝是不是可以留着,你瞧这朵花开得多好。"

贵妇萧氏执花剪的手微微一顿,望着静安公主摇头轻叹一声,一剪刀将花枝剪掉在地,指着面前的牡丹花株说道:"公主殿下,这株新品种培育得不错,但花枝肆意生长,花朵分布不够疏密有致,我再修剪修剪。"

静安公主李琳琅忙拦住她,说道:"哎呀,萧姑姑,我喜欢让花木肆意疯长,你就莫管了。你瞧瞧,花枝都将你的衣袖挂破了,你还是去那边找人弈棋吧。要不然,你到处走走,多给世子相看几个小娘子。"

画角蹙了蹙眉头,低声问裴如寄:"此人是谁?怎的公主对她如此尊敬?"

裴如寄低声说道:"她是宁平伯萧勇的嫡亲女儿萧素君,曾在太后殿中做女官,也是太后的干女儿。出宫后嫁给了开伯侯府薛家,她夫君薛祥官至兵部尚书,其子便是方才我们遇到的薛棣,还有一个女儿叫薛槿。萧素君年轻时是文宁长公主的伴读,自小看着静安公主长大的,因此,公主将她当亲姑母一样看待。"

"她便是那个乔装到凤阳楼弈棋,赢了所有棋官,连皇叔李琮都输了她一子的萧素君?"裴如寄点点头,说正是。

凤阳楼的棋官茵娘被害时,画角听围观之人说起过,茵娘平生之愿就是能与萧素君对弈一局。画角没想到能在花宴上见到她,不由得多看了她几眼。

静安公主李琳琅终于说服了萧素君，自她手中接过花剪，交给跟在身后的宫人，引着她朝这边行来。

裴如寄缓步上前，施礼道："见过公主殿下，见过薛夫人。"

薛夫人萧素君含笑点了点头，静安公主李琳琅的目光却越过裴如寄落在画角脸上，好奇地问道："裴将军，这位是……"

静安公主忽然想到什么，了然地"哦"了一声："你特意向我求了一张请帖，说是要请一位小娘子过来，就是她吧？本宫每年都开花宴，竟从未见过她，不知是哪家的小娘子？"

裴如寄说道："禀公主殿下，她是前中书令郑原家的小娘子姜画角，因自小在外祖家长大，今年初才回阆安，是以，殿下并未见过她。"

静安公主轻笑道："原来如此。"

画角也走上前，朝着静安公主和薛夫人分别施了一礼。

薛夫人的目光落在画角脸上，端详片刻，颇为满意地点了点头，含笑问道："姜娘子今年多大了？"

画角含笑回道："回夫人，今年十八。"裴如寄见薛夫人问起画角的年岁，眉头微不可察地蹙了下。

"萧姑姑，这姑娘生得好，年岁也与世子相当，不过，我瞧着啊，说不定已是名花有主了。"静安公主瞥了一眼裴如寄的脸色，笑着说道，"一会儿要选五绝，你们记得过来。"

静安公主说着，与薛夫人一道去了。画角瞧着两人走远了，方舒了口气，这种被人相看、评头论足的感觉真的很不自在。

花棚一侧，是选五绝的重云殿。殿宇高大，有两道月亮门与花棚相通，方便众人赏完花直接到重云殿歇息。此时，殿内已摆满了桌案杌凳，宫人们穿梭其中，将笔墨纸砚、瑶琴琵琶等乐器摆放在案上。大殿四周的空地上，摆满了盆栽的牡丹、芍药等花株。

画角寻了个杌凳坐下，裴如寄早已被一帮小郎君拽走了，远远跟随在身后的雪袖这才上前与画角坐在一起。第一场比试是诗画，静安公主拟了题目"问牡丹"，几个擅诗赋丹青的贵女们则走到高台的桌案前，执起朱笔，开始赋诗作画，崔兰姝和孔玉皆在其中。众人生怕扰到她们，皆轻声细语。

画角游目四顾，见众人神色各异，痴迷、紧张、担忧、兴奋，这让画角不由得想起了绕梁阁的花魁比试。同样的比试技艺，只不过伶妓换成了贵女，争夺花魁之位换成了五绝。

画角身侧的一名贵妇神色紧张地合掌祷告："一定让我家小女在赋诗上拔得头筹。"

画角挑眉问道："得了头筹有何好处？"

贵妇诧异地瞥了画角一眼，压低声音说道："世人皆道嫁人是女子的第二次投胎，倘若嫁得好，便一生顺遂，若是嫁得不好，这一世也便完了。但凡在牡丹宴上拔得头筹，日后嫁人便能可着整个阆安城的权贵挑了。说不定还能入宫呢，你说这算不算好处？"

画角"哦"了声，一时不知说什么好，清眸中闪过一丝深深的厌倦。贵女们的诗画已完成，由宫女们排成一行，手中举着画作和诗作，这些画和诗并未署名，由众人选出其中的佼佼者，再由本朝几位有名望的诗画大家选出最终的胜者。

一殿静寂中，有宫人高声喊道："康王殿下驾到。"

"留安王到。"

"天枢司都监到。"

众人纷纷回首，只见一名宫人手执拂尘，引着一行人缓步而来。为首的康王李邺二十三四岁的样子，身着华服，头戴金冠，缓步而行。与他并肩而行的是当今圣人的皇弟，康王李邺的皇叔，留安王李琮。他轻袍素履，缓步而行，唇角挂着一丝温雅的笑意。虞太倾锦绣华服，信步走在最后，碗口大的牡丹就在他身侧肆意绽放，花瓣千重，美得雍容端庄、惊心动魄，却也不能夺去他一分的绝艳。

画角慌忙垂下头，深觉自己昏了头。虞太倾不但是天枢司都监，还是当今圣人的外甥，康王的表弟，这样的盛会，怎么会少了他？这回若是让他看到自己，真实的身份便会泄露。又一想，她最终还是要去找他医治穷奇的戾气，那时他势必会知晓自己非妖而是人，如此，也不能再隐瞒自己的身份。这么一想，画角心中反倒释然了。

康王、留安王和虞太倾在宫人指引下坐在了主位上，几位诗画大家选出了几位佼佼者，交到三人手上。留安王深谙弈棋之道，于诗画上也颇有造诣，他瞥了两眼后，选中了一幅水墨丹青《牡丹九问》和一首《牡丹赋》，交给了虞太倾和康王。两人扫了两眼，表示认同，静安公主也没有什么异议，便命宫人上前宣布。崔兰姝和孔玉分别获得了画绝和诗绝。

康王低声问虞太倾："崔娘子得了画绝，你可是有些后悔？父皇说给你赐婚时，你便该答应。"

留安王似是未曾听说过此事，诧异地挑了挑眉："圣人要为阿倾赐婚？"留安王还不到四十岁,但鬓角已现霜发,神色间有着掩不去的憔悴。但他模样俊美,浑身上下透着一股令人见之忘俗的风流韵致。

康王遗憾地说道:"已是被他推了。"留安王点点头,并未再言语。

这时,第二轮比试开始,这一回比的是歌和棋。有趣的是,开伯侯府薛家的嫡女薛槿参与了歌和棋两项比试,她的母亲是棋技过人的萧素君,众人皆以为她会获得棋绝,不料她不过才对弈了一局便败下阵来,反而因着歌喉甜美,获得了歌绝。棋绝则由萧素君的娘家侄女儿,宁平伯萧家的嫡女萧秋葵获得。

最后一轮是比试琴技,只能轮流上台。宫人将古琴摆放妥当,一位小娘子走上前,朝着众人纳福施礼后,便端坐在琴前,开始弹奏。最后上台的是画角的堂姐郑敏,她盛装华服,漫步走到高台上,一双如点漆的妙目顾盼多情,素手按在琴弦上,开始弹奏。

郑敏自小便修习琴技,画角在外祖家修习的是琵琶,两人儿时还曾比试过,未曾分出胜负。只见她五指轻拢慢捻,行云流水般的琴音便在大殿内流淌。过了这么多年,郑敏的琴技已是炉火纯青,看来这琴绝的称号,要落在郑敏头上了。祖母应当会欢喜吧,只是与她已是无关了。一曲而终,郑敏起身施礼,广袖自琴弦上拂过。

众人纷纷称赞,就在宫人欲要宣布琴绝是她时,郑敏却忽然开口说道:"其实,有人琵琶弹得极好,只是她却未曾上台。"画角心中顿时有一种不祥的预感。她晓得郑敏的性子,心高气傲,总想要赢她。可画角后来学的曲子多是伏妖的,便不屑再与她比试。郑敏不会是想借着这个场合,要与她一试高低吧?

画角顿时如坐针毡,这会儿离开还来得及吗?但显然已是来不及了。郑敏的目光在人群中流转一圈,最后落在画角身上,一抬手指着画角说道:"便是她,我的堂妹姜画角。"

姜画角眉梢一蹙,清眸中闪过一丝异芒。什么?堂妹?郑敏似乎专爱和她对着干。当初她假意说要回西府,郑敏气得跳脚。如今她和西府断了关系,郑敏偏又要和她扯上关系。总之,她就是不想让她如意。

郑敏的话音一落,坐在画角周围的人皆朝她望了过来,神情或惊讶,或不信,或不屑。她知晓已是逃不过,索性一脸淡定地坐在那里,仿若郑敏说的不是自己。

画角前面不远处坐着孔玉,此时回首瞥了她一眼,一脸等着看她出糗的神情。就连她的婢女雪袖也紧张地扯了下画角的衣袖,问道:"娘子,怎么办,你要上台吗?"

她如今鲜少弹奏琵琶,连雪袖都以为她琴技不行。这时,一名宫人行至画角面前,清声说道:"姜娘子,康王殿下和公主殿下请您上台比试。"

画角嫣然一笑:"烦请跟康王殿下和公主殿下说一声,就说我无意比试,不想争琴绝。"

谁说弹得好便非要比试啊,她偏不想,难不成他们还能强行让她上台?倘若虞太倾不在场,她倒不介意上台和郑敏一较高下。然而,虞太倾在场,她若弹奏琵琶,万一引起他的怀疑可如何是好?

宫人转身回去禀报,画角原以为此事如此便算了结了,然而,她似乎低估了康王的执着。只见宫人又折返至她面前说道:"康王殿下说了,若是小娘子不愿登台也不打紧,待比试结束,还请私下里为他弹奏一曲。"

今上子嗣单薄,一共有两位皇子,两位公主。嫡长子李幻是太子,与静安公主同为先皇后王氏所出。康王李邺行三,与最小的公主常庆公主皆是贤妃所出。康王不似太子那般有贤名,以吃喝玩乐闻名,尤其好乐。康王府中豢养着诸多乐师琴娘,如今听闻画角琵琶弹得好,自然不肯放过。可是私下里为康王弹奏,那她在众人眼中成什么人了?郑敏朝着画角温柔一笑,清眸中却暗含着一丝挑衅。

画角起身,随着宫人走向前方。既然早晚逃不过,不如现在上台。

一名宫人迎上前,递给画角琵琶,画角倾身抱起,朝着众人折腰施礼,退后两步,坐在了早已备好的琴凳上。她垂首而坐,琵琶遮住了她半边脸庞。随后伸出纤长的手指,在琴弦上勾过,调了调弦,方抬眼看向众人,点了点头,目光无意般掠过虞太倾的脸。

虞太倾闲闲坐在案前,手执茶盏,正欲饮茶,在看清她的模样后,只觉脑子里"嗡"的一声,一颗心陡然漏跳了几拍。

他执着茶盏一动不动,整个人好似被钉在了当场。眼前的牡丹也好,人也好,仿佛在瞬间褪去了颜色,只余她一人,鲜妍斑斓。是她!可是,她怎会在这里出现?

画角左手按弦,右手曲勾拨弄,行云流水般的琴音便在殿内悠悠流淌。虞太倾端着茶盏良久没动。他的目光自茶盏上方肆无忌惮地打量着她,唇角原有的一丝笑意慢慢凝结。

自她从府中带着梦貘逃逸后,他便一直在等着她回来。他笃定她是人,且他已明确告知她,她身中穷奇戾气,若想活命,还须他医治。但她未曾回来。他以为他判断错了,莫非她是妖非人?

倘若她是妖,她也许会一去再不复返,他这辈子也许再也见不到她了。他再没想到,她居然出现在牡丹宴上。褪下布衣旧裳,身着盛装华裳,梳着云髻翘鬟,芙蓉玉面上一双明眸顾盼神飞。

画角低眸弹奏琵琶,右手五指灵活地在琴弦上飞舞掠勾,盛大华丽的乐音便自她指下倾泻而出。她居然会弹琵琶。她还是伏妖师。

虞太倾抬眼笑了，修长的手指执着茶盏，淡淡瞥向她。日光透过琉璃映入，似乎被滤去暖意，只余冷白的光照在他脸上，映出他眸中掩不去的冷。他隐约听到身畔两侧康王和静安公主的低语。

"这么说，她是前中书令郑原家的小娘子姜画角，她阿爹姓郑，她何以姓姜？"

"听裴如寄说，她姓母姓，自小在外祖家长大。"

"姜娘子琵琶技艺高超，模样也不错……"

"你别想了，姜娘子只怕已名花有主。"

……

姜画角。他将这个名字在心中默念了几遍，蓦然想起了什么。凤阳楼上，那个和裴如寄私会的女子，是她？她和裴如寄，两人是定亲的关系。虞太倾眸中的光华一点点黯去，再看向画角时，漆眸中闪过一丝落寞。

画角一面弹奏，一面在心中暗暗告诫自己，没什么的，阑安城的大家闺秀哪一个不是自小便修习琴技，她会弹奏琵琶很正常，不会才奇怪吧。他不见得就会想到桃花林中的是她。可是，他为何一直盯着她看？

画角虽未抬头，但是却能感受到虞太倾的目光一直在直勾勾盯着她，如芒在背，看得她心魂不宁，看得她额头上渐渐有冷汗渗出，双颊也隐隐发烫。她面对凶悍暴虐的妖也不曾如此紧张过，不过被他看几眼，怎会如此不自在。

画角唇角勾起一抹笑意，蓦然抬眸，朝着虞太倾狠狠瞪了一眼。两人的目光在空中猝不及防相遇、交缠，不过一瞬间，便如被蜇了般迅速飞掠开。画角手指微微一颤，弹错了一个音，随后又错了一个音。她大力勾弦，只听"崩"的一声，琴弦断裂。这一瞬间，她隐约感觉到心中有什么东西也崩裂了，整个人有些心慌意乱。

完了！她完了！她并不清楚心中的感觉，只晓得她完了！她手指顿了下，压下心头的慌乱，纤长的手指不断变换着指法，在琴弦上疯狂拨弄拂动。琵琶乐音铮铮若江河倾泻，溅玉飞花。重云殿内鸦雀无声，谁也没想到她会在一弦断裂的情况下，还能弹奏出如此动人的曲子。

第十七章 春色岂知心

　　画角的心慢慢沉静下来，整个人已是沉浸到了乐音里，对于身外之事已是恍若未闻。她的手指在方才弦断时被割破了，可是她若无其事，恍若察觉不到疼痛，手指疯狂拨弦，奏出盛大缠绵的乐音。不断有血珠自她手指上滴落，又因她手指疯狂拨弦，血珠伴着乐音飞溅。

　　虞太倾蹙起了眉头，手中杯盏倾斜，茶水洒出来溢到了他手上，他犹不自知。

　　静安公主探头瞥了虞太倾一眼，伸出手指将他的茶盏扶正了，抿唇轻轻笑了笑。

　　康王惊得目瞪口呆，抬手想命画角停下，然又不忍这么美妙的乐音被打断，一时有些两难。他又是蹙眉，又是轻叹："哎哟，这么会弹，可别把手指给废了。"

　　一曲而终。画角的手指自琵琶弦上移开，她瞥了眼鲜血淋漓的手指，长袖垂了下来，遮住手指，淡声说道："姜某不才，在诸位面前献丑了。"

　　她抱着琵琶起身施礼，随后将琵琶递到一侧宫人手中，满是歉意地说道："抱歉，琵琶或许需要清理一下。"宫人忙躬身应下。

　　画角再也不看台下诸人，径直回到自己位子上。因画角弹奏时琴弦崩断，其间又曾弹错了几个音，因此，"琴绝"的称号顺理成章落在了郑敏头上。

康王甚觉可惜，长叹一声说道："倘若姜娘子不曾拨断琴弦，这琴绝定是她了，真是太可惜了。"

静安公主颔首表示同意："我方才瞧她抚琴时额头沁汗，手指轻颤，想来姜娘子是懦弱胆小之人，方才必是受到了惊吓才会失误，不过，她在手指被割伤，且断了一弦的情况下能将曲子弹完，也是好样的。"

静安公主说着，转头问身侧的虞太倾："表弟，你说呢？"

虞太倾魂不守舍地放下手中杯盏，自袖笼中取出一块巾帕，慢条斯理地擦拭着手指上的茶水，仿若不做些什么，便在这里坐不下去似的。

静安公主又问了一句，他方才反应过来，唇角扬起一抹嘲讽的笑意，缓缓说道："也许不是胆小惊吓，而是心虚。"

"心虚？"康王意外地转头看向虞太倾，问道，"此话怎讲，姜娘子何以会心虚？"

虞太倾却不再说话，俊美的面庞仿若罩了一层寒冰，清绝至极。

比试已结束，今年的五绝分别是诗绝孔玉、画绝崔兰姝、棋绝萧秋葵、歌绝薛槿、琴绝郑敏。

康王低声问虞太倾："太倾，你可有相中的小娘子？"

虞太倾懒得理康王，漫不经心地说道："没有。"

静安公主伸手扶了扶发髻，抿唇一笑说道："怎的没有？我方才可是瞧见你一直盯着人家小娘子看了。"

康王追问道："谁，他看谁了？"

静安公主笑而不答。

康王"哦"了声，挑眉说道："我却是不信。似他这般眼高于顶之人，连崔娘子的亲事都给拒了，你觉得他能瞧得上谁？"

静安公主瞥了康王一眼，问道："你又瞧上谁了？"

康王踌躇了下说道："能入我眼里的，自然是琴技高绝之人，我且再瞧瞧。"

说话间，已到了午膳之时。静安公主宣布开宴，宫人们将早已备好的美味珍馐呈了上来，又命宫娥们奏乐弄舞助兴。

雪袖本就以为画角琴技不行，倒也不觉得可惜，只是对于画角输给了郑敏有些不甘。她一面掏出帕子将画角的手指缠缚住，一面好奇地问道："娘子，你起初弹得好好的，怎的忽然将琴弦拨断了，脸还有些红？"

画角心不在焉地"哦"了声，忽然反应过来雪袖说的话，吃惊地问道："我脸红了？"

雪袖连连颔首。

画角不由得伸手抚上脸颊，只觉脸颊果然还有些烫。她伸手扇了扇风，轻笑道："这大殿内不通风，热得我有些透不过气来。"

宴席上的食物都是宫里御厨做的，画角却没品出来味道，食不知味地用了会儿，想起今日过来，还不曾好好赏花，便撂下箸子，对雪袖说道："这殿内太闷了，我们不如出去走走。"

外面天清日朗，花事繁盛。不似大殿内那般人声鼎沸，而是幽静悠远，低眉处，是春草青碧，抬眸间，是似锦繁花。园内牡丹的品种极多，那雪色牡丹是冰清玉洁的"夜光白"，嫣红如朱的是"状元红"，还有葛巾、姚黄、绿香球。每一朵都硕大如碗，美得雍容而绚丽。

两人边走边赏花，迎面遇到了郑敏和孔玉。

孔玉今日得了诗绝，又得逞所愿看到了画角在弹奏时出丑，见到她傲然笑了笑，目光落在画角手指上，状若关心地问道："姜娘子，听闻宫里的琵琶弦是雪蚕的蚕丝做的，纤细坚韧，但也锋锐，你的手没事了吧？为何这么固执呢，手伤到了做什么还要演奏完呢？"她说着，伸手抚了抚脖子上的项圈，只见金灿灿的项圈上，垂挂着一个红宝璎珞，在日光下熠熠生辉。

画角含笑说道："劳孔娘子挂念，我的手无碍。倒是要恭喜孔娘子得了诗绝。"又看了眼郑敏，说道："也恭喜郑娘子得了琴绝。"

郑敏眉头微微蹙了起来。她和画角虽说自小就不对付，但画角每次见了她，都是敏姐姐长敏姐姐短，便是两人掐架时，也是如此。这会儿听她喊"郑娘子"，柳眉顿时竖了起来。

"我倒是没想到，你的琴技如今这么差，竟然会弹错音。"她尖酸地说道。

画角盈盈一笑："如此，郑娘子就能赢了我啊。"

她不愿再与两人周旋，带了雪袖沿着小径向花丛深处而去。这园中牡丹也未曾修剪，每一株都有一人高，枝上缀满了牡丹花，花瓣重叠，馨香扑鼻。画角折腰凑近一朵牡丹，正欲闻一闻，斜楞里蓦然伸出一只手来，抓住她的手腕猛然一拽，便将她拽到了牡丹花株后。

远离了蜿蜒的小径，置身在牡丹花丛中，四周皆是牡丹花树。将她拽进来的人这会儿松开了她的手，静静立在花株旁，白玉般的脸庞上寒意凛然。竟是虞太倾。画角被他面上的冷意惊到了，心中一慌，忍不住后退了两步。

她有些意外。在她的印象中，虞太倾不是如此鲁莽之人，绝不会做出将女子扯入花丛之中的孟浪行为。桃林之中，她亲了他后，能让他气得说出"狱两载"这样的话，可见他绝对是一个知礼守礼之人。如今，她的身份不再是妖，而是好人家的小娘子，按理说，他绝不会做出如此不合礼数之事。

然而，他就是做了。

盛放的牡丹芳香袭人，成群的蜂蝶绕着牡丹嘤嘤嗡嗡飞来飞去，这热闹的景象越发衬得虞太倾如天边月，寂冷高洁。

画角忍不住回首看了看，跟随在她身后的雪袖不知为何竟不见了踪影。

虞太倾晓得她在找雪袖，淡声说道："你的婢女被狄尘拦住了，一时半会儿过不来。我与姜娘子有些话要说，你如今可是郑中书令家的小娘子，又不是妖，被人看到你与我在花丛私会，坏了名节可不好。"

原来他晓得这样做于她名声不好。既知道，那便是故意为之。但画角此时心虚，并不敢说什么，且听出他话里的恼恨之意，尽量放低姿态，极其真诚地说道："我并非有意欺瞒，之所以扮成妖，是为行事方便。先前不告而别，也是我不对，更不该将梦貘带走，您生气也是应当的，我定将梦貘还给您。"

"你以为我只是来讨回梦貘的吗？"虞太倾冷冷说道。一个梦貘算什么，也值得他生气？

"那，都监带我来此，却是为何？"画角说着，朝左右瞥了一眼，见四周皆是牡丹花株，将两人遮挡得严严实实。

虞太倾注意到她的神色，沉下脸，漆黑的瞳眸中闪过一丝冷意："怎么，你又想逃走吗？你若是想施术法逃逸，信不信我将你我之间的所有事都说出去。"他这话里有着明显的威胁意味。

画角眉梢轻轻一挑，含笑问道："我们之间，又有什么事呢？"

虞太倾长眸微合，冷如清泉的声音淡然响起："比如，在绕梁阁中你躺在我腿上，我发病时你搂抱着我，还有……"他微微眯眼，缓步向前行了两步："还有你的那个梦。"

画角足下一个趔趄，几欲摔倒。

"我将这些都说出来后，你觉得这天下还有其他男子敢要你吗？你便只能嫁给我了。你说是不是，姜——画——角。"

"姜画角"三个字他是一字一句咬牙切齿说出来的，然而，拖长的尾音却隐含着一丝缠绵的意味，就好似这个名字在他唇舌间辗转了好久一般。画角从未晓得自己的名字被一个人喊出来是如此令人心颤。她沉默了一瞬，承认怕了他。她抬眸望着他唇角的冷笑，低声说道："我不会再逃，都监有什么想问的，尽管说吧。"

他却不再说话，只是掖袖而立，眯着眼睛，目光落在她脸上，眼波流转，宛若刀光闪烁，仿若要将她的脸皮给刀没了。

画角唇角轻勾，似笑非笑问道："都监为何盯着我看，可是……觉得我生得美貌？"

虞太倾冷哼一声："一般般。"说着，他缓步向前走了两步。

两人四周皆是牡丹花株，空隙原本便不宽裕，他如此向前迈了两步，离画角越发近。画角不得不向后再挪了一步，背靠着身后的牡丹花株，朝着虞太倾笑了笑。人面牡丹相映红。

虞太倾垂眼，紧盯着画角唇角的那一抹笑意。这笑意与桃林中的红衣小娘子唇角那一抹狡黠的坏笑逐渐重合。桃林中，红衣小娘子长睫轻挑，眼波流转，语气绵软地问他："公子，我美吗？"她抬起手，勾起他的下巴，轻佻地问他："这样，要蹲几年大狱啊？两年，还是三年？"

他蹙眉，忽然笑了起来："我没想到一个大家闺秀居然是伏妖师，更没想到，你的琵琶弹得如此好。"

他终于问到了琵琶，果然，他还是起了疑心。她微微一笑："就是随便学了学，还行吧。"

虞太倾眉头轻挑："不知除了琵琶，你还随便学了什么？"

画角想了想说道："琴棋书画都有涉猎，只是学得皆不好。一个人到底是精力有限，我既学了琵琶，其他的便无暇顾及。"

这些技艺毕竟不像弹奏琵琶，是诛妖的术法，因此，也就是略略懂一些而已。

"姜画角。"他忽然喊出她的名字，"我今日只问你一件事，你可是会换脸之术？"

他终于不耐烦和她打哑谜，径直问了出来。一双长眸紧紧盯着她，目光中的冷冽之意犹如冬日的寒霜。画角哪里敢承认，懒懒一笑，决定装傻到底。

"换脸……换脸之术？我倒是听说过，只是听闻换脸之术乃禁术，莫说我不敢学，也没人敢教我啊。"画角这句话，其实也算半真半假，换脸之术的确是禁术，她也并非是通过正经途径学到的。

"这么说，你不会了？"虞太倾问道。

画角点头："怎么，虞都监是想要换脸吗？那您可能要找别人了，不过，我还是想奉劝您一句，您这张脸如此俊美，何必还要换呢？"

虞太倾忽然笑了起来，笑容猖狂而冷冽："姜娘子，你敢随我去见一个人吗？"

"谁？"画角问道。

虞太倾缓缓说道："崔兰姝。"

画角一惊，心想完了。她还没来得及和崔兰姝"串供"呢。此时，随着他去见崔兰姝，那岂不是一照面就露馅了。她心思疾转，微微笑道："为何要去见崔娘子？"

"怎么，不敢随我去见她？"虞太倾缓缓前行，一步一步向画角逼近。画角不得不再向后撤了一步，后背抵着的牡丹花株摇了摇，随着画角的后退弯折下去。最终，只听得"咔嚓"一声，画角整个人随着折断的花枝向后跌倒。

虞太倾慌忙探手，抓住了画角的手。画角蹙眉"啊"了一声，虞太倾猛然低头，见自己恰好抓到了画角划伤的手指。他本能地松开手，画角整个人仰躺在了花丛中。

比试结束后，宴席上的男女是分席而坐，男儿郎们分坐在左侧，女郎们则坐在右侧，中间以盆花隔开。一众郎君们虽与女郎们不同席，却能透过盆花看到她们。裴如寄被弟兄们缠住，饮了两盏酒，再看向对面时，见画角和雪袖已不在座位上。他寻了个借口出了重云殿，在石阶下遇上了郑敏和孔玉。

郑敏神色郁郁，似乎并没有因得了琴绝而欣喜。孔玉却满面喜色，兴高采烈地说道："你总说她琵琶弹得好，我瞧也不过尔尔，不过一首曲子，便错了好几个音，还把琴弦拗断了，可见琴技也不怎么样。"郑敏蹙着眉头，一言不发。

孔玉这才察觉到郑敏神色不对，不大明白郑敏为何得了琴绝还不高兴，问道："你这是怎么了？"

郑敏忧心忡忡地说道："你觉得她为何会弹错音？"

孔玉笑道："还能为何，还不是技不如人。"

郑敏摇摇头。姜画角明明弹得很好，却不知为何弹错了音，倘若说是因心神慌乱所致，她却不信。她印象中的姜画角，胆大心细脸皮厚，怎会慌乱？郑敏百思不得其解。

裴如寄撩袍自台阶上缓步走下，在与郑敏擦肩而过时，忽然说道："两位请留步。"

郑敏顿住脚步，抬眸瞥了裴如寄一眼，又慌忙垂下头，含笑问道："不知郎君是哪位？"

裴如寄施礼说道："某是云麾将军裴如寄，方才见过郑娘子在台上抚琴。"

郑敏"哦"了声，一手勾住腰间环佩把玩着，不时偷眼打量着裴如寄，轻声问道："不知裴将军唤我可是有事？"孔玉眉梢挑了挑，朝着郑敏别有意味地眨了眨眼。

裴如寄笑了笑问道："郑娘子方才可是看到你妹妹姜娘子了？不知她去向何处了？"

郑敏一愣，抬眼飞速瞥了裴如寄一眼，尴尬地笑了笑，朝着前面不远处的小径指了指说道:"她朝那里去了。"

裴如寄展颜一笑,说道:"多谢。"

他转身欲走,忽然又转身说道:"不过,我有一言奉劝两位,私下里还是莫要论人短长。"说着,朝两人鞠了一礼,大步走向小径。

孔玉望着裴如寄远去的背影,神色复杂地说道:"我原以为他对你有意,岂料,他却是寻你那个好妹子去了,可真是没什么眼光啊。"

郑敏白了一眼孔玉,冷声道:"私下里莫要论人短长,方才裴将军不是说了吗?"

孔玉一脸不快:"我凭什么听他的?"

画角仰躺在花丛中,头枕着国色天香的牡丹,闻着馥郁的花香,慢慢呼出一口带着怒意的浊气。几只蜂蝶在她面上嘤嘤嗡嗡飞过,这声音听在她耳中,便好似在嘲笑她。太丢人了!

虞太倾一愣,原以为以她的身手,不会跌倒。他慌忙俯身朝着画角伸出手,试图将她拉起来。

"起来吧。"他缓缓说道,清淡的声音里透着一丝温煦。

耀目的日光洒落在他身后,逆着光,他的脸隐在阴影里,隐约看到他明澈的眼波中光华流转。一朵碗口大的夜光白在画角脸前晃动,她伸手拈住,将自己的脸遮了起来。虞太倾唇角浮起一抹浅浅的笑意,依然弯着腰等待。

"你走开!"画角忽然冷冷说道。

她放开手中的牡丹,恼恨地瞪了他一眼,转过头,未曾受伤的手掌撑住地面,在地上一拍,整个人便借力跃了起来。裙裾层层叠叠铺展开,好似一朵怒放的牡丹。柔软轻绡的云罗纱滑过虞太倾的手背,淡淡的轻轻的,好似一缕青烟。画角姿态轻盈地落地,铺展的裙裾徐徐回落。她缓缓转过身,面无表情地望向他。

虞太倾略有些尴尬地慢慢收回手,拂了拂衣袖,问道:"你的手指还疼吗?"

画角扬了扬眉,冷笑着说道:"当然疼了。多谢虞都监关心。"

虞太倾又道:"你的衣裙……"

画角顺着虞太倾的目光低眸看去,只见裙裾一角被花枝刮破了一个口子。昂贵的云罗纱果然不是她一个伏妖师该上身的衣裙。不过,好在她这裙裾并非只有一层,而是三层,除了丢人些,倒也无伤大雅。

画角伸手压住裙裾,正欲说些什么,忽见前方不远处的小径上,裴如寄一脸惊愕地站在那里。因着牡丹花株被画角压倒了一片,他的视线毫无阻碍地落在了虞太倾和画角身上。他的身子好似被定住了般一动不动，只有眼珠是活动的，缓缓转了转。画角瞥了眼裴如寄，唇角浮起一抹苦笑，觉得自己真是倒霉透了。如此丢人现眼，却居然还被第二个人看到了。

裴如寄愣了一瞬，终于反应过来，快步走了过来，问道："虞都监，你识得姜娘子？"

虞太倾唇角浅浅一勾，点了点头。

裴如寄低眸瞥了眼被画角压倒的牡丹花株，冷声问道："你们两人在此处做什么？"

画角忙说道："裴将军，你莫要误会，我与虞都监有些话要说，方才是我不小心摔倒了。"

裴如寄望了画角一眼，却是转向虞太倾，语气不善地说道："虞都监，你与姜娘子有话说，在哪里不能说，那边花亭里有桌椅，你与姜娘子坐下，好好谈不行吗？她一个闺阁小娘子，清誉要紧。你莫要欺她无父无母，日后若是再有事，你不必再找她，找裴某谈便是。"

虞太倾唇角的笑意凝住，长眸微眯，一眨不眨地望着画角，问道："这么说，裴将军做得了姜娘子的主了？"

画角还未曾说话，裴如寄便抢先说道："自然是！"

虞太倾忽然笑了，如水似墨的眸中，闪耀着沉冷的光芒："如此也好，那裴将军便等着天枢司传唤吧。"言罢，他负手离去，秀挺的身影很快消失在花丛中。

画角觉得事情有些不妙，虞太倾说要传唤裴如寄，到底是想做什么？

裴如寄冷静了一下，问画角："方才到底是怎么回事？"

实情自然是不能和裴如寄说的。画角苦笑："我出来赏花，在此巧遇虞都监，方才不小心跌倒，他只是想扶我起来而已，你不该刁难他。"

说话间，画角蓦然察觉到花棚方向有妖气冲天而起。

"不好，裴将军，花棚出事了。"

重云殿正是热闹之时，丝竹声不绝，宫娥们身着霓裳，足尖腾挪，腰肢轻拧，宛若陀螺般旋转不停，霓裳翩跹飞舞。

康王一面饮酒，一面随乐音轻击桌面打着节拍。小娘子们聚在一起闲谈，郎君们则一面饮酒一面不时在花枝掩映下打量着对面的小娘子们。

留安王李琮放下手中酒盏，起身向静安公主和康王告辞。他今日之所以来花宴，是因静安公主相邀，特意请他来观看弈棋的，如今棋绝已选出，他便无意再待下去。

静安公主说道:"阿叔,你且再稍待一会儿,我新培育出的牡丹你还没有欣赏呢。"静安公主说着起身击掌,丝竹声顿歇,宫娥们也纷纷停下舞步,宴席上的欢笑人语声也低了下去。一名宫人转动机关,重云殿覆顶的琉璃移开,这些琉璃原本并未固定在屋顶,而是由机关操纵,是能移动的。时值正午,天色晴好,明媚的日光毫无遮拦地流泻而入,映亮了大殿一角的一架六折竹制屏风。

两名宫人在静安公主的示意下,上前将屏风推开。一株一人高的牡丹花株便出现在众人面前,其上开满了数朵碗口大的花儿。雪白的花,金色的镶边,黄白相间,姝丽而耀眼。宫人高声介绍道:"这是公主殿下培育出的金凤,今年第一年开花。"

众人上前围观金凤,有人觉得这牡丹美则美矣,不过,这满园牡丹花,赵粉、葛巾、玉重楼,哪个不是美得雍容、美得绚丽?这株牡丹似乎也没有什么奇特之处。倒是薛夫人萧素君走上前,一脸欣喜地看着金凤牡丹,不可置信地说道:"金凤翔雪野,琳琅你居然做到了!"

金凤?众人细看之下,发现雪色牡丹的金色镶边居然很像一只展翅飞翔的凤。

静安公主上前端详着牡丹,说道:"这花原是姑母文宁长公主要培育的,其后,她和亲南诏,此事便搁置了。萧姑姑和我提起此事,我便决意要培育出来,如今终是如愿。"

众人闻言不由得有些唏嘘,可惜的是文宁长公主已埋骨他乡。所幸,她的儿子虞太倾已回到大晋,看到母亲愿望实现,也必是欢喜的。众人围在金凤牡丹周围,啧啧称赞。忽然,金凤牡丹的花瓣好似覆了一层白霜,瞬间僵直。有人不小心轻触了一下花株,牡丹便整朵整朵无声无息地坠落。

然而,众人却无暇顾及牡丹。因为,他们忽然感觉到了冷。寒冷从四面八方朝众人涌来,暮春时节,正午的暖意转瞬便被这突如其来的寒意驱赶得一干二净,让整个人犹如置身冰窟。众人早已褪下了夹袄,身着轻薄的春衫,自然抵御不了透骨的寒意。一阵阵潮湿的冷风吹过,便好似一根根的刺朝着骨缝里钻,又冷又疼。

透过洞开的屋顶,众人看到外面的日头不知何时没有了,天色霎时变得阴沉沉雾蒙蒙的。重云殿内也有雾气沉淀,有那么一瞬间,让人误以为非在大殿内,而是在荒野之中。隐隐约约,似乎能听到流水拍岸的声音。

"怎么回事?为何这么冷?"康王脾气本就不好,冻得浑身发抖,一面搓手一面跺着脚喊道。

"冻死了,这比寒冬腊月还要冷。"

"哎哟,什么东西咬我?"有人跺着脚,感觉到脚下一片泥泞,似乎有什么东西咬他,可是低头看时,明明是重云殿的青石地面,什么也没有。众人瑟瑟发抖挤作一团，只觉得雾蒙蒙的黑暗之中，似乎有什么东西在潜伏。

这时，重云殿的门蓦然被推开，有日光自大门映入。一队玄衣黑甲，身披墨氅的枢卫鱼贯而入，在重云殿门口一字排开，为首的正是天枢司的指挥使雷言。他急匆匆步入，感受到屋内的寒意，打了一个寒战。不过，他脚步未停，径直朝着康王、静安公主和留安王行来。

"雷指挥使，殿内为何如此冷，你可晓得原因？"留安王皱眉问道。

雷言冻得搓了搓手，施礼道："禀王爷、公主，卑职察觉到了妖气，殿内应是有妖作祟。"

众人霎时都僵住了，大殿内一时寂静如死。

"妖？"康王惊诧地挑眉。

"在……在哪里？"静安公主颤声问道。

雷言还不及回答，头顶上忽然日光普照，阴沉幽暗的大殿霎时又亮堂起来。寒意便如来时一般，被煦暖的日光驱散，瞬间消失无踪。众人皆是一脸茫然，觉得方才好似做梦一般。

陈英快步走过来，施礼道："王爷、公主，指挥使，出事了。在花棚中发现一具尸体。"

尸体是在花棚最偏僻的东北角发现的。此处的牡丹原是花团锦簇、竞相盛放，因着方才一瞬间的寒意，皆已委顿衰败。一阵风过，花瓣随风飘落，铺了一地。那具尸体便躺在花株下，被绚丽的花瓣掩盖，乍看好似覆了一层五彩锦被。

雷言行至花丛深处，双手结印，一阵风拂过，将覆盖在尸体上的花瓣拂落。这是一具女尸，身着胭脂色绣花罗裙，自服饰上看，有人认出是今日新选出的诗绝孔玉。只是，她白净的脸庞此时已变得干瘪黝黑，再不复方才的花容月貌。虞太倾和裴如寄先后赶到，两人走上前扫了一眼尸体，对视了一眼。两人皆明白，这与前几日在凤阳楼遇害的茵娘死法一模一样。

画角是和裴如寄一起赶到的，但她被枢卫拦住了，并不能近前查看，只能遥遥观看。此时，花棚里已是乱了套，有胆子大的，踮着脚朝前张望，胆子小的，已是吓哭了。

"听闻死者是孔玉。"有一个小娘子低低说道。

有人遗憾地叹息："方才刚刚得了诗绝的称号，不过才几盏茶的工夫，这就香消玉殒了，真是太可怜了。"

"郑娘子，方才你与孔娘子一道出去的，可晓得是怎么回事？"有人问郑敏。

画角眯眼看向郑敏，只见她脸色惨白，目光慌乱，显是吓到了。郑敏嘴唇微颤，似是想说些什么，却最终什么也没说，只是垂下睫毛，慢慢摇了摇头。

画角望向花棚，只见方才还盛放的牡丹此时已是叶片委顿花朵蔫落，一副被寒霜摧残过的样子。地面上，则多了几处水洼，似是有水曾经漫过。花棚内原本有水渠用来灌溉花木，但今日为着方便人们赏花，那些水渠皆堵得严严实实，水是流不出来的。

这些水洼中的水又是从何而来？而方才她察觉到的那股妖气，此时已是无影无踪。今日盛宴，雷言带领一众伏妖师和枢卫在外面四处巡视，论理说妖物是入不了牡丹园的。纵然能进来，也绝不可能在行凶后无声无息逃逸。

"你的衣服怎么湿了？"站在郑敏身侧的薛槿低声问道。

画角的目光掠过郑敏湿漉漉的裙裾，又瞥了眼花棚中的水洼。水洼中的水只能湿到绣鞋，但郑敏的衣裙却是自胸部以下皆湿了。郑敏方才一直与孔玉在一起，说不定孔玉出事时，她也在身边。郑敏魂不守舍地看了薛槿一眼，似是根本没听清她说了什么。

画角走向郑敏，说道："敏姐姐，我带你去换衣服，再这么下去，只怕会着凉的。你来时可带了其他衣衫？"

郑敏看了画角一眼，点头道："带了。"

重云殿设有专门歇息换衣的雅室，画角和郑敏在宫人的引领下，入了室内。郑敏的婢女红叶将备用的衣裙带了过来，服侍着郑敏将湿漉漉的衣衫换下，扔在了地面上。

忽然，湿衣服的袖笼中有什么东西在扑腾着跳动。画角伸手拈起袖笼瞥了一眼，见是一条样子古怪的鱼，五彩斑斓的颜色，背上生有一双透明的翅膀，此时正拍打着尾巴。画角伸手扎紧袖口，将那条鱼拢了起来。郑敏换好衣衫后，惨白的脸色终是好了些，隐隐有了一丝血色。只是目光依然呆呆的，似乎还没有从惊惧中回过神来。

画角坐在椅子上，披着袖子说道："害怕就哭出来吧，我不会笑话你的。"

这话成功激起了郑敏的斗志，她白了画角一眼，冷声说道："我为何要哭？我今日赢了你，还得了琴绝，该哭的是你才对。"

画角眉梢轻挑，笑微微说道："你错了，是得了琴绝才该哭吧，诗绝都死了，你难道不觉得下一个会轮到琴绝吗？"

画角并不是故意吓唬她，前有凤阳楼的棋官茵娘，后有诗绝孔玉，精通棋技和诗赋的都有了，谁晓得妖物下一个要害的会不会是琴技高绝之人。郑敏经画角一提醒，忽然反应了过来，吓得尖叫一声，"哇"地哭了出来。郑敏的婢女红叶吓得不知所措，求助般看了画角一眼。画角摆了摆手，示意红叶出去。

"孔玉到底是如何死的，你可是看到了妖物？"画角问道。

郑敏抹了把眼泪，一脸惊恐地摇头："没有，只有水。我和孔玉正在赏花，忽然觉得脚下有些凉，低头一看，只见原本干燥的地面不知何时浸了水，已经漫过了脚面。还不待我反应过来，滔天的水就朝我淹了过来。"

"滔天的水？从何处而来？"水渠中的水便是淹过来，也最多到膝部，怎会是滔天的水。

郑敏被问住了，愣了愣说道："不晓得，就是，忽然之间水就漫到了胸部，不像是水从哪里来，反倒像是水原本就在那里，是我掉到了水中，还有什么东西从我身边游过。"

画角愣了一瞬，想起那一日在九绵山的山坳中，那场风雪来得也很蹊跷。

"水冷得很，好像随时都会结冰，若是再多一刻，我就算不被淹死，也必会被冻死。可是，忽然，那水就退了，然后……然后……"郑敏忽然浑身颤抖起来，"我看到……看到孔玉躺在地上，她……的脸像是被什么吸走了血气，慢慢就变得干……干瘪了。"

画角的眉头蹙了起来："你说水中有东西游过，可看清是什么样子的？有多大？长的圆的还是方的？"

郑敏蹙眉想了想："没看清，似乎不是长的。"她早吓呆了，哪里顾得上看那东西什么样。

画角见再问不出什么，取出一道符递过去："这张符你带在身上吧。"

郑敏疑惑地接了过去，翻来覆去看了看，问道："这……有何用？"

画角起身笑道："我方才虽说是吓你的，妖物不见得就向你下手，但你还是要谨慎些，这张符便贴身带着吧，危急时刻，或许能救你一命。"

郑敏不屑地笑了笑，抬手将符丢给了画角："谁晓得你这张符是从何处来的，会不会害我？我自会请伏妖师护我，不劳你费心。"

画角勾唇笑了笑："那你可要快些请人。"

她拿起符咒，顺便将郑敏脱下来的衣衫袖中的鱼带走了。

花棚中，天枢司已将孔玉的尸身带走，正在对花宴上的人问话。一直待在重云殿未曾出去的人已散去。画角因中途出去过一趟，便被留了下来。同时留下来的还有郑敏、薛棣和裴如寄等十数人。裴如寄担忧地对画角说道："放心，我会为你做证。"

画角心说，雷言这回算是丢人丢大了，率领整个天枢司的精锐在外巡视，还让妖在花宴上害了人。最后，还任由妖物逃之夭夭。康王、静安公主和留安王都在场，他们皆是皇室贵胄，也就是妖没向他们下手，否则，雷言这回只怕罪责大了。不用说，此时他也是在盛怒之中。但凡当时不在重云殿的人，恐怕都会被他怀疑成妖的帮凶，裴如寄自然也不例外。他给她做证，恐怕是无用的。

画角还有一个担忧，就是在九绵山上，雷言曾见过她一面，那时她的身份是朏朏妖。万一，他将她当作妖物的同伙，那岂不是糟糕？如今，能为她做证的，也许只有虞太倾了。只是，她隐约觉得，他不会那么轻易为她做证的。

第十八章 我决不吃亏

孔玉出事时，没有在重云殿的人都在枢卫引领下，被带往天枢司审讯。谁能想到，一年一度的牡丹宴最终会这样收场。人们乘兴而来，败兴而归。有些脾气暴躁的郎君，忍不住咒骂行凶的人。这些平日里出入奴仆成群的郎君贵女，未曾历过险恶，更不信世上有妖。这回孔玉出事，大多数人还是认为是有人在行凶。

重云殿外，日光明媚，满园花开绚烂，柳树的枝条在空中轻摇浅摆。天色，似乎并不因人的心情而变坏。数只青色的雀鸟并排栖息在枝丫上，歪头望着一众人。

有人好奇地问道："这是什么鸟，我怎的从未见过？"

一名枢卫说道："这是蛮蛮鸟，居于深山，阆安城中并不多见。奇了，它们为何在这里出现？"

画角识得蛮蛮鸟，以前在山中诛妖时曾见过。蛮蛮鸟状如野鸭，只是比野鸭要小一些，这种鸟性情温顺，并不喜往人多处凑。她瞥了一眼树上的蛮蛮鸟，忽然想起棋官茵娘出事那日，她也曾在凤阳楼的屋脊上见过几只青色的鸟，只是当时并未细看，莫非也是蛮蛮鸟？她心中纳罕，不由得又瞥了那些蛮蛮鸟几眼，只见它们时而用尖嘴梳理着羽毛，时而啾啾鸣哞，并未有任何异常。

天枢司衙门位于阆安城西部的辅兴坊。自牡丹园至天枢司衙门，有两个时辰的车程。画角和雪袖依然乘坐马车，只是与来时不同的是，她们的马车外有天枢司的枢卫跟随，名为保护，实则是生怕她中途逃逸。雪袖什么也不晓得，以为到天枢司只是例行问话。画角却心事重重，撩开马车车窗的帘幕，问策马跟在一旁的枢卫："可否与你们都监说话？"

枢卫冷声说道："虞都监已先行回天枢司去了。"画角无奈，只得放下帘子。

抵达天枢司时，天色已近黄昏。夕阳最后一抹光映照在天枢司刑讯室的屋檐上，青色的瓦焕发出黄彤彤的光芒，辉煌而煦暖，让人有一瞬间的错觉，以为屋内也是如此。然而，一踏入室内，一股阴沉沉凉飕飕的空气便扑面而来。

郑敏刚刚被问完话，与画角擦肩而过，一脸郁色地离去。室内几名枢卫手执刀剑肃立，身材挺拔，压迫感极强，冰冷的眼神盯着画角，宛若在看一件死物。天枢司的刑讯室与一般牢狱的刑讯室不同，挂在墙面上的不是刑具，而是伏妖法宝，散发着冷沉的光泽，也不知被多少妖物的鲜血浸过。让人难受的，还有一股陈腐的血腥味。这气味勾起了画角心底深处最不敢想起的那一幕，她的目光瞬间黯淡。

雷言寒着脸端坐在堂上，浓眉微皱，手指轻叩桌面，一脸的不耐烦。虞太倾和他并排而坐，抬眼见画角走了进来，不动声色瞥了她一眼，并未言语。雷言低头看着桌面上才整理好的卷宗，问道："姜画角，你自重云殿出去后，去了何处？"

画角说道："我在园中赏牡丹。"

"和谁在一起，有何人做证？"雷言说着抬眼瞥了画角一眼，待到看清画角的模样，一脸惊诧地站起身，"是你！"

雷言忍不住笑了起来："这么说，这次行凶的妖，便是你了？"

画角早料到雷言会怀疑自己，解释道："雷指挥使，不是我！"

雷言惊觉自己太过失态，又缓缓坐下，问道："虞都监，这不是九绵山上那只朏朏妖吗？我说要将她擒拿，你说要自行处理。怎么，她竟成了郑中书令家的小娘子？"

虞太倾直直盯着画角，缓缓说道："雷指挥使，我也正有些疑惑。"

画角觉得自己越发不懂虞太倾在想什么了。他如此阴晴不定，她不求他能为自己做证，只求他不要落井下石。

雷言忽然大笑着说道："朏朏妖啊朏朏妖，我就说呢，为何妖物来去无踪，原来你是冒充了郑中书令家的小娘子，光明正大入地牡丹园。"

他冷声说道："说吧，你是如何残害孔小娘子的，为何她身子变成了那副样子。"

画角唇角扬起一抹冷笑，她就晓得，若她真是胐胐妖，或许会被他们怀疑成凶犯，却不想他居然连调查问话都不曾，直接便定了她的罪。

画角一脸惶恐地望向雷言，说道："雷指挥使，你任何凭据都没有，这便要定我的罪，是不是有些草率？我听说了孔玉的死状，也晓得当时天气由春到冬，这都不是妖力低微的小妖能做到的。"

雷言怔了下，"哈哈"假笑了两声，说道："此言差矣！你们妖物作案自与人不同，手段极多。你到底是如何害死孔玉的，既入了天枢司，本指挥使就不信你不说出来。"

画角一脸疑惑："雷指挥使说得对，小女子也曾听人说起过，妖物的确手段极多。只是，我不明白，这与我有何干系？你方才说什么胐胐妖和九绵山，我从未去过九绵山，不懂你说的是什么。"

雷言唇角的笑意蓦然凝住，目光灼灼地盯着画角。方才他只顾看画角的脸了，直到此刻才察觉到眼前这个小娘子根本就没有妖气。他蓦然起身，快步行至画角面前，冷声问道："你不是胐胐妖？"

画角故作惊吓地向后退了两步，一脸恐慌地摇头："我是人，雷指挥使自可到郑府去问。"

画角并不想将妖珠之事说出，便拒不承认。雷言总不能将她这个活生生的人，说成是妖物。

雷言瞪圆了眼睛，不可置信地望向虞太倾："虞都监，这究竟是怎么回事？"

虞太倾起身行至画角面前，流水般倾泻的襕袖上绣纹繁丽，在幽淡的灯光下折射出灼灼光芒。画角的心瞬间提了起来，如今她的死活捏在虞太倾手中，倘若被他拆穿，只怕今日不好脱身。

虞太倾意味深长地看了画角一眼，转向雷言说道："那只胐胐妖早已被我诛杀，她不可能是胐胐妖。不过，她的模样的确和那只胐胐妖有几分相像，也许，是那只胐胐妖幻化人身前，见过姜小娘子，因此化作了她的模样也未可知。"

虞太倾低眸望向画角："姜娘子，你以前可曾见过胐胐？"

画角眼波流转，假意想了想，不太肯定地说道："前两年见过一只像是狸猫又像狐狸的动物，当时，它跟了我一路，那便是胐胐吗？这么说，它当时跟着我竟是想要看清我的容貌？"画角说着摸了摸脸，不好意思地说道："我没想到，我这模样连胐胐都觉得好看。"

雷言十分惆怅地叹息一声，觉得这姜娘子虽然美貌，但脑子似乎不大好。他白欢喜一场，刚还以为终于有点线索了。

虞太倾微微一笑："我这里还有一桩其他的案子与她有关，还请指挥使将她交给我审讯。"

雷言一愣，说道："好说，不过，她就算不是妖，可是孔玉出事时，她不在重云殿，你好生盘问，看她去了何处，可有人做证。"

虞太倾点点头，看向画角，说道："你随我来。"

虞太倾的值房不算太大，靠墙处有一木制书架，上面摆满了案卷和书籍。

画角随意取了一本书，无聊地翻了几页，抬眼悄然望向窗畔的虞太倾。他已褪下锦绣外袍，只着浅色轻衫，坐在桌案旁翻看案卷。夕阳透过菱花窗，在他面前的桌案上洒下花形的光。

他将她带到值房后，便径直坐到案前处理事务。画角问话他也不理，让她疑惑他到底带她来此作甚。不过，怎么说，方才他也算帮了自己，画角决定不和他计较。沉沉的暮色降临，夕阳的最后一抹光已消失无踪。两名枢卫走入室内，一名点亮了桌案上的七支烛灯，室内登时亮堂起来。

另一名小心翼翼近前禀道："都监，已过了下值的时辰，雷指挥使那边刚问完了话，便被圣人召入宫中去了，临去之前，让您处理完事务也尽快进宫见驾。"

虞太倾眉头微蹙，点了点头。枢卫犹豫了一瞬，欲言又止道："都监，还有……裴如寄裴将军听闻姜娘子在您这里，说是……说是您再不放姜娘子出去，他便要闯进来了。"

虞太倾放下手中的案卷，唇角浮起一抹冷笑："哦，裴将军既然等不及了，那便让他进来吧。既然事关他未过门的夫人，让他旁听也无妨。"

两名枢卫皆听出了虞太倾话里的冷意，有些不明所以地对视一眼，慌忙退了出去。

旁听？画角暗叫不妙。虞太倾这是还等着和她算账呢。

她偷偷瞥了一眼，只见虞太倾抬手去提一旁的茶壶，她忙走上前，抢先提起茶壶，为他斟了一杯茶。她端起茶盏，送到他面前。她极尽奉承，笑得如此真诚，宛若艳阳下盛开的花，烂漫明媚。"虞都监，请喝茶。"

虞太倾望着她的笑容，心中越发堵得慌，冷冷一笑："你这是怕我在裴将军面前把你的真面目说出来吗？"

画角摇摇头，诧异他如何晓得她和裴如寄定亲了。"我与裴将军定亲之事，你如何晓得？"

虞太倾漠然瞥了她一眼，冷笑道："怎么，难道你不想让人知道，还是说你对裴将军不满意，想骑马找马？"

这话有些难听，画角有些听不下去了。"不是，我……"话方出口，再次被虞太倾截住了话头。

"姜娘子既然定了亲，便不应当与别的男子走得过近。"他垂眼望着她端着茶盏的手，目光在画角脸上流转一圈，冷笑道，"不该为别的男子斟茶倒水，不该到绕梁阁勾搭别的男子，也不该对别的男子搂搂抱抱，更不应当做不该做的梦，当然，最不该的是……轻薄好人家的郎君。"

他满脸不忿，说出的话咄咄逼人。一口一个别的男人，说的其实是他。每一句话似乎都寒冰淬雪，面上也仿若罩着寒霜，火烤都烤不化的样子。画角张了张嘴，一时不知如何辩解。

裴如寄掀帘入内，见两人在屋内僵持，皱了皱眉说道："虞都监，倘若无事，我便带姜娘子回去了。"

虞太倾望着裴如寄，脸色是山雨欲来前的阴沉。

"裴将军来得正好，我原还想传唤你。先前你不是说了吗，只要事关姜娘子，让我找你谈便是。"

裴如寄颔首："不错，有话虞都监但说无妨。"

虞太倾牵起唇角笑了笑，示意裴如寄坐下。

画角晓得自己再说什么也无济于事，所幸破罐子破摔，反正她打定主意不承认就是了。

虞太倾端起茶盏，品了一口，说道："裴将军应当熟悉大晋律法，不知非礼之罪该当如何罚？"

裴如寄吃了一惊，望向画角："怎么，可是有人欺凌你了？"

画角垂首摇了摇头。

裴如寄恨恨地说道："倘若有人非礼你，我定当不饶，定要将其关入牢狱。"

"如此甚好。"虞太倾含笑说道，"裴将军一会儿可莫要反悔。"

裴如寄察觉出事情不简单，两道浓眉慢慢皱了起来，疑惑地望向画角："究竟怎么回事？"

画角尴尬地笑了笑："我也不太清楚，裴将军，我不会有事的，要不然你先回去吧。"

裴如寄自然不肯走。这时，天枢司的校尉楚宪大步进来禀报："虞都监，卑职去了一趟绕梁阁，查到梦貘雪蓉失踪的那一日，西市胡饼铺的刘掌柜去送过胡饼，其后，雪蓉便和刘掌柜一道失踪了。"

"卑职去了趟西市，据他说，当日，有一位小娘子去铺子里寻他，买了一摞胡饼，还说要借他的脸暂用。"

画角晓得完了。她没想到虞太倾居然派人去查了刘掌柜。

楚宪又道："都监，我已带了刘掌柜过来，他就候在外面，可要卑职传他进来？"

虞太倾望向画角，幽幽说道："是谁借了他的脸呢，姜娘子，你说可要传他进来？"

画角心思疾转。她方才在牡丹园刚刚向虞太倾否认了自己会借脸之术。未曾想到，他居然查到了刘掌柜头上。如此，她向刘掌柜借脸一事便瞒不住了。不得不说，虞太倾心思够细腻，当日自己穿戴和发髻皆是按照男子装扮的，他居然因此猜到她可能借男子的脸了。只是，方才在牡丹园，他明明说要让她去和崔兰姝对质的，为何又费尽心思去查了刘掌柜？从崔兰姝那里查起来不是更容易吗？

画角想起在九绵山林隐寺中，崔兰姝曾向她致谢，并说日后有用到她之处，定倾力相助。也许，虞太倾已经盘问过崔兰姝了。也许，崔兰姝并未供出她。是以，虞太倾才转而另寻他法，去查了刘掌柜。画角脑子转得飞快，向刘掌柜借脸已是瞒不住了，但并不能证明桃花林中也是她。画角决定再搏一回。

她说："要不要传刘掌柜，全凭都监定夺。不过，都监若只是想知晓是谁借了他的脸，倒不必传刘掌柜，问我便是，借脸之人正是我。"

虞太倾眉梢微挑，冷冷一笑："你总算是招了。"

画角一脸愧疚之意："我借脸是为诛妖，并未做其他恶事，还请都监明察。"

"并未做其他恶事？"虞太倾偏头望向她，目光中的冷意全然化作了愠怒。

裴如寄被虞太倾眸中的怒意惊到了，虽不知画角和虞太倾之间有何恩怨，但还是上前维护道："虞都监，姜娘子既然借脸是为诛妖，应当并未触犯大晋律法吧？"

虞太倾脸色难看地看向裴如寄，说道："裴将军倒是对姜娘子很了解，听到她会借脸之术居然一点也不惊讶。你说的也对，借脸充其量是滥用术法，并非十恶不赦之罪。可是，倘若顶着别人的脸做了恶事，却因那不是自己的脸让人拿不出证据惩治她，该当何罪？倘若被借脸之人因为她下了大狱，那么，这可算触犯了律法？"

裴如寄被问得哑口无言。他以往和虞太倾共事不多，对他的为人不太了解，见他寒着脸句句逼问，不由得有些担心画角。

"她做了什么恶事？还望都监明言。"

虞太倾自然不能明言。这种事，搁在任何一个男人身上，都无法明言。

裴如寄冷眼旁观虞太倾的神色，笑道："你说姜娘子做了恶事，烦请拿出证据来，都监若是不说，那我权当你方才只是胡言乱语。既然姜娘子借脸算不得大罪，那么本将军这便带姜娘子离开了。"

裴如寄上前抓住画角的手腕，低眸看着她，静静说道："走吧！"

画角犹豫了一瞬，便随着裴如寄向门口行去，一时也不敢回首去看虞太倾的脸色。裴如寄率先出了值房，就在画角一只脚刚跨出门槛时，忽听得虞太倾的声音自身后传来。

"楚宪，派人去缉拿崔兰姝。"画角身子一僵，另一只脚便怎么也迈不出去了。

只听楚宪回道："遵命！"

画角轻叹一声，晓得这回自己不能再赖下去了。她之所以选择嘴硬不承认此事，一则是虞太倾的态度。她感觉自己要是承认了，虞太倾似乎能将她剥皮拆骨。二则是确定崔兰姝无事。崔兰姝不会术法，虞太倾似乎已确定崔兰姝不是桃林中的人，不会再惩治她。此时，他忽然要缉拿崔兰姝。她自然不能眼睁睁看着崔兰姝替她顶罪，虽然，她心中明白，他这么做，只是为了逼她招认。

画角顿住脚步，拦住楚宪："且慢。"她抬眸看向裴如寄："裴将军，烦请你先出去可好，我有些话要与虞都监说明白。"

裴如寄心中不愿，但垂眸看向画角时，见她目光中闪过一丝淡淡的哀愁。他心中一滞，温声说道："你别怕，我就在外面，倘若有事，你只管唤我。"

裴如寄说着，瞥了虞太倾一眼，大步走了出去。楚宪也知趣地退了出去，临去前，还将房门轻轻关上了。画角回身行至虞太倾面前，见他静立在桌案一侧，烛灯的光芒映在他脸上，光影之中，他的眸光深不可测，令人看了心中发凉。

当日桃林中的事，毫无疑问，她的确做错了。虽说为了诛妖不得已，但至少要先征得他同意。当时她已向他致歉，甚至还说出了要负责的话，可是他却说她妄以成亲为由，再行非礼，誓要将她打入牢中。她躲躲藏藏这么久，没想到最后还是被他揪出来了。这算天命吗？罢了，这回他要惩治她，她也认了。只是，她还有重要的事要做，只求他莫要让她入监牢。

画角这般想着，慢慢说道："虞都监，当日在桃林，为了诛杀遇渊，借了崔娘子的脸。当时……"她抬眸悄然瞥了虞太倾一眼，见他一双凤目直直盯着她，目光中好似有冰锥，能将她整个人击穿。画角心中一颤，发现自己不知为何在他面前变得如此弱势，当日她临去前还放话挑衅他来着。

"当时……当时我对你的确未曾有丝毫亵渎之意。好吧，我认罪，甘愿受罚。此事与崔兰姝一点干系都没有，你莫要怪罪她。"

屋内一时静极了。烛灯上的烛火静静燃烧，偶尔发出"噼啪"的轻响。

虞太倾缓缓转身，挡在了烛火前，阴影爬上他半边脸。这一日，于他而言，毫无疑问是惊心动魄的。起初，他震惊于她居然是郑中书令家的小娘子，随后又惊诧于她居然会弹奏琵琶，再联想近些日子的种种，他怀疑她就是桃花林中的红衣小娘子。到如今，一切怀疑落定，果然就是她。

方才，不管如何笃定，怀疑终究也是怀疑，可是一旦确定，他心中一时百味杂陈、气恨交加。这让他如何不生气？他气恨自己这些日子居然被她骗得团团转。她在他面前，到底是如何看他的？他还从未被人这般玩弄于股掌之中。虞太倾气极反笑，怒声说道："好，如此，打入烈狱。"

画角猛然抬起头，不可置信地望向虞太倾。她一直晓得虞太倾恨不得让她入狱两年。可是，她没想到他居然要将她关入烈狱。烈狱是个什么地方，画角是知道的。那是人人谈之色变的牢狱。因为是天枢司专门用来关押妖物的，因此与一般牢狱自然不同。听闻妖物进去了都要脱层皮，人进去就更不用说了。

他就这么恨她吗？恨不得让她生不如死？

虽然她是伏妖师，但那种地方，她还是不太想去。

画角定了定神，晓得虞太倾此刻正在气头上，试图好言好语和他商量，让他打消这个念头。她一脸懊悔地说道："虞都监，我记得主动认罪是要减轻刑罚的，可为何对我的刑罚反而重了？我先前打听过，按照大晋疏律，调戏非礼最多杖二十拘十日，都监您将我关入烈狱，难道不是徇私枉法，故意加重刑罚吗？"

虞太倾咬着牙说道："那是初犯。"他这意思是她是惯犯了？

"可是，我也是初犯，在你之前，我从未对其他男子那般做过，以后也没有。虞都监，我保证日后不会再犯了，您就杖打二十怎么样？"画角望着虞太倾，一脸真诚而讨好的笑意。

虞太倾惊诧地看着画角认真辩解的样子，她居然还好意思讨价还价？

"你确定你只犯了一次？"虞太倾愠怒地望着她，问道。

画角认真想了想，虽然说从梦貘的噩梦中出来那一瞬，似乎也亲到了他，但那不是不小心吗？她摇了摇头："就，那一次不是不小心吗？都监就不能网开一面吗？"

画角瞥了眼虞太倾的脸色，看他脸色越发难看，晓得再求下去恐没有用了。她只得改变了主意，定了定神，深吸一口气，忽然说道："你若当真把我打入烈狱，莫怪我将你偶尔会怪病发作的事情说出去。"

虞太倾气恨交加，忽然抬手抓住她的手腕，一把将她扯了过去。画角一时不提防，差点扑到他怀里。温热的男性气息混合着一股幽冷清淡的香气也随之扑来。他低眸冷冷盯着她："你还威胁上了？"低沉的声音里有着压抑不住的怒火。

画角勉强在他面前站稳了身子，原想后撤两步，但胳膊被他狠狠抓牢，一时不得后退，只好静立在他面前，但却不敢抬眸去看他喷火的眼眸，只是盯着他襕袍衣领上繁复的绣花，缓缓说道："不是，我只是觉得冤枉。"

她是真的觉得冤枉。她承认那一日她做错了。可是，也不至于被关入烈狱吧。

她不过是为了诛妖，和他唇碰唇轻轻触了一下。在她看来，这都算不得亲吻。再说，她也因此救了他的命，且不止一次，在九绵山，她可是拼着命将他从穷奇口中夺了出来。难道这都不足以让他对她改观，竟然还把她当成龌龊的"登徒子"！还要把她关入烈狱！画角觉得有些悲愤，甚至还有些委屈。

她仰脸望向他。隔着如此近的距离看他，灯光下的容颜俊美艳绝，微蹙的长眉，漂亮的冷眸，还有盯着他的目光，冷狠得宛若刀光上的光泽。

虞太倾气得薄唇轻颤，冷声说道："你觉得冤枉吗，莫非你忘了吗？九绵山上从噩梦之中出来时，你做了什么，你也忘了吗？当日我病情发作时，你又做了什么？还有桃林之中，你确定只有一次？如此，你还觉得关入烈狱冤枉吗？"他低头扳过她的肩头，居高临下盯着她的眼睛。

"你一个定了亲的小娘子，尚且敢如此胡作非为，那你没定亲时呢？我将这些事告诉裴将军怎么样？我不介意让他评评理，看看你到底冤不冤？"他蹙着两道漂亮的眉毛，狠狠瞪着她说道。画角一时不知此事又关裴如寄什么事。

"你当真要把我关入烈狱？"

虞太倾冷笑："你当我只是说说而已？"

画角只觉一股怨气在心头缓缓升起，一时找不到出处，憋屈得很。她要入烈狱了，这大约算得上对一个人的最重刑罚了。她觉得自己有些亏，非常亏。明明只是唇碰唇而已。她得做点什么，以便配得上这人间最重的刑罚。

画角的目光落在虞太倾的唇上，因着脸色苍白，衬得他的唇越发绯红迷人。她微微眯眼，唇角勾起一抹坏笑，一把甩开虞太倾紧紧抓着她的手腕，飞快上前挪了一步，朝着他靠了过去，忽然踮起脚，伸手拽住他的衣领，仰脸吻上了他的唇。

虞太倾还想说什么，忽然觉得脑中一蒙，空白一片。他忘了所有要说的话。这一次的亲吻就和桃林中的第一次一样，一样地令人震惊意外，一样地令人猝不及防！

但是却又明明和上次不一样。画角试图让自己的惩罚配得上烈狱，她亲得很认真很用力，并不满足于像上次那般唇与唇轻轻碰触便分开。

虞太倾僵立在当场，踉跄着向后退了两步，后背抵在桌案上。她如影随形般追着他，将他抵在桌案。

她的唇那样柔又那样软。他本该推开她的，但不知为何，手根本不听指挥，反而揽住了她不盈一握的腰肢。

桌案上的烛灯被虞太倾不小心撞翻了，两人都毫无所觉。案上全是易燃的案卷，火苗蹿了起来，因桌案临着窗畔，半挂的竹制窗帘也被火舌吞没。一股浓浓的烟味充斥在屋内，画角猛然推开虞太倾，惊得一时忘了施法灭火。虞太倾的脸被火光映得绯红艳丽，他冷声喝道："来人，走水了。"

楚宪带领几名枢卫飞快冲入屋内，一眼便看到屋内火光一片，慌忙提水扑灭了火焰。满屋烟雾滚滚，火光乍灭，室内有些暗沉。

黑暗之中，画角摸了摸嘴唇，问道："那个，烈狱在何处？我自己去吗？"

话一说完，画角便觉得屋内的气氛有些凝滞。黑暗之中，她看不清虞太倾的脸色，她也不敢看，但她却能感觉到虞太倾的怒意和杀人般的目光。

这一回，她既不是初犯，也不是为诛妖迫不得已，而是明知故犯、屡教不改了，也算光明正大地非礼他了。上一回，虞太倾尚被气成那样，这回怕是恨不得把她撕碎。

黑沉沉中，隐约看到他的身影朝她这里走了过来。这一瞬间，她居然觉得烈狱似乎还安全点。画角不自觉后退了两步，闪身朝着门的方向落荒而逃，恰巧和冲进来的裴如寄撞在了一起，她惊呼一声，裴如寄慌忙伸手揽住了她的腰。

楚宪燃起火折子，将掉落在地的烛灯捡起来，点燃。淡淡的光映亮了一室的狼藉，地面和桌面上散落着被水淋湿的、烧了一半的案卷。几名枢卫小心翼翼地收拾起来。

虞太倾站在背光的阴影里，绣了繁复花纹的广袖不知何时也被火烧焦了一角，微微一动，便有灰烬飘落。他的衣袖也是湿的，有水珠滴落，整个人瞧上去再不是光风霁月，而是有点狼狈。他脸上暗影重重，看不清神情，画角也不敢看。只觉得他从头发丝到衣袖上的一根绣线、一片衣角，都在向外散发着惊心动魄的冷冽和暴怒。就连烛火也好似感染了他的情绪，受惊了般跳跃着燃烧，映得室内光影摇曳。

画角的心扑通扑通跳得疯狂，她蓦然推开裴如寄，转身出了屋门。

身后传来虞太倾冰冷的不带一丝情绪的声音："楚宪，带姜娘子去烈狱。"

第十九章 天眼看不透

夕阳早已沉落,夜幕已降临。天枢司衙门的伏妖师和枢卫大多已下了值,只有数名夜里当值的枢卫还在,这会儿都聚在虞太倾的值房内收拾。

张潜和李厚站在院内,一脸的忧心忡忡。两人今日原本是随着裴如寄去了牡丹园,但却并未跟进去,因此并不知园内发生了何事。只晓得花宴上出了命案,其后便随着裴如寄到了天枢司。原以为裴如寄被问完话,便会回府,岂料他非要候着姜小娘子一道回去。前几日裴如寄费尽心思要和姜娘子退亲,如今如愿了,两人原该井水不犯河水,怎的他们裴将军反倒热心肠起来了?

李厚伸着脖子望向虞太倾的值房,低声说道:"你瞧见裴将军方才往起火的房中冲过去的样子了吗?你以往见过裴将军这般不顾一切吗?"

张潜摇摇头,摸着下颌琢磨了一会儿,说道:"没见过,事出反常必有妖。莫非是……姜小娘子拿捏住了裴将军的把柄,他生怕姜娘子将他供出来,所以不放心?"李厚点头表示认同。

枢卫们冲进去灭了火,退出来时押了姜画角出来,隐约还听说要押往烈狱。

李厚又疑惑地问:"你说一个柔弱的小娘子,到底犯了什么罪,居然要被关入烈狱？"

张潜皱眉想了想，说道："一男一女在房内，怎么会失火？莫非……姜娘子要放火谋害虞都监？要不然，虞都监怎会下这么重的刑罚？"

李厚点头表示认同，眉头深深地皱在了一起："她可千万莫要连累裴将军。"

张潜忧心忡忡："只怕晚了，我觉得已经连累了。"

只见裴如寄自屋内追了出来，挂在檐下的灯笼倾泻下一地晕黄的光，在他脸上投下一片阴影。他抬起未曾出鞘的佩剑，拦在了楚宪面前，扬眉朗笑道："楚校尉，烦请稍待片刻，本将军有些话要问虞都监。"楚宪瞥了眼裴如寄手中的佩剑，淡淡笑了笑，顿住了脚步。

裴如寄回身，朝着屋内拱了拱手，寒着嗓子说道："虞都监，不知姜娘子所犯何罪，总不能不明不白便将一个清白的小娘子押入烈狱中吧？"

屋内无人答话。裴如寄似笑非笑，目光犀利地掠过楚宪和押着画角的枢卫身上，说道："虞都监今日若是不说清楚，裴某少不得要到陛下跟前讨个公道了。"

张潜和李厚对视一眼，都从对方眼中看出了惊诧。再没想到，裴如寄竟然和天枢司杠上了。一时间，院内剑拔弩张，气氛紧张。

画角也有些惊讶，没想到裴如寄如此义气，心中感动，忙说道："裴将军，我的事你不用管，还是早些回府吧。"

裴如寄朝着画角安慰地一笑："那怎么行？姜娘子出了事，我怎能置之不理？且不说我，便是阿爹也不会同意。"

"多谢三哥，我晓得你的心意，可你真的不用管我。"画角心中有些焦急，她不想连累裴如寄，可是她和虞太倾之间的事又不能告诉裴如寄。

"好一个郎情妾意！"虞太倾负手自屋内走了出来。他已褪下了方才被火烧了半边袖子的襕袍，换上了天枢司都监的官服，唇角衔着冷笑，盯着裴如寄看了几眼，淡淡说道："裴将军，你可晓得，你这是在妨碍天枢司办案？"

张潜和李厚见状，上前两步拦住裴如寄，拽住他的胳膊，赔笑道："虞都监，不敢不敢，您不要误会，裴将军绝不是这个意思。"

裴如寄朗声说道："虞都监，既然是在办案，你且说一说，为何要缉拿姜娘子，她犯了何罪？"

虞太倾拂了拂衣袖，悠然说道："裴将军，姜娘子所涉案件乃天枢司重要案件，恕我不能将详情告知外人。你且回吧。"说完，转向楚宪，吩咐道："楚校尉，本都监要带你一道入宫见驾，你速速将姜娘子押入烈狱，莫要耽搁。"

楚宪答应了一声，伸手结印，默念咒语。裴如寄欲要再拦，手脚却忽然无法动弹，眼睁睁看着枢卫押着画角离去。

"虞太倾，你……"裴如寄早就晓得天枢司伏妖师皆会术法，但是没想到，有一日他们会将术法用在他身上。

虞太倾冷冷一笑，说道："裴将军，姜娘子是罪有应得，我劝你莫要将事情闹大，否则，事情传出去，会对她越发不利。"言罢，朝着裴如寄一拱手，带着楚宪扬长而去。

虞太倾的马车行至宫门前时，天已黑透了。宫门虽下了钥，但守门的禁军早得了旨意，专门打开旁侧的小门引着虞太倾和楚宪进去。一重重的宫殿在夜色中绵延，有一种冷峻的肃杀之气。一弯蛾眉月挂在天边，月色淡淡的，并不能将重重深宫朗照。一名内侍提着羊角风灯在前面引着虞太倾一路向宫内而去。

楚宪瞥了虞太倾一眼，见他神色恍惚，也不晓得在想什么，莫非还在想方才的失火之事？

楚宪心中着实诧异，实在想不通方才的火到底是如何燃起来的，又是为何烧到那么大，他们才出声让他进去救火。他很想开口问一问，瞧见虞太倾魂不守舍的样子，觉得问也白问。

出了狭长的夹道，内侍提灯右转而去，若是去往御书房，原该向左行。楚宪虽说入宫次数不多，但也察觉内侍走错了，但虞太倾依然毫无所觉。他只得轻咳一声，问内侍："陛下不在御书房吗？"

内侍压了压嗓子，笑着说道："是奴才疏忽，忘记知会虞都监和楚校尉了。陛下此时不在御书房，在观星楼，今儿鹤羽山来人了。"

"鹤羽山？"虞太倾自天枢司一路行来，脑中一直是乱糟糟的，也不晓得自己在想什么。直到此时，方回过神来。

鹤羽山是云沧派的道山，云沧派的弟子除了在天枢司就职，便是在鹤羽山修行。若有鹤羽山弟子下山直接来见皇帝，那必是云沧派举足轻重的人物。

今日牡丹宴上孔玉被害之案，虽说死的只是一个通议大夫之女，然而，当时宴会上留安王、康王还有静安公主都在，不管凶犯是妖还是人，既然能害死别人，便也有可能害死他们。别的不说，禁军和天枢司这回少不得都要领一个失察之罪。

只是，纵然如此，此事也没严重到令皇帝连夜将天枢司的指挥使和都监都召入宫中的程度，却原来是鹤羽山来人了。鹤羽山来人，必定是要见他这个新任都监一面的。

"不知鹤羽山来的是哪位？"

小内侍躬身回道："奴才也不清楚，虞都监到了观星楼便晓得了。"

观星楼是一座九层的塔楼，位置处于皇宫东北角，但其实并不在皇宫内，与皇宫隔着一道高高的宫墙，只因有一道小门与皇宫相通，自皇宫穿行过去，反倒很近。鹤羽山有人下山，一向不在阑安市井处居住，而是会下榻此处。

观星楼第八层的塔室中，朝北的槛窗大开。皇帝负手凝立在窗前俯瞰着整个阑安城。夜色之下，星星点点的灯光，将阑安城装点得辉煌而壮观。

重重楼阁的飞檐翘角，宫廷街市中移动的灯笼，远处禁军巡逻时奔驰而过的身影……这一切的一切，在高处看来，都是如此渺小。江山如画。这种登高的感觉，别有一种滋味。

大总管尤福躬身禀告："陛下，虞都监到了。"

皇帝颔首，命人将槛窗关上，回身看向随着内侍进屋的虞太倾，伸指向上指了指。虞太倾瞬间明了，鹤羽山来的人应当在九层平台上观天象，隔墙有耳，说话要谨慎。皇帝身着明黄色窄袖常服，四十多岁年纪，生得白净和气，他朝着虞太倾招招手。

"太倾，袁长老和雷言在上面观天象，你且陪我说说话。今儿牡丹宴上，通议大夫之女身死，你也在现场，可有查到什么？"皇帝撩袍坐下，端起案上茶盏品了一口问道。

虞太倾斟字酌句回道："陛下，目前线索太少，案件还不曾有所进展。不过，以臣所见，此案与前几日凤阳楼棋官之死作案手法一致，或系同一个妖作案。此妖必定不会善罢甘休，还会再行凶。"

"凤阳楼之案？死的莫非是擅弈棋的女子？"皇帝问道。

虞太倾点头："此案前两日已转入大理寺，微臣请求两案一并调查。"皇帝点头应允。这时，台阶上响起脚步声，雷言陪同一位道士步入屋内。此人五十多岁，手持拂尘，一副仙风道骨的样子。他身形清瘦，一脸悲天悯人的神色，似乎对世间众生无限忧心。他是云沧派的长老袁风，在派中地位仅次于掌门王御。他平日在鹤羽山修行，并不经常下山。虞太倾又是去年才从南诏来到大晋，因此两人并未照过面。

袁风看向虞太倾，原本微眯的长眸蓦然睁大，眼底却白茫茫一片，乍看好似目盲之人。

袁风虽是云沧派长老，却并不精于诛妖术法，而是精于卜算，观天象。他每年能开几次天眼，观天象识吉凶，洞悉凡俗人无法知悉的真相。今晚，他观天象时开了天眼，此时还未曾关上，乍然看到虞太倾，却是吃了一惊。

袁风问道："你便是陛下新任命的天枢司都监？"

皇帝瞥了眼袁风的脸色，诧异地扬了扬眉，说道："这是朕阿妹文宁长公主之子虞太倾，去年自南诏来到了大晋，朕便命他在天枢司挂了个闲职。"

皇帝望向虞太倾，示意道："太倾，过来拜见袁长老。"

虞太倾上前朝着袁风施礼，袁风双眸再次眯起，缓缓说道："自南诏远道而来？在本道看来，你却并非南诏之人。"

此话一出，皇帝的脸色霎时变得很难看。坊间传闻，皇帝也略有耳闻。

都说虞太倾不是南诏王之子，但传闻毕竟是传闻。如今被袁风指出，便如证实了一般，多少让人有些尴尬。楚宪垂头不敢去看虞太倾的脸色，雷言眸中闪过一丝精光，好似拿捏住了虞太倾什么了不得的把柄一般。塔室鸦雀无声。

虞太倾唇角含笑问道："敢问袁长老，我不是南诏之人，却是哪里的人？"

袁风微微一笑，双目一睁，眼底白茫茫宛若落雪。虞太倾望着他的眼睛，察觉到他眼底有白光进出扫过自己全身。那道光闪耀着，仿若要穿透自己的皮囊，探入内里，刺探他的灵魂。

"看不清，看不透，怎么会这样？"袁风喃喃说道，宛若魔障。

虞太倾默然静立，神色微变。袁风口唇翕动，眼中白光璀璨，愈发灼亮。

虞太倾淡然而立，面对袁风的搜寻，浑身上下纹丝不动。忽然，袁风好似耗尽了全身气力般踉跄着向后挪了几步，脸上血色上涌，惊呼一声伸手捂住了眼睛。

雷言站在他身侧，见状眼疾手快地扶住了他。"师叔，你这是怎么了？"雷言皱眉问道。袁风慢慢挪开双手，长叹一声，紧闭的双目中蓦然有血淌了下来。

皇帝也有些吃惊，问道："袁长老，你的眼睛怎么了？"

袁风伸袖拭去眼角血迹，慢慢睁开眼睛，眼底的白芒消失，眼珠已恢复正常，只是眼白中隐有血丝遍布。他望向虞太倾，面上神色瞬息万变，最后终化为一脸迷茫。他耷拉着眉头，缓缓说道："陛下，本道这双天眼，识妖辨鬼，观天象勘生死测吉凶，然而今夜，只怕……只怕已是废了。"

众人闻言皆吃了一惊。雷言面色一沉，不可置信地问道："师叔，你的天眼……废……废了？"

在云沧派，开了天眼之人，也就袁风一人。他这双天眼一旦废了，云沧派再没有第二双天眼。雷言不动声色地瞥了虞太倾一眼，问道："弟子见师叔方才一直盯着虞都监看，可是因此而废？"

方才，袁风以天眼透视虞太倾时，旁人并未看出异样，也未曾察觉有白光进出。但雷言是云沧派弟子，虽未看出异常，却也晓得袁风在用天眼查看虞太倾。

袁风摇摇头，叱责雷言："休得胡言，我方才观天象时便有些疲累，方才又妄想再次使用天眼，这才会遭到反噬。"

皇帝关心地问道："如此，可还能恢复？"

袁风沉吟了下，说道："陛下不必过于挂怀，也许，本道休养些时日天眼便会恢复。"他顿了下，定了定神，扬着手中拂尘，恢复了仙风道骨的从容，"此番下山，乃是因本道在鹤羽山瞧见阆安城黑雾弥漫，是以不敢耽搁，连夜下山。方才，本道夜观天象，见有星孛入于北斗，此乃大妖祸乱阆安之兆。"

皇帝面色微沉，眉头稍皱，随即又舒展开来："袁长老，自我大晋开国以来，便有云沧派所创天枢司镇守阆安，专事伏妖。这些年来，什么牛鬼蛇神、魑魅魍魉，早已远避阆安，不敢作乱。天枢司的案卷记载中，偶尔伏诛的小妖，也多数不在阆安城内。我大晋有天枢司在，还有云沧派诸位弟子做后援，什么大妖，想必不足为惧。"

袁风眉眼隐忧不散，施礼道："陛下所言极是。只是，此番劫难，本道生怕我云沧派也护佑不得。"袁风常年为人测生死，但自己却有些勘不破生死，对于命数是极信服的。皇帝闻言眉头深锁。

雷言见状忙施礼说道："天枢司上下自当全力护佑阆安城，保护陛下。"

皇帝觉得袁风因着天眼被废，过于杞人忧天了。他起身，白净温雅的面上浮起温和的笑意，说道："纵然天象成真，也不必太过惶恐，朕相信云沧派。夜色已深，道长还是早些歇息吧，或许一觉醒来，天眼便会恢复。"

皇帝说着，看向虞太倾和雷言，说道："今日牡丹园之案，你们两人皆有失察之罪，不管作案的是妖还是人，朕限你们一月之期将凶犯擒拿。还有凤阳楼之案，如今既然移交到了大理寺，那你们便与大理寺携手，一并探查。"

虞太倾和雷言慌忙应下。皇帝又看了虞太倾一眼，说道："太倾，我们走吧，莫再叨扰袁长老了。"

夜色渐深，星斗漫天。虞太倾随着皇帝下了观星楼，穿过小门入了皇宫，一路上两人皆沉默不语。直到穿过几座宫殿，虞太倾施礼道："陛下，微臣有一言，袁长老所言天象，并非杞人忧天。"

皇帝顿住脚步，和气地笑道："朕晓得了，天色已晚，你早些回府歇息吧。"

虞太倾施礼，和楚宪一道转身朝宫门处而去。皇帝目送着虞太倾远去，面上的笑意渐渐消失。观星楼上，袁风透过槛窗，也目送着虞太倾渐行渐远，直到羊角风灯的亮光再也看不见。

雷言问道："师叔方才说虞太倾不是南诏人，莫非，他是大晋之人？方才我看师叔用天眼探查过虞太倾。"

246

袁风转过身，对雷言说道："他的确不是南诏人，只是我欲再仔细探查，却只能看到白茫茫一片虚无，竟什么也瞧不出来，反倒因此废了天眼。"

雷言惊得目瞪口呆："任凭他是什么，怎的天眼竟瞧不出？"

袁风一脸愁苦，也许当真是因着观天象，太过疲累导致天眼被废，所以才看不出？他嘱咐雷言，万不要轻举妄动，且待他天眼恢复后再说。